掌欢

下

冬天的柳叶 著

重慶出版集团 重慶出版社

目录

第11章	名扬京城	001
第12章	一箭	029
第13章	主仆相认	056
第14章	金镶七宝镯	085
第15章	风花雪月	113
第16章	东宫风波	141
第17章	秋狝	170
第18章	心不由己	198
第19章	怀疑	227
第20章	拥抱	256
番外1	少年卫晗	285
番外2	不识情愁	289

目录

第11章 冬的雨霁 001
第12章 刀 026
第13章 忆江南 053
第14章 第十九层 080
第15章 唤雪翁 ？
第16章 芜月居 131
第17章 春闱 176
第18章 大难临头 198
第19章 ？ 210

第11章 名扬京城

酒肆中。

卫晗擦了擦嘴角,对石焱道:"结账吧。"

"五盘卤牛肉,一盘酱鸭舌,一壶烧酒,一碗阳春面,一共一百六十五两银。"石焱口齿伶俐地报出来。

一百六十五两对怀揣万两银票的卫晗来说当然不多,可隔壁桌刚刚打了半价……

卫晗端坐桌旁,一时没有动。

"主子?"石焱纳闷喊了一声。

凉凉眸光扫向他。

石焱福至心灵,压低声音道:"抹零肯定不成的。"

半价?开玩笑,已经完全把自己当成店小二的小亲卫完全没往那方面想。

卫晗心头略有不快,轻扫柜台边的素衣少女一眼。

这不是五两银子的事儿。

同一个时候在大堂吃饭,隔壁桌半价省了四百多两,轮到他连五两银子的零头都不给抹,这是欺负他钱多?

然而卤牛肉确实好吃,酱鸭舌也好吃……

卫晗一直以为自己是个无欲无求的人,直到吃了那碗臊子面,一切似乎都变了。

不快了片刻,毕竟也没人哄,卫晗默默调整好心情,问道:"明日是什么菜?"

"明日有千层百叶,鲜香微甜,还带一点点辣,特别够味。"石焱说着,吞吞口水。

001

卫晗斜睨着他:"你尝过了?"

石焱心头一紧,忙道:"没!"

见主子还在睨他,小侍卫快吓哭了,就差跪下来指天发誓:"真的没!卑职听蔻儿说的,蔻儿问的大师傅秀姑。"

"哦。"卫晗取出银票递过去。

石焱接过来一看,忙道:"您稍等,卑职给您找零。"

主子和穷尚书、穷祭酒那些人就是不一样,一千两银票说掏就掏,才不用记账呢。

"不必了,下次接着扣。"卫晗起身,想了想走到骆笙面前。

骆笙平静地看着他:"王爷有事?"

难不成见给了隔壁桌半价,堂堂亲王还要找她麻烦?

这就有点拎不清自己斤两了。

林疏是她外甥,若不是怕免费吃引人侧目,就是在酒肆长住她都乐意。

开阳王却是卫家的人,如果完全顺着心意来,甚至多给钱她都不想卖。

察觉对方的冷淡,卫晗并不退却,以云淡风轻的语气道:"鸡肉比较好吃。"

百叶虽好,难以果腹。

骆笙听愣了,深深看卫晗一眼。

这真的是北齐人口中的冷面阎罗?

绯衣烈焰,眉眼如墨,是那个开阳王没错。

沉默一瞬,骆笙道:"明日还有一道油淋仔鸡。"

丰富一下菜品也不错,想必明日会有更多人来。

卫晗似是没有想到对方答应如此痛快,唇角微扬,露出浅淡笑意:"多谢。"

他看着她,眸光湛湛,熠熠生辉。

骆笙面色冷下来:"不谢。"

一旁石焱悄悄抚额。

进京路上明明与骆姑娘朝夕相处了好几日,还被骆姑娘情不自禁扯掉过腰带呢,主子怎么混成这样了呢?

没错,现在小侍卫只有一个心愿:主子赶紧把骆姑娘娶回家!

他只能陪大白半年,等吃不上骆姑娘做的菜,呃,不,等大白不需要他了,可怎么办?

对主子感到深深的绝望,小侍卫又忍不住暗暗埋怨骆笙。

一个大家闺秀,怎么能这么喜新厌旧呢?

林祭酒那个孙子弱不禁风,偏偏吃得还多,到底有什么好的?

"那明日见。"卫晗冲骆笙微微颔首,走出酒肆。

把主子送出门又回返的石焱后怕地拍了拍心口。

吓死了，刚刚主子问他有没有尝过千层百叶，他真以为主子会出于嫉妒让他回王府刷恭桶。

刷恭桶？这辈子都不想刷恭桶了，他只想骆姑娘在哪儿他就在哪儿。

觉得这种想法不合适，小侍卫很快找了一个理由：就当替主子守着未来媳妇了。

不然就凭骆姑娘喜新厌旧的速度，等主子开窍哪还有戏。

骆笙示意石焱近前来。

"姑娘有事？"石焱笑呵呵问。

骆笙淡淡纠正："叫我骆姑娘就好。"

又不是她的随从，还挺自来熟。

"你们王爷——"骆笙沉吟着，"很喜欢吃？"

石焱轻咳一声，竭力替主子辩解："您做的菜哪有人不喜欢吃呢，我们主子也不能免俗呐。"

"不能免俗就好。"骆笙放低声音，喃喃道。

那样她就更有信心，静候平南王的到来。

"表妹，没有客人了，咱们——"

盛三郎话未说完，就有一人闯了进来。

"一碗阳春面！"

盛三郎这个气啊，打眼一扫还是个熟客，昨日吃了二十碗阳春面的那个壮汉。

心中虽气，客人还是要招呼的。

"一碗阳春面——"盛三郎有气无力喊了一声。

不多时蔻儿端了一碗热气腾腾的阳春面过来，放在壮汉面前。

壮汉迫不及待挑了一筷子往嘴里送。

蔻儿见是个熟客，贴心建议道："客官，我劝您不如来一盘卤牛肉。您看您昨日嫌一百两银子一份的烧猪头贵，吃了二十碗阳春面，最后花了一样的钱。咱们卤牛肉只要二十两一份呢，也就是四碗阳春面的钱。我跟您说，不会算这笔账是不行的呀……"

壮汉算没算明白不知道，反正是听明白了。

这娇美可人的店小二说得对。

"那就加一盘卤牛肉。"

吃了这盘卤牛肉，绝对不能另加阳春面了！

一刻钟后，掏出一百两银票结账走出酒肆的壮汉被夜风一吹，猛然清醒了。

谁说吃了卤牛肉就不吃阳春面了？

谁说吃一份卤牛肉就够了？

四盘卤牛肉、四碗阳春面，他又，又花了一百两银子！

转日酒肆依然热闹,有两桌酒客吃到最后。

一桌是连来了三日的卫晗,一桌是连来了三日的壮汉。

壮汉还在嘬鸡骨头。

卫晗则动作优雅地擦干净唇角,吩咐石焱饭钱从昨日多付的里面扣。

"您慢走。"石焱照例要把主子送到门外。

卫晗却没往外走,而是一步步向骆笙走去。

石焱一看,垂眸立在原处不去打扰。

多和骆姑娘说几句也好,水滴石穿,铁杵磨针,说不定哪日就把骆姑娘的铁心给打动了呢。

不过,可不能再点菜了啊!

想到这,石焱用力咳嗽一声以示提醒。

卫晗在骆笙面前停下来。

骆笙懒懒倚着柜台,抬眸看他:"王爷有事?"

卫晗轻轻点了一下头。

"明晚我恐怕过不来。"

他语气平淡自如,若是不知二人关系的人听到,十之八九要误会这是一对相敬如宾的老夫老妻。

石焱眼睛一亮。

主子有前途啊。

骆笙态度就冷淡多了,连一声"呃"都没说,静静看着对方。

这里是酒肆,明日来与不来有什么可说的。

"等明日,不知可否让石焱送一些酒菜到王府?"卫晗沉默一下,说出了最终目的。

石焱眼前一黑,险些给主子跪下。

主子啊,您这么严肃走到人家姑娘面前,哪怕夸一句骆姑娘今日穿的挑线裙真好看也行啊。

结果你问人家外不外送!

骆笙连犹豫都不曾,笑了笑:"实在抱歉,小店不外送,也不允许客人外带。"

酒肆别的规矩都能改,独独这一条不能。

只有这样,她才有把握引那条大鱼来。

卫晗眸光微沉。

不抹零,不打折,不外送,也没赠菜。

确定了自己与那嘬鸡骨头的壮汉地位相当,卫晗淡淡道:"那后日见。"

"王爷好走。"骆笙微微屈膝,如打发任何一个酒客。

石焱不忍再看，悄悄抚额。

不是他说，主子混得忒惨了。

卫晗转身往外走。

石焱忙追上去："卑职送您出去。"

"不必。"卫晗没有停留，大步向前。

石焱紧随其后，坚持道："还是让卑职送您吧。"

酒肆外，夜风褪去白日的燥热，送来一丝凉爽。

石焱把卫晗喊住："主子——"

卫晗沉默看他。

明日吃不到骆姑娘做的饭菜，心情不是很好，这小子最好不要乱说话。

石焱也不想触主子霉头，可一想眼光要放长远啊，不能为了眼前一点蝇头小利放弃细水长流的可能。

小亲卫一下子生出勇气，张口便道："主子，您这样是不行的呀——"

话未说完，他给了自己一巴掌："呸，说顺嘴了。"

以后要离蔻儿远一点！

想到蔻儿，石焱就太阳穴突突直跳。

亏他刚来时还以为蔻儿是难得正常的一个，真是太天真了。

"我不行？"卫晗眼底盛着寒光。

石焱干笑："卑职不是那个意思——"

"哪个意思？"卫晗忽然停下，认真看着小亲卫。

他也想知道他哪里不行，让骆姑娘连抹个零头的心思都没有。

石焱快吓哭了："主子，您别多想，您行着呢。卑职是说您要想讨骆姑娘欢心，这么干巴巴凑过去搭话不行……"

卫晗皱眉，语气冷硬："我没想讨骆姑娘欢心。"

他只是中意骆姑娘做的饭菜，仅此而已。

石焱一听忘了害怕，只剩恨铁不成钢：怎么这么不开窍呢！

"主子，您想一直能吃到骆姑娘做的菜吧？"

卫晗点头。

"您想有事不能来的时候，骆姑娘破例答应外送吧？"

卫晗再点头。

"您想有那么一天，想吃什么就能让骆姑娘做什么吧？"

卫晗迟疑了一下，点头。

这个想法是不是有点太大胆了？

"所以啊！"石焱一拍手，"您讨了骆姑娘欢心，这些不就都能实现了吗。"

卫晗沉默着往前走。

夜色还不是很浓，由近及远，万家灯火。

男子白皙的面庞被街头店铺外悬挂的大红灯笼投来的橘光染上一抹绯色。

他轻轻咳嗽了一声，问石焱："如何才能讨骆姑娘欢心？"

"当然是投其所好啊。"石焱见主子听进去了，这个激动啊。

"投其所好？"卫晗敛眉想了许久，不确定道，"你是说给骆姑娘送个面首？"

石焱一个趔趄险些栽倒。

送面首干什么？与他还有明烛、负雪凑一桌打马吊吗？

等等，似乎有哪里不对……

先不纠结这个。

"卑职觉得骆姑娘现在对面首不感兴趣了，那两个面首都在养鹅呢。"

卫晗脸一冷："该如何做就直说，少啰嗦。"

当他乐意给骆姑娘送面首？

"咳咳，您可以用心观察，看骆姑娘最在意什么。卑职觉得每个女孩子喜欢的都不一样吧。"

卫晗明白了。

原来这小子只是吹，其实比他强不了多少。

卫晗没了追问的兴致，大步离开。

连吃三日的壮汉失魂落魄回到家，闷头大哭。

呜呜呜，吃败家了，怎么办？

翌日，天有些阴。

一名黑脸少年仰望城门，喃喃道："大哥，京城的城门看起来好高。"

络腮胡子笑了："别怕，咱们在京城有人。"

走过守卫城门的持刀兵吏，黑脸少年紧绷的精神得以放松，好奇打量着宽敞的街道、鳞次栉比的屋舍，以及来来往往的行人。

街道是干净的，屋舍是气派的，行人是体面的。

黑脸少年震撼不已："大哥，京城真好。"

络腮胡子哈哈一笑："那是当然，所以咱们黑——咱们生意歇业了，大哥才带你来京城投奔朋友。"

说到这里，络腮胡子心中发酸。

该死的官府。

祖传的黑风寨啊，从来不扰周边百姓，专抢过路那些为富不仁奸商的，怎么就在他手里断了传承呢！

他对不起早死的老爹啊。

络腮胡子站在人群熙攘的京城街头，有点想哭。

黑脸少年此刻也感到茫然不安。

他熟悉的是山头的破瓦房，埋头耕地抬头打劫的兄弟们，还有山脚下朴实可爱的春花妹子。

而不是这天宽地阔，让他觉得自己渺小如蝼蚁的都城。

"大哥，你的朋友真的会收留咱们吗？"

络腮胡子豪气干云："那是当然。不是和你说过多少次了，陆大哥最讲义气。曾经我开黑风寨，他开白云寨，竞争激烈，算是不打不相识。后来陆大哥抢够了钱，金盆洗手移居京城，从此也是天子脚下的体面人了。好朋友投奔他而来，他能不管？"

黑脸少年安心了些，随着络腮胡子走了几步，小声道："大哥，同样是经营寨子的，怎么陆大哥就能早早抢够了钱金盆洗手，咱们就被官府给灭了呢？"

络腮胡子呼吸一窒，狠狠拍了拍黑脸少年肩头："陆大哥能一样吗？陆大哥那是人……对，人中龙凤。像陆大哥这样的人才，一百个寨子也出不了这么一个，混得比咱们好有什么奇怪的。"

黑脸少年点头："大哥说得对。"

络腮胡子觉得小弟不大灵光，叮嘱道："陆大哥在京城多年，肯定是娇妻美妾左拥右抱，孩子估计都七八个了。咱们到了那里可不能乱说话，让陆大哥的老婆孩子背地里笑话他的朋友不上台面。"

"那什么不能说？"黑脸少年小心翼翼问。

络腮胡子语气沉痛："比如咱们寨子被官府灭了这种丢人事，就绝对不能说！"

"那陆大哥要是问起呢？"

络腮胡子咳嗽一声："就说咱们也金盆洗手了。"

"可咱们没钱……"黑脸少年提醒一句。

"闭嘴，臭小子哪来这么多话！"络腮胡子恼羞成怒，给了黑脸少年一巴掌。

二人走走停停，一路问了不少人，总算寻到了地方。

黑脸少年立在门口看了一阵，小声道："瞧着也不比咱们寨子的房子好多少。"

络腮胡子瞪了黑脸少年一眼："臭小子懂什么。这里是京城，寸土寸金呢，你当是咱们山上，随便撒泡尿就等于占了地方？"

黑脸少年一想也对，不敢多嘴了。

络腮胡子运了运气，砰砰拍门："陆大哥，陆大哥你在家吗？"

门里没动静。

"大哥，陆大哥会不会出去干活了，家里没人呀？"

"干活？别胡说，陆大哥还用出去干活？"络腮胡子加大了拍门的力气。

持续了一阵，里头终于传来一道声音："谁啊？"

络腮胡子心头一喜，忙道："陆大哥，是你兄弟飞彪来看你了——"

门猛地被打开了。

一个神情憔悴的壮汉站在门内，望着络腮胡子满眼惊喜。

"飞彪兄弟，你怎么来了！"

络腮胡子上前给了壮汉一个大大的拥抱："弟弟这不是想你了嘛。"

"先进来。"壮汉勾着络腮胡子的肩，大步往里走。

黑脸少年悄悄打量一番，暗想：瞧着不像是娇妻美妾、孩子一堆的样子啊。

壮汉招呼二人进屋坐下，端来两碗清水。

络腮胡子一口饮尽，纳闷道："陆大哥，你怎么瞧着气色不大好。"

壮汉眼眶一酸，叹道："说来话长，一言难尽啊。"

他目光落在黑脸少年面上，迟疑道："这是小黑吗？"

络腮胡子笑了："没想到陆大哥还能认出小黑，你离开那年小黑才五岁。"

壮汉呵呵一笑。

这么黑的孩子，说真的，想认不出来也难。

"兄弟，你带着小黑来京城，黑风寨不管了？"

络腮胡子一捶桌子："哥哥不知道啊，咱那黑风寨被杀千刀的官府给灭了。那么多兄弟死的死、逃的逃，弟弟走投无路，只好带着小黑投奔哥哥来了……"

黑脸少年目瞪口呆。

这，这和说好的不一样啊。

大哥不是说不能丢了面子，要说是金盆洗手吗？

络腮胡子痛快诉着苦，完全不理会小弟的疑惑。

见机行事懂不懂？

陆大哥一看就光棍一个人，还怕丢什么面子，自然是实话实说，从此吃住有人管。

壮汉听络腮胡子讲完来龙去脉，用力拍了拍他肩膀："都不容易啊——"

络腮胡子收拾好心情，问壮汉："哥哥这么多年还是一个人？弟弟记得你离开时说过要在京城讨一个婆娘的。"

壮汉双眼含泪："计划赶不上变化啊，谁想到京城诱惑这么多呢。我刚来京城赁下这处宅子，想着到处逛逛吧，就逛到一家酒楼，吃了一只油汪喷香的烤鸭……"

壮汉叹口气："咱以前在寨子里哪吃过这么好吃的烤鸭啊，兄弟说是吧？"

"呃。"络腮胡子心情复杂附和一声。

所以说陆大哥至今没娶上媳妇，就是让一只烤鸭给耽误的？

而黑脸少年则抓住了重点：闹半天这破宅子还是租来的？

"真的没想到京城吃食这么贵啊，这两年哥哥已经不怎么吃了，也就偶尔花点小钱去金水河玩玩——"

"金水河？"络腮胡子注意力一下子被吸引了。

壮汉摇摇头："那里就是销金窝，咱去了也只能在寻常花船上找个乐儿。本来这点开销还能支撑，可万万没想到就在三日前，我因为一时好奇走进一家酒肆……"

听壮汉讲完，络腮胡子都傻了，颤声道："所以哥哥连吃了三日，已经交不上房租了？"

黑脸少年默默喝水。

百里挑一，人中龙凤？

破屋里，络腮胡子双眼发直："哥哥以后打算怎么办？"

本来以为投奔好兄弟从此过上包吃包住的好日子，万万没想到陆大哥混得比他们强不了多少。

帝都居大不易啊。

壮汉神情转为凶狠："我准备重操旧业，正好有兄弟助我！"

"重操旧业？哥哥是说——"络腮胡子一颗心怦怦直跳，感受到久违的喜悦。

说实话，祖传的基业，他也舍不得断哩。

壮汉声音不自觉放低："我准备打劫了那家酒肆。"

络腮胡子嘴角抽动："哥哥，咱不如换个目标，比如银楼什么的。"

壮汉摇头："银楼还要踩点儿，家里下锅的米都没了，实在等不得了。而且我连劫什么都想好了——"

"劫什么？"络腮胡子更困惑了。

不是劫钱吗，难不成还劫人？

"劫一锅卤牛肉就够了！"壮汉想想那薄薄一盘卤牛肉的价格，发狠道。

"等等。"络腮胡子忍不住了，"哥哥，咱既然都打劫了，为什么打劫一锅卤牛肉？直接抢钱不好吗？"

京城的劫匪这么委婉？

陆大哥变了啊！

壮汉连连摇头："劫不到钱的。那间酒肆贼贵，酒客都记账。"

"可一锅卤牛肉就够咱们三个吃一顿的啊，是不是有点不值当的？"为了一锅卤牛肉，络腮胡子实在生不起重操旧业的决心。

劫匪也是有尊严的。

壮汉深深看了络腮胡子一眼，双手比画了一下："这么一盘，最多二十来片薄薄的卤牛肉，兄弟知道多少钱一盘吗？"

"多少？"

"二十两！"

"多少？！"

壮汉伸着两根手指，重重道："二十两，少一文钱都不卖！我琢磨着一锅卤牛肉怎么也能切三五十盘吧，兄弟算算这得多少钱！"

络腮胡子忙掰着指头算起来。

二十两一盘，一锅有三五十盘，这，这最少也值六百两白银啊！

"兄弟，你觉得这买卖能不能干？"

络腮胡子两眼冒光："干了！"

很快天色暗下来，淅淅沥沥下起了小雨。

"哥哥，就是这家酒肆吗？"停在酒肆门口，络腮胡子问道。

"没错，就是这家，我闭着眼闻香味就能找到。"

跟在二人身后的黑脸少年吸了吸鼻子："是好香啊。"

让他想起曾经埋伏在草丛里闻到的叫花肘子的香味了。

可惜打劫失败，到现在也不知道那么香的叫花肘子吃起来是个什么味道。

"客官又来啦。"一个娇俏可爱的店小二探头一看，笑眯眯打了招呼。

壮汉昂首走了进去。

络腮胡子跟着往里走，被黑脸少年使劲拽了一下。

"大哥，我怎么觉得这小娘子有点面熟？"

络腮胡子仔细看了红豆一眼，点头："是有点面熟，好像在哪里见过——"

他心里一咯噔，猛地想了起来。

这不是那次打劫，把一个兄弟踹得从此不近女色的那个丫鬟吗！

走在前边的壮汉回头："你们怎么不进来？"

红豆也认出了络腮胡子与黑脸少年。

没办法，敢打劫姑娘做的叫花肘子的人，她怎么可能忘了。

不过姑娘昨日说了，酒肆开门做生意，不能由着性子来。

于是小丫鬟面不改色，对二人盈盈一笑："对呀，两位客官怎么不进来？"

黑脸少年眨眨眼，不由去看络腮胡子。

络腮胡子惊疑不定，见小丫鬟毫无异样，心头一松。

看来没认出来！

说来也是，只有一面之缘认不出来也正常，毕竟不是所有人都像他们当劫匪的眼力这么好。

络腮胡子拍拍黑脸少年的手示意沉住气，大步走进去。

进到大堂，络腮胡子一眼就看到了盛三郎。

第一反应：不足为虑。

再一眼，则看到了那个懒懒坐在柜台边的素衣少女。

一股寒气登时爬上络腮胡子脊背。

苍天啊，这不是那个劫持了小七当人质，最后反劫了他们的女魔头吗！

黑脸少年也吓得走不动路了，两眼发直望着骆笙。

坐下来的壮汉很是纳闷："你们发什么呆呢？"

这么沉不住气怎么行。

骆笙略略一扫就认出了二人。

莫不是土匪窝被官兵端了，漏网之鱼跑来京城讨生活？

对于这种没什么本事的劫匪，骆笙毫不放在心上，淡淡扫了一眼便收回视线。

络腮胡子迷茫了。

女魔头也没认出他们来？

不应该啊，他和小七都不是大众脸，怎么一连两个都认不出来？

络腮胡子不由去看盛三郎的反应。

盛三郎当然认出来了，打劫过他的肘子呢。不过进门是客，他才不多管闲事。

络腮胡子窃喜又疑惑着坐下来。

红豆笑眯眯问："几位客官吃什么？今日有新菜水晶肴肉，只要十两银子一份呢。"

"那就来十盘水晶肴肉，十盘卤牛肉，八份油淋仔鸡……"

听壮汉念了一串，红豆扬扬眉梢："客官是熟客了，知道价钱吧？"

本不该说这种话，可人以群分，这人带着两个山匪来吃酒，该不会想吃霸王餐？

"当然知道。今日我请朋友，端上来就是。"壮汉豪气干云。

反正一会儿要打劫，不用付账。

"等……等等！"络腮胡子忙拦住要传菜的红豆。

红豆皱眉看着络腮胡子："怎么啦？"

山匪破事就是多。

络腮胡子颤抖着伸出一根手指："一盘，一盘水晶肴肉就够了。"

打劫是不可能打劫了，等会儿能活着出去就不错了。

壮汉一听不乐意了，伸手按下络腮胡子的手指："兄弟这是干什么？今日敞开了吃，不用给哥哥省着。"

他说着，猛向络腮胡子使眼色。

吃白食啊，不吃白不吃。敞开肚皮吃饱喝足，才有力气抢劫。

"不，不，不，一盘水晶肴肉就够了！"络腮胡子都快哭了，也猛给壮汉使眼色。

大哥哎，您可真是亲大哥，能不能给个机会让兄弟说清楚？

"照刚才的上！"壮汉豪气干云冲红豆喊。

"一盘水晶肴肉！"络腮胡子喊得更大声。

红豆不乐意了："你们这么大声儿干吗？幸亏其他客人已经走了，不然吓坏了客人你们赔啊？"

蔻儿见这边闹腾得厉害，扭身走过来，笑盈盈道："来吃酒图的就是高兴，谁做东谁说了算嘛，吵来吵去不行的呀……"

壮汉一拍胸脯："我做东，听我的！"

络腮胡子忙道："我做东，我做东！"

壮汉拽住络腮胡子胳膊，真的有点怒了："兄弟，你千里迢迢来投奔我，吃的第一顿反而要做东，这是瞧不起哥哥吗？"

络腮胡子滞了一下。

他可从来没瞧不起陆大哥啊，陆大哥在他心中一直是人中龙凤哩。

咳咳，虽然来到京城发现与想象中稍微有那么一点点差别，但他还是很崇敬陆大哥的。

络腮胡子就愣了这么一下的工夫，再回神，酒菜已经摆上了桌。

壮汉夹起一根酱鸭舌放入络腮胡子盘中："兄弟尝尝这酱鸭舌。也不知道这家酒肆的鸭舌是怎么卤出来的，味道特别好。"

络腮胡子茫然夹起酱鸭舌塞入口中，一个激灵立刻不茫然了。

好吃！

怎么有这么好吃的鸭舌！

"小七，你尝尝，酱鸭舌好吃。"络腮胡子夹了一根酱鸭舌给黑脸少年。

黑脸少年吃得头都抬不起来。

"油淋仔鸡也好吃……"壮汉继续给好兄弟夹菜。

络腮胡子嘴里塞满肥嫩喷香的鸡肉，连连点头："好吃，好吃。"

可怜他没读过什么书，找不出更好的词来赞了。

壮汉又给络腮胡子夹了一筷子卤牛肉："我最喜欢这家酒肆的卤牛肉了，一口牛肉一口烧酒，一口烧酒一口牛肉，给个神仙都不换。"

这话他听店小二说过，不过是说开张头一日的烧猪头。

只可惜那日他想不开，吃了二十碗阳春面，活生生错过了……

壮汉一想到伤心事，发狠把两片卤牛肉一起塞入口中大嚼起来。

络腮胡子听到"卤牛肉"却猛然清醒了。

"兄弟怎么不吃呢？"壮汉嚼着卤牛肉，纳闷地问。

络腮胡子左右瞄瞄，见并无人注意这边，压低声音道："哥哥，情况有变！"

情况有变？

壮汉忙把牛肉咽下，换上严肃脸："怎么？"

毕竟是百里挑一的大当家，这点敏锐性还是有的。

络腮胡子苦着脸，声音放得更低："哥哥还记得我跟你提的，有一次打劫反而被对方劫了吧？"

壮汉点头。

这么丢人的事,他都没想到飞彪兄弟会跟他说,可见是把他当亲大哥。

络腮胡子眼神往柜台的方向飘了飘,小声道:"反抢了我们的人,都在这酒肆里呢。"

壮汉:"……"

缓了缓,壮汉低声道:"柜台边那个美貌小娘子,据说是位大家闺秀。"

怎么会在反抢了飞彪兄弟的人里呢?

络腮胡子快哭了:"就是她,她是领头的,还劫持了小黑当人质哩。"

壮汉茫然看向黑脸少年。

腮帮子鼓鼓的黑脸少年赶紧点了个头,夹了一筷子水晶肴肉塞入口中。

壮汉迟缓调回目光,声音喑哑:"兄弟,那咱们今日——"

"不成了!"络腮胡子眼眶发红。

壮汉再迟缓转动目光,投向满桌子美酒佳肴:"那这些菜——"

"完蛋了!"络腮胡子表情沉重。

壮汉目光呆滞:"那怎么办?"

见大哥被打击傻了的模样,络腮胡子只想痛哭流涕。

他阻拦过的啊,曾经只需要拿出十两银子买下一盘水晶肴肉,他们就能全身而退。

谁想到——

还能怎么办,敞开肚皮吃吧,吃完了兵来将挡水来土掩,大不了留下来刷盘子。

络腮胡子破罐子破摔,扯开嗓子喊道:"十壶烧酒!"

喝酒壮胆,一醉方休。

红豆双手环抱,侧头对蔻儿道:"蔻儿,我觉得这桌人是吃霸王餐的。"

"不能吧,他们是不想活了吗?"

"不信你瞧着。"

小半个时辰后,壮汉、络腮胡子,还有黑脸少年,全都喝醉了。

喝醉之后的络腮胡子拍了一下脑袋,低声问:"哥哥,是不是可以动手了?"

壮汉把酒杯一放:"动手!"

二人突然起身,直奔石焱而去,不忘吼一嗓子:"小黑,照计划行事!"

蔻儿捏着手绢掩口:"天呀,他们还有计划哩。"

壮汉与络腮胡子一左一右扑到了石焱身上,只一瞬的工夫,黑脸少年就冲到了院中。

立在院中的少年茫然四顾,因喝得有点上头,结巴着道:"锅,锅,锅呢?"

抽动了一下鼻子,黑脸少年眼一亮,冲着架在厨房外的一口大锅就冲了过去。

恰好秀月听到动静走出来,见一个黑小子奔向一口大锅,下意识挡住了去路。

热气腾腾一锅卤牛肉，泼到这孩子身上，就要把人卤半熟了……

眼看黑脸少年要撞到秀月，骆笙抄起手边铁算盘掷了出去。

算盘在半空划过一道优美的弧线，算盘珠叮当作响，就这么砸在了少年膝盖窝上。

黑脸少年腿一软，一个狗啃泥的姿势摔在秀月脚边，颤了颤身体一动不动了。

一只玉蝉从黑脸少年脖颈处滑出，静悄悄映入秀月眼帘。

秀月瞳孔一缩，盯着玉蝉如遭雷击。

女掌柜后知后觉惊呼一声，看着骆笙的眼神格外震撼。

她当了这么多年掌柜的，今日才知道铁算盘还能这么用。

东家该不会把那黑小子砸死了吧？

秀月愣愣蹲下来，颤抖着伸出手，去探黑脸少年的鼻息。

骆笙走过去，淡淡道："砸不死的。"

这时响起了呼噜声。

秀月跌坐在地，一副放松后虚脱的模样。

骆笙诧异看了秀月一眼："秀姑，你怎么了？"

"我——"秀月猛然抬头，迎上少女乌湛湛的眸子，强露出一抹笑容，"我没事……"

骆笙凝视着秀月嘴角的笑，眸光转深。

那抹笑很虚弱，很慌乱，可不像没事的样子。

她眸光一转，扫向趴在地上打呼噜的黑脸少年，若有所思。

秀月不是第一次见这黑脸少年了。早在进京的路上，黑脸少年冲出来打劫，秀月就在当场。可那时候她反劫持黑脸少年为质，并不见秀月有何异样。

这一次，为何不同了？

骆笙重新把注意力放在黑脸少年身上。

已经到了打烊的时间，半月挂在树梢头，洒落的辉光与屋檐下灯笼散发的橘光交织。

有一物进入骆笙视线。

她蹲下来，素白手指伸出，拾起静悄悄躺在地上的玉蝉。

玉蝉穿着红线，还挂在黑脸少年脖子上。

秀月猛然伸出手，把玉蝉握住。

骆笙看向秀月，平静问道："秀姑认识此物？"

秀月张口想否定，可少女语气太过笃定，那微微挑起黛眉询问的神情太过熟悉，令她陡然丧失了否认的力气。

秀月突然跪下来，冲着骆笙磕了一个头。

骆笙皱眉："秀姑这是做什么？"

秀月抬起头来："这孩子是我失散多年的侄儿，求姑娘允许我把他留在身边。"

"还有这么巧的事儿？"红豆讶然，"那你进京的时候遇到这黑小子怎么没认出来呢？"

秀姑好算计啊，一个人争宠还不够，居然还要拉山头！

必须揭穿她的阴谋。

秀月摊开手，露出那只看起来平平无奇的玉蝉。

"我侄儿早早就走丢了，本来认不出，刚刚看到他戴的这只玉蝉才认出来……"

红豆撇嘴："黑成这样还认不出？"

"红豆。"骆笙淡淡扫了红豆一眼。

红豆捂嘴："婢子不说了还不行。"

姑娘果然偏心秀姑，连疑点都不让人说。

"秀姑，你起来吧。"

秀月迟疑地看了黑脸少年一眼。

骆笙笑笑："既然是你的侄儿，当然可以留下来。"

"多谢姑娘！"秀月又重重磕了一个头，这才俯身去抱黑脸少年。

抱了抱，没抱动。

黑脸少年瞧着只有十二三岁，却是个结实小子。

"还是我来吧。"红豆轻松把黑脸少年抱起来，一脸嫌弃问秀月，"把你侄子放哪儿呢？"

秀月不由去看骆笙。

"先放厢房吧，他只是喝多了。"骆笙说得平静，心中却波澜丛生。

秀月是三岁时从外头买来的，在管事嬷嬷手里调教到五岁送到她身边伺候。

没有人比她更清楚，秀月在王府连一个亲人都没有，又哪来的侄子。

王府灭门前，秀月是她的四大侍女之一，王府灭门后，秀月以丑婆婆的身份遮遮掩掩活了十二年。

那黑脸少年的来历就十分可疑了。

莫非是王府幸存之人的孩子？

骆笙自嘲地想，若不是从司楠口中知晓幼弟在十二年前的那个夜晚就被摔死了，看这黑脸少年年纪，她甚至以为是幼弟宝儿……

想着这些，骆笙又想到一个人。

玉蝉能被秀月一眼认出来，可见秀月与玉蝉的主人很熟悉。而那个人不可能是她或疏风几个，那么最可能的人便是秀月的未婚夫。

秀月的未婚夫掌管王府一卫府兵，是个很出色的青年，对秀月十分倾心。她出阁把秀月留下，除了替她侍奉母亲，也有这方面的考量。

难道说秀月的未婚夫那个晚上也逃出去了，并娶妻生子——

"东家，这两个人怎么办？"

骆笙回神，目光在壮汉与络腮胡子面上游移，脑海中则浮现出一个冷肃俊朗的青年模样。

难不成这二人中有一位是秀月的未婚夫？

岁月这把杀猪刀，不至于狠成这样吧……

被石焱拎着的两个人正此起彼伏打着呼噜。

"一起带去厢房。"骆笙淡淡道。

青杏街的店铺大都是前铺后院的布局，有间酒肆也不例外。一排三间东厢房，秀月正陪着黑脸少年在打头一间，络腮胡子与壮汉被安置在最末一间。

骆笙目光在络腮胡子面上停了片刻，吩咐蔻儿："把他胡子剃干净。"

蔻儿应一声是，跑去后厨翻出一把剪刀对着络腮胡子的脸比画着："姑娘，全剃干净吗？"

"对，全剃了。"

盛三郎与石焱眼睁睁瞧着娇娇柔柔的蔻儿姑娘飞快地给络腮胡子剃着胡须，动作那个熟练。

二人齐齐打了个寒战。

这，这可真是人不可貌相啊。

很快响起女孩子愉悦的声音："姑娘，剃好了，您瞧瞧婢子剃得咋样？是不是挺干净的？"

骆笙还没开口，盛三郎与石焱不约而同倒吸口冷气。

只见原本浓密胡须与鬓角连在一起的汉子现在一张脸如剥了壳的鸡蛋，光滑干净，比额头这些不曾被胡须遮盖的地方白了何止一点。

瞧着那个怪异。

骆笙仔细看了一眼。

嗯，还是那么丑。

可以肯定不是秀月的未婚夫。

交代石焱看着二人，骆笙抬脚去了秀月那里。

红豆站在门口，见骆笙来了想要打招呼，被她摇头制止。

屋内，秀月正望着黑脸少年默默垂泪。

"秀姑——"骆笙轻轻喊了一声。

秀月慌忙拭泪，回过头来。

"你跟我来。"

秀月回望黑脸少年，犹豫了一下。

"有红豆看着，跑不了。"

秀月这才起身，随骆笙去了隔间。

"先坐。"骆笙指了指椅子。

秀月默默坐下。

"秀姑，你真的肯定他是你失散多年的侄子？"

秀月浑身紧绷，点了点头。

"就凭一只玉蝉？"

秀月眼底浮现出激动："那只玉蝉本是我的，错不了。"

"别激动。"骆笙声音淡淡，有种安抚人心的力量。

只不过她紧跟着问了一句，让秀月无法淡定了。

"那少年山匪出身，你就没想过玉蝉可能是打劫来的？"

秀月一下子愣住了。

"这种可能并不小，不是么？"骆笙语气平静，实则心中并不平静。

黑脸少年如果真是秀月所谓的"侄儿"，那一定与镇南王府有关。

越是这样，越要谨慎。

"不能吧，玉蝉并非珍贵之物……"秀月神情茫然，一副深受打击的样子。

"对一伙不入流的山匪来说，或许就很珍贵了。秀姑，你别忘了，当初我逼他们留下值钱之物，统共不值百两银子……"

秀月自然不会忘。

毕竟反打劫了劫匪这种事不常见。

"还是等他们酒醒了，问问再说。"

这一等，就到了明日一早。

黑脸少年茫然睁开眼，映入眼帘的是一张十分美丽的面庞。

"你要干什么？我，我没钱！"黑脸少年一个激灵坐起来。

女魔头太可怕，大哥呢？大哥在哪儿？

黑脸少年慌张四顾。

骆笙摊开手心，语气温和："别怕，你看看这是什么？"

少女手心白皙柔软，静静卧着一只小小的玉蝉。

黑脸少年一下子急了，一边伸手去夺一边喊："还给我，快还给我！"

这般情急，足见对玉蝉的在意。

骆笙手指缠绕红线，轻巧拎着玉蝉，凉凉道："再抢我就摔了它。"

黑脸少年登时吓得不敢动弹，死死瞪着骆笙。

怎么有这么坏的女孩子！

"有没有觉得冷静点了？"骆笙淡淡问。

黑脸少年呆呆点头。

不冷静还能怎么样呢？女魔头要摔他的玉蝉！

"冷静了就好，那就回答我几个问题。"骆笙一晃玉蝉，"先说说这玉蝉是怎么来的。"

黑脸少年眼珠随着玉蝉转，唯恐面前恶劣至极的少女一个失手或故意把玉蝉给摔了。

"是抢了什么人得到的这只玉蝉？"

骆笙语气轻巧，却让黑脸少年瞬间气红了脸。

"玉蝉是我的，不是抢的！"

"你的？"少女扬眉，丝毫不掩轻视，"我不信。"

黑脸少年又急又气："就是我的，我从小就戴着的。我叔叔说玉蝉是我爹娘留给我的念想，谁都不许碰。你快还给我！"

骆笙嗤笑："小山匪就爱撒谎，你明明对那个络腮胡子叫大哥，怎么又成叔叔了？"

"杜大哥本来就是我大哥，我叔叔已经死了——"黑脸少年说到这，泪珠开始在眼眶里打转，却强忍着不掉下来。

不能在女孩子面前哭。

"哇哇——"黑脸少年扯开嗓子号起来，"没吃到叫花肘子，还把我攒了好久给春花妹妹买冰糖葫芦的钱抢走了，还抢我的玉蝉……"

"再哭我摔玉蝉了。"骆笙淡淡警告。

黑脸少年哭声顿止，因为太急打起嗝来。

"你叔叔什么时候过世的，是个什么样的人，长什么样子……"骆笙一连问了一串问题。

黑脸少年后知后觉察觉不大对劲，警惕看着骆笙："你，你为何一直问我叔叔？"

素手一晃玉蝉，黑脸少年登时老实了，垂着头回答问题："叔叔五年前过世的。叔叔不爱说话，但很疼我，还教我识字习武……叔叔是我们黑风寨有名的美男子，你，你究竟想干什么？"

而此时，隔壁房间响起一声惨叫："胡子，我的胡子呢？"

石焱双手环抱胸前，神色阴冷："与其担心你的胡子，不如担心一下你现在的处境。"

"什么都没我的胡子重要，你们究竟干了什么？"络腮胡子显然无法接受一觉醒来胡子不见了的沉痛打击，撕心裂肺吼道。

至于处境？还有比胡子没了更糟糕的处境吗？

蔻儿不乐意了："还能干什么呀，不就是把你胡子给剪了嘛。毕竟是要送去锦麟卫诏狱的，难不成想用胡须遮掩容貌？我跟你说，犯了罪想逃避是不行的呀……"

018

锦麟卫？

络腮胡子正被这三个字震撼着，又听那娇滴滴的小姑娘说什么犯了罪——

他猛地跳了起来："谁犯罪了！"

红豆撇嘴："哟，合着进京路上打劫我们叫花肘子的不是你了。"

络腮胡子猛地涨红了脸："我打劫的是真金白银！"

打劫肘子的是小七那个傻蛋。

等等，小七呢？

络腮胡子左右四顾，脸色由红转青："你们把小七怎么样了？"

"你放心，那黑小子好好的。倒是你，跟我走一趟吧。"石焱伸出手，按住络腮胡子肩膀。

络腮胡子用力挣脱，却发觉那只看似轻飘飘落在他肩头的手有千斤重，根本无法脱身。

"你们真没伤害小七？"顾不得自己将要如何，络腮胡子追问。

"我们伤害一个半大孩子干什么，他可是受害者。"石焱冷冷道。

受害者？

络腮胡子听出不对来："什么受害者？"

石焱指向站在角落的秀月："黑小子是她的侄儿，从小就走丢了，多年苦寻不着，原来是被你们山匪给抢走当了小山匪——"

"胡说，小七明明是于叔的侄子——"络腮胡子激动反驳，意识到失言猛然闭嘴。

"于叔又是哪个？"石焱问。

络腮胡子闭口不答。

石焱冷笑："既然不说，那就跟我去锦麟卫，想必到了那里你就乐意说了。"

络腮胡子一听锦麟卫，勃然色变。

"你们，你们凭什么把我送去锦麟卫？"络腮胡子有些慌，"就算我是山匪，把我送去顺天府还不行？"

他一个山匪，没资格去锦麟卫啊。

红豆噗嗤一笑："凭什么？就凭我们姑娘的父亲是锦麟卫指挥使。不把你送去锦麟卫诏狱送哪里？肥水还不流外人田呢。"

蔻儿一扯红豆衣袖："肥水不流外人田不是这么用的呀。"

而络腮胡子已经吓傻了，喃喃道："女魔头是锦麟卫指挥使的女儿？"

石焱加大手上力气把络腮胡子拍清醒："我劝你把来龙去脉交代清楚，反正你是死是活，黑小子以后都有亲姑姑照顾。你想想有硬撑着的必要吗？"

络腮胡子一想也对呀，小七要是那丑女人的侄子，而他是小七的大哥，那不就成了一家人。

他为啥硬撑着不说呢？

这时骆笙走了进来。

"秀姑留下，你们先出去吧。"

等到红豆几人出去，骆笙施施然坐下，对秀月道："有什么想问的就问。"

秀月迟疑了一下。

骆笙微笑："需不需要我也出去？"

秀月纠结一番，缓缓摇头："姑娘不必出去。"

骆笙唇角笑意深了些。

冰冻三尺非一日之寒，秀月背负着王府灭门幸存者的秘密，戒心十足。而这一次小小的试探，可以看出秀月潜意识里对她已经有了一定信任。

或许，秀月比谁都更希望她就是清阳郡主。

"你说一说于叔的事儿。"秀月竭力平静着说出这句话。

"于叔啊，是十二年前主动投奔咱们黑风寨的。说与家里人失散了，一个大男人不知怎么养活一个婴儿，所以投奔寨子寻一条活路⋯⋯于叔能文能武，我识的几个大字就是于叔教的⋯⋯"

骆笙与秀月静静听络腮胡子讲述"于叔"的点点滴滴，渐渐勾勒出那个男子的模样。

"他，他会用树叶吹曲子？"听到这里时，秀月再忍不住打破了沉默。

"对啊，于叔特别厉害，一片普通的叶子都能吹出好听的曲子来。"络腮胡子两眼冒光，已经陷入了对"于叔"的盲目崇拜。

骆笙突然发现络腮胡子脸上没了胡子后，丑是丑了点儿，瞧着却最多三十出头的样子。

"于叔比你大多少？"有了这个发现，骆笙问。

络腮胡子收回思绪，不好意思笑笑："于叔只比我大八岁。"

大八岁？

骆笙皱眉。

她记得十二年前秀月的未婚夫二十出头，如果现在还活着也不过三十三四岁，要是这样年纪似乎有点对不上了。

"你——"骆笙拧眉打量着络腮胡子。

络腮胡子更不好意思了："我其实才二十五⋯⋯"

骆笙素来沉稳镇定，也难得惊了一下，不由深深看了络腮胡子一眼。

只有二十五岁吗？这可真不像啊。

络腮胡子显然对这样的目光不陌生，黑着脸敢怒不敢言。

当他留胡子是为了遮住俊美无俦的脸吗？

◆ 020

他十七岁的时候就常被人当成三十的,这才一怒留了胡子。

"你能唱出他常吹的曲子吗?"秀月沉默了许久,颤声问。

"让我想想。"络腮胡子回忆了一下,哼唱起来。

那是被络腮胡子唱出来后,调不知道跑到哪里去的一首小曲儿,却跑不走其中的甜蜜与哀伤。

秀月眼中蕴了泪,颤声问道:"他,他是什么时候去的?"

络腮胡子也难过起来:"于叔五年前去的,去之前特意叮嘱我要照顾好小七哩。你们到底把小七藏到哪里去了?"

他望着秀月,满眼狐疑:"你真的是小七的亲姑姑?那和于叔是什么关系?"

秀月双手掩面,肩膀一直颤抖着。

她没有发出任何声音,可心大如络腮胡子也能察觉到眼前这面貌丑陋的女子发自心底的悲痛。

络腮胡子不吭声了。

骆笙也没有出声。

就这么过了不知多久,秀月缓缓放下手,露出布满泪痕的脸。

她轻声说:"我是他妻子。"

这一刻,骆笙忽然湿了眼睛。

四个贴身侍女,疏风三人死在了十二年前,唯一活下来的秀月毁了容貌,今日又得知未婚夫已逝,说是生不如死也不为过。

而她,如同见不得光的老鼠,以骆姑娘的身份伺机报仇。

覆巢之下焉有完卵,从来如此。

她现在想知道的是小七的身份。

秀月的未婚夫既然在十二年前抱着襁褓中的小七当了山匪,从常理推测,小七必然与镇南王府有关。

难道说幼弟还活着?

这个念头升起,骆笙心神剧颤。

她眼前浮现出司楠的模样。

那个哪怕镣铐加身也掩不住绝代风华的男子,告诉她宝儿在那个血雨腥风的晚上就被摔死了。

他祈求她杀了他,给他解脱。

她还记得匕首刺入他心口,他对她道谢,他还想唤她一声郡主。

她实在难以相信司楠对她扯了谎。

那么现在就有两个可能。

一是司楠弄错了,当年被摔死的不是幼弟,真正的幼弟已经被秀月的未婚夫带着逃了出去。

另一种可能,小七是王府中某个人的孩子,恰好被往外冲的秀月未婚夫碰到,出于恻隐之心带了出去。

骆笙更倾向前一种可能。

于情,她比谁都渴盼幼弟尚在人世,让她在这人世间不是只有仇恨。于理,秀月的未婚夫掌管王府一卫府兵,如果没有特殊任务在身,只会选择死战到底流尽最后一滴热血,而不是独自逃生。

"原来于叔真的娶妻了。"络腮胡子听了秀月的话,一脸震惊,"寨子里的人都以为于叔推托呢。曾经好些人排着队要给于叔说亲,于叔说他早有妻子,这辈子不会再娶……"

秀月终于失声痛哭。

络腮胡子无措地看向骆笙。

骆笙没有打扰秀月,转身缓缓往外走。

络腮胡子见骆笙不理会大哭的秀月,反而要出去,情急喊道:"那个,我怎么办?"

骆笙语气淡淡:"可以留下一起哭,或者随我出去。"

络腮胡子忙追了上去。

他还要脸,怎么能留下一起哭呢。

走出隔间,骆笙随口问:"你叫什么名儿?"

络腮胡子老实道:"我叫杜飞彪。"

"你的同伙呢?"

"同伙?"络腮胡子后知后觉想到壮汉,面色一变,"你们把我陆大哥怎么样了?"

红豆丢过去一个白眼,没好气道:"还能把你同伙卤了吃不成?像个死猪一样还睡着呢。"

络腮胡子松了口气,这才道:"陆大哥叫陆虎。"

他一直觉得陆大哥的名字比他的气派,也难怪是十里八寨混得最好的一个。

而正被络腮胡子羡慕着名字的壮汉终于醒了。

"锦,锦麟卫?"壮汉听了石焱的威胁,眼都直了,"打劫一锅卤牛肉不至于送去锦麟卫吧?兄弟,咱商量一下,送去顺天府行吗?"

"送一个?那送我去,放过我两个兄弟!打劫是我策划的,他们才来京城,还什么坏事都没干呢……"

不久后,石焱走出来,压低声音对骆笙道:"两个人的话对上了。"

分开询问,不给通气的机会,算是审讯的一点小技巧。

秀月整理好情绪去见了黑脸少年。

一番相认不必多言，如何安排络腮胡子与壮汉，这可成了盛三郎等人十分重视的大事。

"留下？不行，这两个饭桶吃得太多，不能留下。"盛三郎表示坚决反对。

石焱立刻附和："我也不同意。"

络腮胡子抱着黑脸少年哭号："我不能跟小七分开啊，我答应早死的于叔要好好照顾小七啊……"

与小七分开，还吃不着酒肆的酒菜，让他以后可怎么活。

黑脸少年可怜巴巴望着秀月："姑姑——"

秀月心头一软，看向骆笙："姑娘，能不能让飞彪也留下来，他的伙食费我来担……"

骆笙其实早就决定把络腮胡子留下。

络腮胡子是小七最亲近的人，且因为小七与王府有关，她也不放心把这么一个人放到外头去。

但面上是不能痛快答应的。

见骆笙迟疑，络腮胡子知道决定命运的时候到了，忙拍着胸脯道："我不用姑姑养活，我可以刷盘子洗碗劈柴火。"

红豆翻了个白眼："可拉倒吧，你一顿饭吃下去的银子都可以请个长工干一辈子了。"

络腮胡子眨眨眼，猛然想起了那些酒菜的价格。

一只烧猪头一百两，二十碗阳春面一百两……

他猛然拽住秀月衣袖，沉痛道："姑姑，侄儿无能，暂时就靠您养活了。您放心，等以后侄儿有了出息会好好孝敬您的。"

黑脸少年目瞪口呆。

虽然大哥给他的姑姑叫姑姑也没错，可适应得是不是忒快了些？

秀月盯着那只拽着自己衣袖的手，忍了又忍才没有甩开，默默等着骆笙的决定。

骆笙黛眉舒展，淡淡道："既然这样，看在秀姑的面子上就留下吧。"

"多谢姑娘！"

决定了络腮胡子的去留，众人视线落在壮汉身上。

壮汉心一横，伸手拽住了秀月另一只衣袖："姑姑，侄儿以后有了出息也会孝敬您的——"

……

今日上朝的人发现赵尚书情绪不佳，似乎遇到了什么烦心事。

散朝时与赵尚书关系尚可的工部尚书凑过来，问道："赵尚书怎么愁眉苦脸的，莫非是遇到了难解的案子？"

"没有。"赵尚书往外走着,没精打采地答了一句。

工部尚书笑笑:"也是,你有个得力属下,什么案子都用不了太久就能破了。"

"是啊,林腾很能干。"赵尚书想到林腾,就想到了去有间酒肆能算半价的林疏。这么一想,越发心塞了。

要是能把林疏安排到刑部来就好了,可惜那孩子不入仕。

真是可惜了啊!

眼见赵尚书露出遗憾之色,工部尚书更加好奇了:"赵兄到底怎么了?要是遇到了难事,不妨与我说说。"

赵尚书看老朋友一眼,直接道:"缺钱。"

"啥?"工部尚书以为听错了。

走在二人周围正竖着耳朵听的几位大臣也以为听错了。

没听说赵府有什么亏空啊,赵尚书居然公然说缺钱。

工部尚书脸色一正:"赵兄缺多少?我这里还有些私房钱可以应急——"

赵尚书摇头叹息:"难说。"

眼见吸引了不少注意,赵尚书也没想着瞒着,毕竟不能让他一个人把私房钱吃没了。

"是这样的,几日前,青杏街上开了一家酒肆……"

听赵尚书说完,众人齐齐咽了咽口水。

"赵尚书,那家酒肆的饭菜真那么好吃?"

"我闲着没事哄你们玩吗?"赵尚书一听别人质疑他的口味,立刻不乐意了。

工部尚书很是纳闷:"既然如此,去吃就是了,赵兄何必闷闷不乐?"

"贵呀!"赵尚书跌足长叹,"太贵了。"

吃一顿几百两银,就算他是二品大员也受不了啊。

他盘算着一个月最多吃一次,不能再多了。可一想到一个月只能吃到一次有间酒肆的饭菜,剩下一日三餐全在吃猪食中度过,心情能好吗?

工部尚书心想:一间酒肆能有多贵,看把老赵愁得。

他立刻开口相邀:"既然有间酒肆的酒菜那么好吃,我请赵兄喝一杯,正好也尝尝鲜。"

"钱兄请客?"赵尚书眼睛立刻亮了。

他连吃了三顿,前两顿都有人请客,只最后一顿自己掏的钱。

就这么一次立刻让他警醒了,忍痛决定今晚不去吃。

万万没想到还有人请客!

赵尚书握住钱尚书的手,声音颤抖:"钱兄,你真是够意思啊。"

"赵兄严重了,一顿酒而已。"钱尚书扫到四周的同僚,笑了笑,"人多热闹,不如同去——"

"钱兄！"赵尚书一声喝，把钱尚书后面的话吓了回去。

"赵兄？"

赵尚书一脸严肃："今日咱们两个好好说说话。"

老钱这么够意思，不能害了他。毕竟工部没什么油水，老钱也不容易啊。

眼见两个尚书并肩走了，留下的人面面相觑。

"那个新开的酒肆真有那么好吃？"

"赵尚书最喜欢吃，能让他觉得好吃，应该差不了。"

"没听赵尚书说挺贵的，所谓便宜没好货好货不便宜……"

"要不——咱们也去尝尝？"

"走，去尝尝，反正青杏街离得近。"

此刻有间酒肆刚刚开门。

盛三郎把桌子抹干净，忧心忡忡："今日多了三个饭桶，咱们会不会不够吃了？"

"不一定。连来三日的赵尚书恐怕不舍得来吃了，连来两日的林祭酒兜里应该没钱了。这么一算，说不准今晚就我们主子来。"石焱不知是安慰盛三郎，还是安慰自己。

盛三郎看石焱一眼，叹气："你们王爷吃得也不少。"

石焱不由点头："谁说不是呢。"

二人正忧心着，赵尚书就领着钱尚书走了进来。

"钱兄，就是这里了。"

石焱惊了："您又来了——"

赵尚书那叫一个春风得意："钱尚书请客！快说说今日新菜是什么。"

听完价格的钱尚书嘴唇苍白，两眼发直。

他，他就是管着工部的一个穷老头子啊！

这边酒菜刚送上，突然涌进来七八个客人。

这下连红豆都坐不住了，快言快语道："好叫几位大人知道，咱们酒肆的饭菜可不便宜呢。"

众人面面相觑，不由恼了。

他们好歹是朝廷重臣，这店小二瞧不起谁呢！

"上菜！"

"上酒！"

风卷残云，杯盘狼藉。

一桌桌酒客痛并满足着离去。

太贵了，太好吃了。

攒够了钱还来……

夜色渐浓，卫晗姗姗来迟，看着盛三郎几人面色铁青收拾桌子，微微诧异。

站了片刻无人招待，他喊了一声石焱。

因饱受打击而反应迟钝的小侍卫这才发觉主子来了，双眼无神走过来。

"主子，您来晚了，都没了……"

卫晗皱眉，不由去看骆笙。

都没了，是他理解的那个意思吗？

骆笙微微一笑："不好意思，酒菜售罄，王爷明日请早。"

酒菜售罄？

卫晗脸色沉了沉。

有那么一瞬间，他甚至以为骆姑娘在针对他。

当然，即便有这种感觉，他也不能如何。

堂堂亲王，总不能为了一口吃的与一个小姑娘计较。

再说，他其实也不是注重口腹之欲的人……

卫晗摸了摸隐隐作痛的胃，走向骆笙。

骆笙微笑："王爷明日再来吧，我们酒肆要打烊了。"

卫晗没有理会这话，把一个木匣放在了柜台上。

骆笙随意扫了扫，不解地看着他。

"骆姑娘的酒肆开张，我还未送过贺仪，实在失礼了。"

骆笙语气淡淡："我与王爷并无深交，且男女有别，王爷未送贺仪本就理所应当，何来失礼之说？王爷还是把东西拿回去吧。"

卫晗还是头一次给女子送礼物，没想到被拒绝得干脆利落，给出的理由还是男女有别……

连心情正低落的石焱都听不下去了。

骆姑娘有点欺负人了啊。

跟谁讲男女有别都行，跟他们主子讲男女有别，这不是倒打一耙嘛。

石焱对着卫晗猛眨眼睛。

主子，把骆姑娘扯掉你腰带的往事说出来！

卫晗把木匣往骆笙的方向推了推，神色淡然："在我心中，朋友便是朋友，只有品性之分，并无男女之别。"

石焱抚额。

苍天啊，主子这辈子大概只能等着皇上赐婚了，靠自己是不可能忽悠到媳妇的。

他居然对着一个花容月貌的姑娘谈品性，直言把人家当朋友。

这么说也行，你可以表现得惹人遐想一点啊，端着一张光风霁月的脸干什么？

明摆着告诉人家姑娘你就图一口吃的？

小侍卫绝望哀叹。

骆笙听了这话，眸光微闪。

朋友？

素手伸出，搭在木匣上。

"既然王爷这么说，那我就收下了，多谢王爷的贺仪。"

她自然不可能把开阳王当朋友，不过话说到这里，没必要弄太僵。

见骆笙收下礼物，卫晗笑了笑："那我告辞了。"

"王爷好走。"

见主子饿着肚子可怜巴巴要走，石焱看不下去了："东家，您不是说给我们做油泼面吃么。"

油泼面？

卫晗脚步一顿。

他还没吃过骆姑娘做的油泼面。

这般想着，卫晗睇了石焱一眼。

石焱心头一凛，明白了主子的意思：今晚要是不能让主子吃上油泼面，他这临时店小二是当不成了。

"东家，赶得早不如赶得巧，我们主子来都来了，不如留下一起吃吧，反正就是多一双筷子的事儿。"

盛三郎轻咳一声。

果然还是向着自家主子，那是多一双筷子的事吗？

那是至少多五个大海碗的事！

见石焱满眼祈求，骆笙道："倘若王爷不嫌弃，那就留下一起吃吧。"

卫晗颔首致谢，淡然坐下。

实则多一个字都不敢说。

万一说得不合适，骆姑娘改主意怎么办？

"王爷稍候。"骆笙转身离开大堂，去了后厨。

卫晗目光往留在柜台上的木匣上落了落，无奈笑笑。

不多时，一股浓烈香味从后厨的方向飘来，很快在大堂散开。

这种香味直接霸道，不断刺激着人的味蕾。

"我去端面！"盛三郎拔腿就往后厨跑。

卫晗端坐桌边，矜持等待。

就见盛三郎端了一个托盘进来，托盘上并排摆着四只青花大碗。

在他后面是个壮汉，也是一个托盘四碗面。

再后面则是个不好判断年纪的男子。

卫晗盯了男子几眼,认了出来。

这是进京路上打劫骆姑娘的那伙山匪的领头人。

他看人,一贯看眼睛。

胡须或许会遮掩一个人的脸型,眼睛却变不了。

跟在络腮胡子后面的是个肤色微黑的少年。

随着这几人端着油泼面进来,那股辛辣的香味更浓烈了。

"主子,吃面。"石焱把端来的托盘往卫晗面前一放,一副邀功的语气。

卫晗垂眸,动作优雅地吃起来。

吃完一碗又一碗,吃完一碗又一碗……

等到卫晗离去,见骆笙似乎把礼物给忘了,石焱忙抱起匣子凑过去:"东家,您不看看我们主子送了什么啊。"

骆笙伸手打开木匣。

匣中铺着红绒布,一物静置其上。

"这是——"石焱声音发颤,似是不敢相信看到了什么。

红豆瞅了一眼,纳闷道:"一把菜刀啊,你认不出?"

石焱眼神呆滞,忽觉刚刚吃下的香喷喷的油泼面都变得索然无味。

他当然知道这是一柄菜刀。

可是,主子给人家姑娘送礼物,为什么要送一把菜刀?

刀柄包了金,它难道就不是一把菜刀了吗?

离开了酒肆的卫晗则在想:骆姑娘喜欢钱,还喜欢做菜,那份礼物她应该还算满意吧?

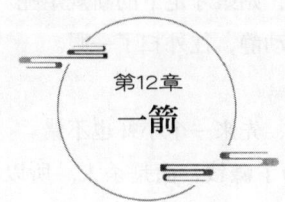

第12章
一箭

有间酒肆开张第四日之后,名声彻底打了出去。

大半个月后,京城上层圈子差不多都知道青杏街上有家酒肆是骆大都督的掌上明珠骆姑娘开的。

贼贵,贼好吃!

而安国公府二姑娘朱含霜则听说,开阳王是有间酒肆的常客。

"郡主,听说有间酒肆的酒菜一绝,不去尝尝太可惜了。"

小郡主卫雯摇头拒绝:"天热,我没什么胃口。"

自从母妃寿宴上发生了命案,母妃心情不佳之下就不大爽利,她哪有心思出去吃饭呢。

何况,那是骆笙开的酒肆,她为何要赏脸去捧场。

朱含霜劝道:"没有胃口才该去尝尝,若是吃着好吃,还能给王妃带些回来。"

这句话打动了卫雯。

二人赶到青杏街,在一间看起来寻常的酒肆外驻足。

"这就是有间酒肆?"卫雯看着进进出出的酒客,一时有些震惊。

以她的眼力当然能瞧出这些人非富即贵,甚至认出几张熟悉的面孔。

"咦,那不是太仆寺王少卿的两个孙女么,竟然也在这里。"朱含霜说得平淡,态度更随意。

太仆寺少卿不过正四品官,放到京城实在排不上号,他家姑娘在朱含霜这等贵女眼中自然算不得什么。

"先进去吧。"卫雯见人来人往，轻声道。

二人走到门口，被红豆拦下来。

"二位客官对不住，咱们酒肆今日的号已经发完了。"

"发号？"朱含霜听得一愣。

红豆心中虽讨厌朱含霜，但当了这么久伙计面上还是能沉住气的，解释道："咱们酒肆晚间只接待十桌客人，再多就要等明日了。"

这可是他们几个拼死谏言，姑娘才定下的新规矩呢。

柜台边的少女留意到门口动静，往外扫了一眼。

见是卫雯，骆笙心中一动。

等了这么久，大鱼没有来，先来一个小虾也不错。

她开这家酒肆本就不是为了赚钱，而是杀人。所以一开始就定了高价，直接把酒客圈定在非富即贵的范围，甚至就算这些人也承受不起时时来吃。

朱含霜已经瞥见大堂角落里独坐的那道绯色身影，哪甘心就这么离去，当即脸色微沉："限定十桌？从没听说酒肆限号的。"

"不好意思，咱们酒肆就这样。"红豆板着脸道。

这时蔻儿对着两位少女福了福："二位客官可以进去了。"

朱含霜见王少卿家两位姑娘起身，不由出声："等一等。"

两名少女看过来，忙向卫雯屈膝见礼。

其中一人客气地问朱含霜："朱姑娘叫我们有事么？"

朱含霜矜持笑笑："我与郡主来晚了，不知——"

她眼角余光往那道绯色身影上落了落，本想说能不能把号让给她们，话到嘴边改了主意："不知可否拼个桌？"

把号要过来，落到他眼中未免显得霸道。

两名王姑娘还能说什么，自是不敢犹豫便同意了。

四人正好坐了一张方桌。

听蔻儿报完菜名与价格，朱含霜忍着震惊问卫雯："郡主想吃什么？今日我做东。"

她听说这家酒肆死贵，可万万没想到贵成这样。

"就一盘酱鸭舌，一碟蓑衣黄瓜，再加一碗阳春面吧。"卫雯这些日子确实没什么胃口，有大堂里酒菜的香味刺激着，随意点了几样清爽的。

"再加一份卤牛肉，一盘水晶肴肉，一份鲅鱼水饺。"朱含霜微笑着看向两名少女，"二位吃什么？"

年纪稍长的少女忙道："朱姑娘不必管我们。"

朱含霜狠狠松口气，面上依然云淡风轻："同桌吃饭，难道还分开结账？二位王姑娘想吃什么点了就是,一同算在国公府账上。"

两名少女坚持着拒绝。

朱含霜暗道一句还算懂事,倒是瞧着二人顺眼了些。

"那二位王姑娘请自便。"

两名少女明显松了口气,年纪稍长的少女对蔻儿道:"两碗阳春面,一碟蓑衣黄瓜就够了。"

阳春面五两银子一碗,蓑衣黄瓜三两银子一碟,就这样也要吃去十几两银子,于她们来说不是个小数目了。

她们姐妹月钱不过二两,已经包含了与小姐妹礼尚往来等事。

大王姑娘望着妹妹,神色温柔。

都说有间酒肆的酒菜极好吃,她想请妹妹尝一尝。只可惜囊中羞涩,只能吃一碗阳春面。

倘若味道真如传闻那般好,等过了年手头宽裕她还要请妹妹来吃,到时候也要吃卤牛肉和水晶肴肉。

蔻儿记下来,对朱含霜甜甜一笑:"客官要不要尝尝橘子酒?这是咱们酒肆独家酿制的,澄澈清亮,入口极佳,与常喝的橘子酒完全不同。"

"那就来一壶橘子酒吧。"朱含霜心中滴血,面上淡淡。

"好嘞,几位稍等。"

而在蔻儿招呼这桌客人时,坐在柜台边的素衣少女却不见了身影。

"秀姑,我来做一道小菜。"不知何时出现在后厨的骆笙开口道。

秀月让开来,顺口问道:"姑娘要做什么?"

"琥珀冬瓜。"

秀月眼神一缩。

琥珀冬瓜?

冬瓜有几种做法,都可以称为琥珀冬瓜,可在她心中真正的琥珀冬瓜只有一种。

当初教郡主做这道菜的厨子曾说过,整个南地会这种做法的不超过三人,一个是她的师父,一个是她的师兄,再一个就是她。

"姑娘准备做明日的新菜?"

真正的琥珀冬瓜,需要至少四个时辰才能完成。

"不,等会儿端出去给一桌客人,所以要用个取巧的法子。味道虽差了些,却也能入口。"

秀月心头巨震。

琥珀冬瓜是十分耗时的一道菜,花上四个时辰都是少的。

她记得平南王妃最爱这道菜。

那是郡主与平南王世子定亲后,有一日平南王妃来王府做客,王妃得意于郡主的孝心,向平南王妃提起来。

平南王妃大为意外,说她未出阁时吃过一次琥珀冬瓜,后来就寻不到会做这个的厨子了,一直念念不忘。

王妃不懂琥珀冬瓜是耗时耗力的一道菜,便叫郡主做这道菜请平南王妃一尝。

做母亲的,总是忍不住向人炫耀女儿的出众。

郡主不忍让王妃失望,就去请教教她做琥珀冬瓜的厨子,那位女厨子便告诉了郡主一个小窍门,能大大缩短做这道菜的时间,只不过味道稍逊。

"取巧的法子是什么?"秀月望着骆笙,喃喃问。

骆笙冲秀月嫣然一笑:"你看着就知道了。"

秀月不再吭声,目不转睛盯着冬瓜从切花到最后成为一块块晶莹剔透的琥珀装盘。

"骆姑娘从何处学来的?"秀月急切问道。

骆笙扫了扫蹲在后厨刷盘子的络腮胡子,以及在院子里劈柴的壮汉,笑道:"教我做这道菜的是一位女厨子,等得了闲我再与你仔细说。"

秀月清醒过来,胡乱点头:"好,好……"

骆笙喊住进来传菜的红豆:"把这盘琥珀冬瓜端到朱姑娘那一桌,记得这般说……"

听完骆笙的交代,红豆端着盘子飞快去了大堂,一路上不知咽了多少口水才忍住没偷尝一块。

此时王二姑娘已经喝干净最后一滴面汤,冲王大姑娘甜甜一笑:"姐姐,阳春面真好吃。"

王大姑娘悄悄捏了捏荷包,咬牙道:"小二,再上一盘卤牛肉。"

她们与人拼桌,哪能闻不到满桌佳肴的香味。

尤其在吃到阳春面之后,连一碗看起来普普通通的面条都如此美味,可以想象卤牛肉那些该有多好吃。

王二姑娘一听,慌忙摆手:"不用,我都吃饱了。"

王大姑娘愈发心酸。

有间酒肆确实贵得出奇,然而味道也好得出奇。倘若母亲还在,带她们花上几十两银尝个新鲜算不得什么。只可惜母亲早逝,她们在继母手下讨生活,除了按季裁衣裳打首饰,也就是月钱可以支配。

罢了,来都来了,难道看着妹妹吃个半饱回去?

再贵就吃这么一顿。

"我想尝尝呢。"王大姑娘对妹妹笑笑,吩咐蔻儿上菜。

这时红豆走了过来,把盘子往二人面前一放。

盘中堆砌着一块块晶莹剔透的琥珀,全然看不出是什么食材,只有那诱人的色泽与独特的香甜气令人心生不安。

这一盘得多贵啊!

王二姑娘险些跳起来:"我,我们没点这道菜。"

红豆甜甜一笑:"这是赠菜。"

赠菜?

这话一出,立刻多道目光投来。

这其中就包括卫晗。

上一次别人吃赠菜他没有,还是林祭酒带孙子来吃饭的时候。

这一次,为何又有赠菜?

感受到卫晗投来的视线,朱含霜一下子紧张又激动。

他是在看她吗?

刚刚郡主去向他问好,也没见他对郡主如何热络……

朱含霜一时间心中百般滋味,连拼桌的王家姑娘为何有赠菜都忽略了。

王大姑娘却保持着清醒:"不好意思,请问为何只有我们有赠菜?"

大堂里的酒客耳朵不由竖起来。

对呀,为何两个小姑娘有赠菜?

传说不是只有带林祭酒的二孙子来才打半价吗?据说赵尚书还把自己孙子带来试过呢,一文钱都不给少。

好像就是被带来的孙子吃垮了,赵尚书有一阵没来了。

"这份赠菜是给客官愿意拼桌的补偿。"红豆解释道。

众人眼一亮。

还能这样?他们也乐意拼桌的。

红豆紧跟着道:"当然啦,只此一次,所以还是两位姑娘人美心善运气好。"

王大姑娘微微松了口气:"那就多谢了。"

无视那些投来的目光,王大姑娘举箸夹了一块琥珀冬瓜放入王二姑娘碗中:"妹妹尝尝。"

王二姑娘见碗中之物晶莹剔透,一时竟不敢动筷子,问道:"请问这是什么呀?"

"这道菜叫琥珀冬瓜,是咱们酒肆的独门菜呢。"

王二姑娘不可思议睁大了眼睛:"竟然是冬瓜做的?"

她不由得夹起一块放入口中,露出心满意足的表情。

"姐姐,你也吃。"

眼见两个小姑娘你一块我一块吃起来,众人那个着急。

到底好不好吃可说一声啊，怎么只顾着吃呢！

呜呜呜，一定很好吃，然而是赠菜，掏钱也买不到的。

小郡主卫雯则在琥珀冬瓜端上来之后就再没开过口，直到盘中只剩下三两块晶莹琥珀，才道："给我们上一盘琥珀冬瓜。"

母妃多次提过这道菜，遗憾王府中的厨子无人能做，还说她小时候也喜欢吃。

幼时吃过的菜是什么味道她早就记不得了，然而母妃喜欢最重要。

"抱歉，咱们酒肆的赠菜不卖。"红豆干脆利落拒绝。

姑娘早就交代过了，酒肆的规矩不能破。

朱含霜面色一沉："不卖？你们开门做生意，哪有这样的规矩！"

红豆撇嘴："规矩是我们东家定的呢，就连开阳王想买都不卖的，朱姑娘难不成比王爷脸面还大？"

大堂里的人又齐齐去看独坐一桌的绯衣男子。

开阳王也打过赠菜的主意却被酒肆拒绝了？

真看不出，开阳王是为了吃这么拉得下脸的人呐。

卫晗捏着银箸，面不改色。

他看出来了，那日送的金菜刀似乎没讨骆姑娘欢心。

他也想起身便走，然而他的胃不答应。

感受到开阳王周围的寒气，众人忙收回视线。

而朱含霜听红豆这么说后，一下子被堵住了嘴。

换作与别人比较，她还能说几句，可偏偏这贱婢把开阳王拉出来。

到这时，满桌佳肴已经无法让朱姑娘满意。

她恨恨想着：以开阳王的身份什么山珍海味吃不着，为何非要来骆笙开的酒肆受闲气。

他，他就不能争气一点么！

这般想着，她含怨扫了那人一眼。

卫晗并没往这边多看一眼，正面无表情吩咐石淼："再上一盘卤牛肉。"

朱含霜："……"

"既然只赠不卖，那便罢了。"见引起众人注意，卫雯淡淡道。

因为一盘菜被人关注议论，没有必要。

不过琥珀冬瓜她是一定要让母妃尝到的。

"这道菜形如琥珀，令人心动，酒肆不准备加入食单么？"

红豆道："今日赠给这两位客官吃，如果吃着好，明日就加入食单。不过琥珀冬瓜做起来麻烦，即便加入食单也不会每日供应。"

众人眼一亮。

这么说，明日就能吃到这道琥珀冬瓜了？

然而随后又沮丧起来。

吃过这一顿，明日哪还有钱来吃啊。

红豆似是想起什么，扬声道："对了，明日咱们酒肆将要推出一道新菜——扒锅肘子。扒锅肘子各位客官知道吧？"

众人齐齐点头，又齐齐摇头。

肘子当然知道，扒锅肘子又是什么做法？

不知道为什么，听着就觉得好吃。

红豆得意一笑："扒锅肘子可是一道大菜，不是每日都供应的。各位听说过烧猪头吧？"

众人再次齐齐点头。

太听说过了啊。

赵尚书不知遗憾多少次只在酒肆开张头一日吃了那么一回呢，他们听得那叫一个不是滋味。

能吃一次赵尚书口中那样的烧猪头，一百两银子算什么。

不就是钱么，千金散去还复来。

红豆忍着心痛道："所以各位把握机会，莫要再错过了。"

她其实一点不希望这些饭桶把握机会，最好明晚没有客来，全留给自己人吃。

众人猛点头。

已经错过了烧猪头，不能再错过扒锅肘子了，明日一定来吃！

而小郡主卫雯也坚定了明日再来的决心。

父王喜欢吃肘子。

"郡主吃好了吗？"琥珀冬瓜引起的骚动过去，朱含霜问卫雯。

卫雯点头。

"那就结账吧。"

听蔻儿报出账单，朱含霜心尖颤了颤，面上竭力保持淡然："记在国公府账上。"

等蔻儿记完账，卫雯这才道："给我打包一份黑蒜酱鸭舌。"

酸中带甜、辣度适中的鸭舌，母妃一定喜欢吃。

蔻儿抿唇一笑："好叫客官知晓，咱们酒肆不外卖。"

"不外卖？"卫雯微微挑眉，看了柜台边的素衣少女一眼。

"对呀，先前开阳王有事不能来，想要外送到王府，咱们酒肆照着规矩都没答应呢。"蔻儿柔声道。

正吃卤牛肉的卫晗："……"

卫雯看了卫晗一眼，眼神复杂。

小王叔在太子面前都能端长辈的架子，怎么就让一间酒肆吃得死死的？

然而不管如何不满，有开阳王的例子在先，卫雯不好再强求。

"既然这样，我提前预订明日一桌，这总可以吧？"

蔻儿微笑："抱歉，咱们酒肆概不预订。"

卫雯忍无可忍，拂袖而起走至骆笙面前。

"骆姑娘，这真是酒肆的规矩？"

骆笙淡淡一笑："自然是酒肆早就定下的规矩，郡主难道以为我针对你？"

听到这话的卫晗抬眸看她。

他近来对"针对"二字有些敏感。

骆笙似有所感，眼波一转与之对视。

那一瞬间，卫晗心头一跳，生出不妙预感。

望过来的少女嫣然一笑，对着卫雯微扬下巴："郡主若是不信可以问问王爷，看我有没有针对你。"

卫晗举杯饮了一口烧酒。

烈酒入喉，好似火烧。

别问他，他本来就一直被针对着。

卫雯当然不敢过去问。

小王叔的脾气可没看起来这么好，也就是骆笙投其所好抓住了小王叔的胃，才能如此嚣张。

她要是过去问，就傻了。

"骆姑娘如此说，我怎么会不信。"卫雯忍怒笑笑，对朱含霜微微颔首，"含霜，咱们走吧。"

朱含霜起身，心中颇为不舍。

他还没走呢。

奈何众目睽睽之下没有拖延的借口，只好作罢。

骆笙目送二人背影消失在酒肆门口，懒懒收回视线。

预订是不可能的。

她的目标是平南王，若是行动之日是平南王府提前定好的，岂不是给人怀疑到她身上的可能。

尽管以大都督之女的身份被怀疑到的可能性很低，她也不愿冒一丝风险。

她不需要通过预订来确定平南王会不会来。酒菜投其所好，不愁对方不照着她的安排来。

酒肆中食客渐渐散去，只剩卫晗一人独坐。

石焱讪笑："主子，要结账么？"

"结账。"

总算等到其他酒客离开的某人起身走至骆笙面前,把蓝布包裹之物递过去。

骆笙看了一眼,微微抿唇。

难不成又要送她一把菜刀?

"这是什么?"骆笙倚着柜台,语气毫无波澜。

卫晗语气同样没有波澜:"送骆姑娘的礼物。"

石焱站在角落猛挤眼睛。

您送礼物,不管送的是啥,好歹语气温柔一点啊,能让女孩子觉得把她放在心尖尖上就对了。

就这语气,还以为是让对方结账呢。

"石三火,你眼睛抽筋了?"红豆嫌弃睨着石焱。

石焱摸摸鼻子,去收拾桌子。

"王爷已经送过贺仪了,为何还送我礼物?"骆笙看着卫晗,漫不经心问。

眼前男子似乎偏好绯色,一袭绯衣衬得他肌肤如玉,冷硬又冷清。

可这样一个人却以平淡语气说了一句足够撩人的话:"在王府无意中翻到此物,觉得骆姑娘会喜欢,所以就送了。"

擦桌子的小侍卫险些感动哭了。

主子终于有那么一丝长进了!

骆笙不由笑了:"王爷这话容易引人误会。难不成只要我喜欢的,你就会送?"

卫晗望着她,道:"我力所能及之处,只要你喜欢。"

骆笙挑眉:"为什么?"

石焱又忍不住挤眼睛了。

主子,大胆说出来,说你倾慕她!

他就不信了,以主子的相貌与身份,骆姑娘真的不考虑那么一下下。

在小侍卫的心急火燎中,卫晗坦然道:"我很满意酒肆的酒菜,对骆姑娘心存感谢。"

与那双墨玉般冷然的眸子对视,骆笙能看出对方真心实意这么想。

她不由笑了:"王爷付过钱了。"

"很多中意之物不是付钱就能买到的。"卫晗把蓝布包裹之物推到骆笙手边,"还请骆姑娘收下。"

骆笙目光往那物上落了落,面无表情道:"即便王爷额外送礼,也是不能享受半价的。"

卫晗滞了一下,才道:"我并无此意。"

能不能半价无所谓,倘若骆姑娘看在他诚心送礼的分上有菜相赠,这才是目的。

"那我就却之不恭了。"骆笙终于点头。

卫晗唇角微扬，笑意真切："那我回去了，明日再来。"

"王爷好走。"

骆笙望着转身往外走的绯色背影，随口问了一句："王爷为何一直穿绯衣？"

卫晗脚步一顿，转过身来。

石焱迫不及待解释："我们王爷每天至少换一套衣裳的，只是颜色款式差不多而已——"

后面的话被如刀的眼神逼了回去。

石焱委屈地擦桌子。

他不是怕骆姑娘误会主子不勤洗澡换衣裳嘛，主子怎么就不懂他的心呢。

卫晗与骆笙对视，以十分平静的语气道："以前常杀人，穿绯衣溅上血迹不会太惹眼，久而久之就习惯了。"

石焱拎起抹布捂脸。

主子再让他绝望，他就不养鹅了，努力争取一下面首的身份说不定能延长待在骆姑娘身边的时间。

"原来如此。"骆笙颔首示意知道了。

卫晗转身离去。

骆笙视线落在被蓝布包裹之物上。

这一次，开阳王送了什么？

实在是那把金菜刀印象太深刻，骆笙干脆把蓝布一层层揭开，露出真容。

是薄薄的一册书，封面几个大字：潘氏食珍集。

竟是一本食谱。

北地有潘姓厨师世家，擅长炖菜，只可惜多年前的战乱使潘氏断了传承，被许多名厨视为憾事。

这些事，还是她身为清阳郡主时从一位北地来的厨子口中知道的。

这册潘氏食珍集，莫非就是北地潘家失传的食谱？

骆笙打开翻看，果然不出所料。

这礼物，确实合心意。

不过礼物虽合心意，人却不行，谁让他姓卫呢。

卫雯踏着月色回到王府，换过衣裳直接去了平南王妃那里。

"今日在外头吃的？"平南王妃捧着茶杯，随意与女儿闲聊。

"青杏街开了一家酒肆，味道特别好。母妃，明日咱们一起去吃吧。"

平南王妃笑着摇头："你想去，多带些下人陪着就是了，母妃去不合适。"

卫雯劝道："母妃不知道，那家酒肆去的都是有身份的人，连小王叔都是常客呢。"

"呃,开阳王是常客?"这倒引起了平南王妃的兴趣。

"是呀,小王叔常去的,还有六部尚书以及他们的女眷,许多人都去过了。"

"看来那家酒肆味道确实不错,不过母妃近来胃口不佳,回头再说吧。"

卫雯抿了抿唇:"母妃,那家酒肆的厨子还会做琥珀冬瓜。"

"琥珀冬瓜?"平南王妃一愣,这下子是真的来了兴趣。

"母妃,您就答应吧,明日叫上父王与二哥,咱们一起去。"

平南王妃沉吟片刻,点了点头:"回头我问问你父王有没有空。"

琥珀冬瓜啊,真是许久没有吃过了。

翌日上午,骆笙就去了酒肆。

真正地道的琥珀冬瓜,是十分耗时的一道菜。

去皮切花的冬瓜上了糖色,要用小火耐心熬上四五个时辰才成。

其中冬瓜的重量、糖汁的比例以及火候的调整都十分讲究,稍一不慎就会使受到长时间加热的冬瓜软塌化掉。

至于扒锅肘子,更是一道名副其实的大菜,同样非短时可成。

等扒锅肘子做好,天色已是暗下来,快到了酒肆开门的时间。

盛三郎拼死抵着门口,一副如临大敌的模样:"表妹,今日要不让我们先尝一尝,就不开门了!"

石焱几人想点头,然而东家就是东家,可不是他们表妹,只能以沉默表达对表公子的支持。

骆笙笑笑:"红豆,去跟秀姑说切两个肘子给大家尝尝。"

红豆飞快跑进后厨,不多时端着两个盘子回来。

盘子才往桌上一放,几人就饿狼般争抢起来。

骆笙见状笑着摇摇头,亲自拉开了酒肆大门。

门外站着一个人,让她惊诧得后退半步。

"是不是吓着骆姑娘了?"卫晗问。

他也没想到才到酒肆门口,门就突然打开了。

骆笙不由多看了门外的男人一眼。

原因无他,只因一直一身绯衣的开阳王今日竟穿了一件竹青色直裰。

比之往日的夺目,倒是多了几分清雅。

察觉骆笙注意他的衣裳,卫晗有那么一分不自在,面上却半点不露。

"王爷今日来得早。"骆笙侧开身子,随口说了一句。

卫晗举步走入酒肆,听了这话微微抽动嘴角。

昨日就知道今日有新菜扒锅肘子推出,能不早点来么?

毕竟他既不能预订,也不能享受任何优待。

再然后，卫晗就顾不得想这些了，乌湛湛的眸光往抢食的石焱等人那里一扫，彻底冷下来。

他想过石焱这小子跟着骆姑娘没少吃好的，却没想到过得这么美。

这混账是忘了本来该干什么吧？

熟悉的杀气袭来，石焱猛然转身，见到卫晗的瞬间惊恐地睁大了眼睛。

小侍卫飞快地把嘴里香喷喷的肘子肉咽下，扑到卫晗面前。

"主子，您这么早就来了，快这边坐！"

卫晗坐下，语气淡淡："若不是这么早来，怎么能看到你吃肘子。"

石焱都快跪下了："主子您听我解释啊——"

这是第一次先饱口福啊，平时都是等打烊才有饭吃的。

"不必解释，上菜吧。"卫晗语气更冷。

难道要听这混账解释每日吃得美滋滋，而他还要担心能不能吃上吗？

"您今日想吃什么？"小侍卫含泪问。

"肘子三个，琥珀冬瓜一份，再来一壶烧酒。"

石焱立着没动。

卫晗睨他一眼。

石焱顶着如山的压力，坚强解释道："东家说扒锅肘子限量，一桌最多两个。"

"这样么？今日一共有多少只肘子？"卫晗随口问。

石焱脱口而出："三十个。"

"呃？"卫晗挑眉，"只接待十桌，一桌限量两个？"

还有十个肘子哪去了？

"明日让石焱——"

没等卫晗说完，石焱就跪下抱住了他大腿："主子，卑职已经和大白有感情了啊，您不能这么残忍啊——"

眼见骆笙看过来，卫晗脸色发黑道："起来。"

这时门口有声音传来："十一弟也在？"

卫晗看过去，就见平南王立在门口，旁边站着平南王妃，挽着平南王妃手臂的是小郡主卫雯。

骆笙这时也把视线投过去。

她看的只有一个人，便是平南王。

钓了这么久的鱼，这条大鱼终于来了。

她的仇家是平南王府与太子，以目前的情况对太子动手难度太大，先找平南王府算账正合适。

开一间酒肆，杀一个人。

是她赚了。

"红豆，还不去招待客人。"骆笙平静道。

先尝为快的店小二红豆精神抖擞地走了过去："几位客官里面请。"

"可有雅室？"平南王问。

红豆甜甜一笑："客官来得早，雅室还空着。"

"那就去雅室。"平南王向卫晗提出邀请，"十一弟一起吧。"

卫晗淡淡拒绝："不打扰三哥、三嫂一家人吃饭了。"

"十一弟这话就见外了，咱们是亲兄弟，不就是一家人么。"平南王笑呵呵道。

骆笙冷眼看着，心中冷笑。

多年前的平南王在父王面前也是这般好脾气，令人如沐春风。

岂料这副模样下是那么狠毒的心肠。

她转眸，看卫晗如何回答。

卫晗神色依然冷淡："主要是我习惯了坐在大堂。"

平南王面上还是那般亲热的笑："既然这样，就不勉强十一弟了。"

"客官请吧。"红豆扭身引着平南王一家上了楼梯。

骆笙垂眸端起茶杯。

清茶苦口，令人神清。

她当然不会选择在平南王第一次来就动手。

门内，有无数双眼睛盯着；门外，有平南王带来的护卫，甚至暗卫。

想要杀一个王爷，岂是那么容易的。

鱼来之后，根据鱼儿的特性完善布局才是正道。

骆笙放下茶盏，起身走向后厨。

"扒锅肘子，琥珀冬瓜——"石焱端着托盘过来，一边报菜名一边把盘碗往桌上放。

卫晗却罕见地没有第一时间去看菜，而是目光追随着那道素色身影，若有所思。

"主子，您看什么呢？"石焱纳闷了。

香喷喷的肘子摆上桌，主子都不瞧一眼么？

"看骆姑娘。"卫晗收回视线，语气坦然。

石焱愣了一下，压低声音："主子，您这种超常发挥最好留到骆姑娘在的时候，别在卑职这里浪费了啊——"

"滚。"卫晗冷冷扫了石焱一眼，举箸夹菜。

一个肘子切成薄薄大片，依然维持着完整的肘子形状，看起来并不算多。

卫晗夹起一片吃下，不舒坦了整个白日的胃这才熨帖了。

今日，骆姑娘多看了平南王一眼。

一般来说，有酒客进门，骆姑娘只看一眼。

卫晗压下这丝疑惑，夹起第二片肘子。

雅室里，酒菜已经摆上。

卫雯夹起一块琥珀冬瓜放入平南王妃碟中："母妃，您尝尝这家酒肆的琥珀冬瓜味道如何。"

平南王妃没动筷子，盯着碟中晶莹的琥珀冬瓜神色复杂。

她一看，就知道这是她记忆中的琥珀冬瓜。

地道的琥珀冬瓜，她只吃过两次。

一次还是少时，她随着母亲去外祖家给外祖母贺寿，小住期间吃过一次。

听母亲说，外祖家的那个厨子制这道琥珀冬瓜有独门秘法，是祖上传下来的。

回家后不过半载，外祖母便过世了。

外祖家与自家相隔数百里，那是记忆中唯一一次母亲带她去外祖家，外祖母的慈爱连同那道甜蜜的琥珀冬瓜从此留在她记忆深处。

再后来，就是去镇南王府做客，与镇南王妃闲谈时听对方提起清阳郡主会做这道菜。

她尝了，或许是少了一层温情回忆，比之在外祖家吃到的琥珀冬瓜味道稍逊。

但也十分不错。

可以说，从某些方面，她对清阳郡主这个准儿媳还是满意的。

当然，不满意的地方更多。

第一任镇南王与太祖帝本是结义兄弟，乱世中一同平定天下。

镇南王为兄，太祖帝为弟，二人携手打下天下，按说本该兄长坐上那个位置，但第一任镇南王自认治世才能不及太祖帝，把皇位拱手相让。

太祖帝感念其恩，把二人起家之地分与义兄，封义兄为镇南王，世袭罔替。

镇南王比之寻常亲王还要尊贵，那时王爷在镇南王面前都要小心客气，她在镇南王妃面前自是矮了半头。

清阳郡主是好，可这样尊贵的出身，成为儿媳就不那么好了。

"母妃，您不尝尝吗？"

平南王妃回神，面上复杂之色褪去，微笑着夹起那块琥珀冬瓜。

"我儿的孝心，当然要尝尝。"

再尊贵又如何呢，如今坐在这里享用美食的是她，而需要她打起精神应酬的镇南王妃却早已成了一抔黄土。

盘亘在南边的庞然大物，已经灰飞烟灭了。

一块琥珀冬瓜入口，平南王妃仔细品味。

"母妃，您觉得好吃吗？"卫雯问。

平南王妃眉目舒展，神情惬意："当然好吃。"

这次吃到的琥珀冬瓜，比清阳郡主做的味道还要好一些。

或许还是心情不同了吧。

愧疚？

平南王妃拿起帕子轻拭唇角，微微一笑。

愧疚能让她的长子当太子？还是能让平南王府比其他王府更尊贵？

愧疚既然不能当饭吃，不要也罢。

若说唯一遗憾的，就是羌儿与他们离心。

不过想成大事哪有毫无遗憾的，等羌儿坐上那个位置享受到至高权力，自会慢慢理解他们的做法。

"我也觉得好吃，可惜二哥没来。"卫雯说完，眸子睁大了几分，"父王，您怎么一眨眼半个肘子就吃完了？"

平南王夹起一片肘子放入平南王妃碗中："你们都尝尝，这肘子味道一绝。"

等到杯盘狼藉，平南王满足地叹口气："雯儿真是找到一个好地方啊。"

有间酒肆的常客渐渐摸索出一个规律：逢五会有烧猪头吃，逢十会有扒锅肘子吃。至于卤牛肉、酱鸭舌这些每日都供应的下酒菜，不必多提。

平南王喜欢吃扒锅肘子，也喜欢吃烧猪头，近来酒肆又推出新菜梅花大肠，来得就更频繁了。

上午，骆笙照例在演武场度过。

练过射箭沐浴更衣后，她从床下摸出一张弓。

这把弓，是她专为平南王准备的。

骆笙拿出帕子轻轻擦拭弓弦，一遍又一遍，直到心静如水，才把弓收好。

已经进入六月，天黑得很晚，有间酒肆开门的时间也比五月延后了半个时辰。

天色终于暗下来，酒肆外大红灯笼亮起，为陆陆续续到来的酒客撑起一片温暖橘光。

从有间酒肆飘出的香味越飘越远，那些早已知晓这家宰人黑店价格的寻常人捂着鼻子加快脚步，片刻不敢停留。

听说有个家资丰厚的外地人吃得连房租都交不起了，他们可不能步了后尘。

骆笙坐在柜台边，如往日一般懒散安静地喝着茶水。

酒客三三两两走进来，有熟悉的，也有陌生的，很快大堂就坐了半满。

直到这时，平南王终于来了。

平南王是带着平南王妃一起来的。

近来平南王常带王妃同来，到现在京中人已经开始称道平南王夫妻恩爱，那些有女儿的府上对平南王世子兴趣大增。

到平南王这个年纪还与王妃如此恩爱和睦，儿子自然差不了。

对于这些风声，平南王妃早已耳闻，心中自是得意。

一开始，她只是想多吃几次这家酒肆的琥珀冬瓜罢了。

她以前只是对这道与少时温馨记忆有关的菜念念不忘，自从来酒肆吃过，才发觉还能在这道菜里尝到不可言说的快意。

细嚼慢咽着这道菜，让她有种终于彻底把镇南王妃踩在脚下的满足。

且是对方永不能翻身的那种畅快。

这让她怎么能不喜欢这道菜呢。

没想到与王爷来了几次还传出夫妻和睦的美名，这倒是意外之喜了。

这样的名声，于儿女嫁娶上自然有利。

见到平南王夫妇进来的那一刻，骆笙心中终于松口气，唇角微扬。

尽管今日平南王不来还能等下次，可她已下定决心今日动手，自是忌讳一切变故。

出变故，总让人觉得不大吉利。

招待平南王夫妇的还是红豆。

"客官今日来得有些晚，雅室已经没有了。"

"无妨，大堂就好。"平南王很是随意。

来的次数多了，也就不执着雅室了。

毕竟这么多有身份的人都在大堂大吃大喝，连开阳王都不例外。

"客官请随我来。"

骆笙默默听平南王点好菜，起身走向后厨。

根据平南王夫妇的饭量，用饭的速度以及加菜的习惯，她大概可以推算出从酒菜摆上平南王那桌，再到平南王夫妇出门所用时间。

走到院中，正遇见络腮胡子往外走。

"东家，我去接小七。"

骆笙微微颔首，语气如常："早去早回。"

考虑到小七还小，骆笙征求过秀月意见，从上个月开始就把他送去了一家不错的私塾。

络腮胡子欢喜得不行，主动揽下接送的差事。

而对骆笙来说，送这个很可能与镇南王府有关系的少年读书识字十分必要。

此外，也是为了这一日尽量支开不相干的人。

等络腮胡子一走，骆笙便给正劈柴的壮汉安排了新活计："等劈完柴记得把豆子磨了，明日做豆腐吃。"

壮汉眉开眼笑应下来。

进厨房与秀月闲聊几句，骆笙再次回了大堂。

如往日一般在大堂与后厨之间来回数次,大堂里的酒客对此熟视无睹。

"记账吧。"酒足饭饱,平南王照例说了这么一句,带着平南王妃往外走。

红豆面上挂着称职的笑,在平南王夫妇身后微微屈膝:"二位客官慢走。"

对于店小二的客气话,平南王当然不会理会,而是在将出门时对卫晗打了声招呼:"十一弟还没吃完呢?"

卫晗端坐窗边桌前,这日穿的是一件鸦青色的袍子,衬得他身姿挺拔,眉目深邃。

对于平南王这句废话,卫晗很不想理会,然而基本的礼仪还是要有的。

他冷淡点头:"嗯。三哥、三嫂慢走。"

"那十一弟慢慢吃。"平南王笑呵呵走出酒肆大门,神色冷了下来。

没人乐意拿热脸贴别人冷屁股,对于这个油盐不进的十一弟,他当然有意见。

但皇兄却最器重十一弟。

他甚至都想不明白原因。

若说十一弟是难得的将才,可大周就找不出比他强的么?

可皇兄从十一弟少时起就精心培养,之后更是早早送去北地磨炼。

难道在十一弟还是个孩子的时候,皇兄就看出他是个武可定国的好苗子?

平南王翻起遥远的记忆。

十一弟是在他离京就藩多年后才出生的,直到父皇过世皇兄继承大统,他们这些藩王进京朝贺,才见过那么一次。

那时候十一弟不过三四岁大,瞧着可不大灵光。

据传,十一皇子有些痴傻……

许是年幼灵智开得慢,谁承想现在人模人样了呢。

平南王想着这些心头不忿,一个趔趄险些摔倒。

"王爷小心。"平南王妃忙把他扶住。

平南王回过神来,站稳身子:"我没事。走吧。"

酒肆外已是万家灯火。

一轮残月细如蛾眉,冷清挂在天上。

平南王略略站定,呼出一口气:"难怪有间酒肆只做晚市,这么热的天要是换了大晌午吃饱喝足走出来多难受。现在一出来就能吹着夜风,还是舒服多了。"

平南王妃笑着附和。

"王爷,咱们走吧。"

守在酒肆外的护卫无声跟上平南王夫妇。

走出数丈的距离,平南王回头望了一眼。

酒肆依然灯火通明,青色酒旗迎风招展。于夜色中这么认真看着,熟悉又陌生。

"王爷?"平南王妃纳闷地唤了一声。

平南王回过头来，一边往前走一边笑道："有间酒肆的扒锅肘子真是百吃不厌。下次有这道菜是什么时候？"

平南王妃笑道："今日是月末了，下次要初十才有。"

一想到还要等十来日才能吃到钟爱的扒锅肘子，平南王皱眉："也不知哪来这么多臭规矩，初十、二十、三十，算下来一个月只能吃三次。"

"其实这样正合适，良医正说到了咱们这个年纪，不能常吃这些……"

夫妇二人说着话，悠闲踱步往平南王府而去。

街边一棵树上，一身黑衣的骆笙几乎与黑夜融为一体，手握弓箭静候目标的到来。

她不能太久不出现在酒肆中，所以也是刚刚藏好身形。而时间显然拿捏得刚刚好，能看到平南王夫妇正往这边走来。

这就是她走遍西城大街小巷，最后选择把酒肆开在这里的一个重要原因。

酒肆离平南王府的距离，恰好是坐马车不值当的，步行正好消食的距离。

吃饱喝足，乘着夜风踱步回府，可要比坐车坐轿舒服多了。

再然后，就是这棵树。

这一段路光线稍暗，躲在枝繁叶茂的树上不会被人察觉。而再往前走，仍在弓箭的射程之内，光线又明亮起来。

十分适合她找准目标，一箭解决。

骆笙抬头，隔着茂密的枝叶看了一眼天空。

天上残月如钩，月光稀疏，几乎起不到照亮的作用。

初十、二十、三十，选在月末这一日动手刚刚好。

天时、地利、人和，唯有人和让骆笙不大满意。

今日赵尚书来了，还带得得力属下林腾与大外甥林疏。

外甥大了，应该不至于吓坏，林腾则让她有些忌惮。

平南王妃寿宴那日林腾的表现让她印象深刻。

不过她不准备再拖了。

再合胃口的吃食频繁吃上几次也会降低兴趣，到时候平南王来不来酒肆，时间上就不好掌控了。

权衡之下，林腾在与不在也没那么重要。

平南王夫妇已经走了过去。

本来这个距离最方便动手，但是也正因为最方便，骆笙不能动。

干掉平南王是其一，顺利脱身是其二。

两个她都要做到。

因为一个平南王把自己搭进去，那可不划算。

风吹来，树叶沙沙作响。

临街店铺屋檐下挂着的大红灯笼来回摇曳，光影一阵晃动。

平南王在前，平南王妃稍稍落后半步，二人眼看便要走到拐弯处。

在平南王夫妇身前有两名下人挑灯照亮，身后则跟了四五个护卫。

骆笙藏在树上，居高临下，倒是不愁避开那些人对准目标。

手中的弓已经握得有些发热，弓弦渐渐拉满。

一步、两步、三步……

骆笙在心中数着步子。

这不是她第一次藏在这棵树上，也不是第一次默数对方的步伐。

在灯火通明的酒肆里，在酒客吃得畅快时，在红豆几个为了酒菜还能剩下多少的忧心忡忡中，她一次次从酒肆悄然离开躲在这棵树上，目送平南王离去。

一次次举弓，一次次放下，调整着每一处细节，摸索出最佳的时机。

今日，她要把害了她家上下数百口的仇人之一留下来。

骆笙唇角紧绷，眼睛眯起。

手松，箭出。

那支承载着她痛苦与决心的羽箭如一道流星，一往无前飞出。

正中平南王后心。

平南王只感到后背一凉，就倒了下去。

他们恰好要走到拐角处的一处店铺。

店铺外高挂的大红灯笼散发着橘光，与走在前面的王府下人手中灯光交融，把倒下来的平南王照得清清楚楚。

平南王妃看到了那支没入平南王后背的羽箭，以及蔓延开的鲜血。

她发出一声短促高昂的尖叫，随之软软地倒了下去。

挑灯的王府下人大惊，立刻把灯笼一扔，扑到平南王夫妇面前大声疾呼起来。

跟随的护卫有的俯身查看平南王情况，也有的拔刀向外，警惕打量四周。

与此同时，不知从何处窜起一道黑影，直奔骆笙隐藏的方向而去。

对于平南王有暗卫相随，骆笙早有所料。

毕竟到了这样的地位，又是丧尽良心得来，哪有不怕死的。

射出那支羽箭之后，她立刻从树上跃下，拔腿便跑。

大树栽在临街的一处店铺后，跳下来就是一条长巷。

这条巷子，她也是熟悉的。

巷子是由一排临街店铺与一排民宅背向形成，没有门开在巷子里，不必担心突然有人推门而出，撞见这一幕。

一口气跑到巷子尽头，左前方就是一棵老树。

老树不知在此处生长了多少年，依然枝繁叶茂，郁郁葱葱。

骆笙从那棵树旁边掠过，手一扬把弓往树杈间一塞，那把专为平南王准备的弓就不见了。

树杈间有个树洞，是她事先探路时发现的。

从栖身暗杀的那棵树，到跳下来后要跑过的长巷，直到进入有间酒肆，路过的每一处她都仔细查看过。

这把弓绝不能带回酒肆。

藏在这里，即便被人发现也无妨。这么一把再寻常不过的弓，无人会怀疑到她身上。

可一旦在酒肆被人发现，那就难说了。

骆笙没有停留，脚下速度更快。

她身手或许不及追在后面的暗卫，但论对此处的熟悉，甩暗卫八条街也不夸张。

前方就是灯火通明的有间酒肆，平南王遇刺传来的动静已经使酒客走出酒肆，站在门口张望。

骆笙贴着墙角停了下来。

从此处到酒肆只隔着一条青石路，却全无遮挡。

迎面就是跑出来看热闹的酒客，身后则是追赶的暗卫。

停下来的骆笙却不是真正停下来，而是伸手推开一扇门，闪身而入顺势把门闩上。

这是一处普普通通的宅子，里面空无一人。

仿佛对此处的一砖一瓦、一草一木都了然于心，骆笙直奔柴房。

柴房里杂乱堆着柴火，绕过去是许久不用的一口大米缸。

米缸里自然没有米。

骆笙揭开盖子跳了进去。

这处宅子的主人也是她。

她当时买下的不只那家脂粉铺，还有这个宅子。

平南王遇刺的动静传到酒肆这边时，后厨听到风声要滞后一些。

秀月走进酒窖，抱起一坛酒正准备出去，突然听到角落里有声响。

秀月站定，皱眉寻觅声音来源。

莫非酒窖有老鼠？

她抱着酒坛往那个方向走了数步，忽然发现墙根处的酒桶盖子正一点点移开。

秀月后退半步，双目瞪大。

因为太过紧张，嘴角不受控制地抽动着。

好在这些年的磨难让她不似寻常女子那般夺门而逃，或是失声尖叫。

最初的惊恐之后，秀月反而上前一步，举起了酒坛。

她倒要看看是什么妖魔鬼怪。

到现在，秀月当然明白不是老鼠作祟。

酒盖被彻底揭开。

骆笙冲着正要把酒坛子砸下来的秀月低声道："秀姑，是我！"

秀月高举着酒坛，看着从酒桶中跳出来的骆笙大惊失色："姑娘——"

"嘘——"骆笙伸出一根手指放在唇边，阻止了秀月说下去。

站定后，她把酒桶重新整理好，飞快脱下一身黑衣，甚至连鞋子都脱下来，全都塞在秀月怀里。

"把这些拿去厨房烧掉，回头细说。"骆笙理了理鬓发衣衫，穿上先前脱下藏起的绣鞋，接过秀月手中酒坛大大方方向外走去。

平南王遇刺的动静已经传到这边来，她不能长久不出现。

而选择在秀月面前从酒桶中出来，是她有意为之。

她的身份，也该让秀月知道了。

只能说一切赶巧，恰好秀月在这个时候进了酒窖。

她揭开桶盖的一条缝隙看见秀月，干脆直接出来。

当然，除了秀月也不会再有旁人能进酒窖。从一开始她就交代过酒肆的人，酒窖只许秀月出入。

理由也很简单，酿酒重地，除了她就只能参与酿酒的秀月进去。

而那些卖给酒客的酒都是提前取出放在厨房，倘若不够，秀月再去酒窖取。

骆笙抱着酒坛从酒窖走出，见壮汉正站在院里往大堂张望，淡淡问道："看什么呢？"

壮汉吓了一跳的样子："东家，我没偷懒，豆子都快磨完了呢！"

"有客人闹事？"

"不是，好像是外头出事了。"

骆笙越过壮汉走进大堂，把酒坛随手往桌上一放，打量着大堂。

大堂里已经空了，只剩一桌桌杯盘狼藉。

不，临窗那一桌还有一个人。

他一袭青衣，独自饮酒，仿佛丝毫不受外头动静的影响。

似是察觉到什么，男人忽然抬眸看过来。

与对方视线相撞的瞬间，骆笙心头一跳。

那双平静幽深的眸子，仿佛不动声色看透一切。

"外头是不是出事了？"骆笙面不改色走过去。

比沉得住气，她自信不输于人。

卫晗往门口处扫了一眼，平静道："似乎是有歹人作乱。"

骆笙已经走到近前："我也是听到动静出来的。王爷怎么不出去瞧瞧？"

049

卫晗放下酒杯，站起身来。

二人离得有些近，淡淡的酒香瞬间把骆笙包围。

骆笙没有因为过近的距离后退，而是疑惑望着他。

近在咫尺的男人笑了笑："热闹不及酒肆的美酒佳肴吸引我。"

这个理由骆笙听不出是真，也听不出是假。

她不动声色看唇畔含笑的男人一眼，抬脚往外走去。

"骆姑娘。"身后响起男人的唤声。

低沉清澈。

骆笙停下，回眸看他。

"珠花歪了。"他抬手，从少女浓密如云的发间把唯一一朵珠花扶正。

骆笙平静看着他，心往下沉。

这个男人是不是发现了什么？

晃过这个念头，骆笙面上没有丝毫变化，只是微闪的眸光泄露了一点点恼怒。

她抬手把珠花从发间取下，随意扔在桌子上，淡淡道："歪了就不要了。"

这时盛三郎从门外闯进来："表妹，平南王遇刺了——"

后面的话因见到骆笙与卫晗站得那般近，戛然而止。

平南王遇刺带来的震惊瞬间被八卦之火压下去。

表妹与开阳王怎么站那么近？

嘶——难道正准备拥抱？

骆笙唇角紧绷。

平南王遇刺，换作别人跑回来报信不奇怪，表哥这么心急火燎干什么？

吃了那么多肘子与卤牛肉，也不见灵光。

她担心被卫晗察觉到什么，迁怒到盛三郎。

骆笙大步往外走："去看看。"

盛三郎隐隐觉得表妹生气了，琢磨着可能是打扰到了表妹好事，当即冲卫晗不好意思地笑笑，拔腿追出去。

"表妹，等等我——"

卫晗留在原地，视线落在被随意丢到桌上的那朵珠花上。

珠花是浅粉色，粉到近乎白，就如骆姑娘平日衣着那般素净。

更如她对他的态度，冷冷清清。

卫晗拈起珠花盯了一瞬，收入怀中往外走去。

外头已是闹翻了天，负责巡视的西城兵马司一队官兵匆匆赶过来，而受骆大督吩咐暗中守卫酒肆的锦麟卫也悄悄回大都督府报信。

赵尚书在第一时间就带着林腾兄弟赶了过去，此刻正望着地面上一摊血迹发呆。

完了,完了,刑部摊上大事了。

他茫然扭头,看向正与一名年轻人交谈的林腾。

还好带着林腾,大事就交给这小子操心吧。

"追到巷子口就追丢了?"林腾问那年轻人。

年轻人样貌寻常,眼神却十分锐利,正是追赶骆笙的平南王暗卫。

"能不能带我去看看?"

暗卫点点头。

一道低沉声音传来:"我三哥出事了?"

卫晗的出现使场面一静,连原本要与暗卫一同去察看的林腾都停了下来。

"有歹人躲在那棵大树上,用弓箭刺杀平南王。"赵尚书忙把了解到的情况告诉卫晗。

卫晗再往前走了两步,借着灯笼的照亮打量地上那摊血迹。

骆笙一言不发,也盯着那摊血迹看。

她听到刚刚帮她扶正珠花的男人问:"我三哥人呢?他如何了?"

"王爷被送回王府了。"

"人有没有事?"

赵尚书摇头:"难说啊,送走时还有气息。"

骆笙面上不动声色,心中已是掀起惊涛骇浪。

还有气息?

她自信没有失手,一箭正好没入平南王后心,到护卫反应过来把人送走怎么会还有气息?

"赵尚书随本王去平南王府看看吧。"卫晗淡淡道。

赵尚书一愣:"这里——"

卫晗语气依然很淡:"歹人既然已经跑了,交给兵马司的人搜查就是,捉拿凶徒本来也不是刑部职责。赵尚书不如与我一同去看看平南王伤情,顺便向平南王妃了解一下情况。"

赵尚书一听也对啊,刑部是断案的,不是追凶的,他干吗把别人的事揽过来?带林腾走一趟平南王府,向平南王妃等人了解一下情况才是正事。

赵尚书立刻喊住林腾:"林腾,随我去平南王府。"

林腾应一声是,走到赵尚书身后。

卫晗转身来到骆笙面前。

"骆姑娘。"

骆笙压下心中波澜,抬眼看他。

夜色笼罩着青衫,使他的眉目越发清晰。

"今日有歹人行凶只是一场意外。骆姑娘不要太担心,早些回府吧。"

夜风把这些话送到骆笙耳畔,能听出其中的安慰之意。

甚至于因为那个猜测,让她听出另一层意思。

可她难以被安慰到。

倘若平南王未死,她这么久以来的谋划算什么?

卫晗冲骆笙微微颔首,算是道别。

骆笙注视着一群人越走越远,那道青色身影几乎与夜色融为一体,在她眼中却最鲜明。

"姑娘?"看够热闹的红豆见骆笙伫立着不动,喊了一声。

他们还饿着肚子呢。

才想到这,红豆猛然跳起来:"坏事了!"

酒肆众人齐齐看向她。

红豆急得直跺脚:"那些酒客跑出来瞧热闹,还没结账呢!"

这么多吃霸王餐的,这得损失多少钱啊!

女掌柜一听松了口气:"这个不怕,我都在脑子里记着呢,凡是来吃的一个都少不了。"

当掌柜的要是连这一点都做不到,凭什么享受酒肆包吃包住的好待遇。

"那就好。"红豆松口气。

蔻儿则摇了摇头:"打着看热闹的幌子吃霸王餐,这批食客人品不行呀。"

"这倒是。"石焱趁机替自家主子说话,"我们主子就不一样了,都是提前交一笔银钱慢慢扣。"

骆笙无视了这些声音,一步步走向酒肆。

从来不出后厨的秀月正静悄悄立在酒肆门口。

骆笙走过来,被她轻轻抓住衣袖。

"出事的是平南王?"

骆笙脚步一顿,看着秀月。

"姑娘,出事的是平南王么?"

骆笙沉默片刻,语气平静:"出事的是平南王,但是不是有事,目前还不知道。"

"那,那——"秀月张口想要说什么,可是随后走来的红豆等人让她把疑问咽下去,默默松开手。

她最想知道的只有一个问题:刺杀平南王的是不是骆姑娘?

可惜一直到回大都督府,秀月也没找到询问的机会。

骆大都督正等在大门口。

"父亲怎么在这里?"

"听说酒肆附近出了事。"骆大都督打量着骆笙,见她面色苍白,不由一阵心疼,"笙儿别怕,天子脚下敢犯下这种事的歹人一定会被抓到的。"

骆笙拽住骆大都督衣袖,泪盈于睫:"父亲,女儿真的好怕,您去打听打听平南王到底如何了……"

等到第二日早上,骆笙终于从骆大都督这里得到了准信。

平南王因心脏偏右并未丧命,而是命悬一线,平南王世子天未亮便亲自去请李神医,却被拒绝。

勉强支撑着离开神医住所,卫丰沮丧地捶了捶拴马桩。

管事脸色也不好看:"神医不答应出诊?"

卫丰点头。

"这可怎么是好……"管事也慌了。

"该死的神医,到底对何物感兴趣!"卫丰拽紧缰绳,脸色阴沉吩咐管事,"你速速打探一下,看能否找出神医偏好。"

管事摇头叹气:"京城专门有人整理了打动神医的那些物件,根本毫无规律可言。"

"难道就这么算了?"卫丰十分不甘,骑在马上甚至没有回平南王府的勇气。

他怕踏入家门,听到父王不测的消息。

"对了!"管事眼睛一亮,"世子,小人想到一个人!"

"少啰唆!"

管事声音放低:"骆姑娘。"

"骆姑娘?"卫丰一时没反应过来。

"对,就是骆大都督的那位掌上明珠骆姑娘。您忘么,当初骆大都督病危,神医放言大都督府送来何物都不会理会。骆姑娘亲自去请,却把神医请动了……"

卫丰也想起了此事,听着管事的话神色不断变幻。

"不止如此,小人还听闻前些日子神医去了大都督府之后就去了开阳王府,而那时正是开阳王几次求诊碰壁的时候,有传言是骆姑娘帮了开阳王的忙——"

卫丰迫不及待打断管事的话:"你是说,骆姑娘很可能知道神医的偏好?"

管事严肃点头:"小人觉得有这种可能。"

"去大都督府!"卫丰用力一夹马腹,直奔骆府而去。

此时骆笙正坐在闲云苑中的树下喝茶。

天很热,知了藏在树梢一声接一声叫。

石桌旁的地面上摆着几个冰盆,给这方小天地送来丝丝凉爽。

"姑娘,您心情不好吗?"红豆见骆笙许久都没说话,亦没有碰茶杯,纳闷问道。

一旁蔻儿叹气:"怎么能心情好呀。咱们酒肆好不容易红红火火,谁知碰上了这种事。你瞧着吧,今晚估计没有客人来了。"

这时一名下人前来禀报:"姑娘,平南王世子求见。"

平南王世子?

骆笙保持着面上平静,眼底却结了冰:"他来求见我?"

"是,平南王世子指明说求见姑娘。"

骆笙垂眸想了想,站起身来:"带路吧。"

卫丰正等在前头花厅里,频频望向门口。

骆姑娘怎么还不来!

他一遍一遍摩挲着茶杯,颤抖的指尖泄露了内心焦灼。

珠帘轻动,侍立在门口的下人见礼:"姑娘。"

卫丰猛地站起身来。

骆笙走进来,视线往卫丰身上落了落。

"骆姑娘。"卫丰按捺着焦急打了声招呼。

骆笙欠身回礼:"小王爷。"

她走过去坐下,大大方方问:"小王爷光临寒舍,不知有何贵干?"

"我父王昨日在有间酒肆附近遇刺之事,骆姑娘听说了吧?"在卫丰心里,一直觉得骆大都督这位爱女活在京城人们茶余饭后的谈资中,是贵女中一个荒唐另类。

见她此刻神情镇定,谈吐有礼,卫丰一时竟有些不适。

他莫不是认错了人?

骆笙接过下人奉上的茶盏浅啜一口,面露遗憾之色:"那家酒肆便是我开的,怎么会不知道呢。父亲还说等贵府不忙乱了,就带我去看望令尊。"

卫丰拱手,神色郑重:"我今日来见骆姑娘,就是请骆姑娘帮忙的。"

"帮忙?"骆笙把茶盏放下来,神色平静地提起茶壶给卫丰续上茶水。

卫丰目光不由得落在那只纤纤素手上。

在王府花园,这只手拎过蛇——

"小王爷喝茶。"骆笙淡淡道。

卫丰:"……"

茶当然是喝不下去了,卫丰缓了缓道:"我父王危在旦夕,今日一早我就去请神医,可惜带去之物未能入神医的眼。想到骆姑娘曾经请动神医,特来请教。"

"原来如此。"骆笙露出恍然神色。

而实际上,在她听闻平南王世子求见之时,便猜到了缘由。

那一刻,她曾犹豫过,最终还是决定来见一见。

"我恐怕帮不了小王爷。"

"骆姑娘!"这般干脆的拒绝,令卫丰大为意外。

他以为对方看在平南王府的面子上怎么也会答应帮忙的。

骆笙语气淡淡:"神医喜好不定,我只是误打误撞,怎敢托大帮小王爷请神医?"

卫丰只当这是推托之词,挑眉道:"可骆姑娘帮过我王叔的忙。"

"你王叔?"

"对,我小王叔开阳王。不久前神医从贵府离开就去了开阳王府,之后我王叔再未去请过神医,这其中应该有骆姑娘相助吧?"卫丰定定看着骆笙,语气不自觉带了几分咄咄逼人。

骆笙扬唇一笑:"小王爷的意思,我帮过开阳王的忙,就必须帮你的忙?那我今日帮了你的忙,改日又有人找上门来请我帮忙,我又该如何呢?"

卫丰一怔。

骆笙再道:"天子脚下,身份尊贵者不知凡几,倘若都以我帮过某人的忙为由请我帮忙,那我是不是不用过日子,就天天住在神医门外的茶棚里好了。小王爷觉得我担心得对不对?"

卫丰张张嘴,无法反驳。

他不得不承认对方说得有些道理。

倘若换作是他,也不可能谁来求都会帮忙。

无言片刻,卫丰一字字道:"骆姑娘,我父王不是某人,而是皇上的兄弟,太子的叔父。我想,如果我求到令尊头上,他会帮这个忙的。"

骆笙弯唇:"家父当然愿意帮忙,可家父请不动神医。"

卫丰窒了窒。

说得可真有道理。

他怎么不知道惯爱调戏男人的骆姑娘还这般伶牙俐齿?

卫丰冷冷道:"骆姑娘难道从不为大都督考虑?"

骆笙容色转冷,眉眼镇定:"家父有今日是靠他的能力,靠皇上的认可,岂是靠我这个当女儿的?"

骆大都督与普通臣子不同,能在这个位置靠的就是帝王信任。只要帝王的信任在,旁人就无法动摇他的地位。倘若帝王信任不再,风光无限的骆大都督就什么都不是。

平南王世子这话可丝毫威胁不了她。

见骆笙态度冷硬起来,卫丰显然也想明白此点,当即软了语气:"骆姑娘不妨直言,如何你才愿意帮这个忙?"

骆笙定定望着他,忽然一笑:"我出什么条件小王爷都肯答应?"

第13章
主仆相认

卫丰心头一跳,陡然生起一个念头:骆姑娘该不会要他娶她吧?

这肯定不行!

他堂堂平南王世子,未来的王府继承人,怎么会娶一个养面首的女子为妻!

有了这个猜测,卫丰下意识打量相对而坐的少女几眼。

漂亮还是漂亮的,但是真的不行。

如果不是大都督之女的身份,勉强收下当个妾室还可以。

"小王爷?"

卫丰回神,肃容道:"只要能救我父王,什么条件我都答应。"

大不了再反悔就是。

"我看中了小郡主常戴的那只金镶七宝镯,小王爷把它送我,我便帮忙去请神医。"

金镯子?

就这?

卫丰一时有些蒙。

这是不是太简单了点儿?

卫丰知道妹妹很喜欢那只常戴的金镶七宝镯,可在他看来再喜欢也不过是一只金镯子罢了。

骆姑娘害他紧张半天就提出这么一个条件,竟让他生出对方亏了的感觉。

卫丰不放心，再确认一番："骆姑娘是说把我妹妹常戴的金镶七宝镯送你，你就愿意帮忙去请神医？"

对面少女理所当然点头："对啊。我喜欢那只镯子，可惜是郡主的，不方便讨要。"

骄纵任性，尽显无疑。

卫丰忽然笑了。

是他想多了，骆姑娘还是个小姑娘，哪有那么多弯弯绕绕。

这么简单直白一个人，反而有些可爱了——尤其是为了一只镯子答应帮忙的前提下。

"不过先说好了，我尽力而为，能不能请动神医还要看运气。"

卫丰笑得勉强："这是自然。"

"小王爷能理解这点就好。"骆笙端起茶杯，抿了一口。

卫丰哪有等她慢慢喝茶的心情，催促道："骆姑娘现在可否随我去神医那里？"

神医隐居京郊，往返也要花去不少时间。

他等得，父王却等不得。

骆笙看他一眼，很是诧异："去请神医总要准备一番，空手去会被赶出来吧。"

卫丰不由尴尬，掩饰般喝了口茶："是该准备一番，不知骆姑娘要准备多久？"

骆笙微笑："小王爷遣人去王府把镯子送来，我差不多就准备好了。"

卫丰抽了抽嘴角，站起身来："那我回一趟王府，骆姑娘稍候。"

骆笙颔首："小王爷慢走。"

卫丰交代管事留在骆府，自己则快马加鞭赶回平南王府。

此刻平南王府正被乌云笼罩，气氛低沉。

"我父王如何了？"卫丰跳下马来快步往内走，赶到正院门口时问了一句守在那里的二管事。

"几名太医一直在商量，无人敢把箭拔出来。"

卫丰听了，面色越发阴沉。

就知道这些太医都是酒囊饭袋！

"二哥，神医请来了么？"卫雯守在廊庑下，见到卫丰如同见到救星，泪珠簌簌而落。

"母妃呢？"顾不得安慰满脸泪痕的妹妹，卫丰问道。

卫雯声音哽咽："母妃守了父王大半夜，刚刚支撑不住昏倒了，被送回屋里歇着了。"

她真的想不通为何会变成这样。明明昨天白日一切都好好的，到了晚上却天塌了……

"二哥，神医没有请来么？"见不到神医影子，卫雯脸色苍白如纸。

卫丰扫一眼左右下人，把卫雯拉到角落里，低声道："我没有请动神医，不过骆姑娘答应帮忙。"

"骆姑娘？"

"嗯，骆姑娘之前不是请动神医救她父亲么，我就想到了她。"

"那二哥怎么回来了？"卫雯略一思索，咬了咬唇，"是不是骆姑娘提了什么条件？"

以她对骆笙的了解，对方可没有这般好心肠。

卫丰点了点头道："她是提了一个条件，想要妹妹的金镯子。"

卫雯一愣，以为听错了："金镯子？"

卫丰指指卫雯手腕："就是妹妹戴的这只。"

卫雯不由抬起手来。

皓腕如雪，一只镶了七色宝石的镯子随之往下滑落，光华流转，熠熠生辉。

卫丰被晃得迷了眼。

不得不说，这是一只极漂亮的镯子，七色宝石更是难寻，也难怪骆姑娘瞧了喜欢。

"骆姑娘要我这只镯子？"卫雯轻轻转动着镯子。

卫丰安慰道："以后二哥再给你寻一只更好的。"

卫雯摇了摇头："这样的金镯子，世上只有一对。一只在我手上，另一只在太子殿下的侍妾玉选侍那里。"

这对镯子，本是清阳郡主的。

那时她还小，如今已经全无清阳郡主的记忆，但几年后清阳郡主的十里红妆她在自家见过，亦震撼过。

这只镯子就是她一眼看中，磨着当时还没成为太子的大哥给她的。

好在这对金镶七宝镯不是清阳郡主常戴之物，只是嫁妆里那一箱箱令人眼花缭乱、心旌摇曳的首饰中寻常一对罢了。

若非如此，大哥定然不会答应给她一只。

思及此处，卫雯又想到了玉选侍，心头蒙上一层厌恶。

不过是个下贱婢女，平日装出清高出尘的样子，还不是也觊觎清阳郡主留下的东西。

不然另一只镯子也会是她的。

卫雯取下镯子放入卫丰手中："二哥快去拿给骆姑娘吧。"

"妹妹——"

卫雯笑笑："什么都没父王重要。二哥快去，莫要再耽误时间。"

"好。"卫丰把镯子小心收入怀中，立刻赶往大都督府。

卫雯立在廊庑下，久久没有动。

她没有说错，镯子再好，不及父王性命重要。

可是她的东西说抢就抢，骆笙把她当什么？

来日方长，抢了她的，她早晚要拿回来。

骆府。

"骆姑娘，你看看是不是这个？"卫丰气喘吁吁，递过金镯。

骆笙伸手接过，轻轻转动着镯子。

镯子上镶嵌的宝石不断变幻着光彩。

她视线落在一处，眼底划过一抹遗憾。

不是这一只。

金镶七宝镯本有一对，瞧起来一模一样，只有她与把这对镯子交给她的父王能分辨出区别。

对了，打理她衣衫首饰的四婢之一朝花也知道。

她要的是另一只金镶七宝镯。

疑惑的是为何只见小郡主戴着一只，另一只莫非丢了？

骆笙干脆把遗憾露出来："按说镯子成双才好。"

卫丰一听骇了一跳。

这女人贪得无厌可不行！

"另一只可不在我妹妹手里，骆姑娘就不要难为我了。"

听了卫丰这话，骆笙心头一动：这么说，平南王世子知道另一只在谁手中？

"另一只在谁手里？"

卫丰哪有闲心扯这些，皱着眉催促道："骆姑娘，我父王情况很不好，我们还是早些去请神医吧。"

"那好。"骆笙拎起搁在桌几上的盒子，"走吧。"

卫丰不由得多看了盒子几眼。

四四方方的朱漆盒子看起来很寻常。

"这是给神医的礼物？"他忍不住问。

骆笙扫他一眼，不冷不热道："小王爷不是着急么，就别问这么多了。"

卫丰一滞，恼火又发不出来。

走到大都督府门外，见骆笙接过下人递过的缰绳，卫丰有些意外："骆姑娘骑马？"

骆笙翻身上马，笔直端坐于马背上，淡淡道："不是要尽快赶到神医那里吗？我一贯急人所急。"

卫丰抽了抽嘴角。

若不是刚刚才找他要了金镯子，他险些信了。

骆笙懒得废话，一抖缰绳策马而去。

卫丰赶忙追上去。

见卫丰追上来，骆笙速度不减，侧头道："小王爷还没告诉我另一只金镶七宝镯在何人手中。"

卫丰无奈又无语："骆姑娘为何对这个这么感兴趣？"

骆笙抛过去一个"你是不是蠢"的眼神："当然是因为我喜欢这只镯子。千金难买心头好，我愿意以一只镯子作为请神医的条件，不是因为喜欢，难道是因为闲得无聊？"

卫丰被噎了一下，目光落在少女拎着盒子的手腕上。

流光溢彩的金镶七宝镯，在他送过来后被骆姑娘直接套在了手腕上。

少女皓腕如雪，镯子熠熠生辉，瞧着竟十分般配。

卫丰不由失笑。

他不该以男子的想法揣测一个小姑娘。

在他看来一只镯子再贵重也不算什么，可对小姑娘来说，或许就是可以拿许多珍贵之物交换的心头好。

"另一只镯子在太子侍妾手中。"

太子侍妾？

骆笙单手攥紧缰绳，心头怒火高涨。

卫羌可真是好样的。

她嫁妆里的镯子一只给了妹妹，一只给了小妾，他怎么不给亲娘也来一只？

压下翻腾的怒火，骆笙略带遗憾道："看来是不能凑成一对了。能被太子赏赐与郡主一样的镯子，想来那名侍妾深得太子殿下看重。"

"太子殿下的屋里事，我不太清楚。"卫丰含糊道。

当弟弟的议论兄长妾室本就不合适，何况兄长是储君的身份。

见卫丰不欲多说，骆笙也不再问，而是默默记在心里。

谁拿了她另外一只镯子，她是一定要查清楚的。

二人不再交谈，快马加鞭赶到了神医住处。

骆笙翻身下马，走过去敲门。

门很快开了，守门童子见是骆笙吃了一惊："骆姑娘？"

骆笙微微一笑："没想到你还记得我。"

守门童子抿嘴。

能不记得吗，这姑娘贼凶。

他看了看骆笙身旁的卫丰："世子？您怎么又来了？"

"我们是来——"

骆笙平静接过卫丰的话："我是来拜访神医的。"

守门童子扶着门框堵住门口:"抱歉,今日时间已过,骆姑娘想请神医明日再来吧。"

骆笙依然神色平静:"我是来拜访神医的,不是来拿号求诊的。劳烦你进去与神医说一声骆姑娘来访。"

见守门童子不为所动,骆笙神色一冷:"我只知道你负责守门发号,怎么,神医的客人你也负责筛选,不必通禀神医就能把客人拒之门外?"

守门童子只好道:"那二位稍等,小人去禀报神医。"

此刻李神医正在打理一片药圃。

"神医,骆姑娘来拜访您。"

守门童子禀报完,正等着李神医说不见,没想到李神医想了想把药锄一放,直起身来:"让她进来。"

守门童子眼睛瞪得老大,忘了动弹。

"嗯?"李神医拧眉,只觉这守门童子越发不灵光了。

守门童子回神,忙去传话:"骆姑娘,神医请您进去。"

卫丰错愕地看了骆笙一眼。

实不相瞒,他从守门童子进去禀报就一直捏着汗,唯恐连神医的面都见不着,更不谈带来的礼物能否打动神医了。

骆笙仍是云淡风轻的样子,提起裙角举步而入。

卫丰跟上去,进了院中被守门童子拦下来:"世子,您可以坐在树下石椅上等候。神医说只见骆姑娘一人。"

卫丰独坐树下,脸色发黑。

果然没有白担心,他还是没有见到神医!

屋中,李神医摸着茶杯看走进来的少女。

"来拜访老夫干什么?"

骆笙看守门童子一眼。

李神医摆手示意守门童子退下。

没了不相干的人,骆笙把朱漆盒子往李神医面前一放。

李神医随意瞟了一眼:"今日老夫不再收治病患了,礼物你带回去吧。"

骆笙微微一笑:"不是礼物。只是我酒肆里几样吃食,特意带来给您尝尝。"

李神医再瞟一眼盒子,一脸不在乎:"有什么可尝的,拿走——"

骆笙压根不听,伸手打开绘着喜鹊登梅的盒盖。

隔着覆盖的油纸,一股香味立刻窜了出来。

李神医动了动鼻子,眼睛直往盒子里瞄。

盒子内里很深,随着油纸揭开,首先映入眼帘的是一个六格深盒,每个格子里都放着一种吃食。

分量不多，齐整又漂亮。

"烧猪头、扒锅肘子、卤牛肉、酱鸭舌……"骆笙一一介绍。

李神医眼珠随着介绍到每样吃食而转动，依然面无表情。

小姑娘其心可诛！

再揭开六格深盒下的第二层油纸，同样是一个六格深盒，每个格子里放着一色点心。

李神医胡子颤了颤。

第三层油纸取掉，李神医不由瞪大了眼睛，语气难掩诧异："梅花大肠？"

盘中红梅朵朵，不是那道梅花大肠又是什么。

李神医深深看了摆了一桌子的吃食一眼，问骆笙："这些都是你酒肆的？"

骆笙微笑颔首："是呀。神医看在我好不容易带来也没洒没泼的分上，赏脸尝尝吧。"

说着，顺势递上一双银箸。

李神医犹豫了一下，伸手把筷子接过，勉强道："既然如此，我就尝尝，省得你大老远拿来一趟。"

他就只是尝尝而已。

一刻钟后，李神医吹着胡子瞪骆笙。

小姑娘其心可诛，看着这么多样吃食，其实每一样就三两片，还不够塞牙缝的！

只有梅花大肠分量多点，可他最喜欢吃这道菜，根本没吃够就没有了。

没有了！

小姑娘不是歹心是什么！

喝了口苦茶把口中香味冲淡，李神医板着脸问："酒肆叫什么名儿？以后每日让茯苓过去买酒菜。"

骆笙微笑："酒肆就在青杏街上，叫有间酒肆。不过酒肆有个规矩，不打包，不外送。"

李神医沉默片刻，扫了扫空荡荡的食盒，黑着脸道："说吧，什么条件。"

他不傻，小姑娘带着这些美食过来，总不能真是只让他尝尝的。

哼，无事献殷勤，非奸即盗。

"怎么是条件呢。"骆笙笑意盈盈，表情真挚，"只是请求。当然，如果您答应我的请求，酒肆当日所售酒菜每日都给您免费送来一份。"

"你先说说请求。"李神医正襟危坐，一脸矜持。

若不是胡子上还沾着点心渣，骆笙简直以为刚刚风卷残云吃东西的不是这老头。

"我与平南王世子一起来了，平南王身负重伤——"

"不去!"李神医直接打断骆笙的话。

骆笙抿了抿唇。

李神医目光艰难地从食盒移开,强忍着不把遗憾露出来:"老夫不待见平南王府,你就算一日三餐给我送饭,我也不会出手救他。"

骆笙突然笑了:"神医应该记得,我与清阳郡主有不解之缘。我如您一样不待见平南王府。"

李神医一愣,突然变了脸色:"小姑娘,你莫非想让老夫要平南王性命?"

他语气越发严肃:"这更不行!老夫虽不讲究什么医者仁心,但让病人死在我手上可不行。"

他不要面子的吗?

"我也没想要平南王性命。"

李神医纳闷了:"那你究竟想要什么?"

骆笙沉默片刻,抬手落在带来的喜鹊登梅朱漆盒盖上,云淡风轻道:"我要他生不如死。"

谋事在人,成事在天。

她步步为营,百般谋划,结果老天却没有当场收走平南王的性命。

这让她不敢赌。

即便神医不出手,平南王也有可能被太医救活,养上数月后恢复。

说不定继续去有间酒肆吃肘子。

与其承担这样的风险,不如她来掌握主动。

她不和老天对着干,她改主意了:让平南王生不如死,其实也不错。

"你——"李神医面色微变,盯着骆笙想要说什么。

可最终他没有继续这个话题,而是瞄了一眼食盒,咳嗽两声道:"等到天冷,送来的饭菜就凉了。"

少女笑靥如花:"那您可以来酒肆吃。红红的小火炉,热气腾腾的酸菜白肉锅,吃下肚暖洋洋的别提多舒服。随便吃,不要钱。"

李神医听着骆笙的描述,不由咽了咽口水,随后心头一凛。

这丫头果然其心可诛!

"那您是答应了吧?"见李神医只咽口水不说话,骆笙笑吟吟问。

"哼!"李神医冷哼。

"那我扶您一起去见平南王世子?"

李神医瞪了骆笙一眼,一甩衣袖:"老夫又不是老得走不动了,用你一个小丫头扶!"

眼见李神医先一步往外走,骆笙唇角轻扬跟了上去。

卫丰坐在树下，听着藏在树梢的知了叫个不停，心烦意乱。

正焦虑着，就见骆笙陪着一名白须老者走了出来。

卫丰不由站起，走了过去："您是李神医？"

李神医扫卫丰一眼，语气冷淡："莫说废话，去平南王府吧。"

李神医赶到平南王府，看过昏迷不醒的平南王，皱眉问殷切望着他的平南王妃："保住性命就可以么？"

憔悴不已的平南王妃浑身一震，颤声问道："神医这是何意？"

李神医看平南王妃一眼，语气无波："羽箭伤及内腑，又在体内停留时间过久，神仙来了都难救。老夫不是神仙，最多能保证王爷在羽箭拔出之时不会死于出血过多，至于其他，就不能保证了……"

平南王妃听出几分意思，脸上一丝血色都无："您的意思是说……王爷即便取箭时无事，也可能，也可能……"

李神医面无表情摸了摸胡须："不是也可能，本来就九死一生，死了才是正常的。"

平南王妃眼皮颤了颤，又有昏倒的迹象。

卫丰忍不住道："神医，我母妃受不得这些——"

面对个黄毛小儿，李神医就更不客气了，当即冷笑："老夫只负责治病，不负责安慰人。王爷的情况就是这样，你们考虑好。别明明是必死之人，等老夫出手救了恢复不好，反倒要来砸老夫招牌。"

见李神医负手而立，一副置身事外的样子，卫丰不由去看平南王妃。

这种大事，当然还是要平南王妃做主。

"母妃——"小郡主卫雯含泪喊了一声。

平南王妃呆滞的眼珠缓缓转动，看向李神医。

她想从这位被世人奉为活神仙的老者面上瞧出些什么，得到几句保证，可是看到的是一张漠然的脸。

平南王妃再去看几位太医。

几位太医眼观鼻鼻观心，一副竭力降低存在感的姿态。

平南王妃心中一凉，万千犹豫最终化作从牙缝中挤出来的几个字："请神医出手……"

短短一句话说完，她好似被抽走所有力气，软软地倒了下去。

卫雯撑住平南王妃的身子，语带哽咽："母妃，您没事吧？"

平南王妃浑身止不住颤抖，哪有力气安慰女儿。

卫雯强忍着的泪落下来，滑过面颊砸在地上。

"王妃想好了？"李神医临进去前，再次确认。

平南王妃艰难点头。

"倘若王爷有事——"

平南王妃用力攥拳，颤声道："那就是王爷的命，与神医无关……"

李神医一直平板的面容这才舒展了些，举步走进内室，把伺候的人都赶出来。

不知过了多久，李神医走了出来。

平南王妃扑上去，神情紧张："神医，王爷如何了？"

"没死，可以进去照顾了。"

平南王妃快步而入，一眼就瞧见了平南王雪白衣襟上的斑斑血迹。

她捂着嘴，无声哭起来。

之后抓药、熬药，交代注意之处不必细说。

一名管事匆匆进来禀报："王妃，太子殿下来了。"

平南王妃擦干眼泪，带着卫丰兄妹迎出去。

卫羌带来许多礼品，是代表皇上来看望平南王的。

"殿下——"一见到卫羌，平南王妃仿佛找到了主心骨，眼泪簌簌而落。

不管现在如何，羌儿在她心里一直是她的长子，是从小作为王府继承人精心培养的孩子。

对于羌儿与丰儿，她承载的期望是不同的，如同每个府上父母对嫡长子的期待。

看着这样的平南王妃，卫羌的心情十分复杂。

一方面，他怪父王当年丝毫不顾他的想法对洛儿痛下杀手，另一方面，血脉亲情怎么都斩不断。

尤其现在生父生死难料，生母惶惶无靠。

他也不想见到生父出事，生母从此以泪洗面。

翻腾着这些念头，卫羌走上前去安慰："婶婶不必担心，王叔吉人自有天相，定会没事的。"

"是，殿下来看他，他肯定会好的……"平南王妃握住卫羌的手，激动不已。

羌儿很久没有这般与她说话了。

卫丰有些看不下去，张口道："大——"

迎着卫羌扫过来的眼风，他改了口："殿下，进去看看父王吧。"

从平南王府走出来，卫羌负手望了望天。

天际无云，阳光明媚。

卫羌的心情却不好。

不只是因为生父性命垂危，应该说每次来平南王府，他的心情都不怎么好。

"殿下？"

卫羌看了看随他而来的心腹太监窦仁。

"外头天热，您早些回宫吧。"知道卫羌心情不好，窦仁小心翼翼道。

卫羌没有接话，沉默片刻问道："你知不知道平南王叔遇刺前去的那间酒肆？"

"奴婢听说那家酒肆叫有间酒肆，是骆大都督的爱女骆姑娘开的。"

骆姑娘？

卫羌脑海中猛然闪过在王府花园与骆笙相遇的情景。

那个拎着蛇吓唬婢女的恶劣少女，竟然还开了一家酒肆？

"有间酒肆在何处？"

"就在青杏街上。"

卫羌举步往前走："去看看。"

"殿下，去不得，王爷就是出了酒肆不久遇刺的，如今歹人尚未寻到——"

卫羌并不理会，大步往前走去。

"就是那里么？"卫羌停下，望着不远处大门紧闭的酒肆问道。

这时一道身影映入他的眼帘，是骆姑娘。

卫羌走了过去。

"殿下。"骆笙压下心头恨，微微欠身。

卫羌语气温和："骆姑娘不必多礼。我今日去探望平南王叔，听闻骆姑娘在此处开了一间酒肆，好奇来看看。"

"昨日王爷就是出了酒肆不久出事的。"骆笙淡淡道。

卫羌不料对方如此坦然提起昨晚的事，按理说这种事避嫌还来不及。

他愣了一下，才道："所以我更要来看看。"

骆笙挑眉："殿下不怕有危险？听说行刺之人还未寻到。"

她才说完这话，就见一队官兵从面前跑过，个个神色凝重。

"隔不到半个时辰就有兵马司的人从这里经过，殿下没发现这条街上不见几个行人么。"

往日人流如织的青杏街，今日行人稀少，偶尔有人路过也会匆匆加快脚步。

卫羌随着看了一眼，淡淡道："天子脚下，作恶之人定然不会逍遥法外。骆姑娘觉得呢？"

骆笙扯动唇角笑笑："殿下说得对，作恶之人定然不会逍遥法外，善恶终有报。"

卫羌微微皱眉，总觉得与一个小姑娘讨论善恶有报这个话题有些好笑。

这时酒肆门打开，女掌柜快步迎出来："东家，今日您来得挺早——"

见到与骆笙相对而立的男子，女掌柜话音一顿，眼神微闪。

这个男子虽然穿着常服，却不像是简单人。

卫羌指指酒肆："骆姑娘不请我进去坐坐？"

"还未到开张的时间，没有酒菜招待殿下。殿下若是不嫌弃，里面请。"

卫羌抬脚走了进去。

趁着卫羌打量酒肆的时候，女掌柜悄悄问红豆："东家陪着的客人是什么身份啊？"

东家好像称呼男子为"殿下"——想到这个称呼，女掌柜就心肝一抖。

红豆丝毫没有紧张的样子，抿嘴道："掌柜没听见姑娘的称呼吗？那是太子殿下——"

女掌柜腿一软，忙扶住柜台边沿。

来酒肆的竟然还有太子！

她就知道跟着新东家是对的，这得长多少见识啊。

卤味需要提前做，此时后厨的方向就传来阵阵肉香。

卫羌一下子被勾起了食欲，不自觉往后厨方向走。

越靠近，越觉得香。

不过生父才出事，他自然不好提起用饭的话，甚至连"以后光顾酒肆"这类话也不便在此时说出口。

哐当一声响，把窦仁骇了一跳，尖声道："什么人！"

后厨门口站着一个面容丑陋的妇人，一个酒坛在她脚边摔得四分五裂。

带着一丝甜蜜的酒香瞬间弥漫开来。

卫羌一时被酒香分散了注意力。

这是他熟悉的酒香味。

他年少时不饮酒，有一次饮了烈酒咳得惊天动地，生辰时收到一坛橘子酒。

是洛儿亲手酿的。

干净清澈，滋味绝佳。

他十分珍视，哪怕过了十二年，也能在这萦绕鼻端的橘香中闻到熟悉的味道。

卫羌情不自禁上前一步。

红豆如一道旋风从卫羌身侧冲了过去，心疼得连连跺脚："怎么这么不小心，把好好的橘子酒给摔了！"

她一边跺脚一边把秀月往厨房里推："赶紧进去吧，就知道惹祸！"

哼，现在姑娘知道谁最靠谱了吧。

秀姑这种见识短浅的村妇，见到太子手都软了，一点都上不了台面。

卫羌醒过神来，看向骆笙："这酒——"

骆笙神色淡淡："有间酒肆的特色果酒，我酿制的。"

"骆姑娘会酿酒？"卫羌错愕失声。

骆笙看他一眼，理直气壮反问："不能么？"

她是大名鼎鼎的骆姑娘，喜欢什么就鼓捣什么，有钱还有闲。

卫羌目不转睛看着她，眼神深邃："我以为骆姑娘这样的名门贵女不会研究这些。"

骆笙莞尔一笑:"我都是随着兴致来。比如先前对男人感兴趣,就养了几个面首玩玩。"

卫羌:"……"

"想来殿下此刻没有喝酒的心情,我就不请您品尝了。"骆笙转身往回走。

卫羌目光落在那截皓腕上,不由得皱眉。

骆姑娘戴的镯子,瞧着很熟悉。

是了,玉娘每日戴的就是这样的镯子。

"骆姑娘——"他忍不住喊了一句。

骆笙停下看他。

卫羌反而没了话说。

对方又不是无足轻重的小宫女,即便他是太子,也不好追问一只镯子。

骆笙面色平静,微抿的唇角藏起心中不屑。

想知道,又怕问了影响储君形象。

这般虚伪,令人作呕。

"殿下想说什么?"骆笙勾着唇角问。

"没什么,见识过骆姑娘的酒肆,我也该回宫了。"

骆笙微笑:"宫中安全,殿下是该早些回去。"

卫羌总觉得这话不大顺耳,又寻不出毛病,只得笑笑抬脚往外走。

穿过大堂来到酒肆外,卫羌停下来:"骆姑娘不必送了。"

"那殿下慢走。"

面无表情目送卫羌离去,骆笙刚要转身回酒肆,就见林腾带着三两人走过来。

"可否向骆姑娘讨口水喝?"

骆笙视线在对方干裂的唇上落了一瞬,笑笑:"自然可以。"

眼见林腾接过女掌柜递来的水瓢大口喝水,骆笙随口问道:"这样热的天气,林大公子一直在外头么?"

把水瓢还给女掌柜,林腾点头:"总觉得刺杀平南王的歹人逃脱太过顺利。追过去的王府暗卫追丢了人,很快赶到的官兵也一无所获,好似凭空消失了一般。我带人熟悉一下四周,看能不能发现什么线索。"

视线停留在林腾嘴角的水珠上,骆笙笑笑:"林大公子真是尽责啊。"

早知如此,她该把水瓢扣这小子脸上。

迎着少女意味深长的眼神,林腾突然感到一丝不自在。

骆姑娘盯着他的脸看得这么认真干什么?

明明来酒肆吃酒没有任何优待,不像是对他另眼相待的样子。

林腾看着严肃,实则脸皮极薄,这么想着不由红了耳根,忙道:"不打扰骆姑娘了,我去周围看看。"

"林大公子去忙。"骆笙微笑。

等林腾带着手下消失在视线中,骆笙神色冷下来,转身步入酒肆。

酒肆里看着与往常没有什么区别。

大堂依然窗明几净,一尘不染。

后厨门口的大锅中正炖着肉,还是香得人不自觉咽口水。

不,比之往常多了一丝酒香。

那是刚刚卫羌在时秀月失手摔的橘子酒。

只闻酒香,地上的狼藉早就被络腮胡子与壮汉收拾走了。

骆笙抬脚进了厨房。

秀姑立在最里头的案台前,正在发呆。

"秀姑。"骆笙喊了一声。

秀月慌忙扭头,见是骆笙,不知怎的心中涌起难以控制的难受,陡然红了眼圈。

她垂眸遮掩,对着骆笙微微屈膝:"姑娘。"

"随我去东屋坐坐。"骆笙撂下这句话,转身往外走。

秀月擦擦眼角,默默跟上。

进了东屋,骆笙坐下,示意秀月也坐。

秀月没有坐。

骆笙也不勉强,直接道:"今日秀姑见到太子,似乎有些慌乱。"

她没往下说,等着秀月的反应。

从进京路上相遇再到进京后一点点展露属于清阳郡主的那些东西,直到昨晚有意让秀月见到她一身黑衣从酒窖出现,她不信这时秀月还不愿意主动靠近一步。

有些事,本就是水到渠成。

果然,秀月在骆笙说出这句话后浑身紧绷,直直望着她问出一句话:"昨晚平南王遇刺,是否与姑娘有关……"

"是我干的。"骆笙语气从容,拿起摆在桌几上的茶壶随手给自己斟了一杯茶。

"是姑娘——"秀月睁大了眼睛,不知如何说下去。

骆笙抿了一口茶,一脸云淡风轻:"是我啊。我躲在树上射了他一箭,只可惜没射死。"

"您为何,为何——"秀月不自觉上前两步。

骆笙把茶盏放下,与秀月对视,轻声道:"到现在,你心中还没有答案吗?"

秀月浑身一震,眼中迅速蓄满泪水。

"郡,郡主——"她再往前一步,痴痴望着骆笙,"是您吗?"

骆笙站起身来,握住秀月不自觉伸出的手。

那只手干瘦粗糙,犹如老妪。

可没人比骆笙更清楚,秀月如今还不到三十岁。

与秀月咫尺而立,骆笙轻声道:"是我啊,秀月。"

她一梦十二载,从尊贵不凡的清阳郡主变成了骄纵肆意的骆姑娘。

身在人间,心在炼狱。

而今,终于能以清阳郡主的身份与旧仆相认。

她是清阳郡主,是父王、母妃的洛儿。

不是骆姑娘。

"郡主!"秀月跪倒在骆笙面前,抱着她双腿痛哭。

骆笙没有动,任由对方宣泄感情。

不知过了多久,秀月哭声终于停了。

"起来说话吧。"

秀月站起来,拿帕子擦拭眼角,等缓过劲来问骆笙:"郡主,您怎么会——"

骆笙收拾好情绪,不以为意地笑笑:"一位有大神通的仙长救了我,并为我改头换面,得以以骆姑娘的身份行事……"

"苍天有眼,苍天有眼……"秀月胡乱说着,眼泪越擦越汹涌。

骆笙抬手拍拍秀月的肩:"别哭了,说说小七是怎么回事吧。"

秀月一下子醒过神来,望着骆笙神情激动:"郡主,小七是小王爷宝儿啊!"

"宝儿?"骆笙后退一步,茫然坐回椅子上。

对于小七是宝儿的可能,她其实有想过,却不敢想太多。

期望过大,往往伤心越深。

"我打听到的消息,十二年前的那个晚上,宝儿就被骆大都督的人摔死了……"骆笙用力抓着椅子扶手,咬唇道。

"那肯定不是宝儿!"秀月抹着眼睛,又哭又笑。

骆笙等她情绪缓下来,问道:"到底怎么回事?"

秀月陷入了回忆:"那晚王府本来沉浸在一片喜悦中,突然就被许多官兵围住……府兵一个个倒下,杨准带着小王爷往外冲,是婢子亲眼瞧见的……"

她看着未婚夫临危受命,带着尚在襁褓中的宝儿往外冲。

他只是遥遥看了她一眼,连一句话都来不及说就那么走了。

她当然不怪他。

她只恨手无缚鸡之力,不能杀敌助他。

未婚夫带走的,是镇南王府的希望啊。

后来她侥幸生还,亲手毁去容貌,活着的唯一念头就是找到杨准,找到小王爷。

听着秀月讲述那个夜晚她不知道的点点滴滴,骆笙渐渐红了眼睛。

这样说来，小七才是宝儿，而那个晚上被摔死的婴儿应该是为了掩护宝儿推出去的可怜人。

骆笙庆幸幼弟还活着，亦怜惜那个无辜的孩子。

而这些罪孽，全拜平南王府所赐。

此时，一条路不知走了多少遍的林腾突然在一棵大树旁停了下来。

从今日一早到现在，林腾都不知道顺着这条路走过多少遍了。

一遍又一遍，原本对这棵不知存在于此处多少年的老树熟视无睹。

可就在刚才他无意间瞥见一线黑，停下脚步仔细瞧，是掩映在树杈间的一个树洞。

这树洞不大，位置生得也巧，若不是凑巧很难发现。

即便发现，也只是一个树洞而已。

可林腾盯着这个树洞，却兀地生起一个猜测。

也不是猜测。

查的案子多了，总会形成某种说不清道不明的直觉。

或是经验。

歹人潜伏在树上射杀平南王，逃跑时手持弓箭一旦被人撞见就会立刻暴露。即便不暴露，歹人把弓箭带回住处也是一个隐患。

倘若在逃跑时经过这棵老树，顺手把弓丢入树洞里呢？

树洞虽隐蔽，也不排除偶然瞥见的可能，或是早就知道这个树洞的存在。

那棵被歹人潜伏的树他仔细检查过，有些痕迹可以证明歹人早有预谋，提前踩点过多次。

歹人对这片地方应该很熟悉。

"大人？"一名属下见林腾迟迟不动，纳闷喊了一声。

林腾并没回应属下，而是一步步走到老树近前，伸手往树洞中摸去。

冰凉，滑腻。

触感奇怪，莫名令人发毛。

林腾抓着从树洞中摸到的东西，收回手。

一条青绿色的蛇昂着头，狰狞着对打扰到它的人吐着芯子。

两名属下哪怕是常与命案打交道的汉子，此刻也忍不住惊叫出声。

林腾扬手把蛇扔了出去。

青蛇砸在树枝上，震得落叶纷纷。

蛇尾灵活卷住枝杈，飞快爬走了。

林腾甩着手，脸色十分难看。

这双手碰触过各种各样的尸体，形容多惨他都没有恶心过。

在他心里，对这些因横死而无法保住自己体面的人只有同情。

他要做的就是替他们找出凶手，沉冤昭雪。

可是从树洞里摸出一条蛇，这种感觉实在太恶心了。

他以后大概要对树洞有阴影了。

缓了好一阵，林腾大步往前走。

"大人，您去哪儿？"两名属下追上去。

"去有间酒肆。"林腾回了一句，加快脚步。

他要洗洗手才能继续查案。

"林大公子怎么又来了？我们酒肆还没开门呢。"

红豆正指挥着络腮胡子反复冲洗酒肆门前的青石板，见林腾过来不耐烦问了一句。

"我来借一瓢水——"林腾正说着，便见骆笙从大堂走了出来，后面的话一时卡住。

骆笙走出来，语气淡淡："林大公子又渴了么？"

林腾登时耳根发热。

听骆姑娘这么一说，活像他居心不良，借着喝水故意凑过来似的。

不行，得解释清楚。

"刚刚碰到一条蛇，想借一瓢水净手。"

"林大公子不是在查案么，怎么还捉蛇玩？"

林腾滞了滞。

说出缘由，总觉得有些丢脸。

一名属下十分贴心替上峰解释道："大人见有个树洞，伸手掏了掏——"

骆笙心头一跳，面无表情看向林腾。

她不怕丢入树洞的弓被发现，却吃惊于此人的敏锐与细心。

难怪赵尚书心疼成那样还是会带着林腾一起来吃酒，看来是属下太得力，太省心。

这样的得力用在查刺杀平南王的歹人身上，她可不喜欢。

"林大公子从树洞里摸出一条蛇？"骆笙扬眉，语气带着几分惊讶。

实则她心中的惊讶不止如此。

那把为平南王准备的弓，她没去取过。

可明明是杀人的弓，为何变成了蛇？

难道那把弓它不是一把弓，而是蛇精变的？

这一刻，理智如骆笙都忍不住胡思乱想起来。

林腾板着脸轻咳一声："方不方便让我洗个手？"

"进来吧。"骆笙深深看他一眼，转身往内走。

林腾默默跟上。

骆笙把林腾带到院中，一指墙根处的水井："林大公子请自便。"

林腾走过去打上半桶水，痛痛快快洗了个手。

骆笙默默数了数，至少洗了七遍，看来是恶心坏了。

她隐隐有些暗爽，悠悠问道："摸出来的蛇是什么样的？"

林腾正掬起一捧水往脸上拍，闻言错愕看向问出这话的少女。

骆姑娘在意的地方，为何总是这么奇怪？

虽然诧异，可问题还是要回的，毕竟用了人家的井水。

林腾直起身来，尴尬道："青绿色的。"

"呃。"骆笙点点头，好心提醒一句，"林大公子以后还是小心些，万一是毒蛇，咬一口可如何是好。"

林腾脸色不由青了。

他只想着摸出一条蛇来恶心，却忘了要是是毒蛇还有性命之忧。

看着笑吟吟的少女，他抽了抽嘴角。

真是谢谢骆姑娘提醒了。

"林大公子还要继续查案么？"少女似是随口问。

她身后恰是一架葡萄藤，这个时候垂下一串串葡萄，晶莹如青红交错的玛瑙珠。

从厨房外头那口大锅传来的肉香味似乎更浓了。

林腾一下子没了继续干活的毅力。

还查什么案，好好吃一顿才是正经。

"天色不早，明日再查。"

骆笙掐了颗红得发紫的葡萄珠丢入口中，抬脚往大堂方向走："林大公子真是辛苦了，我送你出去。"

林腾回到大堂，停下脚步："是不是到了酒肆开门的时候了？"

他不走，他要留下来吃饭。

骆笙微笑："林大公子准备带属下在酒肆用饭？"

两名属下眼睛腾地亮了。

请吃饭？

太好了，早就听闻这家酒肆的饭菜贼好吃，贼贵。

反正不是他们这种小衙役吃得起的。

林腾一下子想起还有两个属下，僵硬转头看了看五大三粗的二人，讪讪道："不，我只是随口问问。今日是初一，家里还等着我回去吃饭。"

带着两个饭桶在有间酒肆吃饭？

他疯了才会这么做。

林腾眼见两名属下发亮的眼神暗淡下去，丝毫不为所动。

073

他也想心软，奈何荷包不允许他这么做。

"那林大公子慢走。"骆笙微笑着把林腾送到门口，转回身来，嘴角笑意冷凝。

在其位谋其政，她欣赏林腾的做法。

但是欣赏归欣赏，迁怒还是要迁怒的。

骆笙走到柜台边坐下，手指扣起，一下下敲打着光洁的台面。

长弓变青蛇，这件事十分耐人寻味。

是有人无意间发现了树洞中的长弓，还是早就留意到了她的行动？

如果是前者，就不必放在心上。

那把弓是她特意挑选的，普普通通没有丝毫特征可言，即便落入赵尚书最得力的下属林大公子手中，也不担心他能凭那把弓寻到她头上。

可要是后者——骆笙抿了抿唇，眸光深沉。

若是后者，恐怕就有些麻烦了。

是后者的前提下，究竟是那人把长弓取走后放入的青蛇，还是青蛇凑巧爬进去乘凉？

青蛇凑巧爬进去不必多言，如果是有人特意放进去，那他针对的是她，还是搜查"歹徒"之人？

两种都有可能。

那人如果是平南王一方，把青蛇放进去的目的不言而喻，就是等着她这个"凶手"去取回凶器时因青蛇露出马脚。

倘若是与平南王无关的一方，放青蛇进去或许只是个小小的玩笑。

骆笙一时陷入了思索。

酒肆冷冷清清，盛三郎觍着脸凑过来："表妹，开门这么久了都没客人来，要不咱们先把饭吃了吧——"

后面的话在见到一道青色身影走进酒肆时，戛然而止。

平南王才出了事，开阳王不怕死吗？怎么又来了！

盛三郎含怨看向石焱。

石焱丢给他一个"你想太多了"的眼神，忙迎上去招待。

卫晗环视一番。

一桌客人都没有——今日或许能不限量？

他这般想着，对骆笙点头打了个招呼。

骆笙颔首回应，冷眼看着石焱把卫晗领到常坐的位置坐好，若有所思。

昨晚，她射杀平南王返回酒肆，唯有开阳王还留在大堂里。

他帮她扶正了珠花——想到昨日卫晗的反常，骆笙不由心中发沉。

那个从树洞中取走长弓的人，莫非是开阳王？

卫晗坐下，眼尾扫了扫柜台的方向。

似乎自从他换了一身青衣，骆姑娘就比往日多看他几眼了。

人靠衣裳马靠鞍，莫非说的就是这个意思？

"主子，您想吃什么？"

卫晗压下乱七八糟的念头，问："今日可有新菜？"

石焱笑呵呵道："您赶巧了，今日正好有新菜！"

一旁的红豆翻了个白眼。

这叫赶巧吗？开阳王明明天天来报道，哪天不来才叫赶巧呢。

石焱才不在意小丫鬟的白眼，忙给自家主子介绍："今日咱们酒肆推出的新菜是豆腐箱，您一定得尝尝。"

"那就上一份豆腐箱，两盘卤牛肉……"卫晗熟练点好菜，静坐喝茶。

骆笙端着个小小托盘走过来。

一碟红油青笋，一碟油酥茴香豆，一碟紫薯凉粉，一碟水晶虾仁。

正是有间酒肆大名鼎鼎的赠菜。

只赠不售，不知令多少饕餮老客咬牙切齿。

卫晗看着骆笙把小菜一碟碟摆在他面前，有些蒙。

缓了缓，他才开口："骆姑娘，这是——"

"赠菜。"

卫晗抿了抿薄唇。

他当然知道这是赠菜，毕竟每次看着姓林的小子来吃就有，而他没有，印象足够深刻。

他想问的是为何今日他有赠菜了。

这般想着，卫晗垂眸看了一眼身上青袍。

换了衣裳，莫非还有这个效果？

骆笙在卫晗对面坐下来，嘴角噙着浅笑："王爷不尝尝么？"

卫晗举箸，一样样尝过。

"好吃么？"

卫晗与骆笙对视，微微点头。

应该与换衣裳无关。

他视线上移，落在少女发间。

青丝如云，随意绾起，一朵淡色珠花点缀其间。

他不由想到昨晚被眼前少女随意掷到桌子上的那朵淡粉色珠花。

她说珠花歪了就不要了。

其实她嫌弃的哪里是珠花，分明是碰到珠花的人。

卫晗垂眸看了看桌上摆着的四碟小菜，决定什么都不问。

先吃完再说。

骆笙坐在卫晗对面，见这个男人居然什么都不问，就这么埋头吃，气结之余又有些迟疑。

莫非她猜错了？

要是与开阳王无关，那就白浪费这些赠菜了。

骆笙目光往男人青衫上落了落，淡淡道："王爷似乎改了喜好。"

卫晗停下筷子，笑笑："在京城久了，总会有所改变。"

骆笙一手托着下巴，懒懒道："京城什么都好，就是夏日蛇多。那些蛇大半都是青绿色，说起来与王爷近来喜欢穿的衣裳颜色有些像。"

卫晗："……"

沉默片刻，他抬眸与以手支腮的少女对视，平静问道："林大公子今日没来用饭么？"

骆笙面不改色，心头却猛地一跳。

她有意提起青蛇试探对方，而开阳王这话无疑是给她的回应。

取走长弓放进青蛇的人，果然是他！

他是冲着她来的，还是冲着林腾去的？

骆笙心念急转，很快有了答案：开阳王既然提到林大公子，显然是冲着林腾去的。

这么说，开阳王料到了林腾可能发现那个树洞，于是丢一条青蛇进去给林腾一个小小惩戒？

那么开阳王如何知道长弓在树洞里的？是早就盯上了她，怀疑着她？

林腾又是何时得罪开阳王的？

无数问题在骆笙心头盘旋，令她一时忘了移开视线。

卫晗则收回目光，夹起一块水晶虾仁吃下。

骆姑娘是不是被吓到了？

他其实并没有干涉她私事的念头，毕竟射的是平南王，又不是他。

射他也不怕，以他的身手，应该射不着……

他就是顺手扫了个尾而已。

他从树洞中把弓拿出时恰好一条青蛇爬过，想到姓林的小子们来有间酒肆能享受半价和赠菜，就顺手把蛇丢了进去。

听说林大公子很会查案，或许走运发现这个树洞呢。

至于骆姑娘会不会悄悄来取弓，他并不担心。

以他对骆姑娘不算太深的了解，这是个聪慧冷静的女子，不会这么做。

其实在他把长弓带回王府仔细打量后就知道自己多此一举了。

那把弓普普通通，即便落在林腾手里也无妨。

也因此，他本不打算提起，却没想到骆姑娘会来问。

为了问，还给了他赠菜……

骆笙却不知道卫晗的想法，只觉对方心思难测，发现她是射杀平南王的罗人却不动声色来吃酒，委实令人捉摸不透。

想了想，骆笙笑道："大白近日又长胖了些，王爷若是哪日得闲，有没有兴趣来看看？"

有些话不方便在这里说，但不问清楚难以心安。

骆笙说着这话，石焱正好把一盘豆腐箱端上来。

骆姑娘邀请主子去看大白？

他觉得大白没胖啊，更凶了倒是真的。

卫晗视线登时被盘中码得整整齐齐的豆腐块吸引。

骆笙轻轻咳嗽一声。

卫晗严肃点头："明日就去贵府拜访。"

早知道会引得骆姑娘不安，他刚刚就不承认了。

转念一想能见见那只白鹅，又觉得还不错。

见对方应下，骆笙心情微松，指着新上来的菜介绍道："这豆腐盒子是先炸后蒸的，里面放的五花肉笋丁馅，王爷可以尝尝合不合口味，回头还打算做些虾仁馅的试试……"

还有虾仁馅的？

卫晗吃下一个豆腐箱，五脏六腑熨帖的同时，有些微不满足。

这般好吃的豆腐盒子今日只能尝到一种口味，实在有些遗憾。

不大工夫，卫晗点的酒菜已经上齐。

秀月一般只在后厨，络腮胡子雷打不动去接小七了，壮汉在酒肆开门时间不往大堂来。

除了这三位，以红豆为首的几人全都立在卫晗身边，眼巴巴守着他吃。

卫晗对此视若无睹，吃得悠闲自在。

没有旁人打扰（酒肆的人不算），也没有限量，还有赠菜，倘若以后都能如今日一般，那就再好不过了。

骆大都督带着几个锦麟卫走进来时，见到的就是这般众星捧月的景象。

开阳王一个人吃，四五个人伺候着，排场够大啊。

"咳咳。"见无人理会，骆大都督重重咳嗽一声。

骆笙看向门口，见是骆大都督起身走过去："父亲怎么来了？"

骆大都督以一副十分随意的语气道："今日衙门事多，忙得有些晚了，就来吃个便饭。"

　　事实上是他琢磨着昨日出了平南王的事,女儿的酒肆生意恐怕要大受影响。

　　当爹的怎么也要来给女儿捧个场。

　　先前倒是不少人跟他提起有间酒肆的酒菜乃京城一绝,不过他想着以他的身份来吃酒会让不少人不自在,也可能让女儿觉得没有成就感,只得作罢。

　　再说那些人也有点过了啊,把笙儿开的酒肆吹得天花乱坠,难道以为以后犯了事他会网开一面?

　　这么一想,就更不好来了。

　　实际上,他早就想来看看了。

　　哼,要是不来,也不知道开阳王在他女儿面前摆这种排场。

　　骆大都督心中冷笑一声,抬脚往内走去。

　　围着卫晗的几人纷纷向骆大都督见礼。

　　卫晗放下筷子,颔首打了招呼。

　　"没想到王爷也在这里。"骆大都督倒没有一起吃的意思,顺势在邻桌坐下。

　　"酒肆的饭菜比较合我口味。"

　　骆大都督往卫晗那桌一扫,一眼就相中了那盘油淋仔鸡。

　　瞧着就香。

　　也许那些人没有夸大其词?

　　"给他们几个另开一桌。"骆大都督指了指带来的几个属下。

　　红豆一扫足足五六个大汉,登时惊了:"他们也吃?"

　　几名锦麟卫面无表情听着,齐齐抽动嘴角。

　　这是什么话?

　　人是铁饭是钢,一顿不吃饿得慌。他们就不是人了吗?

　　一忙忙到天黑,早就饿得前胸贴后背,他们不但要吃,还要多吃点。

　　"大都督,咱们酒肆的酒菜很贵的——"

　　骆大都督淡淡打断红豆的话:"上菜就是。"

　　"但凡酒肆有的菜,统统上一份。"骆大都督说得豪气干云。

　　笙儿这家黑店的价格他是清楚,不过反正钱是让女儿赚了,又不是便宜别人。

　　就算不来这里吃饭,他不还是要给女儿零花钱嘛。

　　很快一盘盘菜肴就端了上来。

　　"笙儿、三郎,你们也来坐。"见桌上摆满了菜,骆大都督招呼一声。

　　盛三郎一屁股就坐了下来。

　　坐下后,察觉骆笙还没有动作,他讪讪一笑:"表妹,坐啊。"

　　表妹总是这么淡定,显得他多心急似的。

◆ 078

他其实没有这么急的。

骆笙坐下来。

盛三郎十分殷勤地给骆大都督倒上一杯酒,举杯敬他:"姑父,侄儿敬您一杯,这些日子给您添了不少麻烦。"

骆大都督一饮而尽,看眼前俊朗的大侄子十分顺眼,笑呵呵道:"你是笙儿的表哥,在我心里就和自己儿子一样,这种话以后不许再说。"

"是,是,侄儿错了。侄儿自罚一杯。"盛三郎又饮尽一杯酒。

一旁石焱猛抽嘴角。

盛三郎真不要脸啊,这就喝了两杯酒了。

一壶酒总共才三杯!

"三郎,回头姑父给你找个差事吧。"骆大都督捏着空酒杯,随口提议道。

说似随意,其实他在心里琢磨过。

三郎这孩子千里迢迢送笙儿进京,也没有回去的意思,一直在酒肆当店小二像什么样子。

真要不走了,还是要找个正经差事。不然回头接到金沙那边的来信,问三郎目前在京城干什么啊?

这信没法回啊。

盛三郎一听却蒙了。

找差事?他当着店小二好好的,找什么差事?

"姑父不必替我操心了,侄儿过些日子就回金沙了。"

"要回去啊——"骆大都督难掩遗憾,"姑父还以为你要留在京城发展,难得你与你表妹相处这么好。"

不容易啊,他冷眼瞧着三郎不介意女儿胡闹,说不准愿意亲上加亲呢。

盛三郎一愣。

姑父这话是什么意思?

正伸出筷子去夹牛肉的卫晗手一顿,收回筷子端起酒杯抿了一口。

骆大都督这话是何意?

淡淡目光投过去。

男子俊朗,少女娇美,瞧着十分般配。

卫晗不自觉拧眉。

大都督这是准备把骆姑娘许给她表哥?

盛三郎心无城府,只知道吃,与行事莫测怀有秘密的骆姑娘并不般配。

不过这与他无关。

卫晗夹起牛肉放入口中,眉拧得更紧。

今日的卤牛肉味道似乎比往日差了些……

迎着姑父慈爱的目光，盛三郎打了个激灵。

该不是他想的那个意思吧？

呵呵呵，如果能一辈子吃到表妹做的饭菜，他愿意！

放任自己想了一下，盛三郎就恢复了理智。

不行！

表妹还有两个面首呢。

他要是娶了表妹，万一表妹把那两个面首当陪嫁带回金沙怎么办？

母亲一定会气死的。

"咳咳，祖母一直说我性子随和，和谁都相处好。"

"呃。"骆大都督听出几分意思，要撮合的心思淡下来，举箸夹了一块油淋仔鸡。

色泽金黄、外酥里嫩的鸡块一入口，骆大都督眼睛就瞪圆了。

太好吃了！

他以为那些人只是夸大其词，万万没想到夸得太含蓄了！

吃到个八分饱，骆大都督才分出一丝空闲问侍立一旁的红豆："怎么不见开阳王桌上那种小碟子？"

他想起来了，刚进来坐下时无意中扫了一眼开阳王那桌，几个小碟子花花绿绿，很是赏心悦目。

卤牛肉这些当然好吃，可没吃过的当然得尝尝啊。

红豆道："那是赠菜，不是每桌都有的。"

骆大都督挑眉。

什么意思？开阳王来了有赠菜，他这个亲爹来了没有？

骆大都督先是给了卫晗一个眼刀，再看向骆笙。

女儿必须给他一个交代！

骆笙平静吩咐红豆："端几样小菜上来。"

说罢扫了一眼埋头猛吃的几个锦麟卫，淡淡道："给那桌也上一份。"

几个锦麟卫吃得满嘴油光，茫然抬头。

给他们上什么？

嘿嘿，上什么都行，太他娘的好吃了！

骆大都督皱眉制止："不用给他们上，两份都端到这桌上来。"

他有些后悔了。

早知道笙儿开的酒肆饭菜这么好吃，能让人的胃超常发挥，就不该带这几个饭桶来。

很快赠菜端上来。

骆大都督吃了一块水晶虾仁，语重心长劝骆笙："笙儿啊，赠菜味道这么好，只赠不卖可惜了。"

怎么能让那些人这么占便宜呢？

骆笙微微一笑："父亲放心，赠菜只有极少数人能享受，不是随便一个人都能吃到的。"

"这就好。"骆大都督刚松一口气，又警惕起来。

不对啊，既然极少数人才能吃到，为什么开阳王会有？

不行，必须弄清楚开阳王与女儿的关系。

不过在酒肆直接问不合适，这么多人呢。

骆大都督琢磨了一下，侧头笑笑："明日正好休沐，王爷若是有空不如来寒舍喝一杯茶？"

卫晗已经吃好，拿手帕擦擦嘴角应下了骆大都督的邀请："明日有空。"

反正要去骆府看大白的。

"大都督慢慢吃。我吃好了，先走一步。"卫晗与骆大都督招呼一声，冲骆笙微微点头算是道别，起身向门口走去。

骆大都督紧锁眉头，总觉得有哪里不对劲。

眼瞅着卫晗背影消失在酒肆门口，骆大都督恍然大悟，缓缓转头看着骆笙。

开阳王有赠菜，还吃白食？

"父亲怎么了？"被骆大都督盯得莫名其妙，骆笙问了一句。

"没什么。"骆大都督掩饰地咳嗽一声，吩咐红豆，"再上两盘酱鸭舌。"

酒肆人多，不宜多问。

说起来，这道黑蒜酱鸭舌实在合他胃口。

见红豆立着不动，骆大都督拧眉："怎么不上菜？"

红豆依然立着不动，黑着脸道："没有了。"

没了？

骆大都督心中遗憾，勉强道："那就再上一盘油淋仔鸡，两盘卤牛肉吧。"

"油淋仔鸡没有了，卤牛肉也没有了。"红豆咬牙。

骆大都督愣了："怎么都没有了？"

红豆伸手一指正在舔盘子的几个锦麟卫，一字一顿道："因为都让他们吃完了！"

骆大都督一听怒了，喝道："你们！"

几名锦麟卫艰难起身，齐齐抱拳："请大都督吩咐。"

骆大都督滞了滞，手指向门口："滚出去！"

这些混账，竟然一点不知道收敛么？

几名锦麟卫面面相觑。

081

大都督这是生气了？

可明明是大都督说给他们开一桌的。

瞄一眼桌子上堆得高高的盘子，几人稍稍感到不好意思。

吃得似乎多了些，不过这怪不得他们啊，实在是酒菜太好吃了。

红豆一听居然这么便宜了几个饭桶，这怎么行！

她当即拿出账单，念道："卤牛肉三十盘，油淋仔鸡二十只，千层百叶四十盘……大都督，他们那桌承惠三千八百两——"

骆大都督心肝突突直跳。

他是知道价格的，可没想到酒菜这么好吃，几个混账吃得这么丧心病狂！

几名锦麟卫也听得打哆嗦。

三千八百两！

都是他们吃下的？

茫然看了看桌上的杯盘狼藉，再互视一眼，几人默默往地上一躺，飞快滚了出去。

"红豆，把账单收起来。"骆笙睨了红豆一眼，对骆大都督道，"父亲不必理会小丫鬟的胡话，您来我里吃饭，女儿怎么能收钱。"

不收钱？

柜台那边的女掌柜猛然抬起头来。

红豆更是愕然望向骆大都督。

大都督莫非早就料到姑娘不会收钱，才带一群饭桶来？

盯着小丫鬟错愕的眼神，骆大都督都有些不好意思了，严肃道："开门做生意，进门就是客，钱必须得收。"

骆笙笑笑："女儿开的酒肆，哪有向父亲收钱的道理。倘若传出去，别人岂不是要嘲笑女儿只认钱？您说对不对？"

骆大都督一愣。

骆笙又道："咱们酒肆有些菜是限量的，赠菜更不是随便能吃到。从您进门我便是以女儿的身份孝敬父亲，而非以东家的身份招呼酒客。"

骆大都督更没话说了，心头有些感动。

笙儿居然懂得孝敬他了，受了磨难真是长大了。

见骆大都督一时无言，骆笙给他斟了一杯茶："所以父亲万万不要再提付钱的事。不只这次，以后您来也是如此。"

骆大都督傻了眼。

每次来都不收钱？

那他还怎么好意思来——看来以后只能打发人来酒肆买酒菜，悄悄给他送到衙门去。

骆笙心中冷笑。

她的美酒佳肴可不是为了让骆大都督整日吃得美滋滋的。

是，她明白，骆大都督领兵围杀镇南王府是奉命行事。

可难道就因为奉命行事，她见到这张脸就能一点不硌硬，不憎恨了吗？

不管有什么理由，他终究是那个向她至亲举起屠刀的刽子手。

她享受了骆大都督之女这个身份带来的便利，能做的就是不向骆大都督索命。

如此而已。

"那为父就谢过笙儿了。"骆大都督面上不动声色，心中一片苦涩。

他有钱啊，他乐意给钱，只求能吃得心安理得。

罢了，以后打发脸生的属下来买吧。

骆大都督擦擦嘴角，依依不舍起身："笙儿，随为父一起回府吧。"

骆笙正好要从骆大都督这里打探太子宠妾的事，自是不会推辞。

父女二人走出数丈，迎面看到络腮胡子带着黑脸少年往这边走来。

平时络腮胡子接小七回来因怕打扰到酒客都是绕到后门进酒肆，今日因在外头，两边人碰个正着。

"东家。"络腮胡子与小七齐齐向骆笙打招呼，一时拿不准走在东家身侧的是什么人。

骆大都督随意扫了二人一眼，便收回视线，只是在心里暗想：笙儿的酒肆，人还挺杂的。

骆笙深深看了小七一眼，平静道："进去吃饭吧。"

络腮胡子应了一声，带着小七立在一旁等她先走。

骆笙从二人身侧走过，再扫了一眼小七。

小七冲着骆笙笑得灿烂。

不知是天黑还是人黑的缘故，一口牙雪白雪白的。

骆笙脚步一顿，升起一个念头：或许该打听一下小七小时候是不是晒日头晒多了，是不是太黑了点儿？

平心而论，小七只是微黑，放在寻常百姓中并不打眼，更说不上是缺陷。

可她记得宝儿挺白啊。

不过人由婴儿到少年，变化总是很大的。

骆笙再看小七一眼，叹气。

真的有些黑了，让她对小七就是宝儿这个天大的好消息竟有几分不真实感。

骆笙忽然想到一件事：她记得宝儿左臀处有个月牙形状的胎记……

见骆笙看着他不走了，小七咧嘴一笑："东家，您有事吗？"

本来他有点怕这个反劫了他的女魔头，没想到女魔头当起东家来这么好。

有学上，有饭吃。

其实上不上学无所谓啦，反正他以后要回有间酒肆当店小二的。

"没事。"骆笙琢磨着得找个机会验证一下，目光不由往下落了落。

觉得自己已经不怕东家的少年一下子绷紧了身体。

东家看哪里呢？

想到无意间听来的某个传闻，小七慌忙后退一步。

他不当面首的！

而骆笙已经往前走去。

等骆笙走远了，络腮胡子给了小七一巴掌："刚才你慌什么呢？没得让东家笑话！"

"大哥，我觉得东家看我的眼神有点奇怪……"

"奇怪？怎么奇怪了？"

小七脸有些红，干巴巴道："我感觉东家挺在意我……"

络腮胡子一愣，而后大笑起来，笑够了重重一拍小七肩头："傻小子，让你多读点书你总不听，做什么梦呢，赶紧进去吃饭。"

第14章
金镶七宝镯

走在路上的骆大都督随口问骆笙："刚刚那两个也是你酒肆的人？"

"嗯，年长的那个在后厨帮工，小的白日去私塾，晚上回来帮着做些杂活。"

"是父子吧？"

骆笙嘴角微抽，替络腮胡子澄清："是两兄弟，年长的那个二十出头。"

骆大都督摸了摸下巴上的短须。

那汉子二十多岁？

长得有点着急了啊，他以为比他小不了两岁呢。

初一的夜晚不见月，只有星子洒落天幕。

父女二人不紧不慢往大都督府的方向走，随意闲聊。

"往日酒肆生意很好吧？为父听说赵尚书那几位经常来。"

"价格有些高，所以来的酒客非富即贵。"

"我儿真是有本事。"

骆笙微扬下巴，笑得有些得意，如同许多向父母显摆的孩子："今日太子还来了呢。"

骆大都督脚步一顿："太子来了？"

"是啊，太子来的时候酒肆还没到开门的时候，说是从平南王府来的。"

骆大都督皱了皱眉。

"太子是不是不喜欢太子妃？"围着太子聊了几句，骆笙随意问道。

骆大都督咳嗽一声："怎么问这个？"

骆笙扬手，晃动手腕。

夜色里，金镯子光彩夺目。

"笙儿现在喜欢这样的金镯子？"

骆笙笑笑："之前见平南王府小郡主戴，就挺喜欢。"

骆大都督突然生出一丝不妙预感："那这镯子——"

"平南王世子找我帮他请神医，我就把这镯子要来了。"

骆大都督松了口气。

不是直接抢的就好。

骆笙抿唇一笑："听说这镯子有一对，另一只在太子侍妾手里。我想着一只镯子在妹妹手里，一只镯子在侍妾手里，可见太子妃不怎么得太子欢心吧。"

骆大都督脸色一正："太子私事，莫要多议论。"

骆笙抬手扶了扶发间珠花，笑盈盈道："女儿对太子私事不好奇，只是想着太子妃要是不得太子欢心，那那名侍妾就一定很得宠了，看来另一只镯子是无法弄到手了。"

骆大都督太阳穴突突直跳："笙儿啊，你喜欢什么父亲都给你买，咱不能抢太子侍妾的镯子啊。"

"哦。"骆笙淡淡应着，看起来不大愉快。

骆大都督只好给女儿讲道理："太子那名侍妾不普通，本是太子发妻的陪嫁丫鬟……"

骆笙猛然停住脚步，语气有些奇异："太子发妻？"

这说的难道是她？

那陪嫁丫鬟又是谁？

骆笙一颗心狂跳起来，险些稳不住面上平静。

难道说疏风和朝花中有人还活着？

还活着，戴着她另一只金镶七宝镯……太子那名侍妾是朝花吗？

骆大都督把骆笙的反应当成了吃惊，解释道："在太子还是平南王世子的时候，曾娶了南地一位郡主为妻……好了，这些往事你小姑娘家就不要打听了，喜欢这样的镯子，回头为父派人去各大银楼瞧一瞧。"

"父亲不用麻烦了，我喜欢什么都是一阵子。"

大都督府已在眼前，父女二人各自回房。

而太子回到东宫，耐着性子与太子妃共用了晚膳，本该直接在太子妃处歇下。可他鬼使神差想到骆笙手腕上戴着的金镯子，寻了个借口去了玉选侍那。

太子妃气得摔了茶杯。

她是不欲与一个选侍一争长短，可太子未免太过分，初一竟还要去玉选侍那里。

气过后，太子妃恢复了冷静，淡淡道："把碎瓷收拾了吧。"

玉选侍则因太子的到来吃了一惊。

"很意外我会过来？"

"殿下今日该陪着太子妃。"

卫羌笑笑，语气温和："来这坐坐我就回去。"

他说着抓起玉选侍的手，手腕上的金镯子果然与骆姑娘戴着的一模一样。

卫羌看得清清楚楚，两只镯子别无二致。

能凑齐七色宝石做成金镶七宝的镯子本就不易，即便是同样的款式，细节、做工也不可能完全一样。

也就是说，骆姑娘手上戴的那只镯子与玉娘这只镯子分明是一对。

可他记得另一只镯子在卫雯手里。

而镯子真正的主人是洛儿。

洛儿死了，是他亲手埋葬的她，洛儿生前常佩戴的饰物以及惯用之物全都当了陪葬。

这对金镶七宝镯只是那一箱箱陪嫁来的首饰里寻常之物。

说寻常，是因为镇南王府给洛儿的嫁妆太丰厚，即便是这样难得的镯子放在其中也变得不起眼，当然不是镯子本身寻常。

他本来都没留意过。

对他来说，随着洛儿的死，这些都变得无关紧要，眼不见为净。

可是几年后生母清理洛儿的嫁妆，打开了库房。

小妹就是那时一眼看中了这对金镶七宝镯。

若是洛儿惯戴的首饰，他自然不可能让小妹拿去，但只是陪嫁里繁多首饰中的一个，在小妹求了又求之后，他还是点了头。

只是没想到玉娘也看中了这对镯子。

那是玉娘第一次向他开口讨要东西，他当然无法拒绝。

最后的结果，便是小妹与玉娘一人得了一只镯子。

小妹的镯子怎么到了骆姑娘手中？

卫羌盯着玉选侍手上的镯子，陷入思索。

玉选侍垂眸，浓密的睫羽轻轻颤了颤，想要抽回手。

卫羌握得更紧，温声道："玉娘似乎又清减了。"

玉娘不再动作，垂眸笑了笑："到了夏日妾就如此，不算什么事。"

卫羌把玉娘拉入怀中，轻声道："还是要养好身体，不要让我担心。"

玉娘偎在卫羌怀里，温顺应下："妾知道了。"

室中没有旁人伺候，这般安静了片刻，卫羌松开了手："我去太子妃那里，明晚再过来。"

087

玉娘微微屈膝："恭送殿下。"

等太子一走，玉选侍转头就进了里屋。

里屋里，一盏孤灯散发着微光。

玉选侍重重往床榻上一坐，一只手搭在另一只手腕的镯子上。

她把镯子越握越紧，眼底有惊恐划过。

太子为何盯着镯子瞧？

她不可能看错，刚刚太子看的可不是她手腕又细了多少，而是看的这只金镶七宝镯！

这是郡主的镯子，是她忍辱偷生也要守护之物。

玉选侍陷入了久远的回忆。

那是嫁妆要抬去平南王府之前。

一口口珠宝箱子敞开，她领着人细心整理。

这对金镶七宝镯本不在这些首饰之中，是郡主另外拿给她，让她放进去的。

郡主把镯子拿给她时，曾问她可否分得清两只镯子的区别。

她看了半天也看不出来，最后还是郡主指出来的。

郡主指着那只镯子对她说："朝花，你要记好了，这只镯子比所有陪嫁加一起还要重要。"

她们四个本就是郡主心腹，郡主会交代她一些重要的事并不奇怪，她当时问了一句："有这么贵重么？婢子看不出来。"

郡主轻声道："这只镯子可换江山。你是掌管我衣裳首饰的大丫鬟，可要替我把它守好了。"

她吃了一惊，又忍不住问："郡主，既然镯子如此重要，您为何不戴着呢？"

郡主笑了："泯然于众，更安全。"

她当时不解其意，只知道这只镯子的重要性。

直到后来，王府发生了那场祸事，传来郡主死讯。

她与疏风万念俱灰，一同撞柱。

疏风死了，她被救下。

死了一次，她冷静下来。

郡主说，这只镯子可换江山……

她不敢死，她要替郡主守好这只金镶七宝镯。

或许在那个夜晚王府有人逃出去，或许王爷另有布局……

她守好这只镯子，也许能等到哪一日有人来换了这大周江山，替镇南王府，替她的郡主讨回一个公道！

朝花抚着金镯，眼泪簌簌而落。

骆笙这一晚并没睡好,再醒来,天已大亮。

蔻儿禀报说开阳王来访,目前正在前院与大都督喝茶。

骆笙收拾妥当,慢条斯理吃了一碗小米粥,才打发蔻儿去前院请人。

卫晗此时在前厅已经喝了一盏茶。

这茶喝得并不轻松。

骆大都督从一开始看他到现在,眼神深沉专注,一副有话说的样子。

除了在有间酒肆流露些情绪之外,卫晗还是很沉得住气的。

骆大都督不说,他便不问。

骆大都督捧着茶杯,暗暗生气。

开阳王怎么什么都不问呢?难不成以为他请他上门,就是纯喝茶的?

骆大都督灌了口茶,咳嗽一声:"王爷是有间酒肆的常客吗?"

"算是。"卫晗淡淡道。

"常客就有赠菜?"

卫晗沉默片刻,语气更淡:"别的常客有没有不知道,本王没有。"

这一次换骆大都督沉默了,本想试探开阳王与女儿关系那些话全都憋了回去。

"那昨日——"

"昨日只有我一个酒客,才得了骆姑娘赠菜。"

"原来如此。"骆大都督一时心情有些复杂。

他还以为女儿与开阳王私定终身了呢……

骆大都督遗憾地喝了口茶。

这时蔻儿来了,规规矩矩给二人行了礼,道:"大都督,姑娘说您要是与王爷聊完了,就请王爷去她那里。"

嗯?

骆大都督严肃地看向卫晗。

不是说只是单纯的酒客与酒肆东家的关系吗?

卫晗施施然起身:"那本王就去令爱那里了。"

令爱?

骆大都督的太阳穴突突直跳。

你也知道那是我女儿,怎么当着亲爹的面这么光明正大去约会?

要是换了别人,骆大都督直接就弄死了,偏偏这人是开阳王。

忍着怒火,骆大都督问蔻儿:"你们姑娘请王爷过去干什么?"

蔻儿笑盈盈道:"姑娘请王爷过去看大白。"

大白?

骆大都督眯眼琢磨了一下,反应过来:"笙儿养的那只白鹅?"

蔻儿点头。

骆大都督缓缓转向卫晗，以不可思议的语气问道："王爷要去看鹅？"

卫晗面不改色心不跳："既然令爱相邀，本王去看看也无妨。"

他看的是鹅吗？他看的是治病良药。

骆大都督沉默了，心道：堂堂王爷跑到他府上来看女儿养的白鹅，这，这是什么人啊？

"大都督，本王先过去了。"

"呃——"骆大都督胡乱应着，目送卫晗离去的心情十分复杂。

卫晗由蔻儿领着进了闲云苑，并没在正院停留，而是穿过月亮门进了西跨院。

院中树冠如盖，石桌旁一道素色身影显得有些慵懒。

卫晗站定，喊了一声"骆姑娘"。

骆笙站起身来，笑道："王爷与家父喝过茶了？"

"喝完了。"卫晗走了过去，余光扫量院落。

并不见那只白鹅的影子。

"石焱他们陪大白去花园散步消食了。"骆笙解释一句，给卫晗倒了一杯茶，"王爷稍等一阵。"

一只鹅还要人陪着去花园散步？

卫晗默默啜了一口茶。

茶香独特，口感微涩。

青瓷茶壶旁摆着个瓷碟，碟中放着四色点心。

翡翠、淡紫、鹅黄、浅粉，色泽诱人，样子却简单，是圆鼓鼓胖乎乎的那种小点心。

仿佛戳一戳就能流出甜蜜的馅料来，偏偏又不知道里面放了什么。

这些点心，酒肆里没有见过。

卫晗矜持喝着茶，晃过这个念头。

骆笙把点心碟往卫晗面前推了推，客气道："王爷尝尝点心，配清茶刚好。"

"不必了，我不大吃甜食。"卫晗婉拒。

"原来是这样。"骆笙把盘子拉回来，拈起一粒翡翠色的点心，"那我吃了。"

翡翠色的点心咬开，淡淡的酸甜味飘出来，露出里面琥珀色的馅料。

骆笙把点心吃下，擦了擦嘴角，笑道："里面放了一点青梅酱，吃起来没那么甜腻。"

解释完，她又拿起一粒浅粉色的点心。

白皙得近乎透明的纤纤指尖，拈着粉得赏心悦目的点心，令人丝毫不会怀疑点心的美味。

卫晗面无表情地喝着苦涩的茶水，总算等到月亮门处传来动静。

石焱率先从月亮门走进来，一见到卫晗在院中，忙跑了过来："主子，您来了啊！"

主子居然这么早就来了……

小侍卫多的也不敢说，就望着卫晗干笑。

卫晗注意力则落在了石焱后面。

一只半人高的大白鹅威风凛凛，正踱步走来。

跟在大白鹅后边的是一个少年，一个青年。

少年还透着稚气，五官精致，十分漂亮。

青年——

卫晗扬了扬眉梢，看向骆笙。

先前骆姑娘说照顾大白的是她的两个面首，便是这两位吗？

骆笙坦然一笑，冲大白鹅招手："大白，过来。"

卫晗明显察觉到大白鹅停了一下，而后才向着他们走过来。

从那放慢的速度，竟瞧出几分不情愿来。

是他看着太严肃了？

大白鹅已经到了近前。

明烛与负雪一起向骆笙行礼。

骆笙微微颔首："你们先退下吧。"

并没有介绍卫晗的意思。

退下去的负雪悄悄问明烛："明烛哥哥，那位与姑娘坐一起的客人是谁？"

明烛微勾唇角，语气带着几分自嘲："姑娘的客人是什么身份，不是咱们该问的。"

负雪低了头，很是不安："可是姑娘把大白留下了。明烛哥哥，姑娘不是开了一家酒肆么，听三火哥哥说可好吃了。你说姑娘把大白留下，该不会要把大白炖了招待客人吧……"

说到后面，少年泫然欲泣。

明烛抬手摸了摸负雪的头："负雪，你要记着一件事。"

"什么事？"负雪抬头。

明烛语气淡淡："大白是姑娘的。"

他们的身份比大白高不了多少，生死去留，也不过在姑娘一念间罢了。

院中，则发生了一点意外。

在骆笙询问等到了时候是取了大白的血送过去还是如何时，蹲在她手边的大白突然一跃而起，扑棱着翅膀去咬卫晗。

卫晗怕下手重了伤着大白，只好尴尬避开。

"大白！"骆笙警告一声，熟练地捏住了大白鹅的脖子。

大白登时老实了。

卫晗看得心惊："骆姑娘还是把大白放开吧。"

万一不小心捏死了，他怎么办？

骆笙松开手，站起身来："王爷，不如去我屋里坐坐吧。"

石焱惊愕得张大了嘴巴。

他以为骆姑娘请主子来，只是看大白的。

怎么还进屋呢？

呵呵呵，这多不好意思。

主子，答应她！

卫晗并没理会小侍卫的挤眉弄眼，微微颔首："好。"

邀请他看大白是其次，骆姑娘大概是想问一问青蛇的事。

卫晗随着骆笙往月亮门处走，察觉到大白鹅跟随，低头一看。

大白鹅梗着脖子与他对视了一瞬，一口咬在了他腿上。

骆笙回头。

大白一见被主人（魔头）发现了，松开嘴嘎嘎叫着跑了。

卫晗掸了掸被大白鹅咬到的地方。

他今日穿了一件月白色直裰，大白鹅留下的印子有些明显。

掸不掉。

骆笙微抽嘴角："王爷怎么不躲？"

卫晗淡然一笑："大白大概对我怀恨在心，让它出口气也好。"

实际上，与白鹅对视的那一瞬，他只是有点好奇这只鹅想干什么。

原来是想咬他……

这么丢脸的事，他是不会让骆姑娘知道真相的。

二人一同进了屋。

等蔻儿奉上茶水，骆笙把人都打发出去，留二人独处。

"王爷今日的衣裳颜色比昨日雅致。"骆笙啜了一口茶，笑吟吟道。

卫晗垂眸看了看，与骆笙对视："是因为昨日的衣裳颜色像蛇么？"

骆姑娘虽不在意，但他待久了毕竟不好，不如主动提起。

骆笙意外对方的干脆，但让她主动承认是刺杀平南王的歹人，那是不可能的。

有些事可以做，但哪怕心知肚明也不能认。

"说来好笑，昨日林大公子带人查案，从一个树洞里摸出一条青蛇来。"

"还有这种事？"卫晗嘴角不由翘起来。

"是呀，把他恶心坏了，跑到我酒肆借水洗了好几遍手。"

"那还真是不走运。"卫晗唇边挂着浅笑。

骆笙定定望着他，语气意味深长："都说林大公子是破案奇才，王爷觉得他能找到刺杀平南王的歹人吗？"

卫晗沉默了片刻。

屋中有一扇大窗，阳光从窗子倾洒进来，使室内一片明亮。

卫晗凝视着面前的少女，能看到她眸底盛着细碎的光。

他说："我觉得他找不到。"

对面的少女便笑了，眼中光亮更甚，恰如他想象的那样。

骆笙确实放下了一半的心。

开阳王这么说，至少能保证他不会掺和进来。

而没有洞悉真相的开阳王帮忙，她完全不担心林腾能查到她头上。

另一半没放下的心还是与开阳王有关。

她不确定他是何时开始留意的，究竟是猜测占了大半，还是目睹她射出了那一箭？

不过要想问清楚这些，她恐怕要解释更多，比如刺杀平南王的动机。

既然如此，不如难得糊涂。

只要开阳王不来碍她的事，两个人一直友好保持酒客与酒肆东家的关系就好。

卫晗含笑问："骆姑娘还有要问的吗？"

骆笙微笑："暂时没有了。"

卫晗放下手中茶杯，轻声道："那我有一个问题想问。"

骆笙蹙眉看他片刻，缓缓道："王爷请说。"

卫晗开口："骆姑娘为何会出现在镇南王府废宅？"

骆笙面无表情："王爷是不是认错人了？"

卫晗笑笑没有争辩，而是继续道："在有间酒肆，林二公子出了价，而他的外祖家是镇南王府。"

骆笙平静与之对视。

"我想问的是，骆姑娘究竟与镇南王府有什么关系？"

"仅凭林二公子的外祖家是镇南王府，王爷就问我这么奇怪的问题么？"

卫晗笑了："如果不是在镇南王府废宅巧遇了骆姑娘，我自然不会仅因为林二公子就这样猜测。"

"我说了，王爷认错人了。"

卫晗忽然抬手，伸向骆笙。

骆笙没有躲。

她可以躲的，但仓皇躲避总显得有些底气不足。

她倒要看看这个男人想干什么。

那只修长的手停在眼前，挡住眼睛以下的部分。

他的手与她的脸隔着一寸，她却能感觉到对方掌心传来的热度。

那是另一个人的体温。

卫晗开了口："那个晚上，我看到的就是这双眼睛。"

如此笃定，如此平静，因而激起骆笙几分怒火。

她别开脸，淡淡道："既然是晚上，光线定然不佳，再说一双眼睛又有何特别？王爷自信不会认错？"

卫晗凝视着那双眼，道："不会，因为骆姑娘的眼睛很特别。"

"特别在何处？"骆笙冷冷问。

"特别好看。"

骆笙滞了一下。

若非对方语气十分认真，她还以为是在调戏她——不对，是调戏骆姑娘。

好看的这双眼睛是属于骆姑娘的，与她无关。

这般一想，骆笙心头产生的那一丝比发丝还细的异样立刻烟消云散，只剩下冷硬。

而卫晗则接着道："眼中好像盛了光，明亮又冷静，令人望之难忘——"

"够了——"骆笙打断卫晗的话，嘴角噙着讥诮，"王爷再说下去，我可能会误会的。"

卫晗认真道："骆姑娘不要误会，我只是如实说出所见。"

他看着她，再次以肯定的语气道："那晚我见到的就是骆姑娘。"

骆笙陷入了长久的沉默。

她当然可以继续否认，然而话已经说到这里，一味否认只会落了下乘。

开阳王承诺不揭发她是刺杀平南王的凶人，说到底是她欠了开阳王一个人情。

开阳王不是她什么人，帮她不是理所当然。

沉吟一阵，骆笙开了口："王爷可否记得我答应赠大白之血时说过的话？"

"记得。骆姑娘说让我以后帮你做件事。"

骆笙笑了笑："现在我想到要王爷做什么了。"

"骆姑娘请说。"卫晗面上平静，一颗心微微提起。

面对这个精灵古怪的少女，他不得不做好被坑的准备。

"请王爷收起你的好奇心，并对这一切守口如瓶。"骆笙看着卫晗，一字字道。

公平交换，童叟无欺，这样正好。

她笃定对方会答应，谁知相对而坐的男人却摇了摇头。

他说："我不答应。"

骆笙眯眼，按捺住拍桌子的冲动。

明明是他赚了，竟然不答应。

这个男人能不能用理智克制一下该死的好奇心？

卫晗深深看了骆笙一眼。

骆姑娘好像生气了。

骆笙端起茶杯喝了一口茶，压下火气："王爷不觉得这样很划算？"

卫晗笑了："对我很划算，对骆姑娘来说不划算。这不是一笔公平的交易，而我没有占女孩子便宜的习惯。"

"那王爷的意思呢？"骆笙抚了抚青丝间的珠花，冷淡抬了抬眼皮。

没有占女孩子便宜的习惯？

那她那日丢到桌子上的珠花哪去了？

见骆笙抬手摸珠花，卫晗心虚地移开视线。

说真的，那日捡走骆姑娘珠花的行为他都想不通是为什么，只能归为鬼使神差。

承认是不可能承认的。

卫晗严肃着一张脸，道："大白的那个条件照旧，骆姑娘想要我收起好奇心，可以换一样东西。"

"换什么？"

"赠菜。"

骆笙一愣："赠菜？"

卫晗看着她，嘴角含笑："骆姑娘觉得这样行不行？"

"行。"骆笙毫不犹豫应下。

以几碟小菜堵住开阳王的口，自然是行的。

唯恐对方反悔，骆笙再次确认："王爷想好了？"

卫晗颔首。

说起来还是他赚了，即便没有什么交易，他也没有说出去的打算。

"那一言为定。"骆笙伸出手来。

视线往那只纤纤玉手上落了一瞬，卫晗伸手与之击掌。

骆笙松了口气，端起茶盏。

卫晗识趣起身："叨扰骆姑娘已久，我该告辞了。"

骆笙起身相送，顺口问道："王爷还要再看看大白么？"

"也好。"

骆笙窒了窒。

今日开阳王是不是把脸落在王府忘带了？

缓了缓，骆笙扯出一个敷衍的笑："我想起来了，这时候大白睡觉了。"

卫晗看着眼前的少女，眼底藏着笑意："是么？那我改日再来看它。"

"蔻儿替我送客，王爷慢走。"骆笙在门外石阶上站定，淡淡道。

卫晗微笑："那晚上见。"

骆笙终于忍不住丢过去一个大大的白眼。

卫晗面不改色受了，大步走了。

"姑娘，婢子怎么瞧着开阳王今日意气风发的？"红豆凑过来，望着男人离去的背影纳闷道。

"大概是因为有赠菜吃了。"骆笙平静说完，转身回屋。

眨眼到了酒肆开门的时间。

比之昨晚的冷清，今日倒是有了两三桌酒客。

骆笙往卫晗常坐的位子扫了一眼。

那里还空着。

这倒是奇了，有赠菜吃反而来得晚了。

不过她只是随意转了一下这个念头，便离开大堂去了后院。

络腮胡子刚把小七接回来。

小七正在吃葱花饼。

金黄的饼切成一块块，撒了香葱，抹了细盐，是秀姑特意给小七烙了垫肚子的。

这个年纪的少年，挨不了饿。

骆笙看着小七狼吞虎咽吃饼，弯了弯唇角："吃完了吗？"

小七低头看了看盘中掉落的葱花，点点头："吃完了。"

"你随我来。"骆笙撂下一句话，往屋中走去。

"秀姑给你做的葱花饼好吃么？"进了屋，骆笙给自己斟了一杯茶，悠悠问道。

"好吃。"小七压抑着心头莫名的紧张，如实回答。

"那扒锅肘子好吃么？"

"好吃。"

"卤牛肉呢？"

"也好吃。"提到这些好吃的，小七渐渐放松，开始咽口水。

骆笙轻轻吹了吹浮在水面的茶叶，笑问："小七读了书，以后准备做什么？"

"在咱们酒肆当店小二！"小七气势十足回道。

骆笙摇了摇头："咱们酒肆店小二足够了。"

"打杂也行，我可以劈柴，还能磨豆子！"小七一听有些慌。

骆笙再摇头："劈柴、磨豆子有人做了。你准备顶了你大哥或是陆大哥的差事不成？"

小七忙摆手。

这种没良心的事不能做啊！

再说，真做了大哥和陆大哥还不捶死他，他又打不过他们。

没良心又有生命危险的事坚决不能做。

"那你能干什么呢？"

小七被问呆了。

是啊，他能干什么呢？

"我，我——"迎着骆笙平静的目光，少年急坏了。

所以读那么多书有什么用啊，连店小二都当不了。

骆笙笑了笑："酒肆还缺个打手，我看你底子不错，读书之余可以跟着石焱习武，等小有所成在酒肆当打手如何？"

小七小鸡啄米般点头："好，我要当打手！"

"不过——"

一听骆笙说这两个字，小七一个激灵回神，紧张地望着她。

对面少女笑靥如花，语气温柔："小七听没听过一句话，天上没有掉馅饼的事，做人呢不能贪小便宜，公平交换才是正理。"

小七呆呆点头。

"听过就好。我是酒肆东家，不缺银钱，完全可以立刻请几个打手过来，为何非要等你？"

小七卡了壳。

对呀，为何非得等他呢？

是他天赋异禀吗？

不能，他上了这么多天的学堂，大字识了不到十个……

小七惭愧低下了头。

"小七可以交换啊。"

小七抬头，茫然问："拿什么交换？"

骆笙抬了抬下巴，平静道："把裤子脱了吧。"

少年箭步冲到门口，抱着房门惊恐地望着少女——呃，不，望着女魔头！

女魔头还是那般温柔的笑。

"东，东家，我只卖力气不卖身的！"少年扒着门框喊道。

"不需要你卖身，我只是看一看。"

"看一看也不行！"少年双手护裆，一脸警惕。

骆笙皱眉，带了些不耐："若是不愿，明日我就招打手了。"

她没有那么善心泛滥，当时收留几人是因为秀月说小七是她侄子的那番话。

不然她要谋划的事那么多，为何放几个不知底细的劫匪在酒肆里？

要验证小七究竟是不是宝儿，她等不得徐徐图之。

再说，无论如何徐徐图之，最终还是要看小七臀部啊。

倘若拜托盛三郎或是其他男子代劳，甚至直接询问杜飞彪，先不说她还要多向一个人解释，更重要的是她不敢相信旁人的判断。

万一是哄她呢？万一位置或形状有偏差呢？

关系到镇南王府如此重要的事，她当然要亲眼确认。

而小七则扒着门框纠结起来。

不给东家看，东家就要请打手了，他将来就再也吃不到好吃的扒锅肘子、烧猪头……呜呜呜，连金黄喷香的葱花饼都吃不着了。

给东家看——如果东家只是看看，似乎也不是不能接受。

"想好了么？"

小七眨眨眼："真的只是看一眼？"

"嗯。"

"那，那行吧……"小七黑脸透红，伸手去拽腰带。

"转过身去再脱。"

小七一听原来是看后面，飞快转过身去，唯恐骆笙反悔般利落地把裤子脱下来。

早说啊，露个屁股蛋算什么，没来京城的时候他溜下山偷了王大婶家的老母鸡顺便在塘子里洗了个澡，还光着屁股被王大婶追了几里地呢。

小七脱得干脆，骆笙看得认真。

好一会儿后，背后传来声音："穿好衣裳出去吧。"

小七提起裤子，回头看了看。

少女一动不动坐着，神色瞧着有几分凝重。

凝重？

小七走了出去，非但没有逃出虎口的庆幸，反而陷入了茫然。

是他的屁股不好看，还是太黑，怎么东家看完了一副苦大仇深的样子？

有这么失望么——少年忿忿想。

"小七，你怎么从正屋出来了？"络腮胡子见小七神色茫然走过来，拍了拍他肩头。

他们都住在厢房，正屋是留给东家歇脚的。

小七喃喃道："东家叫我进去的。"

"东家叫你进正屋干什么？"

小七回过神来，小声道："东家看了我屁股——"

"什么，东家看了你屁股？"络腮胡子声音一扬。

"大哥，你小点声儿！"少年一急，忙左右四顾。

"陆大哥去柴房了，没人听见——"络腮胡子后面的话一下子卡在了喉咙里，瞪大眼睛看着前方。

小七随之望去。

不远处，一身绯衣的年轻男子静静而立，正面无表情看着二人。

不，看着小七。

一旁石焱额头冒汗,干笑道:"主子,您不是要借用净房么——"

呵呵呵,他什么都没听到!

至于主子——主子当然是听到了啊。

石焱似有所感,瞄了一眼堂屋门口。

屋外石阶上,素色衣衫的少女静默而立,神色漠然。

小侍卫在心里悄悄补充一句:主子听到了,又能拿骆姑娘怎么样呢……

卫晗自然不能拿立在石阶上的那个神情淡漠的少女如何。

他只是常来酒肆的一个酒客,酒肆东家无论是养面首还是看少年屁股,与他何干呢?

就是有些震惊而已。

那个叫小七的少年是个小山匪,还黑……

骆笙走下台阶,向卫晗打了声招呼:"王爷怎么来后边了?"

"我来洗个手。"

石焱震惊地看了自家主子一眼。

主子不是要用净房么,怎么改洗手了?

余光瞄到骆笙,石焱恍然。

也是,在女孩子面前怎么好意思说用净房呢。

骆笙听了这话却笑了:"莫非王爷也摸了蛇?"

卫晗带着几分无奈看她一眼,没理会这句调侃。

"石焱,那你领王爷去净手吧。"骆笙交代一声,对着卫晗微微屈膝算是告别,举步往厨房走去。

见卫晗随着石焱走了,络腮胡子快步走到骆笙面前把她拦下:"东家留步。"

骆笙停下来,静静看着他。

触及那双平静如水的眸子,络腮胡子一阵恍惚。

看起来这么高不可攀的贵女,怎么有看人屁股的爱好呢?

可小七是个直肠子,对他从来都是有什么说什么,不会扯谎的。

络腮胡子稳了稳神,沉声道:"东家,关于小七,我有些话想问您。"

骆笙想了想,点头:"那好,你随我进屋吧。"

"大哥——"小七紧张地扯了扯络腮胡子衣袖。

不能进屋啊,进屋很危险的!

络腮胡子在那一瞬间居然领会了小七的意思。

一张过于沧桑的脸唰地红了。

不会连他的也看吧,这多不好意思……

"不是有话要说么?"骆笙淡淡问。

她面色如常,眼底却涌动着暗潮,倘若熟悉她性情的人便知道郡主此刻心情不大平静。

只可惜络腮胡子看不出来。

略犹豫了一瞬,络腮胡子抓住小七的手:"走。"

骆笙带着二人重新返回正屋。

这时卫晗净过了手,停在院子正中,往屋门口的方向看了一眼。

"主子——"石淼也不知道说啥好,干巴巴喊了一声。

卫晗并没理会他,转身往大堂走去。

屋里光线明亮,骆笙往椅子上一坐,淡淡道:"说吧。"

小七下意识缩了缩手。

因这个动作,络腮胡子一下子爆发了:"东家,小七还是个孩子!"

"所以呢?"

"所以——"络腮胡子顿了一下,似是下了决心,"您若是对小七有非分之想,我就带着小七离开酒肆!"

小七一听慌了,抱着络腮胡子胳膊喊道:"大哥,我不走,我要在酒肆当打手。"

怎么能走呢,走了还怎么吃到那些好吃的。

再说,这个差事可是他脱裤子换来的,走了不是亏么。

"小七,你松手!"络腮胡子扒了扒小七的手。

小七抱着他胳膊不放手:"反正我不走。大哥答应不走,我就松手。"

络腮胡子气得直瞪眼。

他为了这混小子都忍痛放弃在酒肆刷碗的肥差了,这小子居然给他拖后腿。

还有没有一点当山匪的骨气了!

"你误会了,我只是求证一下小七到底是不是秀姑的侄子。"

因三人来历不清白,在酒肆里并不以名字相称。

"求证?"络腮胡子一愣,"不是有玉蝉吗?"

"玉蝉不是长在人身上。我听秀姑说她侄儿臀部有块胎记,所以替她看看。"

"姑姑怎么不亲自看?"络腮胡子脱口而出,"姑姑"叫得十分顺口。

骆笙看他一眼,淡淡道:"秀姑脸皮薄。"

络腮胡子一下子没了话说。

东家这话没错,姑姑要不是脸皮薄,就不会多两个大侄子了。

小七听了骆笙的话,却紧张起来。

"我,我那里——"

"有一个疤。"骆笙平静接话道。

这就是她看了后神色凝重的原因。

好巧不巧，恰好是宝儿有胎记的那个位置，有一个疤痕。

究竟是用疤痕遮掩了那块胎记，还是那里本没有胎记才用疤痕遮掩呢？

两种可能，对她与镇南王府来说意义却截然不同。

不过当晚是秀月亲眼见着未婚夫杨准带走了宝儿，杨准又把玉蝉给了小七，那这道疤应该是为了遮掩胎记弄出来的。

毕竟杨准为了隐姓埋名连姓氏都换了，对黑风寨众人说他姓于。

这般心思缜密之人，为了掩护宝儿身份毁去胎记是十分可能的。

这样看来，小七应当就是她的弟弟宝儿无疑了。

"大哥，我那里是一块疤……"小七惶然看着络腮胡子。

东家这是什么意思？是说姑姑不是他姑姑吗？

他无父无母，只有于叔。自从于叔死了后，最亲近的就是大哥了。

如今好不容易有了一个姑姑，亲姑姑，他不想失去姑姑……

络腮胡子拍拍小七肩头，对骆笙道："小七屁股上那个疤我知道，于叔带着他来我们寨子时就有了。听于叔说是他不会照顾孩子，不小心碰到了烧火棍上……"

骆笙静静听完络腮胡子的讲述，站起身走到小七面前。

"东家——"小七讪讪喊了一声。

他还以为东家想要他当面首呢，没想到是因为这个。

骆笙抬手，抚了抚少年的头："这些年你受苦了，秀姑会好好疼你的。"

她也会的。

只不过现在还不是相认的时候。

"好了，你们出去吧，小七从明日开始跟着石焱学些拳脚，以后做个文武双全的人。"

小七忙拍着胸脯保证："东家放心，我一定努力当个文武双全的打手。"

络腮胡子忍不住道："东家，小七的拳脚功夫我可以教。"

他是黑风寨的大当家咧。

"石焱是开阳王的亲卫。"

络腮胡子抱拳："那就拜托他了。"

"出去吧。"

等二人离去，骆笙独坐一阵，抬脚去了大堂。

大堂里，那三两桌酒客已经散了，唯有临窗而坐的一道绯色身影正独自饮酒。

他面前只摆了一盘卤牛肉，三壶酒。

骆笙端着个托盘走过去，在对面坐下。

卫晗抬眸看她。

许是有了酒意，平日清澈的眸子染了几分朦胧。

"骆姑娘。"他淡淡喊了一声。

骆笙把托盘中的小菜一一摆到桌子上。

"给王爷的赠菜。"

四样小菜,水晶虾仁与油酥茴香豆没有变,红油青笋与紫薯凉粉则换成了爽口萝卜皮与红糖冰粉。

配起来一样好看,就仿佛之前的红油青笋与紫薯凉粉没有存在过。

"多谢骆姑娘。"卫晗举了举杯。

骆笙扫了一眼桌面:"王爷今日多饮了一壶酒。"

平日她冷眼看着开阳王不是贪杯之人,叫的下酒菜虽多,烧酒却最多只喝两壶。

想到他有暗疾在身,骆笙出于今日顺利达成的交易,关怀一句:"王爷还是少喝点,毕竟——"

"毕竟如何?"卫晗看她。

骆笙微笑:"毕竟喝多了伤身。"

说人家有病,总是不大礼貌。

卫晗凝视着她,忽地笑笑:"骆姑娘看起来心情不错。"

骆笙招手让蔻儿拿来一个酒杯,端起酒壶给自己倒了一杯。

"还好。"她抿了一口酒。

心存犹疑的事得到验证,好似一块悬着的大石落地,总是值得高兴的。

烧酒入喉,凛冽回甘,那股霸道劲直往上蹿。

卫晗捏着杯子,道:"骆姑娘想喝酒,橘子酒比较合适。"

骆笙晃了晃空了的酒壶,笑道:"王爷今日这顿,算我请的。"

卫晗一滞。

骆姑娘难道以为他心疼烧酒被喝了?

"王爷怎么不尝尝小菜?今日的赠菜换了两种,萝卜皮酸辣爽口,红糖冰粉清凉醇厚,正适合炎炎夏日配着卤牛肉吃。"

卫晗伸出筷子夹了一片萝卜皮。

经过特殊腌制的萝卜皮脆脆的,酸辣中带了一点微甜,别说是配筋道美味的卤牛肉吃,就是这么吃下两个大馒头也是可以的。

"好吃么?"

卫晗一怔,看向托着腮似是随意发问的少女。

莫非吃赠菜还有发表意见的待遇?

"嗯。"卫晗如实点头。

骆笙莞尔一笑,指了指盛有爽口萝卜皮的白瓷碟:"店里的萝卜皮可以外带。"

这下子,卫晗就更意外了。

不能外带，这是酒肆开张以来不知多少老客烦恼的事。

毕竟酒肆的下酒菜贼好吃，贼贵，壮着胆子来吃一次不给家里母老虎带一点，还怎么攒钱再来吃？

"现在酒菜可以外带了？"

骆笙摇头："不是，只有萝卜皮可以外带，从今日开始。"

从今日开始有赠菜吃，还可以外带……

卫晗多想了一下，心情无端好了几分。

再尝一片爽口的萝卜皮，就觉更好吃了。

而正在府中翘首以待的骆大都督，则盯着鬼鬼祟祟溜进来的属下手里捧着的一个黑瓷罐目瞪口呆："什么，只有萝卜皮可以外带？"

锦麟卫都不敢抬头看，吭吭哧哧道："卑职问过了，就只有萝卜皮能外带，其他都不能。"

"哪来的规矩！"骆大都督一拍桌子。

锦麟卫头皮一麻，忙道："三姑娘定的规矩。"

骆大都督反应过来。

对了，酒肆的东家是他闺女。自家闺女定的规矩，还能说什么呢，只能守着呗。

可期待了一整日的这顿饭落空，骆大都督满心不是滋味，不甘心问道："既然都不能外带，怎么萝卜皮又可以了？"

"酒肆伙计说只有萝卜皮放得久一些不会影响味道，其他酒菜为了不砸招牌不得外带。"

"哪个伙计说的？"骆大都督黑着脸问。

他听着就像是借口。

明明卤牛肉放久了也没事的。

再说怎么可能放久呢，带回来就吃了啊。

"表公子说的。"

骆大都督呵呵一声。

既然是侄子说的，那就信了吧。

骆大都督伸手打开扎紧黑瓷罐的油纸，拈起一块萝卜皮尝了尝。

好吃！

骆大都督眼睛一亮，立刻吩咐下人："去厨房拿两个白馍馍来。"

罢了，就着萝卜皮凑合吃点吧，总不能饿着肚子。

最终，吃了四个白馍馍的骆大都督瘫在太师椅上一动不动，摸着肚子直打嗝。

酸辣爽口的萝卜皮配大馒头，真是绝配啊。

之后几日，酒肆生意渐渐恢复，而平南王遇刺的风波还没有过去。

街上官兵的巡逻增加了次数，五城兵马司因迟迟捉拿不到歹人挨了训斥，连带相关的几个衙门也没落好。

上至百年茶楼，下至街边茶摊，这个夏日茶水都消耗得比往年快了些。

出了这样大的事，自然是茶余饭后的好谈资。

而这场风波的中心平南王府，这几日一直乌云重重。

平南王没有死，可也没有明显好转，几乎一直处在昏迷中。

平南王府却请不动神医再来。

短短数日，平南王妃憔悴得不成样子，就连小郡主卫雯都没有了往日的矜持自得，显出几分惨淡来。

卫丰见母亲与妹妹如此，难免心疼。

父王倒下了，他得把王府撑起来，照顾好母妃与妹妹。

这一日，饭桌上多了一盘萝卜皮。

"母妃，您尝尝这个，挺开胃的。"卫丰夹了一块萝卜皮放入平南王妃碗中。

平南王妃没有动筷子。

卫丰劝道："母妃，您这些日子都不怎么吃东西，这样下去父王没有好起来，您身体又熬坏了，我和妹妹怎么办呢？"

平南王妃这才被劝动，心不在焉夹起一块萝卜皮吃下，迎着儿子期待的眼神微微点头："是不错，府上腌菜的厨子换人了么？"

"是从有间酒肆买回来的。"

"有间酒肆？"平南王妃愣了愣，而后红了眼睛喃喃道，"那日我与你父王若不是去酒肆，你父王也不会出事……"

卫雯垂眸，紧紧攥拳。

她冷静下来后才想到，父王就是在有间酒肆附近出的事。听办案的人说歹人早就踩过点，摸清了父王的习惯才下手的。

父亲出事酒肆本就负有一定责任，可骆笙替父王去请神医居然提条件。

市侩又无耻，难怪是锦麟卫头子的女儿。

盯着那碟萝卜皮，卫雯开了口："二哥，骆姑娘不是很喜欢我那只镯子吗，要是把另一只也给她，能不能让她帮着再请一次神医？"

平南王妃听出不对来。

她放下筷子，问女儿："雯儿，镯子是怎么回事？"

卫雯下意识握了握手腕。

平南王妃顺着看过去，看到的是空荡荡的手腕。

"雯儿，你的镯子给了骆姑娘？"

卫雯咬着唇，一副懊恼失言的样子。

平南王妃看向卫丰："丰儿，你来说，到底是怎么回事？"

卫丰不觉得有什么大不了，道："就是那日儿子去请神医被拒，想到骆姑娘请动神医的事于是去请她帮忙，作为答谢把妹妹的镯子送给了骆姑娘……"

平南王妃面上阴云密布："怎么没听你说过这些？"

"这么点事，儿子不想让您操心——"

"糊涂！"平南王妃一拍桌子，气得脸色发白，"别人都踩到你妹妹头上了，你还说就这么点事儿！"

卫雯忙劝："母妃，您别气坏了身子，一只镯子不值当。"

平南王妃冷笑："这是一只镯子的事吗？她今日看上你一只镯子能要过去，明日再看上别的呢？养大了胃口，以后是不是连你未来夫婿都敢抢了？我只听说骆大都督这个女儿飞扬跋扈，可没想到竟然跋扈到雯儿头上来。"

卫丰看着母妃与妹妹一个骂一个劝，忍了又忍道："母妃，其实也不是骆姑娘抢的，她帮着去请神医了……"

一只镯子，总比不上请动神医难得吧？

平南王妃与卫雯一顿，齐齐看向他。

卫丰实在不理解女人的想法，讪笑道："母妃别气，其实是咱们赚了啊。要是能请动神医，妹妹那样的镯子不知道多少人乐意送出十个八个呢。"

卫雯暗暗咬碎银牙。

二哥这个呆子，真是气死她了。

就像母妃说的，这是一只镯子的事吗？

骆笙想要酬劳，跟二哥要什么不行，再不济还有平南王府呢，怎么就盯着她的镯子不放？

分明是平时就对她怀嫉在心，故意恶心她呢。

平南王妃也被儿子的天真给气着了，不过还是再把神医请来给王爷看一看最要紧。

"我记得雯儿的镯子是一对，另一只在玉选侍那里。"

平南王妃思量半晌，打发人去宫中递消息请太子来一趟王府。

卫雯再夹了一筷子萝卜皮。

萝卜皮脆脆的，酸辣微甜，十分开胃，令她的心情也好转不少。

玉选侍不是清高么，她倒要看看愿不愿意把镯子给骆笙。

不错，比起骆笙，她更厌恶的是玉选侍。

她是王府唯一的小郡主，锦衣玉食长大，那是第一次主动向大哥讨要东西。

可就因为玉选侍开了口，本该都属于她的一对镯子硬生生分给那个贱婢一只。

这口气，她就没咽下过。

可是没办法，大哥成了太子，那个贱婢从此住在东宫，她想见都不方便。

这次让母妃来要那只镯子，倘若那个贱婢舍不得给，她就不信她还能在大哥心里保持清高样儿。

若是给了，想必也不会痛快吧。

无论哪种结果，都不错。

卫雯弯了弯嘴角，又夹了一筷子萝卜皮吃。

卫羌是下午来的平南王府。

"婶婶找我有事？"

卫羌语气温和，听在平南王妃耳中却一阵心酸。

王爷到底是羌儿的生父，如今还在床上躺着，羌儿若是有心本该常来看看，可自从那次奉皇命来过一次，就再没来过。

难道非要有事才来吗？

当然这些话只能压在心里。

羌儿是太子，与以前终究不一样了。

平南王妃开口道："你王叔能活下来，多亏了神医替他取箭稳住伤势。只是他一直不见大好，我很是心焦，想请神医再来看看。"

"是神医不好请？"卫羌一听便明白了平南王妃的意思。

平南王妃苦笑："何止不好请，是根本请不动。神医上次能来还是因为骆姑娘去请的。"

卫羌一愣："开酒肆的骆姑娘？"

平南王妃嘴角一抽。

不该是骆大都督的女儿么？

"嗯，是你二弟把雯儿的金镶七宝镯给了骆姑娘当谢礼，请骆姑娘帮的忙。"

卫羌微微眯了眼，听出几分意思来。

"太子，我记得还有一只金镶七宝镯在你的选侍那里，能不能请她割爱，救救你王叔？"平南王妃望着卫羌，眼中满是乞求。

卫羌心软了一下，随即恢复了冷硬。

当初，他答应生父把伪造的谋逆证据放入镇南王府，确实是想站得更高。

生父答应他不会伤害到洛儿。

可最终，生父安排人对洛儿痛下杀手，洛儿就在他眼前被射杀。

那时候他与生父闹翻，生母也是这般乞求。

可是凭什么让他伤了心，求一求他就要原谅？

卫羌摇头拒绝："金镶七宝镯是我侍妾贴身佩戴之物，把它转送一个未出阁的姑娘不合适。"

"可你王叔的身体——"

卫羌淡淡道："不一定非要一只镯子才能请骆姑娘帮忙吧？我亲自去请她。"

卫羌离开平南王府去了青杏街，这时有间酒肆尚未开门，一个面容俊朗的年轻男子正打扫着酒肆门前那块空地儿。

卫羌拧眉。

上一次来还不曾留意，这是开阳王叔的近卫？

王叔的近卫在酒肆打杂，酒肆东家是骆姑娘……还真是有意思。

卫羌立着不动，身后的心腹太监窦仁用力咳嗽一声。

石焱拎着扫帚看过来，诧异出声："殿下？"

卫羌走了过去，看一眼半敞的酒肆大门，问道："不知骆姑娘可在？"

"骆姑娘刚来。"石焱有些拿不准卫羌的意思。

太子怎么又来了？

而卫羌显然没有解释的兴趣，推开酒肆的门走了进去。

石焱提着扫帚，悄悄撇了撇嘴。

当太子就是好啊，也不招呼一声就这么进去了。

等等！

小侍卫突然警惕起来。

太子住在东宫，短短时间来了两次了，是不是太频繁了些？

一定是醉翁之意不在酒！

不行，今晚主子来了他要提醒一声。可不能半路杀出个程咬金，坏了主子的好事。

大堂里，女掌柜正在柜台边翻账本，听到门口动静抬眼看过去。

见到卫羌那张脸，女掌柜一愣，随后立刻迎上去行礼："民妇见过太子殿下。"

天呀，太子又来他们酒肆了！

"骆姑娘呢？"卫羌没有心思应付一个酒肆掌柜，直接问道。

"我们东家在后厨呢，您稍等。"女掌柜忙跑到后边去喊人。

骆笙从厨房走出，面色平静去了大堂。

大堂里还空荡荡，只有一处临窗的桌前坐了个人。那是开阳王常坐的位子，此刻坐的却是另外一个人。

骆笙遮住眼底冷意，抬脚走了过去。

"殿下是来吃酒的么？"

卫羌转过头来，打量着款款走来的少女。

衣衫素净，眉眼镇定。

想到那次眼前少女对橘子酒的解释，卫羌心头涌起几分古怪。

他总觉得骆姑娘是个很矛盾的人。

看似张狂胡闹，某些时候又格外冷静。

卫羌视线落到她手腕上。

七色宝石的镯子衬着雪一样的肌肤，反倒成了陪衬。

目光在镯子上停留一瞬，卫羌笑笑："我是来找骆姑娘的。"

他伸出手指了指对面，不自觉流露出几分居高临下："骆姑娘坐吧。"

骆笙沉默一瞬，笑了笑："多谢殿下赐座。"

曾经，这个男人小心翼翼哄她开心，毕竟她是镇南王府的郡主。

现在他大概不用再对任何女子小心翼翼了。

踩着她一家人的鲜血往上爬，多好的回报。

"我来找骆姑娘，是想请骆姑娘帮一个忙。"卫羌开了口。

骆笙牵了牵唇角，语气透着漫不经心："帮忙？前些日子平南王世子来请我帮忙，没想到今日殿下又来请我帮忙，我都不知道自己什么时候这么有本事了。"

卫羌下意识皱眉。

这样的语气，他可没听出几分尊重。

他已经很久没听到有人这般对他说话了。

他是太子，虽非父皇亲生，但是是改了玉牒正儿八经过继到父皇名下的，从礼法上就是大周名正言顺的继承人。

谁敢不给他面子？

"太子要我帮什么忙？"骆笙给自己倒了一杯茶，慢条斯理地问道。

卫羌压下心头不快，温声道："我想请骆姑娘帮的忙，与平南王世子一样。"

"呃，殿下也想让我帮忙请神医？"骆笙抿了一口茶把茶杯放下，扬手晃了晃。

那只金镶七宝镯从皓腕最纤细处往下滑落。

她转动着镯子，嘴角噙笑："当时平南王世子请我帮忙，给了这只镯子当谢礼。听说这镯子原有一对，另一只在殿下手里，殿下不如把另一只镯子给我吧。"

"这个……恐怕不行。"卫羌斟酌着语气拒绝。

"那我恐怕帮不上忙。"骆笙拒绝得干脆利落。

卫羌一愣。

她就这么拒绝了？

她可有想过他的身份？

对面的少女眨了眨眼："殿下该不会因为我帮不上忙，就要责罚我吧？"

"怎么会——"

骆笙似是松了口气的样子，笑呵呵道："那就好。殿下您看，我也帮不上您的忙，就不耽误您时间了。"

她端起了茶杯。

这是送客的意思。

卫羌心生恼火。

直接拒绝帮忙，还赶他走，他还没见过这般狂妄无知的女子。

骆笙垂眸喝茶，眼中盛着冷意。

她可不怕得罪太子。

皇上还不够老，太子却已快而立之年。

哪怕是一对亲生父子，处在这个位置上，彼此间除了亲情也少不了猜忌。

何况还没有父子之情维系呢。

卫羌这个太子，注定要比别的太子当得更憋屈，更如履薄冰。

那些想着这是未来储君的人逢迎他，乃人之常情。

可她与卫羌之间注定了你死我活。

她不会坐视他得偿所愿披上那身龙袍，也就不必顾忌这是未来储君而委屈自己。

倘若卫羌坐上那个位子，只有一个结果：她死了。

把对方从储君之位拉下来，她就不需要怕将来；做不到，她就没有将来，不用怕了。

多么简单。

"骆姑娘，如果你有其他喜欢的东西——"

"不，我就要那只镯子。"

卫羌强忍怒气，再劝道："其实有许多东西都比那只镯子珍贵多了——"

骆笙淡淡打断他的话："可我就喜欢那只镯子。别的再好，我不喜欢。"

卫羌心口一阵堵，忽然发现他一直自矜的身份一旦遇到了出身过硬的娇蛮贵女，似乎并没那么管用。

骆姑娘的父亲是统领锦麟卫的一品大都督，天子近臣。他不可能因为骆姑娘拒绝帮忙，就去找骆大都督理论。

可他在平南王府已经说了亲自来请骆姑娘，总不能空手而归。

"骆姑娘，另一只金镶七宝镯在我侍妾那里，确实不方便赠你。"卫羌摆出言辞恳切的架势。

骆笙笑了："殿下没搞明白一件事。"

"什么事？"卫羌看着浅笑的少女，总觉得不会听到什么好话。

骆笙摊手："不是我要抢殿下侍妾的镯子啊，是殿下请我帮忙在先。倘若殿下直接去请神医，神医看中了这只金镶七宝镯，殿下也不舍得给吗？"

一家子强取豪夺惯了，压根不懂什么叫交换吧？

对平南王府这家人来说，交换大概就是割他们的心头肉。

卫羌被噎得哑口无言。

对面而坐的少女不由得睁大了眼睛，露出不可思议的样子："殿下真的舍不得啊？看来平南王在殿下心里没有侍妾重要呢。"

这话听得一旁侍立的窦仁心惊肉跳，不由得斥道："大胆，对殿下竟敢如此无礼！"

红豆一听怒了，掐腰便骂："你才大胆，放肆！我们姑娘与太子说话，轮得到你一个内侍插嘴吗？水仙不发芽，装什么大头蒜呢！"

窦仁气得手抖，指着红豆道："你，你这贱婢——"

"贱婢叫谁呢？"红豆向前几步，手就快指到窦仁鼻尖上了，"贱人就是没规矩，还敢对着我们姑娘大呼小叫。哼，也不看看自个儿什么德行。"

"你再叫一声！"窦仁本是个机灵的，可从来没遇到过这样凶悍的丫鬟，一时失去了理智。

红豆白眼一翻："贱人，贱人，贱人——"

蔻儿赶过来打圆场："好啦，你和一个不懂事的贱人计较什么呀，这不是让咱们姑娘为难嘛。"

眼看着蔻儿把红豆拉走，窦仁脸都青了。

这叫打圆场吗？这明明叫补刀！

"骆姑娘，您就是这般管教婢女的？"窦仁尖着嗓子质问。

骆笙懒懒瞥了一眼急赤白脸的内侍，反问卫羌："殿下就带这样的内侍出来？"

卫羌正一肚子火气无处发，瞪了窦仁一眼："退一边去。"

窦仁不敢再多嘴，老老实实退至一旁。

卫羌缓了缓，勉强露出一个笑："骆姑娘说笑了，一个侍妾怎能与我王叔相提并论。"

这种话要是传开来，对他可没半点好处。

骆笙呵呵一笑："既然如此，那殿下为何舍不得一只镯子呢？"

卫羌不得不压着火气解释道："那镯子还有其他来历，委实不好相赠。骆姑娘，除了那只镯子你尽可提条件，只要在我能力范围之内。"

一个来自储君的承诺，难道还不如一只镯子吗？

这一刻，把对面少女拧眉思索的样子尽收眼底，卫羌心里发出深刻的疑问。

"随便什么条件？"骆笙似是想通了，舒展了眉梢。

卫羌微微松口气，笑意真切了些："骆姑娘请提。"

"可我什么都不缺，一时想不到需要什么。"

卫晗一脚踏入酒肆，正好听到这句话。

这话听着有些熟悉。

他看过去，便看到太子坐在他惯坐的位置，骆姑娘与之相对而坐。

二人之间摆了一只白玉茶壶，两只茶杯。

卫晗面无表情走了过去。

红豆的声音跟着响起："王爷今日来得有些早呢。"

卫羌转头,见卫晗走过来,吃惊之余忙起身:"王叔来吃酒?"

卫晗看他一眼,反问:"这里不是酒肆么?"

不来喝酒,难道来找小姑娘喝茶闲聊天?

"就是没想到这么巧,在这里遇到王叔。"

"我也没想到。"卫晗语气淡淡,"太子也是来吃酒么?"

卫羌一愣,随后点头:"听说这家酒肆味道极好,我来尝尝。呃,王叔一起喝酒吗?"

"一起?"卫晗面上看不出什么情绪。

卫羌笑道:"难得请王叔小酌,王叔可要给我这个面子。"

请客?

卫晗施施然坐下,侧头问骆笙:"到了开张的时间了么?"

"还差一刻钟,不过酒菜已经准备差不多,可以点菜了。"

卫晗微微颔首,熟练点菜:"扒锅肘子两个,卤牛肉十盘,水晶肴肉五盘……"

骆笙笑眯眯道:"今日有鸡丝凉面。"

凉面?

卫晗余光一扫卫羌,淡淡道:"凉面就不必了,上三份油淋仔鸡吧。"

吃面太占肚子了,不适合太子请客的时候点。

对价格一无所知的卫羌一直保持着温和的微笑,并在心里震惊:真没看出来,开阳王胃口这么大。

"去上菜吧。"骆笙吩咐完红豆,拾起刚才的话题,"殿下刚刚说条件任我提?"

卫羌不由得看卫晗一眼,强笑道:"在我能力范围之内。"

卫晗端起茶杯喝了一口,面色微沉。

没有听错,这话确实熟悉。

他以前也这么对骆姑娘说过。

卫晗捏着茶杯,突然发现骆笙与卫羌皆神色古怪看着他。

他眼底有些疑惑,扬了扬眉梢。

还是卫羌提醒道:"王叔,您拿的杯子是骆姑娘的。"

卫晗僵硬低头,好一会儿才面无表情把茶杯放下来。

骆笙眯着眼扫了摆出若无其事的男人一眼,不确定地想:这人是在占她便宜吧?

姓卫的果然不是好人。

当然,这话不能对卫羌说。

卫羌是被她归为畜生一类的。

骆笙弯唇一笑,对这点尴尬丝毫不以为意:"正好请王爷做个见证。太子殿下让我帮忙请神医,我要向太子殿下提条件了。"

卫羌嘴角狠狠一抽。

111

这到底是个什么女人啊，向当朝储君提条件，还要找人做见证？

再者说，就算由她提条件，她搞出让他割地赔款的架势来干什么？

卫晗则淡淡一笑："好，我来当见证。"

卫羌不由得深深看了一眼卫晗，心生诧异：这是素来不喜凑热闹的开阳王？

也不知为何，总觉得这间酒肆的人都有些不正常，比如不把他这个太子看在眼里的骆姑娘；比如敢指着他内侍鼻子骂贱人的小丫鬟；比如突然爱凑热闹的开阳王……

卫晗语气平淡无波："太子觉得如何？"

卫羌干笑："王叔愿意当见证当然好，骆姑娘请提条件吧。"

"殿下不如把那个侍妾送我吧。"骆笙一手搭在桌上，以很随意的语气道。

卫羌险些维持不住温和的表情。

连人都要过去，这不还是为了那只镯子吗！

缓了一阵，卫羌暗咬了牙道："骆姑娘莫要开玩笑。"

骆笙眨眨眼："要个侍妾怎么就是开玩笑了？只是个侍妾而已，之前还有人送我面首呢。"

卫羌："……"

卫晗："……"

骆笙紧抿唇角，明显流露出不快："看来殿下是不愿意了。"

一贯以温文尔雅示人的卫羌气得想翻白眼。

他当然不愿意了！

要是把玉娘送给骆姑娘，他还不如送镯子呢。

等等，不能被这女人漫天要价给绕进去。

镯子也不能给。

"骆姑娘，人不是物件，我没有转赠侍妾的爱好。"卫羌绷着脸道。

骆笙轻哼一声，并没给卫羌留面子："镯子是物件，殿下不也没舍得给么。镯子舍不得，人也舍不得，不如殿下说说什么是您舍得的，我再提条件好了。"

这番揶揄，噎得卫羌死死攥拳。

冷眼瞧着卫羌气得不轻，骆笙心中痛快一些，懒懒道："既然这个条件殿下也不答应，我一时想不出要什么了。不如这样吧，先欠着，等我想起来再要。"

反正有开阳王当见证，不怕卫羌赖账。

"好。"卫羌如释重负。

先把眼前应付过去就好。

卫晗则轻轻皱眉，心道：骆姑娘对太子还挺宽容的。

"不过——"

第15章
风花雪月

卫羌一听这两个字,当即心里一咯噔。

怎么还有"不过"?

"提了两个条件都被殿下拒绝,我心情有些不好,不如殿下满足我一个小小要求好了。"

卫羌沉默了一下。

闹半天欠着的条件与要求还是分开的?

"骆姑娘请说。"

"我想见见殿下的侍妾,看是个怎样国色天香的美人儿,能让殿下如此宝贝。"

卫羌意外之余又觉好笑。

到底只是个小姑娘,提的要求都透着孩子气。

"这个要求不为难吧?"骆笙斜睨着卫羌。

卫羌笑笑:"如果只是见一见,自是不为难。到时候让太子妃请骆姑娘进宫玩。"

进宫?

卫晗喝了一口茶。

这次喝的当然是新上的茶水,但舌尖微苦,没有刚才那杯润口。

骆笙微微一笑:"那就说定了。"

酒菜已经上来,她站起身来:"殿下与王爷慢用,我就不打扰二位喝酒了。"

目送那道素色身影离开大堂去了后面,卫羌收回视线冲卫晗举杯:"王叔,咱们许久没机会这般喝酒了,小侄敬你一杯。"

"殿下客气。"卫晗举杯,一饮而尽。

卫羌把酒喝下,不由赞道:"好酒。"

十多年过去,他不再是那个饮烈酒就会咳嗽难受的少年了。

不过他最喜欢的还是橘子酒。

想起那次在酒肆闻到的橘子酒香,卫羌吩咐侍立一旁的红豆:"上一壶橘子酒。"

等着橘子酒的工夫,卫羌随意夹了一筷子卤牛肉吃下。

牛肉入口,他立刻察觉这卤牛肉可一点都不随意。

味道极好。

"王叔——"刚想与卫晗交流一下酒菜味道,卫羌便发现其中一盘色泽诱人的扒锅肘子已经少了好几块。

他眉梢微挑,夹了一片肘子。

这道扒锅肘子他生父最喜欢吃。

这般想着,卫羌把切得薄厚适中的肘子片放入口中。

咸鲜香糯,肥而不腻。

几乎没怎么咀嚼,卫羌就把这片肘子咽下,又夹了一片吃才顾得细品滋味。

他尝出了陌生又熟悉的味道。

说陌生,是他这些年再没吃过这般滋味的扒锅肘子。

说熟悉,是因为那些珍贵记忆随着时间流逝越发深刻,当时只觉寻常的许多东西都变得特殊。

他在镇南王府吃到过数次这道菜,有王府厨子做的,也有洛儿做的。

洛儿做的扒锅肘子,便是这般滋味。

这个酒肆,唤醒了他许多回忆。

卫羌一时思绪万千,再回神发现一盘扒锅肘子已经见了底,在他印象里矜贵淡然的小王叔正在奋斗第二盘。

他似乎有些明白开阳王为什么会点这么多菜了。

见到分量,尝到味道,才知道根本不多。

卫羌不再走神,开始认真吃菜。

这时赵尚书走了进来,一见开阳王常坐的那桌多了一个人,仔细一看竟然是太子,忙过来打招呼。

"殿下,王爷,二位喝酒呢。"

卫羌扬眉。

没想到来酒肆吃酒的人档次还挺高的。

"赵尚书一个人?"

"是啊。"赵尚书沉重点头。

他带着林腾、林疏两兄弟来吃，本想占个半价的便宜，可吃过两回才发现不划算。

虽然能半价，可挡不住两个大小伙子太能吃啊。

有这么两个饭桶在，他最后还得多花钱。

没办法，还是自己一个人来吧。

"赵尚书既然一个人，不如一起吧。"卫羌顺口邀请。

赵尚书一听激动得胡子一抖，又不好表现太过，咳嗽一声道："打扰殿下与王爷喝酒，这多不好意思。"

卫羌莞尔："赵尚书这就见外了，人多喝酒才热闹。王叔，你觉得呢？"

他是不介意多一双筷子，不过这位小王叔性子冷僻，要是出口拒绝就与他无关了。

卫晗微微一笑："我觉得殿下说得对。"

见卫晗这么说，卫羌对赵尚书温和一笑："赵尚书坐吧。我平日鲜少在宫外吃，能与王叔和赵尚书一起吃酒也是难得。"

作为太子，其实比寻常宗室少了许多自由，特别是结交朝廷重臣这方面绝不能摆到明面上来。

今日因是在酒肆巧遇，又有开阳王作陪，不必担心被人议论。

"那下官就恭敬不如从命了。"赵尚书拱手，胡子直抖。

卫羌失笑。

赵尚书这般激动，倒是他没想到的。

既然多了一个人，那自然是加菜、上酒。

"再上两份扒锅肘子吧。"卫羌十分中意这道扒锅肘子，总觉得再上两份也是不够的。

赵尚书早看到两个只剩汤汁的盘子底儿。

凭吃过多次的经验，他一瞧这盘子的形状、花色就知道是专门盛扒锅肘子的。

完了，这都两份了，还是吃干净的两份……

赵尚书满怀遗憾道："扒锅肘子限量呢。"

"限量？"立在一旁的红豆声音微扬，"对太子殿下怎么能限量呢。"

蔻儿笑盈盈补充："是呀，太子殿下来吃酒没别的客官方便。我们东家说啦，对谁限量也不能对太子殿下限量呀。"

卫羌诧异扫了一眼不知何时返回大堂坐在柜台边的少女。

对他竟然还有优待吗？

看刚才骆姑娘油盐不进的态度，他可没想到。

卫羌收回视线，看着不发一言的卫晗鬼使神差问了一句："我王叔来了，莫非也限量？"

卫晗微微动了动眉梢。

红豆可没有照顾客官心情的体贴劲,理所当然道:"当然限量啦,王爷就属于别的客官嘛。"

卫羌心情莫名好了几分,笑道:"上菜吧。"

正等菜的工夫,工部尚书钱尚书走了进来。

看到太子也在,钱尚书吃了一惊,忙上前问候。

"钱尚书不必多礼,在酒肆不用讲究这些。"

"是。"钱尚书应着,瞄了瞄老朋友赵尚书。

不对,自从他请赵尚书在这里吃了一顿,他觉得他们已经不是朋友了。

"赵尚书也在啊,这是——"钱尚书欲言又止,心中泛起嘀咕。

赵尚书肯定是不可能请客的,这是又蹭饭了?

钱尚书感到深深的嫉妒,并在心底发出深刻的疑问:都是当六部尚书的,为什么老赵就总能蹭到饭呢?

卫羌察觉钱尚书盯着赵尚书的眼神有些过于灼热,纳闷之际解释道:"难得遇到,我做东请王叔与赵尚书吃酒。"

"确实难得啊——"钱尚书感慨一声,语气意味深长。

卫羌还能说什么,自是笑道:"钱尚书一起吧。"

才说完就见林祭酒走进来,于是一并邀请。

让卫羌没想到的是,在钱尚书与林祭酒坐下后,陆陆续续有勋贵大臣走进来。

当太子的能把厚此薄彼放在明面上吗?必须不能啊。

卫羌手头其实没那么宽裕。

自从入主东宫,与平南王府割断了联系,自然不能用王府财物,可支配的就是太子份例而已。

卫羌见大堂坐满了也就六桌,那就都请了吧。

一桌按十两银子算,撑死了超不过一百两。

一开始,赵尚书等人还顾虑着太子请客不能吃太狠,可没想到今日的扒锅肘子格外香,它还不限量——

几片肘子吃下肚,再饮上两杯小烧酒,就没人想是太子请客了。

又不是逼着太子请的,再说了,这桌还有好几个饭桶呢,谁能证明是他吃的?

每个人都这么想,每个人都放开肚皮吃。

一直吃到酒肆快要打烊,太子有些坐不住了。

再不回去,宫门该落锁了。

他是真没想到这些平日看着或斯文或稳重或清贵的大臣这么能吃!

"咳咳,我出来已久,也该回去了。各位大人继续。"卫羌端起酒杯,举了举。

众人纷纷放下筷子,回敬太子。

"多谢殿下款待,我等已然尽兴。"

不与太子一同走,万一让他们平摊饭钱怎么办?

"那就结账吧。"卫羌微笑吩咐红豆。

红豆利落地拿出账单,张口念道:"扒锅肘子三十份,卤牛肉五十盘……烧酒六十壶……承惠一共五千六百二十两银。"

承惠五千六百二十两银?

卫羌的笑意凝固在嘴角,这一刻心跳险些停了。

他是听错了么?

"殿下是现结,还是记账?"红豆贴心问道。

卫羌脸色发黑。

什么现结,什么记账,先说说这五千六百二十两是怎么回事!

他缓缓环视大堂。

赵尚书等人脸上端着云淡风轻的笑。

不能慌,必须让太子明白这家酒肆的价格就是这样。

他们早习惯了,早不以为然了,绝对不是逮着有人请客就猛吃。

卫羌见到众人面不改色的样子,一时茫然了。

难道说,真的是五千六百二十两?

"殿下?"

卫羌勉强控制住翻江倒海的情绪,强笑道:"贵店的定价,比我料想的贵了些。"

红豆嘴一撇:"那是殿下第一次来吃。不信您问问这些老客,大家都知道咱们酒肆是什么价。"

卫羌再次扫视众人。

众人齐齐点头。

没错,他们都知道。

贼贵,贼好吃……

静了好一会儿,卫羌咬着牙吐出两个字:"记账。"

"好嘞。"红豆把账单一拍,突然想起来一件重要的事,"哎呀,殿下住在东宫,怎么去收账啊?"

一道淡淡声音传来:"无妨,回头我去拜访太子妃,正好把账单带过去。"

卫羌深吸一口气,克制住心颤手抖的本能反应,缓缓挤出一个笑容:"不必,明日我命人把银钱送来就是。"

众人暗暗点头。太理解太子的心情了。

他们现在也不敢记账,都是攒够了钱才来吃。不然酒肆伙计去收账,就让家中

117

母老虎知道了。

"也好,看殿下怎样方便。"骆笙态度十分好,温柔又大方。

可卫羌恨不能把这小丫头片子教训一顿。

他可算知道为何对他不限量了。

众人纷纷起身,准备离去。

卫晗这时开了口:"给我打包一份萝卜皮。"

众人脚步一顿。

对啊,还有能外带的爽口萝卜皮呢。

有间酒肆的萝卜皮酸辣微甜,口感劲脆,下饭吃别提多合适了。

"记在我账上就是。"卫晗补充道。

众人反应过来,纷纷喊道:"给我也打包一份爽口萝卜皮,现结!"

"现结"两个字喊得那叫一个豪气干云。

这是肯定的,兜里本来就揣着银票呢,没想到这顿饭没花钱。

不就是二两银子一罐的萝卜皮嘛,要不是外带限量,买两罐也不心疼。

卫羌看着几个伙计忙碌起来,很快就人手一个黑瓷小罐,心情越发抑郁。

是,他承认酒肆的酒菜极好吃,哪怕这个价格也让他生出有机会再来吃的心思。

可这些锦衣玉食的朝廷重臣饭量是不是太大了点儿?

平均快六十岁的一群老头子,吃这么多不怕不消化?

一个玲珑的黑瓷罐推到卫羌面前。

卫羌抬眼,与拿着瓷罐的人对视。

"这是送给殿下的。"

赠送?卫晗冷眼看过来。抱着萝卜罐子的众人皆看过来。怎么还有赠送呢?

骆笙笑吟吟解释道:"自酒肆开业以来,这是花费最多的一顿饭。作为酒肆东家,我很感谢殿下的支持,所以赠送一份萝卜皮。"

卫羌:"……"拿刀子戳他心口,还不如不解释。

众人则露出恍然大悟的神色,不由得点头。

对,对,是该有赠送。

五千六百二十两银子呢。

说真的,想着这个数额,他们都晕得慌。

有人晕马车晕船,没想到还能遇到晕钱的时候。

卫羌本想拒收。

他是太子,这小丫头说个什么他就接下,未免太没面子。

可是想到刚刚在酒桌上尝到的萝卜皮,拒绝的话就说不出口了。

他记得玉娘很喜欢吃腌过的萝卜皮。

玉娘一直胃口不佳，到了夏日这道腌萝卜皮就是饭桌上时常有的小菜。

他有时会去玉娘那里用膳，也会顺便尝上一筷子，只是都没今日吃的萝卜皮味道好。

要是带一份爽口的萝卜皮给玉娘，想必她会很高兴吧。

卫羌这般想着，就把黑瓷罐接了过去。

"多谢骆姑娘。"萝卜罐子压在手上沉甸甸的，正如他此刻沉重的心情。

众人敏锐察觉到太子殿下心情不是那么愉快，就带着萝卜皮赶忙告辞。

卫晗是留在最后走的。

"王爷，不好意思，酒肆要打烊了。"骆笙淡淡提醒道。

吃饱喝足，还不走干什么？

"骆姑娘忘了一件事。"男人大概是喝了不少酒，眼神亮得惊人。

骆笙依旧云淡风轻："什么事？"

"今天没有赠菜。"卫晗正色道。

骆笙居然听出几分委屈来，睨他一眼道："今日有太子在。"

染了几分酒意的男人似是听到了满意答案，薄唇微弯，语气柔软："那明日见。"

骆笙本不欲理会，但想到今日狠宰了卫羌一顿，眼前男人算是有功，于是点头："明日见。"

"明日见。"卫晗唇角含笑，又说了一遍。

骆笙皱眉："石焱，王爷喝多了，你送一送。"

石焱正欲走过来，就听卫晗低笑道："骆姑娘送送我吧。"

石焱惊在原地。

主子这是开窍了？

我天，难道太子请客还有这种效果？

骆笙黛眉拧得更深。

开阳王莫非有事要单独对她讲？

这般想着，她便点了头："好。"

走出酒肆，暖风袭人，并没酒肆里那么舒适。

已经到了一年中最热的时节，哪怕是晚上也没那么好受。

酒肆里就不一样了，为了让酒客们保持好胃口，角落里摆了数个冰盆。

从这方面讲，贵自然有贵的道理。

卫晗并没讲话，就这么保持着与身侧少女并肩，不紧不慢往前走。

身后两道影子渐渐拉长，走出了酒肆屋檐下挂着的大红灯笼散发出的那片橘光。

骆笙迟迟等不到卫晗开口，终于忍不住问："王爷有事？"

卫晗脚步一缓，摇了摇头："没有事。"

骆笙挑了挑眉。

没事？

"既然无事，王爷为何支开旁人？"

特意让她送，难道不是为了说事？

卫晗一怔："我没有特意支开旁人。"

"那王爷让我送——"骆笙渐渐想明白了，板着脸问，"就只是送送的意思？"

开阳王是喝多了闲的吗？

卫晗停下来，看着面色微沉的少女心生不解。

送一送，还要有别的意思？

可能是他今日饮酒稍微多了些，不大懂骆姑娘的意思。

不过有一点他还是明白的，要是不说些什么，骆姑娘好像会很生气。

跟在后面听着二人对话的小侍卫急得挥拳头。

主子，气氛都到这里了，您可争气点啊。

就说您心悦骆姑娘，多合适的机会！

卫晗伸手，抓起骆笙一只手。

石焱激动得险些跳起来。

主子，干得漂亮！

骆笙拧眉，准备看这有些酒意的男人打算干什么。

就见对方空出的那只手探入腰间挂着的荷包，摸出一沓银票放在了她手上。

"骆姑娘，我想起预付的饭钱快用完了，这一万两银票你先收着吧。"

什么？

石焱直接就蹲了下去，气得捶地。

跟着这样的主子，前途一片黑暗啊。

骆笙垂眸看看手中那沓银票，再看看还没放开的那只大手，一字一顿道："王爷，你喝多了。"

"我没喝多。"卫晗下意识反驳。

骆笙挑眉："所以你是清醒着摸我的手？"

卫晗这才意识到他在干什么，飞快松开手，肃容道："骆姑娘，我喝多了。"

骆笙呵呵一笑："喝多了，就可以摸我的手了？"

卫晗被问得哑口无言。

对呀，喝多了也不能摸女孩子的手啊。

他刚刚到底怎么了？

男人迎风而立，心头茫然。

这种不受控又说不清缘由的事，是他从未遇到过的。

再回神，那个女孩子已经走了。

他看着那道身影披着橘色灯光消失在酒肆门口。

门口好像变得空荡荡，正如他此刻有些空荡的心情。

卫晗伸手，按在心口处。

他觉得这里变得有些奇怪。

骆笙揣着一万两银票回了酒肆，一进门就把一沓银票甩给女掌柜。

女掌柜眼睛都直了："东、东家，哪来的？"

就算是追出去找太子要账，也没有一万两啊。

"开阳王预付的饭钱。"骆笙冷冷道。

女掌柜托了托下巴，喃喃道："开阳王真有钱……"

出来吃个饭，随身带着一万两银票的吗？

她以前混的胭脂水粉那个圈子，可没有这样的豪客。

果然跟着新东家是对的。

骆笙随意拣了个位子坐下，吩咐红豆上了一壶橘子酒。

橘酒入口，有些酸甜。

骆笙的心情既不酸，也不甜，只有挥之不去的烦躁。

开阳王是对她有意吗？

她还没有迟钝到什么都没察觉的地步，更不会明明察觉到了，还装得天真懵懂。

可她没有谈情说爱的打算，即便有，那个人也不能姓卫。

她与平南王府注定是你死我活的局面，即便开阳王对此能冷眼旁观，那皇上呢？

她还不确定当今天子在镇南王府这场灭门之祸中究竟是个什么立场。

是受人蒙蔽，还是真正的主使者？

即便是前者，她也不可能嫁进卫家。

不是每个皇族人都与她有仇，可是一笔写不出两个"卫"字。等她将来去了地下见到父王、母妃，难道告诉他们女儿嫁给了灭咱家满门的仇人的叔叔当媳妇？

倘若是后者——

骆笙举杯，把酒一饮而尽。

倘若是后者，只要她不死，就与永安帝不死不休。

这大周江山，是先祖让于卫氏，即便不拿回来，也绝不能便宜了这群狼心狗肺的东西！

到那时，开阳王身为皇族一员，永安帝器重的幼弟，还能冷眼旁观吗？

她与那个喜穿绯衣的男人，或许终有兵戈相见的那一天。

骆笙转眸投向酒肆门口。

门外的红灯笼随风摇曳，明明暗暗。

橘光比夏夜的风还要暖。

可是没有人比骆笙更清楚，这间洋溢着欢笑与美食香气的小小酒肆，不过是夏日清晨的一颗露珠罢了。

也因此，她又怎么能放任自己与那个每日都来酒肆的男人更进一步。

他是酒客，她是酒肆东家。

这样刚刚好。

卫羌回到宫中时，险些落锁。

宫中各处已经亮起宫灯。

他提着一罐萝卜皮想了想，直接去了朝花那里。

太子妃得到消息，又是一阵气怒。

太子最近越来越过火了，初一往玉选侍那里跑不说，今日出去到天黑才回，竟又是直接去了那边。

还是带着从宫外带进来的吃食过去的！

从宫外往宫内带吃食最是严格，即便是太子带进来的，也要由专门负责的宫人检查记录。

传来的消息说，太子带进来的是一罐腌萝卜皮。

萝卜皮……

太子妃闭闭眼，气得脸色发青。

作为东宫的女主人，她如何不知道爱吃腌萝卜皮的是谁。

是玉选侍那个贱人！

贱人的口味也是下贱的。

堂堂太子，出宫一趟专门给一个小小选侍带她喜欢的吃食回来，到底把她这个太子妃置于何地？

以前太子也没有这么过分，莫非太子对玉选侍真正上了心？

太子妃寒着脸问心腹嬷嬷："那边盯着的人，就没有传来一点有用的消息？"

"回太子妃，还没。"

太子妃眼底彻底冷下来："告诉那个翠红，她若没这个本事，就换别人。"

"是。"

朝花正对镜梳发。

她自小就在梳妆描画上表现出过人的天赋，这是她能成为郡主四大侍女的前提。

她不想丢了这门手艺。

她是伺候郡主梳妆的婢女朝花，不是委身太子的玉选侍。

"这个时候就沐浴过了？"梳妆镜中，映出男子俊美的面容。

朝花起身回头，规规矩矩行礼："见过殿下。"

"吃过了么？"卫羌握住朝花的手。

这只手纤细冰凉。

卫羌心头隐隐生出几分不安。

玉娘的身子实在太弱了，让他有些担心。

他不想失去玉娘。

如果连玉娘都不在了，他与洛儿就再也没有任何联系了。

再没有人与他一起，思念着洛儿。

卫羌举了举手中瓷罐，"我在宫外一家酒肆吃到了味道特别好的腌萝卜皮，带回来给你尝尝。"

屋里伺候的宫婢听了，眼里的艳羡几乎能溢出来。

朝花却还是宠辱不惊的模样："多谢殿下厚爱。"

卫羌盼咐宫婢取来筷子，把罐子封口打开。

"玉娘，你尝尝看。"

朝花默默接过银箸，夹了一块萝卜皮放入口中。

然后，她控制不住湿了眼睛。

"怎么了？"卫羌有些吃惊。

朝花颤了颤睫毛，静了一瞬才抬眸一笑："想到殿下特意从宫外为妾带来这么好吃的腌萝卜皮，妾一时忍不住——"

卫羌笑了："我还以为怎么了，你喜欢吃就好。"

"妾很喜欢吃。殿下，这腌萝卜皮是从哪家酒肆买来的。"

卫羌没有多想，道："那家酒肆就在青杏街上，名字挺有趣儿，叫有间酒肆。"

"有间酒肆？"朝花手一抖，银箸掉落在地。

她已然顾不上失态，思绪一下子飞回到很久很久以前。

到底有多久呢，有些记不清了，那时她还小，郡主也小。

她们四个狼吞虎咽地吃下郡主刚学会做的一道点心，绛雪嘴角沾着点心渣感叹："郡主做的点心真好吃。郡主如果不是郡主，都可以开一间酒肆了。"

一直给郡主打下手的秀月是个憨性子，居然认真问："郡主，要是真的去开酒肆，您说咱们酒肆叫什么名字呀？"

郡主笑着说："就叫有间酒肆吧。"

是有间酒肆呀。

朝花很想大哭，可她还记得太子就在身侧。

她得忍住。

这么多年，便是这样忍过来的。

她主动对卫羌扬起一个笑："名字真的很有趣，不知是谁起出这样的名字来。"

这般若无其事问着，藏在衣袖中的手却抖个不停。

熟悉的腌萝卜皮的味道，藏在记忆深处的酒肆名字——难道秀月还活着？

朝花只能想到这种可能。

若只有这罐腌萝卜皮，还可以说是巧合，可再加上酒肆名字，哪有这样的巧合呢？

她也不希望是巧合。

她希望秀月妹妹还活着。

她们四人中秀月年纪最小，性子又单纯，她们都把秀月当亲妹妹看待。

"是骆大都督的爱女骆姑娘。"卫羌给出答案，见朝花一脸茫然，微微一笑，"你一直在宫里，没有听说过骆姑娘吧？"

他今日无奈答应了骆姑娘让她见玉娘，话说到这里，正好让玉娘对那个令人头疼的女子有个了解。

朝花垂眸掩下失望，微微摇头："没听过。"

"她是锦麟卫指挥使骆大都督最疼爱的女儿，行事……有些出格。"

"出格？"朝花不知怎的，就想到了郡主。

郡主喜欢下厨，喜欢找厨子请教厨艺，刚开始时也有人在背后议论郡主出格。

"是啊，她遇到中意的东西就抢，还喜欢养面首。"

"养面首？"朝花睁大了眼睛。

她们郡主可没这么出格！

"那有间酒肆也是她抢来的吗？"朝花压下紧张，问了一句。

卫羌失笑："这倒不是，听说是她高价盘下来的。因为有个好厨子，酒肆生意极好。"

那是真的一本万利！

想到价格，卫羌笑不出来了。

他还欠着有间酒肆五千六百二十两银子呢。

而朝花在卫羌提到好厨子时，已是思绪翻腾。

有间酒肆的好厨子，会是秀月吗？

朝花下意识摩挲着腕上的金镶七宝镯。

这么多年了，她一直守着这只镯子，守着一个渺茫的希望。

有时候，她真的绝望到想了结了这条贱命去找郡主。

可是她又怕辜负了郡主的托付。

郡主从没打过妄语，郡主说这只镯子可换江山，一定就能换。

卫羌留意到朝花的动作，抓起她的手。

朝花骇了一跳，险些流露出异样。

"殿下？"

男子修长的手指搭在那只金镯子上，令朝花心跳漏了一拍。

那一日，太子就开始留意这只镯子……

朝花又惊又怕，指尖越发冰冷。

"玉娘，骆姑娘还看上了你这只镯子。"

"殿下——"朝花脸色发白。

卫羌握紧她的手，安慰道："你放心，我不会让骆姑娘抢了你的镯子的。"

朝花勉强一笑："妾是好奇骆姑娘又没见过我，如何知道这只镯子。"

卫羌叹气："她看上了卫雯的镯子。"

"那镯子——"

"自然是在骆姑娘手里了。"

朝花露出个错愕的表情，心中却有些快意。

郡主的东西，宁可便宜了不相干的人，也不想给平南王府那些豺狼用。

只可惜，她没有机会见到这个行事出格的骆姑娘，更没机会确认有间酒肆的厨子是不是秀月。

这无数人艳羡的东宫，于她不过是一座樊笼。

可是她逃不开，也不能逃。

清阳郡主婢女的身份，让她只能依附太子苟活，才能护住这只镯子。

"这两日骆姑娘会来东宫做客，到时候你去见见。"

朝花听了这话，是真正吃了一惊："殿下？"

卫羌十分头疼。

他总不能在玉娘面前承认，他对一个丫头片子无可奈何吧。

"不必想太多，只是见见而已。"

"嗯。"朝花垂首，识趣不再多问。

岁月总是厚待美人，朝花虽然不再年轻，美貌却不减分毫。

卫羌看着她蠔首修颈，心中一荡，握着她的手向床榻走去。

夜色渐深，卫羌由着朝花整理好衣衫，离开了此处。

"选侍，要沐浴吗？"

伺候朝花的宫婢是知道她习惯的，遂来请示。

朝花点点头，似是没有说话的力气，由两名宫婢扶着去了浴房。

整个身体没入热气袅袅的木桶中，朝花打发两名宫婢出去。

待室内没了旁人，她一头扎入水中，好一会儿才冒出头来大口大口喘气。

如果说什么时候最想了结这条贱命，就是现在了。

每一次，她都恨不得里里外外洗刷这副皮囊。

走出木桶，朝花换上雪白里衣走进内室。

两名婢女捧着手巾来给她擦头发。

朝花有一头好头发，浓密黑亮，如上好的绸缎。

125

一名宫婢替她绞着头发,感慨道:"选侍的头发真好。"

后面没说的话,便是难怪能得太子专宠了。

朝花不必想就知道,因而更加恶心。

"行了,你们退下吧。"

"选侍,您的头发还没干。"

朝花不以为然:"不滴水了就好,这么热的天,很快就干了。"

两名宫婢见她如此说,齐齐施了一礼退下。

内室很是安静。

朝花枯坐片刻,从床头拉开一处暗格,取出一个小瓷瓶来。

她倒出一粒药丸吞下,想了想又倒出来一粒。

门外,把这一切尽收眼底的一双眼睛猛然睁大,露出兴奋来。

翌日一早,某处假山旁,一名宫婢把一粒药丸交到了另一名宫婢手中。

得到药丸的宫婢匆匆去禀报太子妃。

"昨晚与殿下欢好过后,玉选侍吃了这样的药丸?"太子妃盯着宫婢用帕子垫着的一粒药丸,语气冰冷又嫌恶。

"回太子妃,是伺候玉选侍的翠红亲眼瞧见的。"

"桂嬷嬷,你把这药丸拿给王太医检查一下,看一看到底有何功效。"

"是。"

太子妃因盯着朝花举动的宫婢终于有了收获,心情不错。

卫羌心情就糟糕多了。

"什么,可动用的现银还差一千两?"一大清早,听了心腹太监窦仁的禀报,卫羌只觉一道晴天霹雳砸在头上。

窦仁干笑:"回殿下,差一千一百两……"

卫羌沉默片刻,道:"挑一块不违制的上好玉佩,连同银票一起给骆姑娘送去。"

"是。"窦仁揣着玉佩与银票低调出了宫。

才敲开酒肆的大门,就见骆姑娘坐在柜台边,对他微微一笑。

"窦公公来得比我料想的要早。"

窦仁干笑:"没想到骆姑娘这么早就来酒肆了。"

骆笙笑意更深:"想着今日要收债,就早早来了。"

窦仁嘴角抖了抖,从怀中掏出一个荷包。

骆笙冲女掌柜努努嘴。

女掌柜把荷包接过来,从中取出一沓银票,以手指夹着飞快清点起来。

窦仁眼睛都看直了。

这是数过多少银票啊。

女掌柜很快给出数额:"东家,一共四千五百二十两,还差了一千一百两。"

欠债还钱,天经地义,就算是太子也不能缺斤少两啊。

骆笙面无表情看着窦仁。

窦仁忙把玉佩奉上:"骆姑娘看看这玉佩的品相,不止一千一百两吧?"

骆笙压根没有接,淡淡道:"不看。"

窦仁一口气差点没喘上来。

有这么干脆直接的吗?

哪怕就玉佩的品质讨价还价两句,他也不会险些承受不住啊。

骆笙啜了口茶,淡淡道:"窦公公回去对太子殿下说一声,我这里开的是酒肆,不是当铺。只收金银,不收其他。"

"骆姑娘——"

"怎么,窦公公需要我给你指路当铺在哪里?"

窦仁忍不住道:"骆姑娘,您就丝毫不看太子面子?"

骆笙把茶盏往桌面上一放,发出一声响。

响声虽不大,杯中茶水却晃了又晃。

晃得窦仁心生不妙。

骆笙沉着脸道:"有多位朝廷重臣为证,昨日太子在有间酒肆请客花了五千六百二十两银。现在窦公公非要拿太子的玉佩抵债,传扬开来不怕坏了太子一世英名?"

窦仁抬袖擦擦额头的汗,咬牙质问:"骆姑娘要传扬开来?"

骆笙愕然:"窦公公的意思是让我悄悄收下太子的玉佩?我若这么收下,岂不成了私相授受?我一个云英未嫁的女孩子怎么能做这种事呢?"

窦仁神情一阵扭曲。

连面首都养了,还怕私相授受?

该怕的是太子才对吧。

然而不敢这么反问。

真要问了,骆姑娘先把他打出去,再四处传扬太子穷得以玉佩抵酒钱,他就不用活着回宫了。

窦仁见骆笙油盐不进,只得把玉佩收起,拱手告辞。

"等等。"骆笙似是想到什么,喊了一声。

"骆姑娘还有事?"

骆笙慢条斯理喝了一口茶,才道:"神医已经去平南王府了,劳烦窦公公帮我问问太子殿下,太子妃什么时候请我进宫玩。"

这么快就请动神医了?

窦仁吃了一惊，不由得深深看了骆笙一眼。

少女神情懒散，坐姿散漫，怎么看都是一个飞扬跋扈、行事不计后果的女纨绔。为何就得了神医青眼呢？

"窦公公？"

窦仁回神，强笑道："骆姑娘放心，咱家会向殿下禀报的。"

"那就好。"骆笙举了举茶杯。

此时，李神医正在平南王府黑着脸骂人。

"老夫说过了，王爷恢复如何要看天意，非人力可为。你们又把老夫叫来看诊，是想害老夫砸了招牌吗？"

平南王妃老老实实受了李神医一顿骂，并不敢反驳。

在众太医束手无策的情况下，只有神医敢替王爷取箭，还保住了王爷性命。

单凭此点，就万万不能把神医得罪了。

"行了，还是按着上次开的方子熬药，按时喂王爷服下就是。"李神医说完，甩袖就走了。

卫丰喃喃："母妃，咱们把神医请来，就是听了一顿骂？"

平南王妃很不赞同儿子的话："怎么能这么想？神医又给你父王检查了一遍身体，没有说别的证明你父王没有异常，这样不是能放心些？"

"是啊，二哥，神医来一趟总是让人放心些。"卫雯也道。

卫丰还是想不通，不过女人想法比较奇怪这一点他倒是知道了。

妹妹说得对，既然能让母妃放心，那就行吧。

而卫羌在窦仁把玉佩带回来后，气得脸色铁青。

那个丫头片子，就是故意让他难堪。

"殿下，骆姑娘还说神医已经去平南王府了，所以问太子妃何时请她入宫。"

卫羌脸色更差了。

这就是威胁！

他要是不把差着的银票送去，那小丫头片子是不是准备找太子妃要？

他丢不起这个脸。

卫羌大步去了太子妃那里。

太子妃正心思起伏等着王太医那边传来消息，没想到宫婢禀报说太子来了。

这可大大出乎她意料。

太子鲜少在这个时候过来的。

太子妃压下疑惑，冲走进来的男人行礼："殿下。"

"太子妃不必多礼。"卫羌伸手扶住太子妃。

他对太子妃虽没感情，却也不会冷脸相待。

他心里装的人只有洛儿，谁是太子妃又有什么区别呢。

二人一同坐下来。

闲聊了一阵，卫羌开口："太子妃给我拿两千两银票吧，有些事要开销。"

太子妃忍不住抽了一下嘴角。

她说太子怎么反常过来了，原来是缺钱。

"殿下稍等。"太子妃示意心腹去取银票，并没问这钱的用处。

太子需要用钱，她当然不会刨根究底。

卫羌很满意太子妃的识趣，又聊了几句，似是随意提起："明日你请骆姑娘进宫来坐坐吧。"

"骆姑娘？"太子妃怔了怔。

"就是骆大都督的女儿，太子妃应该知道吧？"

太子妃：呵呵。

太知道了啊，七年前她还不是太子妃，有一日带着妹妹出门踏青，那位只有七八岁的骆姑娘因为与妹妹起了争执，一脚把妹妹踹进了水沟里。

她去拉妹妹时，也被踹下去了。

太子妃疯狂腹诽，面上不动声色："殿下怎么想着请骆姑娘进宫坐坐？"

总不会是殿下瞧上了骆姑娘？

"请骆姑娘帮了个忙，她——"卫羌有些难开口，"她想看看玉选侍长什么样。"

太子妃愣了愣。

不知道是不是没睡好，她脑子怎么有点转不过来。

这两者有半文钱的关系吗？

卫羌一见太子妃表情就明白她在想什么，心中一阵恼火。

他也知道有些荒唐，可那是连面首都养的骆姑娘，不能按常理揣测，太子妃就不能体谅一点？

严肃了表情，卫羌淡淡道："太子妃记得请骆姑娘进宫就是，到时候叫玉选侍过来一趟，让她见见也就是了。"

"可骆姑娘为何想见玉选侍？"太子妃看出来卫羌不想说，奈何太过好奇。

卫羌脸色沉了沉。

没想到太子妃这般不识趣。

转念一想，即便他现在不说，等骆姑娘与太子妃见了面恐怕也要抖出来，那还是说了吧。

"骆姑娘看中了卫雯的镯子，听说还有一只在玉选侍这里，所以想见一见。"

"骆姑娘想当面要玉选侍的镯子？"太子妃震惊。

卫羌也惊了。

129

骆姑娘竟是打着这个主意吗？

稳了稳心神，卫羌强笑道："太子妃误会了，骆姑娘只是听闻另一只镯子在玉选侍那里，好奇见一见玉选侍。"

"原来是这样。"太子妃面上不动声色，心中冷笑。

怎么，这是好奇玉选侍生了一副什么花容月貌，才把太子迷得团团转？

该说的也说了，银票也拿到手了，卫羌站起身来："我还有事，太子妃也忙吧。"

"恭送殿下。"太子妃福了福身子。

等卫羌一走，太子妃往屏风上一靠，心情一时难以平静。

玉选侍，又是玉选侍。

太子特意来找她，说到底还是为了玉选侍。

甚至就连那个骆姑娘都对玉选侍心生好奇，专门进宫来看。

这哪里是看的玉选侍，这是往她脸上甩巴掌呢。

玉选侍得宠的名声都传到宫外去了，不正显得她这个太子妃是个笑话吗。

一个清阳郡主留下来的婢女，竟然踩在了她这个太子妃的头上……

太子妃越想，心中越恼。

不知过了多久，心腹嬷嬷悄悄来报："太子妃，王太医那边有消息了。"

"怎样？"太子妃正了脸色，心中紧张又期待。

"回禀太子妃，王太医说那药丸有避孕的功效。"桂嬷嬷说着这话，亦觉得不可思议。

玉选侍是疯了不成？面对太子的临幸，竟然避孕。

"她，她为何这么做？"太子妃喃喃。

桂嬷嬷给不出答案。

谁能想得通呢？

色衰爱弛，母凭子贵。

女人不生个孩子傍身，难不成以为靠太子那点宠爱能过一辈子？

"太子妃，翠红那边要不要收手——"

在桂嬷嬷看来，一个不生孩子的侍妾，那就不足为虑了。

"让我想想。"太子妃倚着屏风，揉了揉眉心。

从王太医那里传来的消息，实在让她乱了安排。

以前，她只当玉选侍体弱，或是老天有眼，让那个享尽太子宠爱的女人无法有孕。

可万万没想到对方吃了避孕的药物。

她梦寐以求的，竟是一个小小侍妾不屑一顾的。

这个念头令太子妃更恼，戾气犹如春日的野草疯狂生长，把心房遮得不见光。

许久后，太子妃一字一顿道："不，我要借着这个机会，除了玉选侍！"

人的想法是会改变的,她以前不把玉选侍当回事,现在还不是生了杀心。

而玉选侍,现在不想有孩子,焉知以后呢?

这样的女人一旦起了争抢的心思,往往更可怕。

与其养虎为患,不如趁现在除去这个隐忧。

"桂嬷嬷,让人对翠红说……"

桂嬷嬷频频点头,领命而去。

还是那座假山旁。

翠红听了太子妃那边宫婢的交代,一脸惊恐:"要,要我主动揭发选侍?"

宫婢微微一笑:"还有比你更合适的吗?玉选侍偷服避孕药物,扼杀皇室血脉,罪孽深重。你揭发玉选侍就是立功。对有功之人,主子不会亏待的。"

说到这里,宫婢压低了声音,带着几分蛊惑:"翠红,你就不羡慕玉选侍吗?说起来,玉选侍出身也不比咱们高贵……"

翠红激动得声音都抖了:"你是说,太子妃会,会——"

宫婢以食指压住翠红的唇,摇头道:"可莫要提贵人。"

翠红猛点头:"我明白,我明白。"

她比玉选侍年轻,比玉选侍温柔体贴,只要有机会,为什么不能成为第二个玉选侍?

宫婢嫣然一笑:"既然明白了,那你快回去吧,等你的好消息。"

很快夕阳西下,又到了有间酒肆开业的时间。

一直到打烊,骆笙也没见到那个熟悉的绯色身影。

石焱一脸忧心忡忡:"不知道我们主子是不是遇到什么事了,怎么没来吃饭呢。"

心里就不是忧心忡忡了,而是恨铁不成钢。

我的亲主子哎,摸完人家姑娘的小手,你就不敢来了?

你这样到底行不行啊,可真是急死人。

骆笙淡淡扫他一眼:"王爷没来,你是不是没胃口?"

石焱神色一震,忙摆手:"东家误会了,主子来不来都不影响我胃口!"

眼看着酒菜端上,红豆几人围着吃得热闹,骆笙从袖中抽出一张精致云纹帖。

是太子妃邀请她明日去东宫做客的请柬。

对于太子妃,她毫无印象。毕竟她是在南边长大的,与京城贵女没有来往。

算算时间,太子妃入主东宫时骆姑娘不过七八岁,想来二人没有多少交集。

等回到大都督府后,骆笙随口问了问红豆。

"交集?"红豆一双灵动的眸子微微睁大,以理所当然的语气道,"当然有交集啦。姑娘您忘啦,那年出门踏青,您不是把太子妃和她妹妹踹进水沟里了。"

骆笙沉默一阵,再问:"什么缘由?"

这就把红豆给难住了。

她挠着头冥思苦想，最后无奈放弃："过去那么久，婢子想不起来了，肯定是她们的错就是了。"

从她有记忆以来，姑娘不知揍过多少人咧，谁能记得清每一次都是因为什么啊。

"要不婢子问问蔻儿？她就爱记着这些芝麻绿豆的小事儿。"

缓了缓，骆笙无奈道："那就问问吧。"

今夜不是蔻儿当值，红豆出去不久，把蔻儿喊了进来。

"姑娘有事问婢子呀？"

骆笙微微颔首，问起把太子妃姐妹踹进水沟的事。

"这个呀，婢子记得。"蔻儿稍加思索就想了起来，"乔二姑娘跟您显摆她姐姐要嫁给太子当太子妃了，您听了不爽就踢了她一脚。其实您不是故意把她踹进水沟里的，谁让旁边正好有个水沟呢？这不是巧了嘛——"

"说实话。"骆笙淡淡道。

蔻儿神色一肃："您确实是故意的。姑娘，等明日见了太子妃，万一太子妃心胸狭窄提起往事，您可不能承认是故意的呀……"

骆笙揉了揉眉心。

她知道了。

翌日有些不巧，骆笙出门时天色阴沉，眼看就有一场雨要下。

蔻儿十分贴心准备了两把伞放在马车里，不甘心问一句："姑娘，真的不用婢子陪您去呀？"

红豆记性差，进宫去的话没有她妥帖呢。她这么面面俱到的人，怎么每次都被红豆抢先呢。

蔻儿正不平衡着，红豆就呸了一声："你去干什么，你只会念叨。"

小蹄子还敢跟她争。

要是有人欺负姑娘，她至少能打翻三个。

"宫里能有什么危险呀，真有危险靠一个人的武力也不顶用呀，哎——"眼见马车动了，蔻儿气得甩了甩帕子。

车厢里，骆笙闭目假寐。

枯燥的车轮吱呀声传来，使人越发觉得无聊。

"姑娘，昨晚开阳王怎么没来吃饭呢。"红豆随便起了个话头。

骆笙睫毛微颤，没有睁眼。

红豆继续分析着："前日才预付了一万两银子呢，按说昨晚应该来大吃一顿才是……看来开阳王真遇到什么事了——"

骆笙睁开眼，声音微冷："再聒噪，下次就换蔻儿出来。"

红豆忙捂住了嘴。

姑娘这是心情不好吗？

肯定不是因为进宫心情不好，毕竟当年姑娘没吃亏，要说心情不好也该是太子妃心情不好才对。

那姑娘怎么会心情不好？

刚刚提到了开阳王——红豆灵光一闪，想到了缘由。

想明白了，红豆张口就问："姑娘，您是不是想开阳王了啊？"

淡定如骆笙，这一刻也不由得身子一晃，板着脸看向语出惊人的小丫鬟。

"您要是想了，就打发石三火去王府把王爷叫来嘛，没必要委屈自己。"

多大个事呢，开阳王要不是亲王的身份，她就帮主子抢回大都督府了。

说起来，男人身份太高也不好。

"不要胡说，与开阳王无关。"骆笙重新闭上了眼睛。

她只是在想，过了十二年，朝花怎么样了。

四个大丫鬟中，疏风聪慧精明，绛雪刚毅洒脱，秀月单纯娇憨，而朝花则更敏感一些。

以朝花的性子，委身卫羌那个畜生十二年，该是如何煎熬。

至于背叛——她其实也想过这种可能。

人心易变，富贵迷眼，谁都不敢说一个人完全不会变。

所以她才要来一趟，看一看。

无论如何，比起背叛她恋上卫羌，她更愿意相信朝花还是她的侍女。

还是她的风花雪月。

骆笙以指腹按了按眼尾，压下泪意。

这个时候，朝花应该尝到了卫羌带去的腌萝卜皮，如果顺利，那么已经知道在青杏街上有一家叫有间酒肆的酒馆了。

别人都以为有间酒肆这个名字取有一间酒肆之意，直白到大俗大雅。

其实并不是。

那一年，秀月问她咱们的酒肆起个什么名字。

她上有父母疼宠，下有姐姐爱护，金尊玉贵，没有烦忧。

她看着她的四个丫鬟，就想到了酒肆的名字。

风花雪月，四季人间。

还是孩子的她，何曾想到人间不只有风花雪月，还有豺狼虎豹。

红豆悄悄瞄着骆笙。

真的和开阳王无关么？

姑娘看起来心情很不好呢。

马车终于停了下来。

骆笙由红豆扶着下了马车,已经恢复了面色平静的模样,由一名早早等候在那里的内侍引着往太子妃寝宫而去。

"太子妃,骆姑娘到了。"

想到今日要见的是那位骆姑娘,太子妃特意选了一套庄重镇得住场子的衣裳头面,闻言矜持开口:"请进来。"

不多时,一名素衣少女款款而入。

"见过太子妃。"

太子妃仔细打量着少女,笑道:"几年不见,没想到骆姑娘出落得这般出挑了。"看着欠身行礼的少女,太子妃并没有立刻让她起身。

现在的骆姑娘可不是七八岁的女童了,总该明白太子妃意味着什么了。

骆笙抬眼看看神色莫测的太子妃,直起身吩咐表情错愕的宫婢:"还不搬个椅子来给我坐,难道要你们太子妃请来的客人站着吗?"

那挑剔嫌弃的语气,更是让宫婢只知道去看太子妃。

太子妃面庞不受控制扭曲了一下。

七八年了啊,骆姑娘还是那个骆姑娘!

"去搬椅子来。"太子妃吩咐宫婢。

等到椅子搬来,骆笙毫不客气坐下去,对着太子妃扬唇一笑:"几年不见,没想到太子妃还是这么体贴大度。"

太子妃嘴角微抽。

这话听着有些牵强。

她没斥责骆姑娘的无礼,可以说是大度,跟体贴有半点关系吗?

想一想眼前少女不学无术是出了名的,太子妃没往深处想。

既然是好话,随她说好了。

"怎么不见玉选侍?"骆笙扫视一圈,理直气壮问。

太子妃又忍不住抽嘴角。

这也太直接了!

她以为怎么也要聊上几句,再提起玉选侍。

"太子没有对太子妃提起?"

"太子跟我说了。"太子妃快要维持不住风度了。

太子不说,她吃饱了撑的请这么个粗鲁无礼的人来东宫给她添堵?

"去请玉选侍。"太子妃吩咐完宫婢,就见骆笙垂眸敛目,明显没了继续说话的兴趣。

太子妃不由得气结。

134

用完了就扔也没有这么快的。

太子妃沉着脸不言语。

骆笙丝毫不觉尴尬，乐得清净。

太子妃一直冷眼瞧着，见对方是真自在，反而沉默不下去了。

就骆姑娘这种人，能帮太子什么忙？

太子妃心中一动。

有些话不好问太子，可以问问骆姑娘。

反正骆姑娘这样的性子，套几句话也无妨。

"听太子说，骆姑娘帮了他一个忙。"

"是啊。"骆笙点头。

太子妃见她说完这两个字就没有下文了，紧了紧握着茶杯的手。

罢了，对这样的棒槌不能要求太高。

太子妃干脆挑明："不知骆姑娘帮了太子什么忙？"

骆笙讶然："太子没跟太子妃说？"

太子妃缓了缓，忍着恼火道："太子事忙，我没有细问。"

"这样啊——"骆笙拉长了语调，唇角微扬，"这么说，太子前日在我开的酒肆请客的事太子妃也不知道了？"

"请客？"太子妃注意力一时被引了过来。

骆笙微笑："是呀，前日太子在酒肆请客吃酒，成为一顿饭花费最高的客人，所以我印象深刻。"

太子妃一下子就想到了太子找她要的那两千两银票。

太子说有事开销，该不会就是请客吃酒吧？

太子到底请了多少人要花两千两？

这是大户人家办喜酒的规模了。

骆笙抬手理了理碎发，笑吟吟道："太子妃别急，太子昨日一早就打发内侍把酒钱送过去了，虽然一开始少了一千一百两，但很快就补齐了。"

太子妃用力捏着茶杯，脸色隐隐泛黑。

太子一顿饭花了多少钱先不提，原来从她这里拿银子是为了补缺口。

缺了一千一百两，从她这拿了两千两——没算错的话，等于还赚了九百两？！

看太子妃强忍气怒的艰难，骆笙弯唇浅笑。

她只同意不把账单带给太子妃，可没说不跟太子妃提。

当然要提了，凭什么给那狼心狗肺的东西留面子。

再然后，太子妃是真的没了说话的心情。

直到门口宫人扬声喊："玉选侍到——"

骆笙看向了门口。

进来的女子微微低头，一时瞧不清模样。

骆笙看着她一步步走近，规规矩矩向太子妃屈膝："见过太子妃。"

骆笙拢在宽袖中的手用力攥紧。

是朝花的声音，也是朝花的样子。

可是与记忆中的朝花还是不一样了。

她的侍女朝花，带着骄傲伶俐劲儿，而不是这般循规蹈矩，暮气沉沉。

骆笙又想到了秀月。

容色出众的秀月自毁容貌，在那座熟悉的南阳城里，被那些来吃豆腐脑的人喊了十余年丑婆婆。

想着这些，她怎能不恨。

"玉选侍，这位是骆大都督之女骆姑娘，还不见过。"

朝花垂首对着骆笙的方向屈了屈膝："骆姑娘。"

她想仔细看看这位开了一家叫有间酒肆的酒肆的骆姑娘。

甚至想问一问有间酒肆里是不是有一个叫秀月的大厨。

可是她不敢妄动。

太子说，骆姑娘看中了金镶七宝镯。

一道漫不经心的声音响起："选侍能不能抬头，让我瞧瞧？"

太子妃垂眸掩住笑意。

听听骆姑娘这登徒子般的语气，可真是熟稔啊。

她倒要看看玉选侍能否招架住。

朝花抬起头来，看了过去。

二人视线交汇，有那么一瞬间的安静。

骆笙扬起手腕，嫣然一笑："难怪太子怎么都不答应把选侍的镯子给我。今日见到玉选侍，我才明白了。"

"骆姑娘过奖了。"

太子妃僵住了嘴角笑意。

她听着这话，为何如此扎心？

骆笙眼角余光瞥到太子妃的表情，从朝花身上移开了视线。

似乎只是看一看玉选侍其人，满足了好奇心就再无兴趣。

"太子妃若是有机会出宫，不如去我那酒肆尝尝。太子喜欢的酒菜，想来也合太子妃口味。"

"太子很喜欢？"太子妃顺口问。

骆笙微笑："当然喜欢啦，不然怎么会一顿饭花了五千六百多两呢。"

"多少？"太子妃失声。

"五千六百二十两。太子妃去尝尝，就知道物有所值了。"骆笙笑得情真意切，"我还特意给酒肆起了个风雅的名儿，太子妃听说了吗？"

这些话听在太子妃耳里，字字讽刺。

于是她道："听说贵店叫有间酒肆，大俗即大雅，骆姑娘很会起名儿。"

听到"有间酒肆"这几个字，朝花颤了颤睫毛。

"大俗即大雅？"骆笙瞧着有些不快，直截了当反问，"哪里俗了？"

太子妃被噎得气血上涌。

这还不俗吗？

平复了一下情绪，太子妃淡淡道："不是取一间酒肆的意思吗？"

骆笙分了一丝余光留意朝花，轻叹道："风花雪月，四季人间，这才是它的意思。"

她看到朝花猛然抬起眼帘，直直看过来。

骆笙冲太子妃微微一笑："是不是挺风雅的名字？"

太子妃扯了扯嘴角："要是这般解释，确实风雅，只可惜大多数人都不解骆姑娘的心思吧？"

骆笙笑笑："曲高和寡，知音难觅。我的心思不需要那么多人懂，只要一两人明白足矣。太子妃现在知道了，以后有没有兴趣去有间酒肆吃酒？"

"自然是有兴趣的。"太子妃敷衍道。

而朝花听着骆笙说这些，每一个字都好似惊雷砸在心尖上。

骆姑娘这话是什么意思？

曲高和寡，知音难觅，只要一两人明白就够了。

这话是说给她听的吗？

风花雪月，四季人间。

这不是骆姑娘的有间酒肆。

这是郡主的有间酒肆。

不会是巧合，腌萝卜皮是秀月做出来的味道，有间酒肆是郡主起的名字。

她现在几乎可以肯定，有间酒肆的厨子就是秀月！

那么这番话是秀月想办法借着骆姑娘的口传给她的吗？

秀月这是让她去有间酒肆相见。

朝花目不转睛望着骆笙，心思起伏不定。

如果她的推测没有错，骆姑娘又是什么立场呢？

莫非了解了秀月的身份——朝花立刻否认了这种可能。

秀月与她不同，在朝廷眼中是镇南王府的漏网之鱼，见不得光。

就算秀月性情单纯，经历了那场祸事隐姓埋名十二年，也不会是以前的秀月了。

她相信秀月不会把这么紧要的事告诉不相干的人。

这样看来，骆姑娘或许只是受秀月所托传了这么几句话。

毕竟这几句话旁人听不出什么来。

至于骆姑娘为何会帮着秀月传话，这也不难猜。

凭秀月的厨艺，先收买骆姑娘的胃，再求骆姑娘在太子妃面前说几句话，不难办到。

朝花咬了咬唇。

秀月在有间酒肆等着她呢，她要想个什么办法才能出去？

一入宫门深似海，她是太子的侍妾，想要出宫比登天还难。

朝花一时陷入了茫然。

"人也见了，果然是美人。"骆笙站起身来，"我就不叨扰太子妃了。等太子妃来了酒肆，我请太子妃喝酒。"

太子妃勉强维持着风度送客。

窗外天际乌云翻滚，眼看雨就要落了。

骆笙才上了马车没多久，就听外头一声惊雷，紧接着就是哗哗雨声。

红豆掀起车窗帘一角往外看，立刻有雨斜飞进来扑了一脸，忙压住帘角扭头对骆笙道："姑娘，雨下得好大。"

"跟车夫说一声，直接去酒肆。"

马车在风雨中拐了个弯，直奔有间酒肆而去。

"姑娘，酒肆到了。"

红豆先跳下去，撑开竹伞候在一旁。

骆笙下了马车，立在街头眺望。

往日繁华热闹的青杏街上只有零星几个行人以衣袖盖着头脸狂奔，接天连地的雨幕望不到尽头。

"姑娘，咱们进酒肆吧，不然衣裳都打湿了。"红豆也跟着眺望，却不知道姑娘在看什么。

远处近处全是雨，没啥好看的啊。

"天变得可真快。"骆笙喃喃说了一句，举步走向酒肆。

"东家，您怎么这个时候过来了。"女掌柜忙开了门，把骆笙二人迎进来。

骆笙跺了跺脚。

虽然有竹伞遮挡，短短的距离还是打湿了裙角，雨珠正顺着裙角滴落到地板上。

"我去换衣裳。"骆笙交代一声，去了正屋。

换上干爽的衣裳，骆笙把秀月叫了进来。

没有第三人在，主仆说话自是没有避讳。

"今日刚刚从东宫出来。"骆笙顿了一下,轻声道,"我在东宫,见到了朝花。"

秀月浑身一震:"朝花她,她还活着?"

"她现在是卫羌的宠妾。"

秀月一下子变了脸色:"她怎么能——"

"活着就好。"骆笙笑道。

秀月却不这么想,咬牙道:"这样活着,还不如死了!"

这不是她的朝花姐姐,她的朝花姐姐不会委身于一个畜生。

骆笙伸手握住秀月发抖的指尖:"朝花现在应该猜到你在这里了。"

秀月一愣,而后苦笑:"是啊,朝花那么聪明。"

不像是她,哪怕郡主处处暗示还是不敢多想,直到亲眼见到郡主一身黑衣从酒缸钻出。

"秀月,不要往最坏处想。朝花应该会想办法与你见面的,到那时你再来判断她有没有变,要不要把我的真正身份告诉她。"

有秀月来说服朝花相信她就是清阳郡主,自然比她亲口说要容易。

酒肆按时开了门,却不见有酒客上门。

雨还在下,从窗子望出去灰蒙蒙一片,连绵不绝。

"表妹,要不咱们提前打烊吧。"这是下午顶着风雨赶来酒肆的盛三郎。

没办法,就是这么尽责,就是这么风雨无阻。

骆笙随意望着窗外的雨,一句话打消了盛三郎的幻想:"规矩不能乱改。"

雨幕中,一顶青色的伞在移动。

"姑娘,好像是来咱们酒肆的。"红豆眼尖,指着那逐渐靠近的青伞道。

盛三郎探头看,震惊道:"是谁啊,下这么大的雨还来吃酒。"

红豆抿嘴一笑:"表公子,咱们要不要猜猜看,谁猜对了今晚就把对方那份如意鱼卷吃了。"

"猜就猜,我猜是开阳王。"

红豆垮了脸:"那怎么办,我也猜是开阳王。"

都猜开阳王,那去吃谁的如意鱼卷啊。

如意鱼卷可是一道新菜。

鳜鱼剔骨去皮制成鱼蓉,与鸡蛋皮、辣椒丝一起卷起蒸熟,放凉后再切成均等小段,就成了好寓意的如意卷。

看着就好吃,吃一份肯定不够。

"石三火,你觉得是谁呢?"红豆斜睨着石焱。

石焱呵呵一声。

这还用猜吗,下这么大的雨,要是只来一个客人,除了他们主子还能有谁。

还有谁能把伞举得那么稳，还有谁能在瓢泼大雨中走出了闲庭漫步的悠闲来？

风雨中那朵青色伞花终于飘到了近前。

穿了一身黑衣的卫晗立在屋檐下把伞收拢，蹭一蹭脚上泥水，走进酒肆。

"主子，您可算来啦。"石焱早早迎上去，接过卫晗手中淌着水的竹伞。

卫晗面无表情看他一眼。

如果没有记错，他只是昨日没来而已。

大堂中灯火通明，交织着食物的香气，一走入仿佛换了一方世界。

卫晗一眼就看到了那道熟悉的素色身影。

她没有如往常那样坐在柜台旁，而是坐在了靠窗的桌边，正神色漠然看过来。

卫晗颔首打招呼："骆姑娘。"

骆笙点头回礼，客气又冷淡。

卫晗面不改色地走向惯坐的位子，心中却转着一个念头：骆姑娘好像在疏远他。

是因为那晚……他握了她的手么？

那晚的举动，确实唐突了。

他昨日没来，就是想静一静，好好想想为何会出现那样的失误。

当时，他注意力全都放在了骆姑娘生气这件事上，想着她收到一万两银票，或许就不气了。

可是却忘了他抓了她的手。

本来是不可能忘的。

卫晗想了半宿，确定了一点：骆姑娘对他来说是不同的。

可不同在何处呢？

是因为骆姑娘扯过他腰带，砸过他后脑勺，往他眼睛里撒过辣椒面，还是因为骆姑娘做出一道道令他念念不忘的美食，不动声色间做出刺杀平南王这样的大事来？

本来想等想明白再来，然而胃不答应。

那就还是过来吧，万一一直想不明白，总不能一直不来吃饭。

等吃完，要向骆姑娘赔个不是。

"主子，今日有新菜如意鱼卷，您要不要尝尝。"

"嗯。"

不多时几道菜并一壶烧酒端了上来。

大堂里就卫晗一个酒客，红豆几人把这桌围成一圈，眼巴巴看着他吃新菜。

卫晗对此视若无睹。

然而等酒菜吃完，一排人墙散了，才发现那道熟悉的身影不见了。

第16章
东宫风波

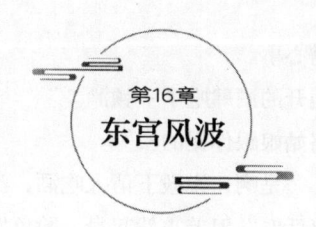

"骆姑娘呢？"卫晗问红豆。

红豆笑呵呵道："我们姑娘回屋歇着了。"

"能不能请骆姑娘出来，我有些话要对她说。"

"那您等等啊。"红豆扭身去了后头。

屋里，骆笙正在看书。

红豆吃了一惊："姑娘怎么这个时候看书啊，仔细伤了眼。"

"看一看打发时间。"骆笙随手把书卷放下，"有什么事？"

"开阳王吃完了，说有话对您说。"

骆笙蹙眉："就说我有些乏了，如果有什么话让你转达就是。"

红豆眨眨眼："姑娘，您不是无聊想打发时间吗，与其看书，不如叫开阳王来陪您说说话啊。"

开阳王长得好，怎么也比书好看吧。

骆笙横了红豆一眼："莫多嘴。"

"好吧，婢子去说。"红豆噔噔跑回大堂传了话，心中却有些迷惑。

姑娘真的变了啊，宁可看书都不看美男了。

仔细看卫晗一眼，更迷惑了。

没变丑啊，以她多年磨炼出来的眼光，姿色在男子中算是数一数二的了。

不过这张俊脸姑娘也看了好几个月了，大概是看厌了。

141

想到了理由，小丫头立刻释然。

"王爷有话可以由婢子转达，若是无事就请慢走。"

卫晗沉默了片刻，道："不必了。"

当面道歉方显诚意，转达就罢了。

卫晗接过石焱撑开的伞，步入了雨帘。

这场雨直到酒肆打烊都没有停。

卫羌想着今日骆姑娘来东宫做客没传出什么头疼事，于是来了太子妃这里用晚膳算是表达肯定。

太子妃却在饭后提起了糟心事。

"听骆姑娘说，殿下在她开的酒肆吃了一顿酒。"

卫羌额角青筋冒起："骆姑娘跟你提的？"

太子妃抚了抚鬓边鲜花："是啊，说殿下请人吃酒，没钱结账。"

"太子妃，你这是看我笑话？"卫羌霍然起身，脸色发青。

太子妃愕然："夫妻本是一体，我怎么会看殿下笑话？殿下不是还从我这里支了两千两银子吗——"

"够了！"卫羌咬牙打断太子妃的话，"太子妃，给你东宫女主人的权利，不是让你对我指手画脚的。"

冷眼看着恼羞成怒的太子殿下拂袖而去，太子妃勾唇冷笑。

她确实是故意激怒太子，毕竟这个男人那么爱面子，提起这个话头不可能不羞恼。

以她对这个男人的了解，每当他心情不快的时候，就会去找玉选侍。

下雨天，留客天。

多好。

太子妃取下鬓边鲜花，打开窗掷进了风雨中。

卫羌一路顺着抄手游廊走到朝花住处，还是被斜斜吹进来的雨打湿了衣角。

见卫羌带着一身湿气而来，朝花吃了一惊。

"殿下怎么下着雨过来了？"

卫羌握住她的手，只觉这只纤细的手比那打在脸颊上的雨滴还凉。

"不想我来？"

朝花敏锐察觉到这个男人心情不大好，温柔笑笑："怎么会，是没想到殿下会来。"

她说着话，帮卫羌脱下外衫交给一名宫婢。

宫婢正是翠红。

她抱着染了湿气的衣裳眼巴巴看着卫羌拉着朝花的手步入内室，眼中满是妒意。

太子对玉选侍可真是上心。

玉选侍究竟有什么好？

就算玉选侍是王府旧人，有几分姿色，可也不年轻了。

今日青儿给玉选侍梳发，还拔下了两根白发。

快三十岁的女人，放到寻常人家儿女都快到嫁娶的年纪了。可玉选侍竟比新人伺候太子的次数还要多，真是不知羞耻。

翠红越想，越是眼红心热。

她容貌出挑，就算比玉选侍差上一两分，年轻也足以弥补。

更何况她与玉选侍身量仿佛，想着太子的喜好，生生把自己饿成弱不胜衣的体态。

可有玉选侍在，太子从未多瞧过她一眼。

翠红想着这些，不由抱紧了半湿的衣裳。

"翠红，你发什么愣呢？"

翠红猛然回神，对着青儿笑笑："没什么。就是没想到外头下着这么大的雨，殿下还会过来。"

青儿笑道："有什么稀奇的，谁让咱们选侍得宠呢。"

主子得宠，当下人的自然过得舒服些。不说别的，这边的吃穿用度就比其他侍妾那里好上不知多少。

"是啊，得宠真好。"翠红以低不可闻的声音喃喃道。

外头疾风骤雨，人心浮动，内室里气氛却十分温馨。

至少卫羌觉着如此。

他只穿着一身雪白里衣，头枕在朝花腿上，由着那双素手给他揉捏额头。

恰到好处的力度让他浑身放松，叹道："我这头疼的毛病，越发频繁了。"

"殿下注意身体。"

卫羌没有听到太多体贴话，却习惯了朝花如此。

他心里再清楚不过，她念着的那个人是谁。

他要的从来不是朝花的爱，只是她的陪伴。

倘若朝花真的忘记了洛儿，变成一个争风吃醋的女人，对他来说就与其他女人无异了。

"玉娘。"

朝花应了一声。

"只有在你这里，我才能松快些。"

"那是妾的荣幸。"朝花垂着眼，手指从男人额头移到肩膀，替他轻柔按捏肩头。

手再往里移，就能够上脖颈。

不知多少次，她想着如果竭尽全力，能不能掐死这个人。

可是终究只能想一想。

朝花目光落在腕间那只金镶七宝镯上。

随着她手腕动作，那只镯子也跟着轻轻晃动。

她弯唇，笑意苦涩。

她守着这只镯子，这只镯子也困住了她。

让她身在炼狱，不得解脱。

倘若秀月真在有间酒肆，或许她可以找个机会把镯子交给秀月。

她守了十二年，太累了，就让秀月妹妹接替她吧。

到那时，她要试试能不能把这个男人一起带走，拖他到地狱去给郡主赔罪。

那个枕在她腿上的男人剑眉星目，无疑是好看的，可再好看的皮囊也掩不住他的恶心虚伪。

真的那般爱郡主，为何做出那样丧尽天良的事来？

既然做了那样的事，又何必摆出这样深情的姿态。

朝花想着这些，忽觉手上一沉。

一只大手把她的手握住。

"殿下？"

卫羌没有说话，拉着她躺下。

不知过了多久，外头风雨声仍未停，朝花轻声道："殿下，您该回去歇了。"

卫羌睁了睁眼，懒懒道："今晚不走了。"

朝花脸色微变，垂眸道："那妾去沐浴。"

卫羌微微点了点头，似乎是乏了，并没有睁眼。

朝花快步去了浴房，在木桶中泡了好一阵子才回返。

回来时，那个男人似乎睡熟了，呼吸平稳悠长。

朝花坐下来，默默看着他。

好一会儿后，确定卫羌真的睡熟了，她轻手轻脚绕到床头，拉开暗格取出一个小瓷瓶。

小小的瓷瓶，烛光下泛着冷光，却不及朝花的心更冷。

她一次都不敢再赌。

这十二年间，她其实有过一个孩子。

那时的她还不懂太多，只知道一遍一遍洗刷身体。

可还是有孕了，直到月事迟了十余日才被诊断出来。

她还记得那个男人的激动。

他抚着她的腹部，满心欢喜。

她知道他欢喜什么。

这个自欺欺人的男人，把她腹中胎儿当成了他与郡主的孩子。

他想得美！

她背着人拼命捶打肚子，生生把这个孩子打了下来，足足躺了好几个月才缓过来。

她心痛，她有罪。

她不能再让自己有孕。

朝花倒出两粒药丸吞了下去。

一道惊呼声响起："选侍，您在干什么？"

朝花只觉血往上涌，动作僵硬地看向声音传来的方向。

翠红扑了过来，死死拽住朝花的手，惊呼道："选侍，您怎么能乱吃药呢！"

这么大的喊声，连另一名宫婢青儿都听到动静跑了进来。

跟在青儿后面的，是更多宫人。

卫羌翻身坐起来，皱眉盯着朝花与翠红，声音冷得骇人："到底怎么回事儿？"

翠红扑通跪下，举着从朝花手中夺过来的小瓷瓶，高声道："殿下，奴婢发现选侍在吃药——"

卫羌不悦地打断她的话："选侍身体弱，服用调养身体的药丸还需要你一个奴婢大惊小怪？"

"殿下，选侍每次都是在承了您的恩泽之后吃这种药的！"

卫羌听了翠红这话，眼神骤然深沉。

承恩之后吃的药？

"玉娘，这是什么药？"卫羌望着那个面色苍白的女子，淡淡问。

朝花跪了下来，指甲死死掐着手心。

卫羌居高临下，看着她露出的纤细脖颈。

那般脆弱，仿佛轻轻一折就能断掉。

"到底是什么药？"朝花的不语，令卫羌心生冷意。

不知过了多久，就听那个伏地的女子轻声道："是避子药。"

这话一出，惊呼声四起，翠红更是不敢置信般睁大了眼睛。

她以为怎么也要传来太医检查一番，让玉选侍哑口无言。

万万没想到玉选侍就这么承认了。

朝花跪在冰冷的地板上，如坠冰窟。

她偷服避子药被翠红当场叫破，太子就在眼前。倘若死咬着不承认，太子叫来太医查验，得知真相后只会更加愤怒。

与其如此，不如直接承认，留一线生机。

而卫羌听到"避子药"这三个字，一股怒火登时升腾而起，冲击得他头疼欲裂。

他走到朝花面前，一把把她拽起，厉声质问："避子药？你为何会服用避子药？"

朝花垂着头不说话。

在此处当差的宫人足有十数人，此刻全都被惊动过来。

145

卫羌冰冷目光扫这些人一眼，喝道："你们都出去！"

宫人们潮水般退下，屋里只剩下二人。

"你究竟为何要服用避子药？"卫羌额角冒着青筋，咬牙问道。

这么多年，他就盼着与玉娘有个孩子。

玉娘是洛儿最喜欢的婢女之一，她的孩子洛儿一定会喜欢的。

可是这个女人竟敢服用避子药！

卫羌越想越怒，捏得朝花手腕生疼。

朝花泪水簌簌而落，终于开了口："妾怕郡主怪我——"

卫羌瞳孔骤然一缩："你是说洛儿恨着我？"

朝花不说话了。

"你说啊，洛儿是不是恨着我，所以你才不愿意生下一男半女？"男人红着眼逼问苍白柔弱的女子，完全忘了怜惜。

他此刻只有愤怒与害怕。

他愤怒这个女人的欺骗，害怕洛儿不会原谅他。

"洛儿是不是给你托梦过，不许你生下我的孩子？"

如果是这样，洛儿在恨着他的同时，也在意着他吧？

朝花捂住脸，泣道："没有，郡主从来没有给我托梦过。我想郡主是在怪我——"

"够了，你不要再说了！明日起，你就搬出玉阆斋。"卫羌再听不下去，把朝花用力往外一推，大步走了出去。

门外跪了一地的宫人，战战兢兢不敢吭声。

卫羌冷冷扫视，最后视线落在翠红身上。

翠红低着头，颤巍巍喊："殿下——"

卫羌照着她心窝踹了一脚，大步离去。

太子命玉选侍搬出玉阆斋的消息如插上了翅膀很快传遍东宫。

掌管东宫内务的姑姑转日一早就把朝花从玉阆斋请出，打发到一处偏僻住处别碍着太子的眼。

至于玉阆斋的宫人，留下三两人守院子，其余人则重新安排。

"什么，要我继续伺候玉选侍？"得到这个消息时，翠红震惊到心痛。

昨晚太子那一脚可不轻。

传信的宫婢小声安抚："你揭发了玉选侍，殿下这时候定然迁怒你。太子妃若是现在就安排你去服侍太子，恐怕会适得其反呢。"

翠红一听有些急了："可是——"

"别可是了。太子妃说了，你先伺候着玉选侍，等殿下消气了会给你安排的。"

"可我揭发了玉选侍，还怎么继续伺候她——"

宫婢一笑:"正是这样,你才合适啊。别忘了,现在的玉选侍可不是以前的玉选侍了。"

翠红一怔。

宫婢凑到翠红耳边,以极低的声音道:"玉选侍身娇体弱,偏偏心性高受不得气。你若是借着这个机会……定然少不了你的荣华富贵。"

翠红心中一跳,缓缓点了头。

她与玉选侍已是结了大仇,哪怕没有太子妃的暗示,也没有退路了。

不是你死,便是我活。

太子妃得到回禀,满意笑了笑:"这么说,现在伺候玉选侍的宫婢只剩了两个?"

心腹嬷嬷回道:"是,一个是翠红,另一个叫青儿。那个青儿瞧着对玉选侍倒是有两分情义。"

太子妃冷笑:"一两分情义经不得消磨,更何况她能不能撑到情义消磨完的时候还难说。"

失去了太子的宠爱,玉选侍就什么都不是。

那个风吹就倒的贱婢,有翠红那样的恶奴磋磨,能活到秋天就是造化。

太子妃只觉一口浊气总算吐出来,理了理衣衫,抬脚去了朝花新换的住处。

新换的是个偏僻小院子,屋檐低矮,难见阳光。

翠红与青儿正在拌嘴。

"你为何要告发选侍?现在好了,选侍落难,你又能落到什么好处!"

"青儿,你这话就不对了。我们服侍选侍是因为她是殿下的人,我们真正的主子是殿下与太子妃。选侍扼杀储君骨血是大罪,难不成你要我包庇她,跟着犯罪?"

"你——"青儿气急,奈何嘴拙说不过。

一声咳嗽响起。

"你们两个吵闹什么,还不见过太子妃。"

二人齐齐转身,对着走过来的太子妃行礼。

"玉选侍呢?"

"回太子妃的话,选侍在屋里,奴婢这就去喊——"

"不必了。"太子妃示意翠红与青儿留在外面,带着两名宫婢走了进去。

屋内光线昏暗,弥漫着死气沉沉的气氛。

太子妃对这种气氛却很满意。

以往玉选侍的日子可比她这个太子妃过得还舒坦。

一个婢女,也不怕福薄折寿。

"见过太子妃。"朝花屈膝行礼。

太子妃盯了朝花片刻,一声冷笑:"玉选侍,你扼杀太子血脉,知不知道是死罪?"

147

朝花从屈膝改为跪下，语气谦卑："婢妾有罪。"

太子妃眯了眯眼。

到了这个境地，这个贱婢还真是沉得住气啊。

婢女不像婢女，清阳郡主到底是怎么调教的？

太子妃抬脚，用那缀着米粒珍珠的绣鞋抬起朝花的下巴，轻笑道："玉选侍是殿下心尖上的人，殿下不舍处置，我这个太子妃自然也不会处置了。玉选侍放心就是。"

才下过一场大雨，哪怕早上出了太阳，路也没有全干。那只沾了泥的绣鞋离鼻端这么近，能清楚闻到泥泞的味道。

朝花颤了颤眼帘，恭声道："多谢太子妃免了婢妾的责罚。"

她没有动，更没有躲，任由那脚尖抵着下巴。

羞辱排山倒海，却只能不露声色。

郡主曾说过，她们是她的人，有她在，她们就不必委屈自己，活成本来的样子就好。

可是郡主不在了啊。

朝花终于忍不住湿了眼角。

见朝花不吵不闹，太子妃觉得无趣，把脚放下。

"玉选侍。"

"婢妾在。"

"以后你可要记得安分守己，若是再恃宠妄为，就算有殿下护着，我也不会轻饶！"太子妃看着往日总是摆出宠辱不惊姿态的女人如今狼狈匍匐在脚边，只觉无比痛快。

"婢妾知道了。"朝花再次以额贴地，姿态谦卑。

太子妃满意地勾了勾唇角，目光落在朝花手腕上。

屋内光线昏暗，金镶七宝镯却耀眼依旧。

太子妃皱眉，只觉这样的镯子戴在那只手腕上很是刺眼。

她抬脚轻轻踩在了那只镯子上，同时把戴着镯子的纤细手腕踩在脚下。

朝花愕然抬头："太子妃——"

太子妃弯唇冷笑，声音落入朝花耳中，好似当头浇了一盆冰水，令她浑身发抖。

"我在想，这只镯子有什么特别，让你、小郡主，还有骆姑娘都这么喜欢。"

太子妃还记得第一次发现小郡主卫雯戴着的镯子与玉选侍一直戴着的镯子一模一样时，心中的震惊。

她悄悄打探，才知道镯子本是一对，是清阳郡主留下来的嫁妆。

这么一对镯子，一只在太子的妹妹手里，一只在太子的侍妾手里，那她这个太子妃呢？

这只镯子的存在，就是在提醒她，她这个明媒正娶的太子妃在太子心里还不如一个贱婢有分量。

以前玉选侍安分低调，她不能如何。

而现在，即便太子回心转意捡起对玉选侍的宠爱，捏着玉选侍偷服避子药这个把柄，她也不怕太子再因为一个侍妾对她甩脸子。

柔软的鞋底踩着金镯子，太子妃十分满意跪在地上的女子流露出来的惶恐。

她收起脚，冷冷吩咐跟进来的宫婢："把玉选侍的金镯子取下来。"

朝花一张素净的脸登时毫无血色，无法克制的恐惧令她那一瞬间动弹不得。

直到一名宫婢俯身抓起她的手去脱那只镯子，朝花才如梦初醒，死死护住镯子向太子妃乞求。

"太子妃，这是主子给婢妾留下来的念想，求您开开恩，不要把它夺走——"

"夺？"这个字触动了太子妃的神经，令她大为恼火，"不过是收走一只金镯子，你居然说是夺？呵呵，真是殿下宠你太久，让你不知道天高地厚了。你犯下的罪过就是以命相抵都不为过，竟还护着一只镯子。"

太子妃靠近两步，微微俯身："玉选侍，你这般惦念旧主，为何不以身相殉呢？"

说到底，不过是个处心积虑利用殿下对清阳郡主的情分争宠的贱人罢了。

朝花并不理会这些讽刺，见太子妃离得近了，猛然抓住她脚踝哀求道："太子妃，婢妾以后定会安分守己，绝不会碍了您的眼的——"

太子妃哪里耐烦听这些，冷喝道："还愣着干什么，把镯子取下来！"

见朝花挣扎得厉害，另一名宫婢忙上前帮忙，一人按着她，一人去取镯子。

眼睁睁看着镯子被取下，朝花红了眼："太子妃，您一定要不给我活路吗？"

太子妃看着完全失态、体面全无的女子，哪里还会与之废话，冷笑一声扬长而去。

"太子妃，求求您把镯子还给我，求求您——"

背后是朝花撕心裂肺的喊声，太子妃驻足狭窄僻静的院中，只觉心情愉悦。

这么多年，虽然说是没必要把一个侍妾当对手，心里又怎么可能不硌硬。

而今，终于把这根硌硬她的刺拔出来了。

太子妃抬脚往外走去。

翠红与青儿齐齐施礼："恭送太子妃。"

太子妃脚步一顿，在二人面前停下。

"你们两个可要照顾好玉选侍。"撂下这句话，太子妃带着宫婢大步离去。

翠红爬了起来，看向屋门口。

屋门半掩，里面传来若有若无的哭声。

"我去看看选侍。"青儿跑了进去。

翠红掸掸衣衫，这才慢条斯理往里走去。

青儿一进门，就吃了一惊。

"选侍，您怎么趴在地上呢！"

朝花一动不动躺在地板上，仿佛没有察觉有人来，眼中空荡荡好像失了魂。

青儿使了好大力气把她扶起来，送到床榻上躺好。

见朝花失魂落魄全然不见平日的淡然，青儿鼻子一酸："选侍，您想开点儿，奴婢去给您弄点吃的吧。"

青儿擦擦眼角往外走，与翠红正撞了个对面。

"翠红，你可不许胡说八道气选侍！"青儿警告一声，快步走出去。

翠红抿了抿嘴，抬脚走到床边，轻笑道："选侍这是怎么了？"

床榻上的人毫无动静。

翠红视线往朝花手腕上一落，不由笑了："哟，看来是选侍的宝贝镯子没了。要我说，以前殿下赏了选侍那么多好东西呢，一只金镯子没了有什么要紧的。呃，对了，听说那镯子是选侍的主子留下的——"

一直没有动静的朝花霍然睁开眼睛，直勾勾盯着翠红。

翠红一滞，更生恼火："怎么，选侍还以为自己是殿下心尖上的人呢？"

"是太子妃让你揭发我？"朝花哑着嗓子问。

翠红撇嘴："选侍还想找殿下告太子妃的状不成？"

"为什么？我自认一直待你不薄。"朝花一字字问。

她的眼底暗流涌动，声音不知何时恢复了平静。

"为什么？"翠红仿佛听到了天大的笑话，声音微扬，"我还想问问为什么同样出身卑贱，你就锦衣玉食，使奴唤婢，而我却是伺候你的奴婢？"

朝花似是听愣了，呆呆望着她。

翠红表情越发扭曲："选侍该不会觉得不打不骂，伺候你的人就该感恩戴德吧？"

"我没有这么想。"朝花似是回过神来，平静道。

翠红嗤地一笑："选侍还真是受得住打击啊，这么快又恢复云淡风轻的样子了。我恨的就是你的云淡风轻？！"

翠红一指自己："你知道我是怎么由一个做杂事的小宫女熬到近身伺候你的？我足足熬了五年！明明我生得不差，却什么都没有，而你什么都不用争就全都有了，凭什么呢？"

朝花看着面容扭曲的翠红，惨淡一笑："这世间哪有这么多凭什么？如果让我选择，我情愿做一辈子杂事，也不想有这些。"

她不用争就有了这些，不过是因为郡主罢了。

若能换郡主活着，她情愿一无所有，哪怕没了这条命也无所谓。

翠红一听却更恨了："呸！你少再惺惺作态。现在没了太子宠爱，我看你能清高到几时！"

朝花看着她，神色悲凉："我失了太子宠爱，于你又有什么好处呢？"

"好处？"翠红突然笑了，抬手抚了抚白皙到有些苍白的面颊，"这就不是选侍操心的事了。"

朝花淡漠的目光从她面上扫过，嘴角挂着讥笑："你觉得能成为第二个我？"

翠红得意地扬了扬下巴："为何不能？我比你年轻，比你身姿更轻盈，还比你懂得哄人开心，殿下为何就不能垂青我？"

一道声音传来："翠红，难怪你晚上连饭都不吃，硬生生把自己饿得走几步路都要大喘气，原来是打着这样的主意！"

"住口！"翠红猛然转身，指着青儿就骂，"你以为人人都像你胸无大志，混吃等死？"

青儿端着一碗面汤走过来，冷笑道："我是胸无大志混吃等死，那你呢？我看你是心比天高命比纸薄！你害选侍失了宠，以为还能见到殿下？做你的美梦吧。"

翠红走到青儿面前，扬手就是一耳光。

青儿措手不及，手一晃面汤洒了大半。

她顿时急了："翠红你是不是魔怔了？这是我好不容易给选侍弄来的！"

翠红一看那碗只剩一半的清汤寡水的面条，不由笑了："这就是你给选侍端来的饭？呵呵，受人白眼的滋味不好受吧？青儿，我劝你还是好好想想出路吧。"

青儿把汤碗往桌案上一放，撸了撸衣袖，咬牙道："你这个疯子，看我不撕烂你这张烂嘴！"

"青儿——"朝花喊了一声。

原本准备和翠红拼了的青儿忙扭头："选侍，您有什么吩咐？"

"莫要和她吵，把饭端给我吧。"

青儿一愣："选侍？"

朝花淡淡道："饭总是要吃的。"

青儿大喜，忙把汤碗端了过去。

翠红冷眼瞧着朝花垂眸吃饭，撇了撇嘴："有些人啊，平时摆出清高出尘的样子，其实才舍不得死呢。"

"出去。"朝花看向她。

翠红站着不动："少摆选侍的架子，你以为还是以前呢。"

折磨死了玉选侍，她在太子妃那里就是大功一件，到那时才不用在这个破地方苦熬。

她不能打不能杀，那就只能把言语化作尖刀来对付这个女人了。

"我若是现在死了呢？你以为殿下能放过你？"朝花冷冷问。

翠红一怔，有些慌。

昨日殿下大怒而去，狠狠给了她一脚。

殿下对她这个揭发玉选侍的人心存迁怒，玉选侍要是现在就死了，那她恐怕就危险了。

不行，玉选侍不能这么快就死。

朝花见翠红神色有了变化，抬高了声音："出去！"

"出去就出去，以为我乐意看你这张丧气脸呢。"翠红心里存了畏惧，不敢再拧着来，扭身出去了。

耳边总算得了清净，朝花闭了闭眼。

青儿劝道："选侍，您不要往心里去，翠红她是得了失心疯，等时间久了就知道是痴心妄想了。"

朝花睁开眼睛，摇了摇头："我等不了那么久。"

"选侍？"青儿一怔。

选侍这话是什么意思？

朝花起身，走到窗边。

窗子不大，却也能看到窗外的一抹绿意。

她扶着窗框，轻声道："昨日下了雨，今日晴了呢。"

青儿听着越发心慌。

选侍这个样子，莫非真的想寻短见？

"天晴了，风还是凉的，太子妃想必会去逛园子吧。"

东宫有一处花园，假山曲水，花木成荫，正是夏日消遣的好去处。

太子妃宫中寂寞，常在花园中流连。

"选侍，您怎么了——"

朝花收回视线，定定看着青儿，声音放得极低："青儿，你以前说要做牛做马报答我，还记得吗？"

青儿一愣，而后点头："奴婢记得，选侍救了奴婢姐姐的命。别说做牛做马，就是要奴婢这条命，奴婢都乐意给。"

青儿本来还有个姐姐同在宫中当宫女，都熬到快出宫的年纪了，却生了一场急病。

在宫中，普通宫女生病是没资格请太医的，只能听天由命。

是朝花帮着请了太医，使青儿的姐姐熬了过来。

青儿姐姐出宫后，青儿曾托负责出宫采买的小太监打听过，知道姐姐嫁了良人，如今已是儿女双全，还能照顾老迈病弱的双亲。

青儿从此对朝花死心塌地。

朝花端详青儿许久，伸出手替她理了理碎发，轻声道："傻丫头，我不要你的命，我要你帮我要一个人的命！"

青儿陡然睁大了眼睛:"选侍!"
不知过了多久,朝花把青儿推到梳妆镜前,轻声道:"青儿,你睁开眼吧。"
一直闭着眼睛的青儿睁开眼,望着镜中人吃惊得捂住嘴巴。
她明明就坐在梳妆镜前,可镜子里的人为何不是她!
朝花看着青儿的反应扬了扬唇角,拿起放在台面上的眉石,对着眉毛一笔一笔仔细画起来。
她是郡主的侍女朝花,擅梳妆描画。
只是外人不知,她最擅长的是易容。
一块眉石,一盒脂粉,描出千面人生。
青儿看着朝花在脸上描描抹抹,一点点改变了原本的轮廓,不由目瞪口呆。
选侍会施仙法吗?
她不由抬手,去摸自己的脸。
"不要碰。"对镜描画的朝花轻声警告。
青儿慌得放下手,再往镜中瞧。
她的脸,竟然完全变了模样。
"认识这张脸吧?"朝花打开一盒胭脂,以指腹沾了些许。
处在震撼中的青儿愣愣点头:"认识,是太子妃那边的连芳。"
朝花转过身来,抬手抚了抚青儿的发:"你现在就是连芳了。"
"我——"青儿有些慌乱。
她,她成了连芳了吗?
选侍究竟是怎么做到的?
当朝花最后放下眉石,青儿更震惊了,指着她结巴道:"选,选侍,您怎么成了,成了——"
选侍竟然成了翠红!
青儿从来没有一日像今日这样受到如此强烈的震撼,这真的太不可思议了。
"青儿,你来。"朝花把青儿拉到身边,在她耳边低声交代着。
此刻翠红正在院中那棵枝叶繁茂的老树下打盹,脚下撒了一地瓜子皮。
雨后初晴,风中带着些凉意,躲在树下乘凉可要比闷在低矮窄小的屋子里强多了。
迷迷糊糊中,似是有人拍她。
翠红皱了皱眉,拍她胳膊的力度又大了些。
"谁——"翠红含糊嘟囔一声,终于睁开了眼睛。
看清是谁,她一下子翻身而起,讶然道:"连芳姐姐?"
连芳以食指抵唇,轻轻嘘了一声,随后转身往门外走。
翠红一时还有些反应不过来。

153

走在前头的连芳停下来，冲她招招手。

翠红恍然，这才赶紧跟上。

院门是半开着的，显然是连芳悄悄进来找她。

在这个地方，当然不方便说话。莫非太子妃又有什么吩咐了？

翠红猜测着，跟在连芳身后不知不觉越走越偏。

"连芳姐姐，到底有什么事呀？这里没人能瞧见了，方便说了。"

连芳指了指前边，没有开口。

翠红心中一动。

连芳这么神神秘秘，莫非是太子妃亲自等着她，有大事要交代？

这般想着，翠红越过连芳往前走去。

这是个偏僻地方，落叶在地上积了一层又一层，因为昨日一场大雨，散发着一股潮气。

翠红左右张望着："连芳姐姐，没有别人呀。"

"这里。"走了一路一直没有开过口的连芳轻轻吐出两个字。

翠红顺着她手指的方向看过去，心中莫名涌起一分古怪。

一股大力传来。

翠红一个趔趄，栽进了那口废井中。

身体失去平衡的瞬间，她下意识用手去抓井沿，却抓了个空。

那一刻，她绝望地往上看，看到井口上方出现一张脸。

翠红猛然睁大了眼睛。

她知道刚才为什么觉得古怪了。

那不是连芳的声音！

重物落水的声音传来，扒着井沿的"连芳"往后退了退，浑身止不住颤抖。

她把翠红推下去了！

选侍说做完这件事就立刻回去，恢复本来的样子。

对，对，她得回去，赶快回去！

顶着连芳这张脸的正是青儿。

亲手把朝夕相处的同伴推入井中，带来的恐惧不言而喻。

她连退数步，转身就跑。

而就在青儿以连芳的模样把翠红从院中引走时，易容成翠红模样的朝花从屋中走了出来。

比起青儿的紧张，朝花就冷静多了。

她脚步轻盈往外走，路过翠红躲懒打盹之处时，在那处石凳坐了下来。

她在等。

等着青儿成功或失败的消息。

倘若成功了,她就直接走出这个门,去做她想做的事。

倘若青儿带着翠红返回来——朝花以指尖轻轻碰了碰脸颊。

有一个"翠红"在,当然就不需要另一个翠红了。

她与青儿合力让翠红在此处长眠,还是做得到的。

只是那样,总不如一开始的计划妥当。

匆匆的脚步声传来。

朝花听在耳中,心头一喜。

看来是青儿一个人回来了。

一个人回来,才会这样恐惧、慌张。

果然很快青儿闪身而入,看到坐在树下的"翠红",骇得猛然捂住了嘴巴。

"吓到了?"朝花轻笑。

青儿背靠着合拢的院门,身子缓缓往下滑。

朝花起身,从那一地瓜子皮上踩过,来到青儿面前。

看着与翠红至少有八九分相似的脸,青儿完全不敢抬头,哆哆嗦嗦道:"选侍,成,成功了……"

"我知道了,快些把脸上的妆卸了吧。"

青儿猛点头,往前走了两步,回过头看着站在院门口的朝花很是不安:"选侍,您——"

"放心,你都能成功了,我怎么会不成功。"

朝花推开院门,快步往花园走去。

她的眼底跳跃着一团火,紧绷的唇透露出破釜沉舟的决心。

要么夺回镯子,要么死。

死无所惧,那就没什么好怕的了。

花园里,太子妃正立在亭中赏一池莲花。

正是荷花盛开的时节,一池子粉红浅白,碧叶无穷。

风吹动荷花与莲叶,也把凉意送入亭中。

太子妃只觉神清气爽,笑道:"这样的时节,一场大雨过后才是最让人舒服的。"

怎么会不舒服呢,这么一场雨把太子留下撞破了玉选侍的恶行,也洗刷了太子对玉选侍的宠爱。

"太子妃,翠红求见。"守在亭外的连芳进来禀报。

太子妃往外看了看。

亭外不远处,翠红屈了屈膝,看起来神情焦急。

太子妃拧眉。

莫非玉选侍那边发生了什么事?

这般想着,她对连芳微微点头:"叫她进来。"

连芳走出去,语气带着点居高临下:"进去吧。"

这个蠢货,还真以为能飞上枝头变凤凰。

殊不知揭发了玉选侍的那一刻,就注定她活不久了。

太子妃怎么会允许这么一个人活在世上,现在不动手不过是怕引起太子怀疑罢了。

留着这个蠢货折磨玉选侍一些时日,再悄悄除了,一举两得。

朝花低着头,走到太子妃面前。

"说吧,什么事?"

朝花看了看左右,欲言又止。

太子妃示意连芳等人退出亭外,淡淡道:"现在可以说了吗?"

朝花点点头,手腕一翻露出藏在袖中的金簪,对着太子妃的脸狠狠刺去。

这一刺,没有半点犹豫,透着孤注一掷的果敢。

一声惨叫响起,吓傻了守在亭外的宫婢。

"你答应让我伺候太子的!"朝花凄厉喊了一声,转身便跑,路过水池时扬手把金簪丢了进去。

金簪入水,激起层层涟漪。

很快碧绿的池水就把金簪吞噬,恢复了平静。

这时,那些宫婢才如梦初醒,尖叫起来。

"来人啊,有人刺杀太子妃——"

"太子妃,您没事吧?"

亭中一时乱成一团。

与玉选侍偷服避子药被压了下来不同,太子妃在东宫花园被宫婢刺伤这样的大事就瞒不住了,很快传到了皇上耳里。

负责打理后宫的是萧贵妃。

萧贵妃带了人匆匆赶到东宫。

"太子妃如何了?"萧贵妃进了门,问站在外间的卫羌。

卫羌表情沉重:"左脸被刺伤,太医刚刚给上了药。因为太子妃情绪有些激动,给她服了安神的药睡下了。"

"怎么会发生这种事?"萧贵妃一想一名宫婢敢刺杀太子妃,就觉得不可思议。

卫羌脸色更难看了。

为何会发生这种事,他也想知道!

萧贵妃没来之前,他已经问过当时在场的宫婢,结果这些宫婢支支吾吾,只说刺伤太子妃的是玉选侍身边的婢女翠红。

"太子，刺伤太子妃的宫婢找到了吗？"

"还在找。"

"听说这名宫婢是太子一位选侍身边的？"

卫羌眼神冷了冷，微微点头。

很快一名内侍匆匆而入，禀报道："殿下，翠红不在玉选侍那里。"

听了这话，卫羌心中莫名一松，面色依然阴沉："继续搜查，定要把那个贱婢找出来！"

"本宫去看看太子妃。"

卫羌陪着萧贵妃走进里室。

太子妃静静躺在床榻上，左脸上的伤口已经被纱布遮住，只露出半边完好的脸。

那碗安神的药，是卫羌强令太医给太子妃灌下去的。

萧贵妃打量着陷入昏睡的太子妃，暗暗摇头。

伤在脸上，还是脸颊那般明显的位置，太子妃这是毁容了。

一个毁容的太子妃，哪怕没有过错，这个位子恐怕也坐不长久了。

这东宫，要变天了啊。

"皇上嘱咐我来协助太子查清此事，既然那个宫婢是伺候玉选侍的，就请玉选侍过来一趟吧。"

卫羌点了头，吩咐人去请朝花。

想着那个陪了他十二载的女子，卫羌心情十分复杂。

他不愿见到她出事，可暂时也不想见到她。

看到她，就会让他想到她吞下的那些药丸，打破他这些年的自欺欺人。

洛儿是恨着他的。

怎么能不恨他呢，他毁了她的家……

卫羌一颗心揪痛起来。

他想，即便有朝一日在地下与洛儿重逢，她也不会原谅他了。

这么多年，住在这世人艳羡的东宫里，其实并没有想象中那般快活。

他后悔了。

那一年，他不该禁不住诱惑，迈出那一步。

他毁了心上人，也毁了他爱一个人的能力。

从此，他只有太子这个身份，也必须守住这个身份。

不然这一切就成了一场笑话。

偏僻窄小的院子里，一地瓜子壳还没扫去。

前来搜查翠红的一队人刚刚走，青儿骇得手脚发软，脸色惨白。

一只手轻轻拍了拍她。

"选侍——"

朝花笑笑："傻丫头,你怕什么呢?"

"我,我——"哪怕没有第三人在,青儿也不敢提起翠红半个字。

朝花却毫不在乎。

她忍辱十二载,为的就是郡主留下的镯子。

而今失了镯子,没有什么事做不出来。

或者拿回镯子,或者死。

"早点找到翠红是好事呀,别怕。"朝花坐在翠红曾经坐过的石凳上,脚尖轻轻碾了碾地上的瓜子壳。

青儿看着那些瓜子壳心中发慌："主子,奴婢打扫一下吧。"

朝花微微点头。

这时外面传来叫门声。

青儿拿着扫帚,惊疑不定。

"去开门吧。"

青儿上前开了门。

一名内侍站在外头,板着脸道："殿下命玉选侍过去。"

青儿白着脸扭头。

朝花起身走了过来,神色淡淡："走吧。"

一路沉默无言。

"殿下,贵妃娘娘,玉选侍到了。"

卫羌看了过去,就见那个熟悉的窈窕身影走了进来。

"给殿下请安,给贵妃娘娘请安。"

"起来吧。"卫羌淡淡道。

朝花站直身子,规规矩矩垂着头。

萧贵妃打量朝花片刻,开口问道："伺候你的宫婢翠红今日刺伤了太子妃,玉选侍知道原因吗?"

"婢妾不知。"朝花垂着眸,语气淡淡,"昨晚翠红向殿下揭发婢妾偷服药物,想来是没有真正把婢妾当主子看待过的,婢妾又怎么知道她为何刺伤太子妃呢。"

卫羌脸色顿变："谁让你多嘴!"

朝花抿了抿唇,默默跪下。

萧贵妃诧异看向卫羌："太子,这又是怎么回事?"

卫羌沉着脸道："那贱婢卖主求荣,本该杖毙。我以为太子妃今日会处理,没想到却发生了这种事。"

158

萧贵妃听卫羌这么说,便知道太子是护着这位玉选侍了。

她识趣,没有追问。

这时青儿突然在朝花身边跪了下来,磕了一个头道:"殿下,婢子知道翠红为何会这么做!"

此话一出,无数双眼睛立刻落在青儿身上。

"说!"卫羌冷冷道。

青儿埋着头,颤声道:"翠红今日对选侍说……说太子妃答应她,以后会让她伺候殿下……"

卫羌铁青着脸看向管事嬷嬷。

桂嬷嬷扑通跪下:"殿下,这贱婢信口雌黄,污蔑太子妃!"

青儿暗暗攥了攥拳,鼓起勇气反驳:"奴婢才没有信口雌黄,翠红确实是这么对选侍说的,当时奴婢就在一旁呢。翠红若是与太子妃毫无关系,为何会刺伤太子妃?"

桂嬷嬷被问得一滞。

卫羌冷着脸发话:"来人,把太子妃遇刺时在场的宫人拿下,给我仔细审问当时发生了什么。再有隐瞒者,直接杖毙!"

很快一名宫婢就交代了:"翠红刺伤太子妃时,说,说太子妃答应让她伺候太子。"

有了青儿和宫婢交代的话,翠红刺杀太子妃的动机就再清楚不过了。

太子妃指使翠红监视玉选侍,许诺翠红成为太子侍妾。结果翠红揭发了玉选侍,却换了更糟糕的地方继续伺候玉选侍。

翠红对太子妃不兑现承诺心存不满,怨恨之下有了刺杀太子妃的惊人之举。

卫羌一张脸阴得能滴墨,越想对太子妃越恼火,目光扫到默默跪着的朝花,因避子药产生的恼怒不由散了两分。

玉娘是洛儿留下来的人,就算做的事戳了他的心,他若一点不护着,恐怕要被人啃得连骨头渣都不剩。

"你先起来吧。"

朝花站起来,垂着眼退至一旁。

这时一名内侍匆匆走进来。

"殿下,翠红找到了!"

"人在哪儿?"

"在……一口废井里……"

压抑的抽气声响起。

卫羌沉默片刻,问:"怎么发现的?人捞上来了吗?"

内侍回道:"奴婢等人分了数队查找,经过一偏僻处的废井时发现地上掉了一条帕子,于是往井里看了看,隐约瞧见有物漂浮……人捞上来了,经过辨认正是翠红。"

萧贵妃开了口："这样看来，翠红一时冲动伤了太子妃，然后畏罪投了井。事情既然已经清楚了，本宫就先回去了。"

"贵妃娘娘——"卫羌喊了一声，对萧贵妃说走就走颇有些无奈。

东宫闹出这样的事，父皇那边恐怕要不满了。

萧贵妃微微一笑："本宫只把查到的真相回禀皇上，至于太子妃的事，殿下还是亲自去对皇上说吧。"

"贵妃娘娘慢走。"卫羌目送萧贵妃离去，面色阴沉。

太子妃是父皇选的，无论犯了什么错，他都没有处置的权利，一切都要看父皇的意思。

卫羌按了按眉心，抬脚往外走了两步停下，不悦地盯着朝花："你还留在这里干什么？"

朝花颤了颤睫毛，一步步走向卫羌。

等她走近了，卫羌冷冷道："走吧。"

"是。"朝花应了一声，脚下一个趔趄往前栽去。

"选侍，您小心！"跟在朝花身后的青儿手疾眼快把她扶住。

卫羌下意识伸出的手悬在半空，颇有些尴尬。

很快尴尬就被疑惑取代。

"你的镯子呢？"卫羌视线落在朝花被青儿扶住的那只胳膊上。

手腕处空荡荡。

朝花垂眸不语。

"说啊，你的镯子呢？"

朝花依然没有吭声。

青儿跪了下来："殿下，选侍的镯子今早被太子妃拿走了！"

卫羌一听皱紧眉头，厉声道："早上到底发生了什么，给我仔细道来！"

青儿大着胆子说出来龙去脉。

卫羌脸色阴晴不定，听罢，问桂嬷嬷："太子妃拿走的那只镯子呢？"

桂嬷嬷还在地上跪着，战战兢兢道："太子妃命奴婢收起来了。"

实际上，太子妃是随手丢给她，让她收起来别碍眼。

太子妃在意的本来就不是一只金镯子。

"把镯子还给玉选侍。"卫羌冷冷道。

到了这个时候桂嬷嬷哪敢拧着来，忙去取镯子。

"选侍，您的镯子。"不多时，桂嬷嬷捧着镯子递到朝花面前。

朝花伸手接过，把镯子重新套在了手腕上。

手腕纤细白皙，镯子璀璨华贵，相得益彰。

"多谢殿下。"她对着卫羌微微屈膝。

卫羌冷淡嗯了一声，抬脚往外走去。

朝花轻轻抚了抚镯子，默默跟上。

卫羌直接去了乾清宫。

"皇上，太子来了。"

一名威严男子放下书卷："请太子进来。"

不多时卫羌走进来，跪下道："儿子向父皇请罪。"

永安帝盯了卫羌片刻，淡淡道："起来说话。"

卫羌起身。

"羌儿为何请罪？"

卫羌满面羞惭，讲起太子妃的事："东宫出了这样的事，都是儿子没有管教好。为此惊动了父皇，儿子实在惭愧……"

永安帝对太子妃的作为没有评议，只是问道："太子妃脸上伤势如何？"

卫羌顿了一下，道："太医说伤口太深，肌肤受损，恐怕会落下疤痕。"

永安帝沉默半晌，淡淡道："朕知道了，你先退下吧。"

卫羌心头一跳，拿不准永安帝的意思。

太子妃算计侍妾招致刺杀之祸，往大了说是德行有失，没有气量。

往小了说，倒也不算什么。

父皇问起太子妃脸上伤势，莫非是要等着看太子妃毁容与否，再决定其去留？

卫羌想着这些，心情复杂地离开了乾清宫。

东宫的事不怎么光彩，并没有传到宫外去。

骆笙这日正准备去酒肆，骆大都督打发人传来消息：骆辰到了。

骆大都督派义子平栗去金沙接骆辰的事，曾向骆笙提起过。

算一算时间，这个时候到了本在预料之内。

骆笙没了去酒肆的打算前往前院，半路上遇到了匆匆往闲云苑赶的盛三郎。

一见骆笙，盛三郎便喊道："表妹，我正要去找你！"

见他如此急切，骆笙有些诧异："表哥有事？"

"表弟回来了！"

骆笙失笑："父亲派人来知会我了，我正要过去。表哥难道不过去么？"

"过去啊。"

"那表哥急什么？"

盛三郎垮着脸叹气："表妹你想，表弟千里迢迢从金沙来京城，祖母总不能让他一个人来吧？"

骆笙点头。

就算有锦麟卫护送，盛府作为外祖家，总要派一个亲近的人跟着才算尽了礼数。

盛三郎脸色更苦了："下个月就是秋闱了，大哥、二哥都要留在金陵府应考，四弟年纪又小，祖母肯定不会派他们来，那么护送表弟进京的不是我大伯就是我父亲了。"

"所以呢？"

"所以？"盛三郎见表妹居然还不明白，重重叹口气，"我来京城这么久了，无论是大伯还是父亲来了，肯定会揪着我回去啊！"

回去？打死也不会回去的。

表妹的酒肆一日不关门，他一日都不会回去。

就让他在京城自力更生好了。

"表妹——"盛三郎带着几分讨好喊了一声。

骆笙看着他。

"要是真叫我回去，你帮着表哥求求情呗。"

骆笙往前走着，淡淡道："表哥其实也该回去了。"

她不知道以后会走到哪一步，在她身边没有那么好。

她甚至想过把小七远远送走，最后还是改了主意。

她是镇南王府的清阳郡主，小七是镇南王府的小王爷。他们谁都没有退路，不过同生共死罢了。

而盛三郎却像是受到了天大的打击，震惊道："表妹，咱们的兄妹情就这么脆弱吗？"

居然经不住一点考验的？

他当店小二可是尽心尽力，以前读书都没这么上心过。

"看情况再说吧。"骆笙敷衍一句，加快了脚步。

前边厅堂里，骆大都督正仔细打量着骆辰。

"辰儿长大了。"骆大都督感慨一声，对送骆辰进京的盛二舅道谢，"还要多谢舅弟你们多年来的照顾。"

盛二舅忙道："姐夫哪里话，辰儿是我亲外甥，更是母亲的宝贝外孙。这次辰儿进京，母亲眼睛都哭肿了。"

骆辰听了这话，嘴角微微一抽。

外祖母舍不得他不假，可把眼睛哭肿了，还有红烧肉的一半功劳吧。

门口传来动静。

挑帘的下人喊道："三位姑娘来了。"

骆辰本不想看的，眼神却不自觉瞄了过去。

一名紫衣少女打头走了进来。

骆辰眼见是个生面孔，直接略过看向第二人。

跟在紫衣少女后面的是一位绿衣少女，还是一张生面孔。

骆辰绷紧唇角，看向走在最后的蓝裙少女。

都不是骆笙。

骆辰皱了眉。

姐妹三人齐向骆大都督见礼。

骆大都督笑着对盛二舅道："这是我三个女儿，长女骆樱，次女骆晴，四女骆玥。你们还不见过二舅。"

三姐妹又向盛二舅行礼。

骆大都督招呼骆辰："辰儿，这是你三个姐姐，还有印象吗？"

"没有。"骆辰言简意赅。

骆大都督尴尬了一瞬，笑道："以后你们姐弟多相处，就好了。"

骆辰没吭声。

她们三人一起过来的，进屋后站得颇近，可见平日关系亲密。

呵，定然是抱成团排挤骆笙。

骆笙虽有一百个不好，可到底是他一母同胞的姐姐，这世上除了父亲再没有比她更亲近的人。

排挤骆笙，他傻了才会笑脸相迎。

骆笙怎么还没来？

骆辰扫向门口。

一名穿深棕撒花褙子的妇人走了进来。

接着又是一名妇人走了进来。

然后还是一名妇人走了进来……

骆辰看向骆大都督。

骆大都督咳嗽一声，介绍道："这是你姨娘们。辰儿你离家多年，叫她们一块过来让你认认，省得以后在府中遇上不认得。"

盛二舅猛灌茶水。

姐夫真是不拘小节啊，他还在呢，就把一串姨娘给叫过来了。

"还不见过公子。"

听骆大都督这么一说，众姨娘忙向骆辰问好。

"老爷日盼夜盼，总算把公子盼回来了。"

"啧啧，公子可真是长大了，有老爷年轻时的英姿了。"

"什么呀，明明比老爷年轻时还俊朗呢。"

……

骆辰黑着脸看着骆大都督。

明明说把你姐姐叫来，结果先是来了三个庶姐，又来了一群姨娘。

骆笙呢？

莫不是又犯了错，被父亲送走了？

这般一想，骆辰脸色更冷了。

骆大都督喝道："都吵什么，还有没有规矩了！"

大意了，一心想着让辰儿认一下人，忘了姨娘有点多。

一名姨娘笑呵呵道："公子回来了，我们也是替老爷高兴嘛。"

"就是呀。"两名瞧着年轻些的姨娘甩着手绢附和。

别人都怕威风凛凛的锦麟卫指挥使，其实骆大都督在家还是很和善的。也因此，姨娘们并不会因为骆大都督几句话就胆战心惊。

这时门口下人喊了一声："姑娘来了。"

众姨娘一听姑娘到了立刻收了说笑，个个眼观鼻鼻观心，仿佛成了木头人。

姑娘就不一样了啊，这里面除了大姐，每个人都被姑娘罚过跪算盘！

骆辰看着姨娘们的反应，一时错愕。

她们这反应，倒像是来了洪水猛兽。

骆辰看向门口，就见一名素衣少女面色平静走了进来。

少年忽然有些不高兴。

他回来了，她看着是不是太冷淡了点儿？

再然后，骆辰看到了亦步亦趋跟在骆笙身后的盛三郎。

骆辰眯了眯眼。

三表哥变了。

在金沙时，几个表哥见了骆笙都躲得远远的，现在三表哥这样子是没少吃骆笙做的吃食吧？

这般一想，少年更不高兴了。

"笙儿来了。"骆大都督一见骆笙，眉眼就带出喜悦来。

没办法，这些日子天天吃有间酒肆的菜，实在太舒坦了。

去酒肆肯定是不行的，外带也不行，但这阻止不了骆大都督吃饭。

他每日打发三两个手下伪装成食客，点好菜后趁店小二不备就把一些菜悄悄打包，揣怀里给他带回来。

吃饱是不可能的，解馋勉强够了。

真希望笙儿的酒肆长长久久开下去。

骆大都督看向骆笙的眼神越发和蔼。

骆笙向骆大都督见了礼，看向骆辰。

骆辰抿了抿唇，到嘴边的"姐姐"二字有些喊不出口。

在金沙时，他们没少吵架，只有最后那几日勉强缓和了一点关系。他千里迢迢回到京城，一见面就巴巴打招呼，岂不是显得太没出息了。

骆笙抬手，熟练地摸了摸骆辰的头："看起来结实多了。"

骆辰僵住。

她，她又摸他的头！

谁结实多了，这是说他这些日子吃得多吗？他明明没胃口的。

还没等少年反抗，骆笙已经收回手，对着盛二舅盈盈施礼："舅舅一路送弟弟进京，辛苦了。"

盛二舅压下心中诧异，笑呵呵道："不辛苦，舅舅早想来京城看你们了。"

外甥女看着挺通情达理的，和在金沙时一点不一样啊。

这时盛三郎才讪笑着向盛二舅问好："父亲。"

一脸和气的盛二舅笑容一收："混账，你还记得我是你父亲？"

盛三郎忙挤眉："父亲，这么多人在呢。"

盛二舅面上浮现一丝尴尬。

骆大都督咳嗽道："认识了公子，你们都出去吧。"

"是。"大姨娘带头屈了屈膝，领着一串姨娘走了出去。

厅堂里一下子空出了大半。

盛二舅觉得呼吸畅快许多，板着脸训斥盛三郎："出来多久了？你母亲因为惦记你觉都睡不好，你可倒好，成了飞出笼的鸟一去不返了！"

"父亲，您听我解释。"盛三郎有些脸红。

当着表妹的面挨训不要紧，反正和表妹这么熟了，可还有三个不熟的表妹在这里呢。

他还是要面子的。

"你解释什么？"盛二舅没好气问。

臭小子一定是被京城繁华迷住眼了，也不想想他这当爹的这些日子过得容易嘛，每天都要被他娘唠叨至少一刻钟。

唠叨最多的，就是怕儿子落入表姑娘的魔爪。

"儿子是找了个差事做，这才耽误了回家的时间。"

"差事？"盛二舅以询问的眼神看向骆大都督。

骆大都督老脸一红，没吭声。

让他说什么呢？

堂堂一品大都督，侄子来了京城见世面，去女儿开的酒肆当了店小二？

开不了口啊。

盛三郎一见姑父不帮着打掩护，只得拍了拍胸脯："儿子想靠自己闯出一番名头来，所以没有劳烦姑父。"

"那你究竟找了个什么差事？"

盛三郎脑子飞快转动，想着合适的瞎话。

骆笙淡淡道："表哥在我开的酒肆当店小二。"

盛三郎："……"

骆大都督："……"

盛二舅："……"

唯有骆辰反应最快，绷着脸问道："什么酒肆？"

盛二舅一口气这才缓过来，同样看着骆笙。

什么酒肆啊，让他儿子当店小二？

盛家好歹是书香门第啊——想着这个事实，盛二舅更糟心了。

"就是卖烧酒，卖下酒菜的酒肆。"骆笙解释道。

骆大都督眼见盛二舅快要受不住打击了，忙道："咳咳，舅弟有所不知，笙儿开的酒肆和寻常酒肆不一样，是专门招待达官显贵的，就连开阳王的亲卫都在她那里当店小二呢。"

盛二舅一听，面露惊诧："开阳王的亲卫竟然也在笙儿的酒肆当店小二？"

盛家虽远居金沙，可名动天下的开阳王他还是知道的。

要是开阳王的亲卫也在外甥女的酒肆当店小二，儿子这个差事似乎也没那么糟糕……

"父亲，您若是不信，儿子现在就可以把开阳王的亲卫叫来。"

"现在？"

盛三郎嘿嘿一笑："是啊，他白天就在大都督府上帮表妹养鹅。"

盛二舅又陷入了沉默。

京城的人，行事都是这么莫测吗？

他现在开始担心两个侄子了。

大郎和二郎要是桂榜高中，明年开春甚至今冬就要提前进京备考了。

这时骆笙开口道："正好酒肆快到开门的时间了，舅舅若是不太累，不如一起去酒肆吃吧。"

"不累！"骆大都督脱口而出。

盛二舅震惊地看着骆大都督。

为什么他听出了迫不及待的意思来？

"舅舅？"

盛二舅回神，勉强笑笑："舅舅不累，正好去笙儿开的酒肆尝尝。"

大都督都替他说了,他还能拒绝吗?

一行人赶到酒肆,进入雅间落了座,盛二舅忍不住问骆大都督:"我看酒肆外头没有什么告示,如何做到只招待达官显贵的?"

骆大都督沉默一瞬,言简意赅吐出一个字:"贵。"

盛二舅:"……"

骆笙笑道:"今日恰好逢十,店里有扒锅肘子卖,还有一道新菜瓜姜鳜鱼丝,舅舅正好尝尝。"

一直端着笑脸的骆大都督心里开始发酸。

新菜?他也没尝过呢。

骆辰就更不快了。

什么新菜旧菜,他统统没尝过。

很快酒菜就摆满了桌子。

骆大都督热情招呼盛二舅:"舅弟,快吃菜!"

盛二舅微微矜持了一下。

这些菜看着虽好,闻着虽香,可也不能太急切吧。

到了他这个年纪,又是个大男人,口腹之欲还是能克制的。

"姐夫,我先敬你一杯。"盛二舅举起了酒杯。

就见骆大都督与盛三郎动作快若闪电,筷子齐齐伸向那份扒锅肘子。

肘子片切得大而薄,皮皱汁浓,看着就好吃。

骆大都督把一片肘子咽下,这才举杯相碰,含糊道:"舅弟一路辛苦了。"

盛二舅目光从骆大都督泛着油光的嘴上扫过,再看向那盘肘子肉,就发现盘子已经空了一半。

盛三郎正埋头猛吃。

认知中斯文柔弱的外甥也在猛吃,还是冷着脸猛吃。

盛二舅手里那双筷子不受控制就去夹了一片肘子。

肘子肉一入口,盛二舅眼睛就睁圆了。

"父亲,您尝尝酱鸭舌,也特别好吃。"

盛二舅嘴里嚼着肘子肉,以怀疑的眼神看着儿子。

他从来没吃过这么好吃的肘子,咸鲜滑润,肥而不腻,酱鸭舌怎么可能比肘子还好吃?

小崽子一定是为了让他少吃几片肘子吧?

盛三郎对父亲大人眼神的意思再清楚不过,忙解释道:"表妹酒肆的酱鸭舌和别处的不一样,是用话梅和黑蒜腌制的,味道很是独特——"

盛二舅吃了一根酱鸭舌。

"父亲，卤牛肉您也尝尝。卤牛肉是最常见的下酒菜，反而最能体验厨子的本事。"

盛二舅还能说什么，当然是吃！

一道菜接一道菜，每道菜都吃得盛二舅眼睛发亮。

这时骆笙所说的新菜瓜姜鳜鱼丝才姗姗端上来。

碧绿的荷叶盘中是薄厚均匀、肉质洁白的鱼丝，只见鱼肉，不见鱼皮。酱瓜与姜丝更是细如银丝，给这洁白添了令人垂涎的色彩。

青翠的是酱瓜丝，嫩黄的是姜丝。

骆笙介绍道："这道菜很讲究刀工，要做到皮不带肉，肉不带皮，不碎、不破、不散才成。舅舅和父亲尝尝看。"

骆辰捏着筷子，用力嚼着一块卤牛肉。

一筷子雪白的鱼丝放入碗中。

骆辰抬眸看去。

"弟弟也尝尝。"

骆辰嗯了一声，垂眸吃鱼丝。

"好吃吗？"

"好吃！"盛三郎露出大大的笑脸，猛点头。

骆辰嫌弃地看一眼，矜持吐出两个字："尚可。"

也没有好吃到让他撒娇讨好的程度。

谁像三表哥这么没出息。

正矜持的工夫，一盘鳜鱼丝已经见了底。

少年的脸彻底黑下来，飞快去抢了最后一筷子。

一顿饭吃完，见盛二舅心情愉悦，盛三郎趁机道："父亲，儿子近来协助表妹打理酒肆很有些心得，想着以后在咱们金沙开一家分店呢。您看……就让儿子在京城留一阵子吧。"

立在一旁伺候的红豆悄悄翻了个白眼。

协助她们姑娘打理酒肆？

表公子的脸皮真是比肘子皮还厚。

盛二舅摸着滚圆的肚子瘫坐着，一下子理解了儿子赖在京城死活不回去的原因。

天天能吃到这样的饭菜，换了他他也不走啊！

见盛二舅不语，盛三郎再接再厉："再说了，大哥、二哥用不了多久也要进京了，实在不行儿子等着与两个哥哥一起回去呗。您说行不？"

盛二舅想点头，又有些不甘心。

臭小子倒是可以晚点走，他不能留下啊。

儿子来了不走了，老子来了也不走了，让远在金沙的老太太他们怎么想？

他都到了儿子能娶媳妇的年纪了，可不能被一口吃的给留下了。

可是确实好吃啊！

盛二舅觉得用理智已经很难说服自己回家了。

罢了，还是先忍痛回去，到时候跟老太太他们说说，大郎、二郎要是金榜题名留在京中，总要在京城置办一些产业，他就留在京城负责打理这些吧。

虽说故土难离，他这不是为了孩子嘛。

盛二舅看着目光殷切的儿子，没好气地点了头。

"表哥每日都吃这些？"骆辰淡淡问。

"是啊，我是酒肆的人，当然会管饭的。"

骆辰定定望着骆笙，提出要求："姐姐，我也想在酒肆当店小二。"

"辰儿啊，为父已经给你找好了先生，你这个年纪还是要多读些书啊。"骆大都督忙道。

女儿在这吃，儿子在这吃，就连侄子都在这吃，有考虑过他的心情吗？

骆辰淡淡一笑："也不会耽误读书。不是说姐姐的酒肆只在晚上开门么，我白日好好读书，晚上过来帮忙就是了。"

骆大都督还能说什么，只能如盛二舅那样不情不愿答应下来。

奈何他是一品大都督兼太子太保，还是笙儿的父亲，来当店小二实在不合适。

人生不如意十之八九。

骆大都督叹口气，拈起一根酱鸭舌丢入口中。

169

第17章
秋狝

楼下大堂里，已是三三两两坐满了人。

临窗那桌那道绯色身影对酒肆的常客来说再熟悉不过，不是开阳王又是谁。

"主子，您是不是在找骆姑娘啊？"石焱侍立在一旁，眼瞧着卫晗时而往柜台边扫上一眼，小声问道。

卫晗冷冷扫了石焱一眼。

石焱本以为除了一声滚听不到别的话，没想到卫晗淡淡道："不然看掌柜吗？"

这一声反问那个坦然，那个理直气壮，竟令小侍卫一时哑口无言。

话已说出口，卫晗干脆直接问："骆姑娘呢？"

她还没有长时间不在大堂过。

那一次离开的时间稍微长了些，是去杀人。

这一次，又是为了什么？

卫晗说不清是好奇还是不放心，既然想知道，那便问了出来。

"骆姑娘在雅室吃饭呢，今日骆公子回来了，所以一家人来酒肆吃酒。"石焱说出这话，心情十分复杂。

有时候他觉得主子开窍了，可实际上没开窍。

有时候他觉得主子太迟钝，可主子说话很大胆嘛。

"原来是弟弟回来了。"卫晗举杯，把酒饮尽。

一顿饭吃得尽兴，骆大都督一行人从雅间出来，走下楼梯。

大堂里只剩下两三桌酒客，其中一道绯色身影最为显眼。

骆大都督眼角余光往那个方向一扫，升起一个念头：开阳王天天来吃，怎么不长肉呢？

再看盛三郎，一张脸虽然还俊朗，可比刚进京时圆润多了。

还是圆润点好。

不像开阳王，吃白食不说，还白吃了。

骆大都督腹诽着，走过去打招呼："王爷吃酒呢。"

卫晗放下酒杯："吃好了。"

他说罢起身，对骆笙微微点头，再与骆大都督打声招呼，往酒肆门口走去。

"那位就是开阳王吗？"盛二舅问。

骆大都督一边往外走，一边道："正是。"

"竟然如此年轻。"盛二舅感慨着，"笙儿的酒肆招待的果然都是达官显贵。"

骆大都督与有荣焉："笙儿从小就有想法。"

这么一家酒肆，因是小姑娘开的，有百官勋贵聚集也不会招人非议。

他若是想要交好哪位大人，通过酒肆还是很方便的。

当然，他一时用不着这么干。

可也受益不少，原本对他不冷不热的林祭酒等人，如今见了他也有几分笑脸了。

他琢磨着这些老头子是想让他给打折吧？

打折？这可万万不行，他想花钱还吃不着呢，怎么能给那些人打折？

这时就听盛二舅小声道："不知是不是看错了，开阳王好像还没给钱就走了。"

他其实也想忍住不问的，可家里在外头的产业都是他打理，对账之类要弄得清清楚楚，最见不得这个。

骆大都督咳嗽一声，没说话。

他早就想问问了，考虑到笙儿曾经扯过开阳王腰带，强忍着没问。

万一是笙儿想拿美食把开阳王哄到手呢？

他不能坏了女儿的好事。

骆大都督不吭声，骆笙却开口了："开阳王预付了一万两银子，每次吃酒直接从预付的钱里面扣除。"

盛二舅一个趔趄险些栽倒："多，多少？"

"一万两银子。"

盛二舅眼神发直："这得吃好几年吧。"

盛三郎插话道："要是每日都来吃，一顿按三百两银子算的话，勉强吃一个月吧。"

盛二舅身子晃了晃，不敢说话了。

他对京城的生活可能存在着误解，还是研究清楚再决定来不来京城置办产业吧。

骆大都督则语气莫名说了一句:"原来是这样。"

闹半天是他误会了。

不过开阳王一个月吃掉一万两银子,这也不行啊,太不会过日子了。

但不得不说,开阳王家底挺厚的。

骆大都督也挺矛盾的,一会儿觉得开阳王不错,一会儿又觉得哪哪都是缺点。

到最后,一拍脑袋。

开阳王是好是坏关他屁事,他操心这么多干什么,明日还是带着舅弟一起去酒肆光明正大吃酒才是正经。

翌日一切如常。

骆笙把吃得心满意足的骆大都督与盛二舅送到酒肆门口:"父亲与舅舅先走吧,我留下打理一下酒肆。"

骆大都督点点头,看向骆辰:"辰儿呢?"

"我与姐姐一起回。"

盛三郎眨眨眼。

表弟在酒肆连吃两日,"姐姐"叫得越发顺口了。

其实要是能吃一辈子表妹做的饭,让他叫姐姐也是可以的。

盛三郎想到终有一日要回金沙,满心怅然。

骆辰回到大堂,想了想,拿起一条白汗巾搭在肩头往后厨走。

盛三郎不由得乐了:"表弟,你这样看着也不像店小二。"

骆辰淡淡反问:"哪个像?"

盛三郎摸摸鼻子,没话说了。

骆辰进了后院,就见一名黑脸少年挎着书袋从后门走进来。

"姑姑,我回来了。"

后厨中走出一个面容丑陋的妇人,手中端着一盘包子,柔声道:"小七饿了吧,净过手先吃包子垫垫肚子,等打烊再吃饭。"

黑脸少年匆匆擦了手,抓起一个包子就往嘴里塞。

包子皮薄馅大,汁水鲜香,烫得少年直吸气。

骆笙走出来,见小七吃得狼吞虎咽,嗔道:"慢点吃,没人跟你抢。"

小七把包子咽下,笑出一口白牙:"太好吃了。"

秀月拿帕子给小七擦了擦嘴角,笑道:"肯定好吃,那次姑娘听说你喜欢吃虾仁,今日特意选了新鲜的大虾做包子,包子馅是姑娘亲手调的呢。"

小七不好意思地抓了抓头:"东家对我太好了。"

东家不但供他读书习武,每日还给他这么多好吃的,真是太幸福了。

至于把他养大一些会不会送去"养鹅",认真想想,其实也能接受……

骆笙看着小七，目光温柔："我与秀姑投缘，你是秀姑的侄子，那与我弟弟也差不多。"

夜色里，微风起。

少年眉如墨画，眸若点漆，一张白玉般的脸渐渐冷凝。

与弟弟差不多？

骆辰走了过去，微仰着头问骆笙："他是谁？"

他不在京城的这些年，骆笙还认了个弟弟？

"是秀姑的侄子。"见骆辰目光扫向秀姑，骆笙再道，"秀姑是酒肆的大厨，你这两日吃到的酒菜都是秀姑做的。"

少年根本没被敷衍过去，淡淡道："包子馅是你调的。"

"我偶尔会在厨房打下手。"骆笙从盘中拿起一个白胖胖的包子递过去，"要不要尝尝？"

骆辰移开眼，冷冷道："不饿。"

骆笙转而递给小七："小七再吃一个吗？"

小七忙点头，伸手去接。

一只手横伸过来，把包子拿了过去。

小七错愕地看向骆辰。

骆辰平静地看着他。

这黑小子，要是敢仗着骆笙的另眼相待耍横，他就不客气了。

小七露出个大大的笑脸："包子好吃，你趁热吃吧。"

盘子里还有好几个包子呢，东家的弟弟一副要杀了他的表情干什么？

骆辰睨他一眼，捏着包子走了。

"捏漏了会烫咧。"小七在后边喊了一声。

骆辰加快了脚步。

等小七吃完包子去做杂事，秀月不安道："姑娘，骆公子与小七好像合不来。"

骆笙笑笑："无妨，骆辰嘴硬心软，不会欺负小七的。"

弟弟多了，也有些烦恼啊。

东宫的阴云一直没有散。

永安帝那边迟迟没有反应，令人猜不透帝王心思。

到了换药的时候，太子妃冲到梳妆镜前看到左脸颊上那道狰狞伤口，发狂似的扫落了梳妆台上琳琅满目的胭脂水粉，崩溃痛哭。

桂嬷嬷早把其他人赶了出去，抱住太子妃轻声安抚："太子妃，您要振作起来啊，就算为了小主子也要振作起来啊。"

太子妃怔怔落泪："振作？我的脸毁了，你告诉我该如何振作？没有毁了容的女子能当太子妃乃至皇后的——"

桂嬷嬷忙掩住了太子妃的口："太子妃，慎言啊！"

换作平时，太子妃根本不会说出这般要命的话，现在是真的失去理智了。

这也难怪，容貌对女子来说多么重要，更何况处在太子妃这个位置。

"慎言？"太子妃惨笑，"嬷嬷，我如今这个模样，慎言或是不慎言还有什么要紧呢？"

桂嬷嬷宽慰道："太子妃，皇上那边并没有说什么，萧贵妃不爱管这些事，太子对您即便有所不满也不能如何，您可不要自暴自弃了。"

太子妃失魂落魄摇摇头："太子现在不能如何，是因为我是父皇钦定的太子妃，可以后呢？"

等太子坐上龙椅那一日，成了大周最尊贵的男人，还能容忍一个毁了容的女子当他的皇后？

即便太子容忍，朝臣也会抗议的。

一国之母容颜受损，如何主持重大礼仪，如何接受诸邦朝贺？

那不成了天下笑柄？

翠红那个该死的贱婢，这样做比要她的命还狠！

这是让她眼睁睁看着失去一切。

"太子妃，您现在最大的困境就是容貌受损，倘若能把疤痕消除，麻烦也就迎刃而解了。"

太子妃抬起脸，直勾勾盯着桂嬷嬷："太医说金簪刺得太深，刮掉了血肉，疤痕去不掉了。"

"不是还有神医吗？"

太子妃一怔，喃喃道："神医？"

"是啊，太子妃，都说神医能活死人肉白骨，想来消除一道疤痕不在话下。"

太子妃眼神渐渐亮起来，用力握住桂嬷嬷的手："你说得对，我要请神医！"

神医难请，京城上下也是知道的。

太子妃对卫羌不做指望，想办法给娘家递了消息。

太子妃的娘家是北河望族，父亲现任鸿胪寺卿。

乔夫人接到消息哭肿了眼，转日一早就去了京郊请神医，几乎没有悬念地被拒。

第二日再去，再次被拒。

如此一连三日，乔夫人受不住了，拉着乔寺卿哭诉："老爷，您可要想个办法啊，不然元娘可怎么办啊。"

这三日乔寺卿也没闲着，千方百计打探神医的喜好。

打听来打听去，就打听到骆笙身上。

"夫人，我打探过来，放眼京城只有一个人两次请动了神医。"

"是谁？"

"骆大都督的掌上明珠骆姑娘。"

一次是请动神医救醒骆大都督，一次是帮平南王世子请动神医给平南王取箭疗伤。

这两桩事若是有心打探，不难知道。

乔夫人愣了："是那个曾把元娘和二娘踹进水沟里的骆姑娘？"

"就是她。"

"可骆姑娘不是只会胡作非为吗？"乔夫人有些不信。

乔寺卿叹气："胡作非为和请神医不冲突啊，谁知道骆姑娘怎么得了神医青眼呢。其实不止这两次，据说神医先前去开阳王府也有骆姑娘的功劳，不过此事没有定论。"

至于卫羌请骆笙帮忙的事，目前还没传出去，乔寺卿并没打听到。

乔夫人听着，脸色不断变化，最后忿忿道："还真是走了狗屎运。"

生老病死，世上无人能避免。握着神医的关系，骆姑娘就不单纯是那个骆姑娘了。

"骆姑娘不是开了一家酒肆么，你晚上带着二娘去吃酒，找机会请她帮忙。"

乔夫人点头。

夫人也有夫人的圈子，骆姑娘在青杏街开了一家只在晚间开门的酒肆，她早就听说了。

只是想着几年前骆姑娘给两个女儿带来的伤害，外加自持太子岳母身份，她不愿去捧这个场。

没想到还是要去一次。

"对了，多带些银钱。"乔寺卿似是想起什么，提醒道。

乔夫人眼神微变："老爷去过了？"

乔寺卿神色一凛："没去过，就是听说很贵。"

实话是肯定不能说的，不然夫人问起钱从哪里来，他如何回答？

养外室的钱可不能断了。

说真的，那个有间酒肆多去几次，就要养不起外室了……

乔夫人早早带着乔二姑娘赶到了有间酒肆。

酒肆正好刚开门。

"客官里面请。"红豆瞄了一眼，隐隐觉得跟在这位夫人身边的少女有些眼熟。

"有雅室么？"乔夫人问。

"雅室正好空着，客官随我来。"红豆领着乔夫人母女进了雅室，流利报了一串菜名和价格，"不知客官要吃些什么？"

吃什么？听了这个价格谁能吃下去！

乔夫人压下震惊，随意点了几道菜，而后把一个装了碎银的素面荷包塞入红豆手中："可否请骆姑娘过来说话？"

红豆捏着荷包，笑眯眯问："您是哪位呀？"

"我是鸿胪寺卿的夫人。"乔夫人矜持道。

红豆眨眨眼，望着那眼熟的少女恍然大悟："你是太子妃的妹妹，乔二姑娘？"

乔二姑娘绷着脸没有应声。

这贱婢没认出她来，她可忘不了。

那年骆笙把她踹下水沟，她慌乱之下抓住岸边一把草，就是这个贱婢挥着匕首把那把草给割断了。

她与姐姐成了落汤鸡，结果连一声道歉都没得到，事情就这么不了了之。

后来她的姐姐成了太子妃，她也不再是寻常贵女了。

可是母亲说，正因为姐姐成了太子妃，才要谨言慎行，免得给姐姐惹麻烦。

从那以后，有骆笙出现的场合她就躲得远远的。

没办法，见到这对主仆她就恶心愤怒，恨不得把当年的仇报了。

乔夫人见红豆直盯着小女儿瞧，皱眉把话重复一遍。

"乔夫人要见我们姑娘啊？"红豆抿了抿嘴，"您稍等，我去与姑娘说一声。"

至于姑娘会不会见，那就不一定了。

骆笙此刻正在后院树下坐着拿一个小榔头砸核桃。

小七今日不去上学，见状忙跑了过来："东家，这种粗活我来做吧。"

"砸核桃算不上粗活。"骆笙拍拍石凳示意小七坐下，随手抓了一把剥好的核桃仁递给他，"吃吧。"

小七把核桃仁塞入口中，吃得嘴巴鼓鼓的。

"慢点吃。"骆笙看着有些无奈。

十多年的山匪生涯，让小七与她所熟悉的人们格格不入。

这是命运弄人，对她来说只要弟弟还活着，别说是当山匪长大的，就是个乞儿她也觉得庆幸。

骆笙看着小七的眼神不觉温柔起来。

此时天尚未黑，晚霞坠在天际，亦倒映在少女眸中。

骆辰立在大堂通往后院的门口冷眼看着，唇角渐渐紧绷。

小七把核桃仁咽下，抢过骆笙手里的小榔头，笑呵呵道："还是我来吧，东家您歇着。"

一榔头下去，核桃皮四处飞溅，核桃仁也碎成了渣。

黑脸少年尴尬地举着小榔头，呆呆道："这也太脆弱了。"

骆辰走过来，从小七手中拿过小榔头，拣起一个核桃轻轻敲开，把核桃仁完整剥出来。

　　少年动作熟练，力度适中，很快就剥了一小堆核桃仁，而后那双漂亮的眸子淡漠扫了小七一眼。

　　小七由衷赞叹："你真会剥核桃。"

　　骆辰抖了抖唇角。

　　这黑小子是不是傻？

　　骆辰眼里的傻小子拿起一个核桃用力一捏，核桃就被捏开了，露出完整的核桃仁。

　　骆辰眼神直了直。

　　力气……这么大吗？

　　小七小心翼翼把核桃仁剥出来，捧到骆笙面前："东家，吃核桃。"

　　骆辰唇角一下子绷直了。

　　这黑小子一点都不傻！

　　少年纤长白皙的手指伸出，把一碟核桃仁推到骆笙眼前。

　　他倒要看看姐姐吃谁的。

　　骆笙看看这个，看看那个，一脸平静地把两个少年递过来的核桃仁倒进了手边小竹筐里。

　　两个少年皆愣了愣。

　　骆笙微笑："既然你们都这么会剥核桃，那就一起剥吧，等会儿秀姑要拿这些核桃仁做琥珀核桃。"

　　骆辰："……"

　　小七则高高兴兴应一声，拿起一个核桃咔嚓捏破了。

　　骆笙掸掸落在身上的碎屑，留下两个剥核桃的少年往大堂走去。

　　红豆迎面撞上骆笙，禀报道："姑娘，乔寺卿的夫人在雅间坐着，想见您。"

　　骆笙先前因为去东宫做客，已经打探过太子妃的情况，一下子便反应过来："太子妃的母亲？"

　　"就是她，还带着乔二姑娘一起来了。"

　　骆笙略一沉吟，抬脚去了雅室。

　　乔夫人等在雅室中，心中焦灼。

　　骆姑娘恶名在外，不是好相与的，而太子妃那里可等不得了。

　　门口传来动静。

　　乔夫人见刚刚离去的丫鬟陪着一名素衣少女走进来，忙起身打了招呼。

　　骆笙微微颔首："寺卿夫人。"

　　乔二姑娘跟着起身，心中恼火。

　　算辈分，骆笙是后辈；论身份，母亲是太子岳母。

就算今日是上门求助，可姓骆的架子未免太大了。

骆笙视线往乔二姑娘身上落了落，问乔夫人："不知寺卿夫人找我何事，可是饭菜不合胃口？"

桌上摆着几样菜，此刻并没动过。

这放在有间酒肆是相当罕见的。

"怎么会。"乔夫人勉强笑笑，而后露出愁绪，"实不相瞒，我是有事来请骆姑娘帮忙。"

"寺卿夫人先坐。"骆笙大大方方坐下来，不露声色接过红豆递来的茶盏。

求她帮忙？

这几个月陆陆续续找她开口说这话的，都是为了请神医。

果不其然，乔夫人接下来的话印证了骆笙的猜测。

"听闻骆姑娘与神医是忘年交，多次请动神医出手。我家中有人生病，实在没了法子，只好厚颜来请骆姑娘帮忙了。"

"原来是这样。"骆笙放下茶盏，露出爱莫能助的神色，"恐怕要让寺卿夫人失望了。我与神医并不是忘年交，之前侥幸请动神医，是正好带去的礼物入了他老人家的眼。"

"既如此，骆姑娘可否代为送礼？乔府定有重谢。"

骆笙摇头："上一次去请神医时，神医就发话说以后不需要此类礼物了，让我少去烦他。"

"无论如何，我们还是想试一试。骆姑娘能不能透露一下先前给神医送去的是什么礼物？"

"抱歉，我不能透露。"骆笙干脆拒绝。

乔夫人面色微变，指尖颤了颤。

乔二姑娘见母亲受挫，忍无可忍道："骆姑娘，我母亲是真心实意来求你。你若有什么条件，尽管提出来，我们定会满足的。"

骆笙看向乔二姑娘，淡淡一笑："乔二姑娘觉得我缺什么？"

乔二姑娘一滞。

骆笙收了笑，语气冷淡："我自然知道乔夫人是真心实意来求我帮忙。可我也说了，神医言明以后不再买我的账，这个忙我帮不了。怎么，令堂真心来求，我就必须得答应？我怎么不知道还有这么霸道的事？"

"你——"

"二娘！"乔夫人喝止了女儿，向骆笙赔礼，"骆姑娘不要与她计较，这丫头被我宠坏了。"

骆笙微笑："能理解。我也被我爹宠坏了。"

乔夫人一阵窒息。

这到底是个什么样的女孩子，怎么能这么气人！

"骆姑娘，就请你再试试吧。无论能否请动神医，乔府都感激在心。"乔夫人语气带了哀求。

这样低的姿态，是乔二姑娘从没见过的。

她心痛又愤怒，却不敢流露出来。

母亲已经牺牲了脸面，她又怎么能任性呢。

"真的抱歉，我再去打扰神医会被打出去的，帮不上贵府这个忙了。"

乔夫人沉默许久，露出个难看的笑容："今日叨扰了。"

冷眼看着乔夫人母女离去，骆笙陷入了思索。

乔寺卿府上是谁需要请神医呢？

回府的路上，骆笙交代蔻儿："回头打听一下乔寺卿府上情况。"

蔻儿话多心细，转日就打听到了情况。

"乔府只有乔寺卿夫妇、乔二姑娘、乔公子四个主子。今日一早乔寺卿照常去了衙门，乔公子去了学堂……"

加之昨日来酒肆求医的乔夫人母女，也就是说神医不是为乔府四位主子请的。

"乔寺卿的双亲呢？"骆笙问。

蔻儿道："乔家是北河望族，乔寺卿的双亲不在京城。"

不在京城，那就不是蔻儿一个小丫鬟能打听到的了。

骆笙心念微转。

能让乔寺卿夫人带着女儿亲自来求她帮忙，那位患者身份定然不简单。

乔寺卿的双亲与长女都有可能。

父母关乎着孝道与乔寺卿仕途，长女身为太子妃关乎着乔家将来荣耀。

乔寺卿双亲远在北河，凭直觉，不大可能把李神医请去看诊。

这样一来，需要神医的是太子妃的可能就大了。

有了这个推断，骆笙扬了扬眉梢。

那日她在东宫见到太子妃，可没瞧出气色不好。

那日，她还见到了朝花……

骆笙出了大都督府的门，直奔锦麟卫衙门。

"笙儿有什么事？"看着来找他的女儿，骆大都督好脾气地问。

"昨日乔寺卿的夫人来酒肆，让我帮忙请神医，被我拒绝了。"骆笙开门见山道。

骆大都督皱眉："她为难你了？"

"这倒没有，只是想着乔府是太子岳家，怕给父亲惹麻烦。"

骆大都督冷笑："笙儿不必担心，为父不怕这种麻烦。"

骆笙如释重负，一脸好奇："父亲知不知道乔府哪位病了，当家主母居然亲自来请我帮忙。"

骆大都督神色变得微妙："乔府上无人生病。"

"那是太子妃病了？"骆笙似是随口一问，心中微微一动。

看骆大都督的样子，太子妃不像生病这么简单。

骆大都督正准备糊弄过去，就觉衣袖被拽住了。

少女微仰着头，满是信赖："父亲肯定知道吧？"

骆大都督到嘴边的敷衍硬生生咽了下去。

世上没有不透风的墙，他现在糊弄女儿，万一以后太子妃的事传开呢？

太子妃容貌受损，一旦因此被废，必然瞒不住。

他要是现在说了瞎话，将来女儿知道了该怎么看他？

不能辜负女儿的信任。

骆大都督放低了声音："这话笙儿听了，莫要外传。"

"女儿明白。"骆笙松开骆大都督衣袖，唇角微扬。

"太子妃被一名宫婢刺伤了脸，据说落疤了。"

骆笙震惊："竟有如此胆大包天的宫婢？"

骆大都督亦是感慨："确实有些出人意料，那名宫婢是伺候玉选侍的……"

骆笙面色平静地听骆大都督讲了个大概，一颗心却拧紧了。

刺伤太子妃的是宫婢……还是朝花？

"具体的为父也不是很清楚，只是听了一些风声，笙儿记得切莫外传。"

锦麟卫指挥使是外臣，掌握的稽查之权可不是用来查天子家事的。

"女儿知道。"骆笙笑着应了，话题一转，"听说二舅要回去了。"

"你两个表兄马上要参加秋闱，家里事多，你二舅不得不早些回去。等你二舅走的那日，你和辰儿都去送送。"

骆大都督说着，心情就开始沉重了。

自从舅弟来了，每晚都由他陪着在酒肆吃，日子过得那叫一个滋润。

他真是舍不得舅弟走啊！

骆大都督似是想起什么："对了，笙儿，你开了酒肆，今年秋狝还随不随为父去？"

"秋狝？"骆笙眼神微闪，"我都把这个给忘了。"

骆大都督不由笑了："以前你不爱参加那些小姑娘的诗会、花宴，就是秋狝最积极。"

"去，当然去。"

秋狝啊，她或许找到让朝花与秀月碰面的机会了。

又过了两日，骆大都督带着骆笙几人在郊外长亭送别盛二舅。

"三郎,你留在京城,不得给你姑父添麻烦!"盛二舅板着脸叮嘱盛三郎。

盛三郎笑得那个乖巧:"父亲放心,我肯定老老实实的,绝不给姑父和表妹添麻烦。"

别以为他感觉不出来,父亲大人此刻看他相当不顺眼。

他可要坚持住,不能在最后关头被嫉妒心发作的父亲拎回去。

盛二舅见实在找不出儿子的碴,没好气地嗯了一声,握住骆大都督的手:"姐夫,我走了。"

骆大都督用力拍了拍盛二舅手背:"舅弟一路顺风,等到大郎他们高中,早些打算进京啊。"

"一定的!"

盛二舅走出几步转过身来,语重心长道:"笙儿,你的酒肆可要好好开啊。"

酒肆自然是会好好开下去的。

有这间酒肆在,文武百官、宗室勋贵,乃至各府女眷,只要骆笙想,就能接触到。

于骆笙来说,这不是一家酒肆,而是一张大网,帮她网住某些人。

等到秋狝将近的日子,有间酒肆大堂内的显眼处摆出一个牌子,令酒客一进门就能瞧见。

只见牌子上写了几个大字:秋狝期间歇业。

牌子摆出的当日,第一个来酒肆的是赵尚书。

赵尚书看到牌子就是一愣,而后问招待他的店小二红豆:"秋狝期间歇业,这是什么意思?"

红豆随意瞄木牌一眼,很是诧异:"您没看明白吗?等到秋狝的时候咱们酒肆就关门啦。"

赵尚书一口气险些没上来,抖着胡子道:"我是问为何秋狝期间会歇业!"

恰在这时钱尚书走进来,听见赵尚书的话不由愣了:"歇业?什么时候?"

赵尚书一侧身,指着被他挡住的牌子道:"你看看。"

钱尚书一看,大吃一惊:"这,这是何意?"

赵尚书默默翻了个白眼。

看吧,谁看到了都得这么问。

女掌柜挤开红豆,解释道:"二位客官,是这样的,过几天我们东家要去秋狝了,来去怎么也要个把月,所以咱们酒肆就先关门了。"

"等等。"赵尚书听出不对劲来,"骆姑娘要去秋狝,酒肆为什么关门?"

女掌柜正斟酌着措辞,就听红豆理直气壮道:"我们姑娘要带大厨去啊,酒肆不关门谁做菜?"

"带大厨?"赵尚书与钱尚书异口同声, 脸震惊。

看在两个老头是熟客的面子上,红豆态度颇好地解释道:"我们姑娘现在就吃着酒肆大厨做的饭菜顺口,当然要带去啦。"

赵尚书与钱尚书对视一眼,皆神色沉重。

马上要一个多月吃不到有间酒肆的酒菜。

这还让人怎么活!

钱尚书一拍赵尚书肩头,叹气道:"赵兄,咱们还是先吃酒吧。"

赵尚书只得点头。

两个老尚书怀着沉重的心情随意拣了一张桌子落座,而后看一眼对面的人,齐齐色变。

不好,怎么和老钱(老赵)坐一桌了?那等会儿谁请客?

二人沉默着,直到红豆问要吃什么菜,还没人吭声。

"二位客官慢慢想,想好了喊我就行。"

钱尚书到底脸皮薄一点,咬牙道:"来两壶烧酒,一份油淋仔鸡、一盘卤牛肉吧。"

"再上两盘鲅鱼水饺。"赵尚书跟着道。

"好嘞。"红豆笑眯眯应下,去传菜。

这时一个人走了进来。

赵尚书与钱尚书忙起身见礼:"殿下。"

进来的是卫羌。

"二位大人不必多礼。"与两位尚书打过招呼,卫羌走到一处桌子坐下。

这是他第三次来吃酒了。

他发现有间酒肆成了他心情苦闷的时候除了去玉娘那里又一个去处。

在这里叫上一壶橘子酒,两样小菜,这么慢慢喝到快打烊,整个人都能放松些。

仿佛回到了少年的时候。

那时候他还不知道父母的打算。

那时候他钟爱的少女是他的未婚妻。

橘酒入口,只觉满口酸涩。

一道冷淡的声音响起:"这是赠给二位大人的小菜。"

卫羌不由得看过去。

赵尚书与钱尚书齐齐抬头,一脸惊喜。

赠,赠菜?

他们莫不是听错了吧?

骆笙把四碟小菜放下来,解释道:"我记得赵尚书是咱们酒肆开业第一日来的老客,加之酒肆很快就要歇业,所以送几样小菜。"

赵尚书一听,那叫个心花怒放,得意地瞄了钱尚书一眼。

这可是有钱也买不到的赠菜。

看看，今日能吃上全是他的功劳。

钱尚书本来已经在心里决定与赵尚书绝交，此时也悄悄改了主意。

罢了，看在赠菜的分上先做着酒肉朋友吧。

一道声音在门口处响起："酒肆要歇业么？"

同样想问这个问题的还有卫羌。

他刚找到一处偶尔能消愁的去处，竟要关门了？

走进来的是卫晗。

他没有看别处，视线直接锁定立在赵尚书桌边的少女。

骆笙看过来，无奈指了指木牌："那么显眼的牌子立在那里，王爷都不看看吗？"

卫晗这才发现了木牌的存在。

看清上面的字，他微微皱眉："原来是要去秋狝。骆姑娘带着酒肆大厨去么？"

"对，带着厨子去。"骆笙不冷不热回了，走向柜台。

卫晗目光追逐着那道身影，眸光转深。

别人都以为有间酒肆的酒菜是那个从不露面的厨子做出来的，他却知道，骆姑娘的厨艺还在那名厨子之上。

骆姑娘把酒肆关门带着厨子去秋狝，难道只是为了让厨子给她打下手？

卫晗举步走到窗边落座，在心底轻轻叹口气。

他不在意骆姑娘会做什么惊人的事，只希望她不要陷入麻烦中，影响酒肆长久开下去。

嗯，有麻烦也无妨，反正秋狝他也在。

一个黑瓷罐映入卫羌眼帘。

正闷头喝酒的卫羌抬眸，就见骆笙不知何时走过来，立在桌前。

"这是——"卫羌带着酒气开了口。

他喝了一壶橘子酒、一壶烧酒，隐隐有些头晕。

"腌萝卜皮。"骆笙笑盈盈道。

卫羌不自觉皱眉："今日没点这道菜。"

"赠送的。"

卫羌心里一惊，酒醒了两分："今日花销不大，为何会有腌萝卜皮赠送？"

一道凉凉的视线不知从何处投过来。

卫晗捏着酒杯，面无表情。

他也想知道原因。

"因为酒肆要歇业，今日来吃酒的客人都有腌萝卜皮赠送。"骆笙说罢，向卫晗走去。

卫羌盯了少女背影一瞬，再垂眸看着静静摆在桌面上的黑瓷罐，一时心情复杂。

他还记得那次带了一罐腌萝卜皮给玉娘，从玉娘脸上看到的感动。

而他已经有些日子没去过玉娘那里了。

骆笙微微扬了扬唇。

有了这罐腌萝卜皮，卫羌就有了去见朝花的台阶。

而腌萝卜皮是从有间酒肆得到的，顺口提到酒肆就是顺理成章的事了。

只要朝花想见秀月，听到她会带酒肆大厨参加秋狝的消息，定会抓住这个机会。

她相信以朝花的聪明能够做到。

一时酒散。

回大都督府的路上，骆辰突然开口问："姐姐与开阳王很熟？"

"不算熟。"天上弯月如钩，冷冷清清，骆笙语气更冷。

骆辰深深看她一眼，道："我听说姐姐扯掉过开阳王腰带。"

骆笙嘴角微抽，很快恢复了淡定："那是过去的事了。"

跟在身后的石焱一听，脸都黑了。

听听骆姑娘这始乱终弃的论调，太无情了啊。

这个事怎么能过去呢！

骆辰也被骆笙若无其事的态度给惊呆了。

他以为骆笙好歹会脸红一下。

"打听开阳王干什么？"骆笙不紧不慢往前走着，随口问了一句。

骆辰表情严肃起来："今晚他看了姐姐十二次。"

石焱呆了呆。

有这么多吗？

"是么？我没注意。"骆笙蹙眉揉了揉骆辰的头，"你注意这个做什么？"

小小年纪，莫不是太闲了？

回头跟骆大都督说说，给骆辰再请两个先生吧。

踏着月霜回去的还有卫晗。

偌大的开阳王府因为只有一个主子而显得有些冷清，就连那随风飘摇的一串串大红灯笼都添不了多少热闹。

卫晗踏入书房，默默看了一会儿书，走向书架背后从一处暗格拿出一把弓。

弓很普通，在烛光下泛着冷光。

柔软却带着薄茧的指腹抹过弓弦，男人唇角不自觉带了笑意。

今年的秋狝，似乎可以期待几分。

此刻赶回宫中的卫羌立在岔路口微微犹豫了一下，看一眼手中黑瓷罐，抬脚踏上了一条青石路。

路越走越偏，好在是在宫中，处处灯火通明。

卫羌推开小院的院门时，心情复杂难言。

他以为要很长一段时间不见她，可拎着这罐腌萝卜皮，还是不自觉走到了这里。

青儿见到卫羌，震惊得手中绣筐都掉了下来："殿下——"

"你们选侍呢？"

"选侍在里边。"青儿激动得声音都变了，"选侍，殿下来了！"

卫羌越过青儿往里走去。

一道纤细身影屈膝下拜："殿下。"

卫羌走进去，把那罐腌萝卜皮放到桌几上。

朝花看了一眼，心中一动。

他又去有间酒肆了？

"殿下出宫了？"朝花因着这罐腌萝卜皮轻轻抬头，柔声问道。

看着那张清瘦苍白的脸，卫羌压在心里的火气散了些，淡淡道："嗯，去了骆姑娘开的酒肆。"

朝花笑笑："看来殿下很喜欢那家酒肆。"

卫羌不由想到了酒肆外迎风招展的青色酒旗，还有大堂里的酒香。

在那里，确实有种难得的自在。

看着比以往多了几分柔顺的女子，卫羌心情不错："那里确实不错，只是以我的身份常去多有不便。"

朝花爱惜地抚着装萝卜皮的黑瓷罐，语气满是遗憾："是啊，要是换作寻常身份，妾也想去这家酒肆尝尝。能做出这样好吃的腌萝卜皮，酒菜一定十分美味。"

见朝花难得露出几分向往，卫羌笑笑："以后会有机会的。"

他现在只是太子，未免束手束脚，等将来……可以把有间酒肆的大厨招进宫来。

"酒肆是骆姑娘开的，妾听闻骆姑娘行事肆意，以后或许就不开了。"

卫羌一听，不由笑了："不是没有这个可能。骆姑娘确实任性了些，今年秋狝还打算带着酒肆的厨子去，导致酒肆要歇业。"

"是么？"朝花带着几分意外，轻轻吐出这两个字。

东宫里，气氛有些剑拔弩张。

太子妃自毁容后第一次站在卫羌面前，压抑着怒火问道："听说殿下要带着玉选侍去秋狝？"

卫羌把书卷一放，淡淡道："太子妃受了伤，需要好好休养。我让一两名侍妾随同伺候，有问题么？"

每一年的秋狝，为了不惹人非议他都是与太子妃同去，不带任何侍妾。

而今年不一样了。

太子妃毁了容，出现在外人面前就是丢皇室脸面，他带着侍妾去无可厚非。

"殿下带别人可以，带玉选侍不成。"

卫羌视线落在太子妃面上。

太子妃生着一张鹅蛋脸，也算是气质温婉的美人儿，此时面上却罩着一层轻纱，只露出一双眼睛。

察觉到被打量，太子妃明知面上有薄纱遮掩，还是下意识别开脸，把没受伤的半边脸对着他。

卫羌淡淡反问："为何不能带玉选侍？莫非我要带哪个侍妾，还需太子妃同意？"

太子妃拢起的指尖颤了颤，冷冷道："殿下就不怕父皇见到玉选侍，想起她偷服避子药的事？"

卫羌脸色冷下来："父皇日理万机，不会记着这些琐事，我劝太子妃莫要操心了。"

"殿下，玉选侍这样羞辱你，难道你就毫不介意？"太子妃声音微扬。

卫羌神色更冷："介不介意，更无须太子妃操心。"

介意么？他当然是介意的。

若是不介意，当时他又怎么会大发雷霆，命玉娘搬出玉阗斋。

可要说介意到把玉娘从此丢到一旁的地步，倒也不会。

他真正放在心上的从来不是玉娘。

他只是隔着玉娘，思念那个人罢了。

卫羌收回思绪，冷漠地看着太子妃："太子妃与其操心父皇会不会想起玉选侍的事，不如多想想自己吧。"

太子妃浑身一震，脸色越发惨白。

翌日正是钦天监推测的好天气，晴空万里，宜出行。

蔻儿立在门口石阶上，哭湿了手绢："姑娘，您可早点回来呀，外头到底不如家中舒坦，要是晒黑了、累瘦了可怎么办呀……"

红豆忍无可忍，怒道："蔻儿，你都哭诉了快一个时辰了，还有完没完了？"

"我这不是担心姑娘嘛。出门这么久没有我跟着，你又是个不行的，我能不担心吗？"

红豆撸了撸袖子："你说谁不行？你再啰唆一句试试！"

"别闹了。"骆笙出声制止了两个丫鬟的拌嘴。

另一边，一群姨娘正围着骆晴与骆玥七嘴八舌叮嘱。

"两位姑娘第一次出门这么久，可一定要注意安全。"

"是啊，二姑娘记得照顾四姑娘一些，四姑娘年纪小。"六姨娘偷瞄了骆笙一眼，见她没注意这边，压低声音嘱咐，"要是四姑娘不小心得罪了姑娘，二姑娘可要帮一把啊。"

另一名姨娘小声道:"不行还是如往年一样不去了吧,以前两位姑娘都不去的。"

"对,对,对,还是家里好,大姑娘不就不去么。"这话立刻引起几位姨娘附和。

骆玥忍无可忍道:"姨娘们莫要乱操心了,我和二姐能有什么事。"

以往不去,是因为三姐太霸道,压根就不许她们去。今年好不容易可以去了,为什么不去。

大姐是不爱热闹,又快要出阁了,才不去的。

见四姑娘不耐烦的样子,一群姨娘默默叹口气。

她们也不想这么操心啊,可一想两位姑娘要与三姑娘朝夕相处个把月,心就揪得慌。

两位姑娘如花似玉,要是缺胳膊少腿回来可怎么办啊。

骆辰立在不远处,冷眼看着一群姨娘依依不舍地送行,唇角紧绷。

这些姨娘对二姑娘和四姑娘倒是挺关心。

再瞥一眼神色淡淡的素衣少女,不由气结。

骆笙这个傻瓜,到底知不知道自己被排挤了?

少年大步走过去,皱眉问骆笙:"走吗?"

骆笙点点头,喊了骆晴二人一声:"该走了。"

骆樱冲几人挥手告别。

一共两辆马车,骆笙与骆辰坐一辆,骆晴与骆玥乘一辆。

以骆辰的身份本该骑马,考虑到他的身体情况,骆笙要他坐了马车。

骆辰并不逞强。

他身体虽好了不少,可还是比不得小七那样的,要是骑马撑到地方病倒了,难道眼巴巴看着骆笙与小七玩?

骆辰掀起车窗帘,往外看了看。

小七穿着一身宝蓝色的崭新胡服,骑在骏马上显得精神抖擞。

少年轻轻哼了一声,莫名有些不是滋味。

"骆辰。"骆笙喊了一声。

骆辰扭过头来。

"吃点心吗?"骆笙指了指小桌几上的漆盒。

"吃。"骆辰从中拈起一块玫瑰糕吃下,忽然觉得心情好起来。

各府车马从四面八方往皇城的方向汇聚,而后形成一条长龙,缓缓向城外游去。

帝王出行乃是盛事,城中百姓把路两旁挤得满满的瞧热闹。

骆笙坐在车里,就听外头时不时响起惊呼。

"快看,那就是开阳王吗?"

"哪个?"

"穿绯衣的那个!"

"嘶——开阳王真好看啊。"

"又年轻又好看,听说还没娶王妃呢。"

紧接着是一串银铃般的笑声,夹着羞涩与兴奋。

红豆都有些听不下去了,撇嘴道:"怎么就议论开阳王呢?明明皇上与太子更威风吧。"

骆辰实在觉得这丫鬟有些笨,淡淡道:"议论皇上与太子可能有杀头之祸,没人敢胡说。以开阳王的身份应该就行在銮驾之后,他又年轻又好看又没娶王妃,不议论他议论谁?"

又年轻又好看?

挑起车窗帘的骆笙目光游走寻觅着太子车驾,听到这话下意识往那道绯色身影上落了落。

恰在这时,那人回眸一瞥。

二人之间隔着车马,这一瞥自然不会与骆笙目光相接。

那个回眸更像是一个随意的动作,没有任何含义。

道路那侧的人群中却爆发一阵骚动嬉笑,香囊、手帕、鲜花等物如雨点般向那道绯色身影掷去。

骆笙轻轻抿唇。

又年轻又好看,又能招蜂引蝶。

"哇,掷果盈车啊!"红豆最爱凑热闹,顺手抓起一个红李投了过去。

"红豆!"骆笙沉着脸啧了一句。

红豆忙缩回车厢中。

骆笙便见那人于香囊花雨中抓住那颗红李,随后看过来。

二人目光相触。

那身着绯衣的男子弯了弯唇角,咬了一口红李。

那人身姿笔挺坐于马上,淡漠疏冷的表情因一只红李多了几分烟火气。

沿路看热闹的人群里传来更热烈的欢呼尖叫。

这一次,掷向他的物件就更多、更杂了。

手帕绢花只是寻常,还有小娘子一心急把才买的肉烧饼投了过去。

卫晗灵活躲避着某些可能造成重伤的物件,等到这阵急雨过去,把手中红李再咬了一口。

李子不大,酸酸甜甜。

卫晗回眸再看一眼那辆青帷马车,却发现那探出头来的少女早已放下了车窗帘。

他低头又看了一眼红李,微微有些茫然。骆姑娘为何扔一个李子给他?是怕他渴了？琢磨了一下，微微摇头。按说不会对他这么好。总不会是混在那些香囊、手帕里，想砸他一头包吧？或者是提醒他看她？

卫晗胡乱想着，只觉手中红彤彤的李子还挺甜的。

"王叔。"一道声音响起。

卫晗侧头看去。

卫羌同样骑着马，穿一身绣金纹的玄色胡服，指着红李笑笑："王叔喜欢吃李子？"

卫晗垂眸看了看李子。

他平时不大吃这些，似乎也谈不上喜恶。

再说，他喜欢还是不喜欢，为何要告诉关系一般的侄子？

没有等到回答，卫羌带着几分调笑道："投掷红李的小娘子见到王叔吃了她的李子肯定极开心，说不准要炫耀一辈子。"

名动天下的开阳王吃了她投掷的李子，这对寻常小娘子来说确实是值得炫耀一辈子的谈资。

听卫羌如此说，卫晗只是笑笑，并没有与之多谈的念头。

谈论这只红李，好似在谈论骆姑娘。

他不喜欢这样。

卫晗把红李吃完，淡淡道："殿下要落后了，该跟上了。"

卫羌看了卫晗一瞬，一夹马腹。

刚刚那只红李，似乎不是从夹道百姓中扔出来的呢。

车厢里，骆笙正训斥红豆："胡乱扔什么东西。"

红豆眨眨眼："婢子觉得好玩嘛，您看好多小娘子向开阳王扔东西呢，我还看到有人扔了一只绣花鞋。"

低头看一眼摆在小几上的红李，红豆迟疑地看向骆笙："姑娘，您是不是觉得扔李子有些浪费了？"

小丫鬟伸手拿起一个李子递到骆笙面前："您吃个李子消消气，以后婢子不乱扔了。"

记住了，不能扔吃的，扔吃的姑娘会生气。

骆笙垂眸看一眼红李，一想那个人大大方方吃李子的样子，哪还吃得下去。

"放下吧。"

一只手伸出，把李子接过去。

骆笙看向骆辰。

少年手中托着红李，神色有些严肃："开阳王肯定以为李子是姐姐扔的，所以才接住吃了。"

这分明是在占骆笙便宜。

"你想说什么？"骆笙笑了笑，恢复了平静。

罢了，一个李子而已，不代表什么。

先前骆姑娘扯掉了开阳王的腰带不也没怎么样，难道因为一只红李，她还需要向那个男人负责不成？

负责是不可能的。

骆辰看着骆笙，见她容色冷淡，眉微微一皱："姐姐是不是还想着苏曜？"

要是这样，似乎更糟。

听骆辰提起"苏曜"这个名字，骆笙愣了愣。

金沙与京城仿佛是两个世界，她几乎忘了这个人。

骆辰见骆笙愣神却误会了，冷冷道："苏曜还不如开阳王。"

见骆辰如此，骆笙反而来了兴趣，不动声色问道："为何这么说？苏曜温润如玉，生得又好，哪里不如开阳王？"

骆辰冷笑："盛佳兰害你就是因为苏曜，金沙县有位钱举人，女儿因不愿意出阁投缳自尽，据说也是因为苏曜。这两桩事苏曜若是牵扯其中，说明其人面兽心，若是没有牵扯其中，说明他就是个霉星。这样的人你不躲远点，还要凑上去不成？"

说到这，少年狠狠咬了一口红彤彤的李子，没好气道："真要挑一个，还是开阳王吧。"

开阳王虽然也不怎么样，比起苏曜还是强多了。

"你小小年纪整日琢磨这些干什么？等到了地方我教你练练箭法，争取打一头獾子，到时候烤獾子肉吃。"骆笙平静说着，心中却为骆辰的敏锐吃惊。

骆辰这才不吭声了。

围场就在北河地界，距离京城不算远，若是快马加鞭一日也就到了。

但这样一支队伍自然快不了，中途免不了住宿歇脚。

住宿自是不用操心，早有沿路官府驿站安排妥当，而每次歇脚用饭就不是那么正好能赶到地方了。

转日晌午，队伍就在荒郊野岭安营扎寨，准备午饭。

一溜十数口大锅架了起来，这是供给勋贵大臣及家眷的饭菜。另有炉灶架起，围着几个御厨，这自然是给皇上、太子等人开的小灶。

大锅饭味道如何，谁吃谁知道。

骆大都督溜溜达达，就晃到了骆笙那里，还没走近就闻到了一股若有若无的酸味。

这是在做什么菜？

奈何围了一圈人，看不清里面情形。

骆大都督快步走过去，咳嗽一声。

先发现他过来的是骆晴。

"父亲。"

听到这声招呼,围着的众人这才纷纷回头行礼。

骆大都督哪顾得了这些多余的,眼睛几乎要黏在那口架起的铁锅上了。

锅中翻滚着汤水,那令人垂涎的淡淡酸味就是由此传来。

"黄椒酱。"骆笙淡淡吩咐一声。

红豆把一个揭开盖子的粗坛子捧到骆笙面前。

骆笙从中舀了一勺子剁得碎碎的黄椒酱投入锅中,这才擦了擦手向骆大都督打招呼。

"父亲怎么来了?"

骆大都督险些被这句话噎死。

他怎么来了?

快吃饭了啊,他当然就来了。

骆大都督决定当作没听到这句话,探着头问道:"笙儿,你在干什么?"

"熬酸汤。"

"熬酸汤干什么呢?"骆大都督不动声色地把盛三郎挤开,凑了过去。

他观察过了,三郎这小子吃得最多,先把这小子挤到外边再说。

"秀姑要做酸汤鱼脑。"骆笙说着拿长柄木勺搅动了一下翻滚的汤汁,从红豆手中接过一个大肚瓶,往锅中再倒了一些汁水。

"这又是什么?"骆大都督好奇问。

他忽然发觉那股酸味更加浓郁丰富了。

"野山椒泡出来的水。"

望着锅中咕咕冒着的气泡,骆大都督不自觉咽了咽口水:"这调出来的汤水是不是又酸又辣的,晴儿她们不能吃吧?"

"能吃的!"骆玥飞快接话。

骆大都督愣了愣,看向并肩而立的两个庶女。

骆晴微红着脸跟着道:"能吃。"

骆大都督:"……"

骆笙淡淡道:"这个天气赶路还是有些热,吃些酸辣的开胃解乏。"

"笙儿说得有道理。"骆大都督这才看向埋头做事的秀月。

秀月面前同样有一口锅,只是盖着锅盖,看不到里面焖了什么。

就在这时,秀月拿一个白手巾垫着揭开了锅盖。

一股香味直窜众人鼻端。

锅中摆着两个切成两半的鱼头,汤面浮着翠绿的葱段。

秀月用漏勺捞出鱼头浸入凉水,等鱼头冷透开始拆鱼骨,动作娴熟利落,不多时就把鱼骨拆去，将完整鱼脑放入酸汤锅中熬煮。

骆大都督眼神变了："鱼是哪来的？"

自从知道笙儿会带上有间酒肆的大厨去秋狝，他就知道在北河的个把月不愁吃喝了。

可万万没想到，路上还能吃得这么讲究。

"姑父，是我和小七趁着队伍扎营的时候下河捞的。"说到这，唯恐被姑父误会太贪吃，盛三郎忙解释道，"侄儿本来只是想洗把脸，没想到一条好大的肥鱼游过去。我想着这么肥的鱼不吃了可惜了，所以就——"

骆大都督重重一拍盛三郎肩头，赞道："三郎，你真是个好孩子啊。"

"还有小七，小七也捞了一条好大的鱼。"盛三郎指指小七。

骆大都督看了黑脸少年一眼，赞许点头："小七也是个好孩子。"

正紧张的小七悄悄松口气，露出个大大的笑脸。

都说锦麟卫指挥使特别可怕，吃人不眨眼的，没想到骆大都督还挺和善的。

骆辰抿了抿唇角，冷冷问秀月："秀姑，什么时候能好？"

"快了。"秀月在外人面前沉默寡言，看了看翻滚的酸汤，拿过一个青花海碗把里面的鱼片下入锅中。

薄薄的鱼片，被长筷夹起时几乎能透过光来。

骆大都督看得眼都直了。

这么薄的鱼片，这得多入味啊！

骆笙道："本来只吃鱼脑，鱼身鱼尾可以另作他用，只是出门在外不大方便，只得将就一下。"

"不将就，不将就。"骆大都督眼瞅着秀月用漏勺把雪白的鱼片捞出来，不由得动了动嘴角。

临时搬出来的长案上，一排摆了数个青花碗。

每个碗中放一勺鱼片，再放一勺酸汤，就是一碗浓郁开胃的酸汤鱼片。

"可以吃了。"

骆笙才开口，众人就一脸跃跃欲试。

骆大都督重重咳嗽一声。

已经把碗端起来的盛三郎忙把碗递过去："姑父，您吃。"

骆大都督伸手接过，这才心满意足吃起来。

一人分了一碗酸汤鱼片，很快就吃得见了底，皆眼巴巴望着骆笙。

"咳咳，笙儿，这么一碗鱼片汤不大够啊。"骆大都督委婉提醒道。

何止是不够，他可以吃一锅。

骆笙笑笑："这锅酸汤鱼脑主要用来下面条吃的。"

"面条？"骆大都督眼睛一亮。

面条好，面条能解饱。

骆大都督打眼一扫，这才发现秀月身旁还放着个大筐箩，筐箩里平铺着宽窄均匀的面条。

刚刚那碗酸汤鱼片完全起不了垫肚子的作用，唯一的用处就是极大地唤醒了食欲。

只要一想到用那鲜美酸辣的鱼汤煮上这么一碗面条热气腾腾吃下肚，骆大都督就欢喜得想哼小曲儿。

他带着笙儿去秋狝，笙儿带着大厨。这样的日子真是比神仙还快活。

这边正吃得热闹，在一旁吃大锅饭的人有些受不住了。

"骆大都督他们吃什么呢？"一名勋贵闻着若有若无飘来的香味，忽然觉得嘴里嚼着的馍馍难以下咽。

"好像是熬了一锅酸汤鱼脑煮面条吃，我刚刚从那边走听到的。"

"酸汤鱼脑？"

"是啊，我还看到了。锅里翻滚着鱼脑、葱段，还有红辣椒，别提多香了。"

"嘶——是有间酒肆的大厨做的吧？"

"那可不。我早就听说有间酒肆歇业了，就是因为骆姑娘秋狝要带着大厨来。"

"啧啧，骆姑娘真是任性啊。"

那人叹口气："任性好啊，不然哪有酸汤鱼脑面吃呢。"

二人对视一眼，头一次对骆大都督有个这么任性的女儿产生了一丝羡慕。

香味越飘越远，吃不下饭的人越来越多。

太过分了，骆大都督跟他们究竟有什么仇什么怨，纵容女儿带着大厨去秋狝！

卫晗带着石燚走过来。

正捧着碗吃面条的红豆拽着骆笙衣袖道："姑娘，石三火不是留在家里照顾大白么，什么时候跟来了！"

石三火藏得深啊，她竟然一直没发现。

望着走来的男子，骆笙淡淡道："那不是石焱。"

"那是谁？"红豆一脸蒙。

"石焱的弟弟石燚。"

"弟弟？"红豆伸手指着与石焱一模一样的年轻人，险些惊掉了下巴。

卫晗微微侧开身好让小丫鬟指准人，大步走到骆笙面前。

"王爷有事？"

"想问问骆姑娘，酒肆开业吗？"

卫晗一开口，无数双耳朵就立起来，一双双眼睛变得雪亮。

对呀，有间酒肆的大厨在这儿呢，他们可以买啊！

193

贵？贵点算什么，花点钱总比馋死强吧。

骆大都督捧着青花大碗吸溜着面条，猛给骆笙使眼色。

开什么业，自己人都不够吃，没见那口锅里只剩翻滚的汤，连块鱼皮都没了。

骆笙仿佛听到了骆大都督的心声，微笑道："出门在外，当然不开业。"

那双清澈的眸子明显浮现出失望。

就听少女语气一转："不过王爷若是不嫌弃，就留下吃一碗面吧。"

"当然不嫌弃。"男人唇角微扬，笑意隐现。

骆笙扭过头："秀姑，给王爷和他的侍卫下一碗面条。"

秀月应了一声，抓一把面条丢入煮沸的酸辣鱼汤中，用长木筷不停拨动。

不多时面条煮熟，捞起来放入早准备好的青花大碗中，再放入一小撮切得细细的葱花，一碗酸辣鲜香的面条就煮好了。

卫晗看了石燚一眼。

石燚立刻上前把碗筷拿起，奉到他面前。

卫晗接过青花大碗，优雅而不失速度地吃起来。

秀月再下了一碗面条。

这一碗是给侍卫的。

石燚端起大碗刚要动筷子，就察觉一道目光扫过来。

看似平静，实则危险。

石燚忙把面条递了过去。

卫晗满意地点了点头，心道等回去或许可以考虑把石燚与石焱对调一下。

主子开始吃第二碗面，小侍卫却老老实实站着，瞧着竟有几分可怜。

一直冷眼观察的红豆终于可以肯定，这绝对不是石三火。

石三火的面条要是被主子抢走，估计能当场哭出来，哪能这么老实呢。

见秀月又下了一碗面条，明显是给小侍卫的，红豆把碗端起走到石燚面前。

石燚看红豆一眼，规矩地移开视线。

一碗热气腾腾的面条递到面前，小丫鬟笑呵呵问："你是石四火吗？"

"嗯。"

"喏，拿着吧。"见小侍卫是个锯嘴葫芦，红豆摇了摇头。

石三火的弟弟不行，这么闷可当不了店小二。

不远处，那些被香味勾得挠心挠肺的人实在受不住了。

"大都督——"不知谁喊了一声。

骆大都督没找出是谁，干脆走了过去。

登时一群人把他围住了。

"大都督，那个面条……好吃吗？"

"咳咳,我记得那次大都督说要做东请吃酒——"

骆大都督听了直撇嘴。

这一听就是瞎话,这些人为了一口吃的脸皮够厚的。

"各位让一让,鄙人有些内急。"

眼见骆大都督一溜烟走了,众人面面相觑。

果然是锦鳞卫指挥使,太无情了!

可骆大都督一走,他们总不能凑过去找个小姑娘讨一碗面吃,那也太栽面了。

为什么开阳王可以?咳咳,开阳王不是被骆姑娘调戏过么,人家关系不一样的。

吃不着面条,还要闻着香味,这与酷刑没啥区别。

众人揣着馍馍赶紧躲远了。

不闻了还不行嘛!

一时间,以那口熬着酸汤鱼脑的大锅为中心,周围竟变得空荡荡。

两碗面条下肚,卫晗胃里总算舒服了些。

吃饱是不可能的,但骆姑娘对他忽冷忽热,不好太放肆。

其实要没那一颗红李,他原准备先忍一忍,等到了北河再讨吃的。

那颗红李给了他一点点底气,感觉吃上一碗面条问题不大。

"王爷吃饱了么?要不要再来一碗?"

迎着少女平静的眸子,卫晗在忠于胃口与保持形象之间犹豫了一瞬,吐出一个字:"好。"

捧着空碗的石燚不由得动了动嘴角。

有时候三哥回王府,会跟他抱怨主子不争气,发愁照主子这个样子是别想娶到骆姑娘了。

他不以为然。

主子样样出众,想娶什么样的名门闺秀娶不到,为何要娶养面首的骆姑娘?

现在吃到这碗酸汤鱼脑面,他只想说:三哥说得对,主子确实太不争气了。

骆大都督返回时,盯着卫晗手中的青花大碗目露深思。

如果记得不错,这是第三碗了?

开阳王这个饭桶,怎么好意思蹭吃蹭三大碗的!

等等。

准备走过去的骆大都督停下脚步。

笙儿竟然愿意管饱,这,这明显有问题。

罢了,不能搅了女儿嫁出去的机会。

骆大都督默默走到一棵树下,叹了口气。

卫晗第三碗面条吃完,心满意足。

195

愉悦由心而生，冷清的眉眼都温柔许多。

"多谢骆姑娘的面条。"

"王爷客气。"骆笙语气淡淡。

她允许开阳王蹭吃，自然是有打算的。

她要抓住一切机会把朝花引来。

想引朝花来，就要先引来卫羌。她带来的大厨做的饭若是只给自己人吃，卫羌怎么方便找过来？

可秋狝的队伍里光顾过酒肆的人不少，要是对蹭饭的来者不拒，就是浪费精力。以开阳王为门槛，是个不错的选择。

卫晗哪知眼前少女有这些弯弯绕绕。他只知道这么多人，只有他一个外人吃到了面条。

想了想，卫晗再道："多谢骆姑娘的李子。"

林间有风吹来，吹得他面颊微热。

而眼前少女的神色却越发冷淡。

他听她说道："哦，王爷不必谢我，要谢就谢红豆好了。"

男人眉梢微扬，不大明白她的意思。

骆笙微微一笑："李子是红豆扔的。"

卫晗："……"

华丽非凡的帐子里，脚下是厚实柔软的地毯，红木圆桌上摆满了菜肴。

永安帝动了几筷子站起身来，对萧贵妃道："爱妃慢慢吃，朕出去走走。"

出了金帐，永安帝看一眼四周。

"父皇。"离着金帐最近的自然是太子。

"吃过了？"

卫羌点头："儿子刚刚吃完。"

"怎么不见你十一王叔？"没见卫晗的身影，永安帝随口问了一句。

"饭菜刚刚端来，儿子就见王叔往那边去了。"

永安帝顺着卫羌手指的方向看了看。

乌压压一片，自然是找不出那个人来。

不过永安帝似乎是随口一问，很快又转了注意力："也不见骆驰。"

骆驰就是骆大都督的大名儿。

骆大都督身为锦麟卫指挥使，外臣中皇上的头号亲信，歇脚时自是伴在圣驾左右。

卫羌默了默，道："饭菜还没端上来，骆大都督就往那个方向去了。"

永安帝见卫羌指的还是那个方向，好奇油然而生。

一个两个都往那个方向去了，那里有什么呢？

"羌儿没问他们去干什么？"

"儿子没问。"卫羌顿了顿，"许是找骆姑娘吧。"

"骆姑娘？"永安帝想了想，"骆驰的女儿？"

"正是。"

永安帝眯眼想了想。

印象里，骆驰有个女儿名声还挺大的，似乎是调戏过开阳王……

这么一想，永安帝微惊："莫不是你十一王叔去找骆姑娘麻烦，骆驰赶过去拦着？"

"王叔和骆大都督去了骆姑娘那里只是儿子的猜测。"

永安帝眼神沉了沉："为何有这样的猜测？"

"到了吃饭的时候了。"

永安帝越发不解。

卫羌解释道："这次秋狝，骆姑娘带了一个厨艺出众的厨子随行。"

永安帝先是一愣，随后哑然失笑："骆驰这个女儿还真是……与众不同。"

他本想说胡闹，然而身为一位帝王有些话不好随便说出口，于是改了说法。

这话卫羌没有接，只是垂眼听着。

而永安帝没再追问，转身回了金帐。

用过午膳，永安帝惯例要午憩。

卫羌目光恭送永安帝进了帐子，想了想，向骆笙所在的位置走去。

骆笙与卫晗之间正弥漫着淡淡的尴尬。

准确地说，是男人单方面的尴尬，对面的少女依然一脸云淡风轻。

卫晗拢了拢手指，仿佛犹能感觉到红李握在手心时的些微凉意。

原来李子不是骆姑娘扔的。

他呆了好一阵，憋出一句话："李子还是挺甜的。"

骆笙微笑："车厢里还有，王爷若是喜欢吃，我让红豆给你端一盘来？"

卫晗哪里听不出这是调侃，迎着少女的盈盈笑颜，那尴尬在这一刻化作一丝失落。

这种感觉让他有些无措。

而偏偏面对挫折，这个男人习惯了迎难而上，就如他在战场上的每一次拼搏。

他回之一笑，神色镇定："如果不是骆姑娘给的，那就不必了。"

骆笙一怔。

这个人……什么时候脸皮这么厚了？

二人四目相对。

一个波澜不惊，一个面无表情。

197

第18章 心不由己

"咳咳。"一声轻咳响起。

卫晗与骆笙齐齐看过去。

卫羌走过来,不动声色地打招呼:"原来王叔在骆姑娘这里。"

"太子怎么过来了?"卫晗淡淡问。

卫羌视线落在那口翻滚着酸汤的大锅上,笑道:"闻着香味来的。"

卫晗皱了皱眉。

蹭饭?

"太子还没吃过?"

"没吃几口。"卫羌看向骆笙,"闻着怪香的,不知锅中煮了什么?"

骆笙与之对视,回道:"酸汤鱼脑面。"

卫羌扬眉。

听起来觉得更香了。

"不知可否讨一碗面条吃?"微微犹豫过后,他问道。

卫晗一双墨眉拧得更紧。

讨饭?

这个侄儿也是快三十的人了,有没有分寸?

骆笙就丝毫不考虑刚刚才蹭过饭的某个人的心情了,微微一笑道:"殿下这话客气了,当然是可以的。"

她扭头吩咐秀月:"再下一碗面条。"

少女的声音犹如泉水,冷然却不失甜美,落在卫羌耳中竟有一丝受宠若惊。

比起那日他前往有间酒肆请骆姑娘帮忙,今日的骆姑娘可懂事多了。

不多时,一碗热气腾腾的酸汤面由红豆端着奉到卫羌面前。

卫羌伸手接过,随口笑道:"好像没看到鱼脑。"

卫晗冷脸道:"太子来得晚,鱼脑已经吃完了。"

红豆忍不住撇了撇嘴。

瞧开阳王这话说的,活像他过来时吃到了鱼脑一样。

"殿下是来得晚了些。"骆笙说着,再吩咐一声,"秀姑,切些火腿丁当浇头吧。"

秀月从放置在大锅旁罩着雪白布巾的竹篮里取出一块色泽鲜红的火腿,利落地切下一块剁成丁,以笊篱盛着放入酸汤锅中煮了煮,随后倒在面条上。

卫晗愕然。

太子来了不但有面条吃,还给弄了火腿浇头?

他沉默地看向骆笙。

而骆笙则看着卫羌。

"面条很好吃。"卫羌吃完一碗,由衷赞道。

"殿下还要吃一碗么?"

卫羌在心中飞快纠结了一下,忍痛道:"不了,已经饱了。"

这么多人看着,他跑过来连吃几大碗面实在不像样子。

"太子回去么?"一道冷淡的声音插进来。

卫羌冲卫晗点头:"回去。"

骆笙扫了卫晗一眼,含笑问卫羌:"殿下要不要带一碗面条给太子妃?"

卫羌一愣:"骆姑娘不知道?"

骆笙淡定反问:"知道什么?"

"太子妃身体不适,这次秋狝没有来。"

"是么?我没注意。"

见骆笙说得轻描淡写,卫羌不觉有异。

骆姑娘任性肆意,对这些不上心也不奇怪。

"秀姑,不用忙了。"

卫羌闻着浓郁酸香心中一动,改口道:"骆姑娘盛情,那我带一碗走吧。"

玉娘多次流露出对有间酒肆的向往,可惜以她的身份没机会去。给她带一碗有间酒肆的厨子做的酸汤面,也算是个安慰了。

骆笙微笑吩咐秀月:"秀姑,再煮一碗面给殿下带走,记得多加火腿。"

不多时一碗火腿丁冒尖的酸汤面被放入食盒中。

卫羌提着食盒往前走了两步,见卫晗立着不动,问道:"王叔不是要一起回么?"

"不是,我只是问问殿下走不走。"

卫羌提着食盒去了一辆马车旁。

青儿正靠着车壁打盹,听到动静猛然睁开眼睛,一见是卫羌慌乱见礼:"殿下。"

"选侍在里面?"

青儿忙点头:"选侍在。"

"她吃过了么?"

青儿面露担忧:"几乎没动筷子,选侍说没有胃口。"

卫羌不由得皱眉。

玉娘体弱,这样赶路确实吃不消,也难免吃不下东西。

他提着食盒钻进了车厢。

车厢中很宽敞,矮榻软毯、壁柜小几一应俱全。

一个青丝浓密的纤弱女子侧躺在矮榻上,似是睡下了。

"玉娘,你睡了?"

过了片刻,背对着卫羌的女子缓缓转身坐起,对他盈盈一笑:"殿下怎么这时候来了?"

"看你有没有用膳。"

朝花脸色苍白,笑容有些虚弱:"吃了些。"

卫羌靠过去握住她的手:"莫哄我,听青儿说你又没有动筷子。"

朝花皱眉:"青儿真是多嘴。"

迎着男人不悦的神色,她无奈笑笑:"在车厢里时间久了难免憋闷,就吃得少了些。"

"我给你带了一碗面条。"卫羌指了指刚刚放在小几上的食盒,"是酸汤熬的,兴许能吃得下。"

朝花犹豫着没有动。

卫羌劝道:"特意给你拿来的,好歹尝一尝。"

朝花赧然一笑:"让殿下费心了。"

卫羌见她笑了,心中微暖。

这些日子玉娘比以往爱笑了,让他见了心情也好一些。

这般想着,卫羌亲手揭开盒盖,小心翼翼端出青花大碗。

朝花见到那碗铺着满满火腿丁的酸汤面,眼神微变,不动声色地问道:"殿下,这面条不是御厨做的吧?"

卫羌嘴角微扬,笑道:"自然不是,你猜猜这碗面条从何来的。"

朝花想了想,道:"莫非是从骆姑娘那里得来的?先前听殿下说这次秋狝骆姑

200

娘会带着酒肆大厨来。"

"玉娘果然聪慧。"卫羌赞许地点头,把一双筷子递给她。

朝花犹豫了一下,指尖轻颤把筷子接过,挑起几根面条送入口中。

"如何?"卫羌看着她,语带期待。

朝花把面条咽下,点点头:"很好吃。"

卫羌笑了:"那你多吃一些。"

"嗯。"

眼见一大碗面条快要见底,卫羌忍不住道:"面冷了不好吃,剩下一些也无妨。"以玉娘的胃口,吃得是不是有点多了?

朝花停下筷子,眼中闪着愉悦的光彩:"面冷了也很好吃。"

卫羌登时没了话说,等到朝花连面汤都喝下,便压下心惊提议道:"玉娘,不如出去走走吧。"

朝花望了一眼车门,犹豫道:"这合适么?"

"怎么不合适,眼下刚用过午膳,许多女子都在外面散步。"

朝花这才点头。

冷眼看着卫羌先出了车厢,朝花摸着微胀的肚子扬了扬唇角。

走出车厢,微凉的风迎面吹来。

朝花轻轻吐出一口浊气,举目眺望。

目之所及,是一张张陌生的面孔。

男人的声音在耳边响起:"离着启程还有一段时间,在附近随意走走吧。"

朝花回头看了一眼车门。

"怎么?"

"殿下不如带我去见识一下有间酒肆的大厨吧,妾很好奇能做出这么好吃的酸汤面的大厨是什么样的。"朝花嘴角含笑说着这话,看似随意,实则紧张得攥紧了拳头。

她饿了几顿等来这么一个机会,若是错过,又不知等到何时。

见有间酒肆大厨的机会,她一定要抓住!

她要看一看那个人是不是秀月妹妹。

卫羌哪里知道眼前人的步步为营,闻言笑道:"也好,正好把食盒还回去。"

朝花弯腰进了车厢把食盒拎出,微笑道:"妾拎着食盒吧。"

骆笙那里已经不见了那道绯色身影,只剩盛三郎几人帮着秀月收拾锅碗瓢盆。

这些家什都是从酒肆带出来的,可不能有个闪失。

"表妹,太子又来了。"盛三郎端着放冷的铁锅恰好抬头看了一眼,忙提醒骆笙。

骆笙看了过去。

秀月也看了过去。

一只青花大碗从秀月手中掉下去。

盛三郎看在眼里急在心里，情急之下忙用铁锅去接碗。

一只手稳稳把青花碗接住，放到了一旁长案上。

盛三郎不由得赞道："石四火，身手真不错啊。"

石燚严肃地看他一眼，没吭声。

这位盛公子与骆姑娘的丫鬟一样，都很自来熟。

"骆姑娘，我来还食盒。"卫羌见他的到来造成一点小乱子，有些好笑。

"殿下客气了。"骆笙视线越过卫羌往朝花身上落了一瞬，侧头吩咐秀月，"秀姑，你去把食盒拿过来吧。"

半响，秀月吐出一个字："是。"

她一步步向朝花走去。

朝花立在原地，面上竭力不露出异样，心中早已惊涛骇浪。

那是秀月！

尽管毁了容，变了模样，可秀月的声音没有变。

更何况她精于易容，一个人外在的变化难以瞒过她这双眼睛。

秀月已经在朝花面前站定，向她伸出手来："贵人把食盒交给我吧。"

朝花似是被"贵人"这两个字刺痛，拎着食盒的手猛地一颤。

那只戴着金镶七宝镯的手把食盒递了过去。

卫羌的声音适时响起："玉娘，这就是有间酒肆的大厨了，你这下见到了吧。"

朝花抿唇："是，见到了。"

秀月伸手去接食盒。

一只手白皙如玉，一只手粗糙不堪。

朝花盯着那只干枯褶皱的手，险些落泪。

当年，王妃精挑细选了她们四个陪着郡主长大，单论样貌，每一个都是百里挑一。

十二年过去，秀月妹妹成了这个样子。

朝花几乎不受控制地用冰凉的指尖轻轻碰了碰那只手。

秀月用力一握提手，把食盒接了过来。

朝花一颗心仿佛被马蜂刺了一下。

疼而无措。

她怔怔看向秀月，却见秀月退至骆笙身边，恭顺沉默。

朝花缓缓移动目光看向骆笙，心头起了疑惑。

秀月何以对骆姑娘如此恭敬？

秀月的性子她了解，单纯认死理，根本不可能认郡主以外的人当主子。

骆笙见朝花看向她，扬唇一笑："玉选侍，我们又见面啦。"

"是，又见到骆姑娘了。"

骆笙笑着看向卫羌："原来殿下带走的那碗酸汤面，是给玉选侍送去的。"

迎着少女似笑非笑的目光，卫羌心生恼意。

他好歹是当朝太子，却被一个比他小了十几岁的小姑娘调侃。

难道这个小丫头就一点不把他放在眼里？

而骆笙仿佛丝毫没察觉卫羌的不满，拉着秀月的手对朝花得意一笑："玉选侍，咱们酒肆大厨的手艺，你满意么？"

朝花看着秀月，用力点头："满意，很满意。"

说到这，她顿了顿，难掩遗憾道："若是能时常吃到这位大厨做的饭菜就好了。"

骆笙露出一个爱莫能助的神色："以玉选侍的身份，恐怕不方便去咱们酒肆吃酒。"

朝花落寞一笑："是啊。"

她转眸看向卫羌："殿下，咱们叨扰骆姑娘许久，不如回去吧。"

卫羌点点头，向骆笙告辞。

回去的路上，朝花沉默寡言。

卫羌看在眼里，宽慰道："去不得酒肆也不要紧，酒肆的大厨不是就在这里么。等到了北河，总有机会再尝到那位大厨的手艺。"

朝花迟疑："那会不会给殿下添麻烦。"

"你不用操心这些，这点面子骆姑娘还是会给我的。"

朝花苍白的面颊有了红润，眼中闪动着喜悦光芒："多谢殿下。"

红豆则在卫羌走了之后撇了撇嘴，小声嘀咕道："蹭吃就罢了，还要连吃带拿带给小妾，也真好意思呢。"

见石燚要走，小丫鬟忙喊住他："哎，石四火你去哪儿？"

石燚停下来，回道："去找主子。"

"你不是被开阳王留下来刷碗吗？"红豆诧异地睁大了眼睛。

石燚一愣，而后平静道："已经刷完了。"

眼见小侍卫大步走了，红豆眨了眨眼："姑娘，石三火的弟弟原来是个呆子。"

盛三郎插嘴道："我看不呆啊，比石三火还稳重咧。"

"怎么不呆啊？"红豆丢了一个白眼给盛三郎，"开阳王那意思，明显是让石四火留下给姑娘打杂，石四火把这顿饭的碗刷干净就走了，你说他不呆谁呆？"

盛三郎恍然大悟："对啊，把石四火留下，开阳王才好到了饭点就过来。"

一道冷淡声音插进来："走了不是正好。秀姑做的饭菜我们吃尚且不够，为何分给别人。"

少年绷着脸，对红豆挽留石四火的举动十分不满。

盛三郎解释道："表弟不知道，开阳王是酒肆的老顾客了，预付了银子的，总要给些优待。"

"预付了多少？我姐姐又不缺银子。"

盛三郎摸了摸下巴："预付了一万两吧，也就够吃一个月的。"

骆辰："……"要是这样，吃一两碗面条也行。

骆笙是个大手大脚的，将来用钱的地方多着呢，开阳王这种大主顾是该好好维护着。

正被几人议论的石燚回到卫晗身边："主子。"

卫晗面色微沉："怎么回来了？"

"碗已经刷好了。"石燚恭声道。

卫晗沉默一瞬，淡淡道："退下吧。"

罢了，等回去后两兄弟还是不必换了，刷恭桶的差事更适合石燚。

车厢里，秀月情绪激动地握住骆笙的手："郡主，真的是朝花，朝花真的当了那个贱男人的侍妾了！"

骆笙安抚地拍拍秀月的肩："冷静一点，咱们来秋狝的目的不就是为了与朝花接触么？你这个样子容易坏事的。"

秀月用双手捂住了脸："婢子就是……就是不敢相信。朝花她怎么能委身仇人呢，她睡在那个狼心狗肺的男人身边，不觉得恶心吗？"

车厢里一时沉默。

良久后，骆笙轻声问："你看到朝花手腕上戴着的那只镯子了么？"

秀月放下手，看着骆笙。

骆笙扬了扬手腕："那只镯子与我现在戴着的是一对，是我当年临出阁前交给朝花保管的。"

"郡主——"

骆笙轻叹道："我对朝花说，让她无论如何替我把镯子守好了。你猜朝花当时说什么？"

秀月几乎没有犹豫便脱口而出："镯子在人在，镯子不在人亡？"

这一点，无论是朝花还是她，或是绛雪与疏风，都是一样的。

当年若不是知道小王爷逃出生天，抱着找到小王爷让镇南王府血脉延续的念头，在得知郡主身亡的那一刻，她就随郡主去了。

"是啊，朝花确实这么说。但我告诉她，镯子必须在。"

秀月神色一震，许久后喃喃道："朝花是为了守着郡主的镯子吗……"

"秀月。"

"婢子在。"

"朝花配合我们这边的计划来见你,我相信她还是你的朝花姐姐。不过十二年足以改变太多事,要不要坦白我的身份还需进一步接触判断,这个任务就交给你了。"

秀月用力点头,有些茫然:"可朝花身为太子侍妾,即便到了北河恐怕也不方便来见我们。"

北河围场设有行宫别院,皇上、太子住行宫,勋贵大臣住别院。身在行宫的朝花想吃到她做的饭菜还有可能,亲自过来就非易事了。

骆笙微微一笑:"朝花不方便过来,你可以过去啊。"

……

队伍出发的第三日傍晚,赶到了北河围场。

休整一晚后,第二日一早要参加围猎的人便带着长弓箭囊集合在一处,簇拥着皇上前往猎苑。

换了一身青色骑装的骆笙也在队伍之中。

入眼是一望无垠的草原与密林,风吹草低,天高云淡。

不远处是一顶接一顶帐子。

那些不参加狩猎的女眷可以在帐中玩乐,或是在近处散步赏景。

骆笙遥望紧挨着最华丽金帐的那顶帐子。

那是太子金帐,朝花应该就在里面。只是以她太子选侍的身份不方便随便出来走动,即便出来也少不得前呼后拥。

还是不能操之过急啊。

骆笙抓紧缰绳,心底轻叹。

"表妹,等会儿我打一头鹿给你吧。"盛三郎骑坐的黑马与骆笙骑坐的枣红马并头而立,比起主人的兴奋,大黑马倒是镇定多了。

红豆撇撇嘴:"我们姑娘去年还打了一头小豹子呢。"

盛三郎一惊:"表妹,你真打了一头豹子?"

骆笙不置可否牵了牵唇角。

她哪知道骆姑娘去年有没有打到豹子,红豆说是,那就是吧。

盛三郎显然被震撼了:"表妹可太厉害了……豹子肉比鹿肉还好吃吗?"

红豆:"……"她还以为表公子被姑娘的丰功伟绩震住了,没想到还是为了吃。

号角声响起,数队骑兵奔向四面八方。

密林深处,哨声此起彼伏。

一群群鹿在林间草原上奔跑,引来更多野兽。

随着包围圈缩小,鹿群开始惊慌奔跑,豺狼虎豹凶猛追逐。

遥遥望着这般情景,众人心情变得激荡兴奋。

一年一度的秋狝,这才真正开始。

"请皇上首射。"

随着大臣奏请，永安帝接过内侍递过来的弓箭，策马向前奔去。

一道箭如流星飞出，正中一头雄鹿。

人群中登时爆发出阵阵喝彩奉承。

"请太子殿下随射。"

卫羌手执缰绳，看向永安帝。

"去吧。"永安帝微微颔首。

卫羌这才策马奔出，举目环顾，弯弓搭弦射出一箭。

羽箭飞射而出，射中一只白兔。

众人又是阵阵喝彩。

射中雄鹿与白兔虽不及射中猛兽风光，但第一箭本就不图多么威风。

箭不落空，图个好彩头。

接下来轮到了卫晗。

放在往年有平南王在，平南王是兄长，自是在开阳王前面随射。而今年平南王出事，整个平南王府都没有来人。

秋狝的队伍中，除了皇上与太子，身份最尊贵的非开阳王莫属。

一袭绯衣，一匹白马。

俊美严肃的青年手握长弓奔向奔跑的野兽，气势惊人。

众人却难以联想鲜衣怒马的少年风流，只有金戈铁马的勃勃英姿。

有人忍不住小声道："开阳王莫不是要猎虎豹？"

"以开阳王的身手猎虎豹当然不在话下，只是有些不合适吧……"

刚刚皇上与太子一人猎了雄鹿，一人猎了兔子，开阳王要是射杀虎豹，岂不是压了皇上与太子一头。

随射不比接下来的大规模围射，算是秋狝之礼的一部分，该收敛还是要收敛的。

看着那道挺拔的绯色身影，不少人在心中暗暗摇头：开阳王刚及弱冠，到底有些年轻气盛了。

卫晗自然不会在意众人的想法，拉满长弓，一支羽箭迅疾飞出。

众人目光追着那支飞出的羽箭，还没来得及看清楚，羽箭已经把远处的猎物钉在了地上。

速度有些快，距离有些远，众人伸脖子探脑袋，也没瞧清楚开阳王究竟猎到了什么野兽。

这时负责驱赶野兽的骑兵高喊道："王爷猎野猪一头——"

风吹草动，骏马甩尾。

在场之人却好似石化一般，一个个表情呆滞。

是不是听错了？

瞧着开阳王刚刚那个英姿飒爽劲儿，就算不射豺狼虎豹，至少得射一只狐狸吧。

猎了一头野猪……

有专门负责的侍卫上前把野猪拖走，作为开阳王的战利品保存。

众人默默看着那头死透了的野猪连拖带扛被弄走，心情微妙。

在北齐人眼里大周的开阳王是杀神般的存在，就，就不能给他们争点气嘛，怎么能射粗笨不堪的野猪呢！

静悄悄的场面一时涌动着无形的怨念。

永安帝清清嗓子，开了口："十一弟好箭法。"

野猪若是发起狠来十分凶悍，那么远的距离能一箭毙命，可见是射准了要害。

不但要准，力道还要足。

开阳王箭法无双，这是野猪再粗鄙也掩盖不了的事实。

听皇上开口称赞，众人收拾好心情跟着赞美起来。

号角声吹起，拉开了王公大臣围猎的序幕。

"看我猎一头鹿来！"盛三郎举着弓，兴奋地冲了过去。

红豆跃跃欲试："姑娘，您怎么不去？"

"去，你们自由行动就好，打到好的猎物回去烤肉吃。"

骆笙这话才落，就见两个少年骑马冲了出去。

一个是骆辰，一个是小七。

红豆也欢呼一声冲出去。

骆笙抖了一下缰绳，速度并不快，与其说是狩猎，不如说是闲逛。

身下枣红马似乎有些伤自尊，不满地甩了甩尾巴。

一匹大白马凑过来。

"骆姑娘没有看中的猎物吗？"

骆笙侧头看着白马的主人，淡淡道："暂时没有入眼的。"

两匹马并头往前跑着，男人清越的声音再次响起："骆姑娘觉得我猎到的那头野猪怎么样？"

骆笙觉得这个问题不太好回答，想了想道："威武雄壮？"

那道绯色身影微微一晃，险些从白马上栽下去。

缓了缓，卫晗试探问："骆姑娘觉得用来做叫花肘子怎么样？"

他还记得回京的路上与骆姑娘偶遇，正撞见她在做叫花肘子。

那肘子的香味不但令他驻足，还勾得一群山匪忍到肘子做好了才跳出去。

呃，山匪里那个黑脸小子如今也跟着骆姑娘来打猎了。

"王爷想吃叫花肘子？"

看着神色冷淡的少女，卫晗轻咳一声道："只是一个提议。骆姑娘做什么我都吃。"

骆笙看着卫晗。

男人正是意气风发的年纪，一双墨玉般的眸子熠熠生辉。

清澈、干净，甚至带了一点纯真。

名动天下的开阳王当然不可能是个纯真的人，只能说在某些人面前，才会流露出这份纯粹。

就如许多人一样，在不同的人面前会有不同的模样。

骆笙一颗心却是冷硬的，淡淡道："做菜的不是我，是秀姑。"

她轻轻一抖缰绳，催着身下枣红马加快速度，欲甩开狩猎才刚开始就想蹭吃的男人。

大白马却拦着枣红马不让走。

只见大白马用嘴不断拱着枣红马的头，发出低低的嘶鸣。

枣红马闪躲着，却无可奈何。

骆笙板着脸提醒："王爷管好自己的马。"

卫晗歉然笑笑："实在对不住，没想到我的马脸皮这么厚。"

他说着拍了一下大白马，警告道："安分点儿，怎么能缠着骆姑娘的马呢！"

骆笙默了默。

她怀疑开阳王是故意的。

"那就说定了，等狩猎结束我把野猪给骆姑娘送去。"卫晗撂下一句话，一夹马腹跑远了。

骆笙握着缰绳不由气结。

这个男人为了吃真是不择手段！

骆笙冷着脸策马奔驰在草原上，见到一只野兔仓皇跑过，弯弓搭弦射出一箭。

灰兔倒在地上，抽搐了几下便一动不动了。

骆笙骑着枣红马奔过去，弯腰捡起野兔。

有了这个小小的战利品，她没了继续狩猎的兴致，掉头往回走。

"三姐怎么这么早回来了。"正采摘野花的骆玥见骆笙走过来，不由一愣。

"打到了战利品，就回来了。"

骆玥看了一眼骆笙手里提着的野兔，有些吃惊："三姐就打了一只野兔？"

去年秋狝她没有来，却听说三姐打了一头小豹子呢。

为此，还在贵女间出了不小的风头。

骆笙低头看看野兔，道："烧着吃也够了，还有别的呢。"

骆玥一听眼都亮了。

红烧野兔好吃啊，麻辣兔块也好吃，或者炖汤也是可以的……

"二姐呢？"骆笙随口问了一句。

骆玥回过神来："二姐说随便走走，没和我一起。"

"一个人？"

"带着丫鬟呢。"

骆笙这才不再问，提着野兔往前走去。

"三姐去哪里？"

"去溪边把兔子皮剥了，四妹要一起么？"

骆玥猛摇头："还是不了，我还要摘些野花。"

她大概只适合吃兔肉，剥兔子皮还是算了。

来到溪边，骆笙赫然发现一道熟悉的身影。

那人听到动静，抬头看来。

"骆姑娘怎么来这里？"

"收拾一下打到的猎物。"骆笙扫一眼溪边大石上被开膛破肚的野猪，不用问也知道这个男人在溪边干什么了。

卫晗手持匕首熟练剥着野猪皮，笑道："我也在收拾打到的猎物。"

他也不知道突然飞扬的心情是为什么，只是见到骆姑娘与他一样都是来溪边收拾猎物，就生出欢喜来。

骆笙看着那笑容有些碍眼，淡淡问道："这么大一头野猪，为何不交给侍卫收拾？"

单是拖到溪边来，也要费不少功夫吧。

男人笑容更盛："亲手收拾的猎物想必吃起来更香。骆姑娘是不是也这么想？"

骆笙拎着兔子没搭理他。

她没想这么多，就只是闲得无聊而已。

卫晗早习惯了少女的冷淡，见她不语也没什么反应，净过手走到她面前把野兔接了过去。

骆笙一时不察，战利品已经到了对方手中。

她冷眼看着那人拎着兔子回到野猪身边，动作利落地剥兔子皮。

只不过片刻工夫，兔子已经处理好了。

卫晗把洗干净的野兔同样放在干净的石头上，洗过手走过来。

"骆姑娘，我都收拾好了。"

骆笙嘴角微抽。

是不是还要她表扬几句？

"我现在把野猪肉与兔肉送到骆姑娘那里吧。"

都变成野猪肉和兔肉了，骆笙还能怎么样，只能冷淡点个头，转身便走。

卫晗把收拾好的野猪与兔子放入带来的竹筐里，快步追上那道青色身影。

骆笙睨了他一眼，问："王爷把打到的猎物送去我那里，就不怕闲言碎语？"

秋狝第一日打到的猎物，意义总是不同的，她不信开阳王不知道。

至于她？她怕什么闲言碎语，她是骆姑娘。

"闲言碎语？"卫晗一怔，"都知道骆姑娘把有间酒肆的大厨带了来，为什么会说闲言碎语？"

他前日吃到了酸汤鱼脑面，有七八个人跟他打招呼时都在打听面条好不好吃。

看着那些人艳羡的眼神，他丝毫不会怀疑倘若他们如他一般与骆姑娘有些交情，也会把猎物都送去。

骆笙深深看卫晗一眼，露出个轻松笑容："王爷说得也是。"

她可能是误会了，开阳王哪里是对她有意，分明是对吃的上心。

这样也好，以后相处乐得轻松自在，不必担心陷入不必要的麻烦。

那一日，这个人只是喝多了吧。

望着辽阔的草原，少女神色柔和下来。

当个寻常朋友相处挺好的，至于将来会不会绝交，那就将来再说吧。

卫晗忽然觉得眼前少女对他的态度有了微妙变化。

自从在酒肆喝得有些酒意那一晚之后，骆姑娘态度日益冷淡，现在却突然温和了。

然而这种变化，并没有让他感到高兴。

他刚刚是不是说错话了？

可是每一句都是实话实说……

"骆姑娘。"

骆笙看着他。

"我从来不怕闲言碎语。"

"哦。"骆笙敷衍地点点头。

是她想多了，开阳王被骆姑娘扯掉了腰带还雷打不动往有间酒肆跑，怎么是怕闲言碎语的人。

望着平静无波的少女，卫晗突然生出握住她手的冲动。

然而不敢。

他定定望着她，道："我只怕想要交的朋友不把我当朋友。"

骆笙笑了笑，一边往前走一边随口道："王爷这个担心有些多余，愿意与王爷交朋友的大有人在。"

卫晗看着她道："可我想交的朋友少。"

骆笙与之目光相触。

提着野猪与兔子的男人轻笑："我最想交的是骆姑娘这个朋友。"

骆笙看着神色认真的男人，暗暗叹了口气。

开阳王为了一口吃的够拼的。

"骆姑娘可愿意？"

骆笙沉默片刻，微微一笑："能与王爷做朋友，是我的荣幸。"

卫晗当然不会把这句客气话当真，心情却放松许多。

无论如何，这是骆姑娘亲口答应的。

他们是被承认的朋友了。

先做朋友，再做好友。徐徐图之，不能心急。

卫晗遥想着与身边少女成了至交好友，想吃什么随便点，再也没有被拒绝的风险，就觉将来无限美好。

骆笙冷眼瞧着身旁男人露出傻兮兮的笑，默默翻了个白眼。

这么一个人，也不知怎么统率千军的，敌方祭出个酱肘子说不准就被勾走了。

卫晗捕捉到少女那个白眼，微微一怔。

会悄悄翻白眼的骆姑娘似乎有些可爱……

这般想着，卫晗突然觉得心跳有些加快，却忍不住多看了身边少女几眼。

因为心跳不正常，面上反而越发严肃。

流露出异样被骆姑娘发现就不好了。

"王爷有事？"骆笙察觉卫晗看她，淡然问道。

男人一紧张，脱口而出："骆姑娘多笑笑，会更好看。"

骆笙猛然停下脚步，平静的表情有了裂痕。

这人严肃着一张脸瞅着她，就是说这个？

卫晗被骆笙的反应吓了一跳："崴脚了么？"

骆笙紧绷唇角没吭声。

还笑起来更好看。

刚刚给了几句好话，这人就敢顺杆爬。

早知道——

早知道什么，骆笙没有往下想，只是看着那面露紧张的青年，生出踢他一脚的冲动。

卫晗却把骆笙的沉默当成了默认。

他把提着的野猪放下，以征询的语气对骆笙道："骆姑娘，要是比较严重，我来背你吧。"

骆笙抽了抽嘴角。

她还没说一个字，就发展到要背着她了？

她现在忽然觉得又不是误会了。

卫晗再次把骆笙的沉默当成了默认，稳稳当当地矮下身来，等着崴了脚的少女趴到他背上。

一双鹿皮靴闯入视线,随后远去。

与之一同远去的,还有一角青色裙摆。

卫晗愣了愣,随后追上去:"骆姑娘,你没事儿?"

骆笙气笑了:"王爷盼着我有事,好背我回去?"

"我没有这么盼着。"卫晗坚决否认,耳根却微微红了。

尽管刚刚以为要背着骆姑娘,他莫名有些欢喜,可他更希望骆姑娘好好的。

平安喜乐,顺遂无忧。

骆笙见他冷玉般的面颊被绯衣染了红色,突然没了话说。

罢了,她和一个满心只想着蹭吃蹭喝的人计较什么。

骆笙举步往前走。

"骆姑娘,等一下,野猪肉和兔子肉还没拿。"

骆笙:"……"

二人并肩走了一阵子,骆笙突然皱眉。

她瞥见骆晴与平栗往林中去了。

骆笙不是爱管闲事的人,但进京路上的那场追杀,让她对骆大都督几个义子心存戒备。

她以前就隐隐觉得骆晴对平栗有些不同,而今二人一同往密林里钻,是纯粹的男女之情,还是其他?

骆姑娘是骆大都督的掌上明珠,追杀骆姑娘实际上要对付的是骆大都督。

倘若平栗有问题,骆晴与他来往过密是祸非福。

骆笙当机立断停下脚步:"王爷先把东西送到我那去吧,我突然想到还有别的事,不与王爷一起回了。"

见骆笙神色严肃,卫晗十分识趣点了点头:"好。"

骆笙摸一摸藏在衣袖中的袖箭,悄悄进了林中。

林中树茂草深,便于隐藏。

对话声穿过草木传来。

"大哥怎么想起问三妹与开阳王的关系?"

男子声音响起:"近来我见三姑娘与开阳王走得颇近,好奇问一问。义父最看重三姑娘,三姑娘若有什么情况,也好报于义父知晓。"

骆晴弯唇一笑:"大哥,我觉得这些事没必要向父亲禀报。三妹与开阳王来往光明正大,想来真有什么,父亲会看在眼里的。"

听了骆晴的话,平栗似是有些尴尬,摸了摸鼻子道:"遇到事一时习惯了多想,让二妹见笑了。"

他含笑凝视着眼前的人，令骆晴不由微微垂首，声音低了下去："我没有笑话大哥——"

一只手把她的手握住。

骆晴错愕抬眸，霞飞双颊。

二人双手交握，天地间仿佛安静了一瞬。

而后那只手松开。

平栗俯身从草丛中摘下一朵粉色野花，轻轻簪到骆晴发间。

"大哥——"骆晴红着脸，有些无措。

平栗微微一笑："我觉得这朵花很衬二妹。"

"大哥，我出来久了，该回去了。"骆晴红着脸说完，提着裙角匆匆跑了。

平栗注视着少女远去，扬唇笑了笑，大步走出密林。

林间风动，草木摇曳。

骆笙等了片刻，才面无表情走出来。

骆晴与平栗这是……情投意合？

骆晴的表现，明显是动了心。

都说情难自禁，心不由己，即便她出言干涉，恐怕也没有用处。

若是向骆大都督提起——骆笙很快打消了这个念头。

说不得骆大都督就直接拍板把骆晴许给平栗了。

万一平栗对骆大都督有异心，那时骆晴该如何是好？

此事只能是暂且留意，以观后变。

心不由己？

骆笙抬手，轻轻按在心口处。

片刻后，她笑了笑，从另一个方向向密林外走去。

心不由己是别人的权利，而她早就没有了。

也不需要有。

想着这些的骆笙步伐匆匆，却不知直到亲眼瞧着她安全回到金帐，那身着绯衣的青年才默默转身。

卫晗漫无目的走着，随手摘了一朵野花垂眸打量。

花儿很好看。

好看的花儿确实衬好看的人。

想到林间瞧见的那一幕，拈着花的青年似是被提醒到了。

或许他也可以给骆姑娘送些花当作谢礼，说不定她会喜欢。

连绵的金帐前，大片大片的空地上开始堆篝火，架铁锅，为狩猎之人归来后的庆贺做准备。

骆笙姐妹歇息的帐子前，大块大块串起来的野猪肉和鹿肉已经烤得开始飘香，偶尔油脂滴落进火堆中，更是一阵浓烈香味传出。

一旁还有一口不大的铁锅，白气顺着锅盖孔隙钻出来，把香味也带出，一时不知道炖了什么。

盛三郎蹲在烤肉与炖锅之间，一副垂涎欲滴的模样。

"秀姑，烤肉好了吗？"

"表妹，红烧兔肉好了吗？"

"秀姑，烤野猪肉好吃，还是烤兔肉好吃啊？"

比起盛三郎的聒噪，骆辰就安静多了。

少年绷着一张白玉般的脸，双手环抱，神色冷淡，与热闹的气氛格格不入。

盛三郎等得无聊，冲骆辰咧嘴笑笑："表弟，还生气呢？什么都没猎到不要紧，表哥不是猎了两头鹿么，其中一头算你的好不好？"

少年一听，更生气了。

什么叫算他的？

他需要这样被人可怜？

呵。

一只手拍了拍骆辰，因为力气有些大，险些把他拍趴下。

"你干什么？"骆辰横眉瞪着黑脸少年。

"骆公子，别伤心啦，等吃饱了我教你射箭。"

骆辰盯了黑脸少年片刻，想呸他一脸。

骆笙早就说要教他了，用这黑小子教？

想一想满怀斗志骑马转了好几圈，最终什么都没打到，而眼前黑小子却打了一只獐子，骆辰脸色更差了。

少年眼角余光下意识寻觅着骆笙。

说好的教他射箭，难不成是哄他的？

骆笙似有所感，扫了骆辰一眼。

"骆辰，小七，你们过来。"

骆辰矜持着没反应，就见黑小子猛然窜到了骆笙身边。

骆辰："……"

他黑着脸走过去，问道："干什么？"

骆笙从秀月手中接过烤好的一串鹿肉递给他："吃吧。"

少年沉着脸把鹿肉接过去。

生气归生气，烤肉还是要吃的。

"等会儿我教你射箭。"

听了这句，少年冷凝的眉眼一下子柔和了，又觉得表现太明显有些尴尬，狠狠咬了一块滋滋冒油的烤肉。

"小七也吃。"骆笙把一串烤肉递给小七。

骆辰皱眉。

有手有脚，不会自己拿？

他不一样，他是弟弟。

一道清越声音响起："骆姑娘能不能给我一串？"

骆笙抬眸看一眼卫晗，淡淡道："鹿肉和野猪肉都烤好了，王爷想吃什么请自便。"

卫晗拿起一串烤得喷香流油的烤肉，问起心心念念的事："骆姑娘，叫花肘子好了么？"

"应该好了。"骆笙说着拿起一个小铁铲。

"表妹，这种粗活让我来。"盛三郎从骆笙手中夺过铲子，利落地把四个硬邦邦黑乎乎的东西挖了出来。

一道好奇的声音响起："这个怎么吃？"

"这个得敲开才能吃。"盛三郎捡起早就准备好的石块用力敲打泥壳，顺口回道。

说完才觉得不大对劲，下意识抬头。

"见过殿下。"众人纷纷向卫羌行礼。

"不必多礼。"卫羌摆摆手，看向卫晗，"没想到王叔也在。"

"嗯。"卫晗淡淡应了一声，心存警惕。

太子掐着饭点过来，明显是来蹭饭的。

而这时丑陋的泥壳已经被敲开，揭开包裹在外的荷叶，一股奇香登时窜出来。

"这是什么？"卫羌不由动了动唇角。

他自认不是贪图口腹之欲的人，可这香味也太勾人了。

特别是人还空着肚子时。

"叫花肘子。"开口说话的是卫晗。

卫羌茫然看着他。

开阳王平时寡言少语，为何会接这个话？

卫晗可不管厚着脸皮来蹭饭的侄子怎么想，淡淡道："野猪是我打的，野猪皮是我剥的，肘子也是我剐下来拜托骆姑娘做的。"

卫羌一下子听懂了。

开阳王这意思是让他别惦记？

看着眉眼冷淡的青年，卫羌心中生出一丝恼火。

开阳王虽然是长辈，可他毕竟是太子，给他吃一只肘子怎么了？

然而心中虽恼，面上却不好流露。

父皇看重开阳王，若是传出他与开阳王不睦，对他有害无利。

压下火气，卫羌对骆笙微微一笑："骆姑娘，我的近卫也有打到野猪的，能否送来做一道叫花肘子？"

骆笙摇了摇头："肘子需要提前腌制，现送过来赶不上这顿饭了。"

卫羌笑意一僵。

就让他这么没面子？

就见少女对着绯衣青年莞尔一笑："王爷说只要两只肘子，那剩下的两只叫花肘子就给太子分一只吧。"

卫晗面无表情点了点头。

早知如此，他就说四只肘子都要了。

卫羌对骆笙微笑："那就多谢骆姑娘了。"

"借花献佛，当不起殿下的谢。殿下是在这里吃，还是带走？"

感受到从某人那里散发出的冷气，卫羌笑道："还是带走吧。"

带回去，还可以让玉娘尝一尝。

玉娘吃过那碗酸汤鱼脑面之后又变得毫无胃口，苍白的脸色令人忧心。

骆笙拿起一只叫花肘子用荷叶垫着递给了卫羌，淡淡提醒道："殿下当心烫手。"

卫羌捧着热乎乎香喷喷的肘子，有些为难："能不能借食盒一用？"

他托着一只大肘子从骆姑娘这儿走回帐子，这一路恐怕会引不少人看。

骆笙抬眸看他，解释道："泥壳已经敲开，要是放入食盒闷着，会影响口感。"

"原来如此。"卫羌听骆笙如此说，只好放弃。

"王叔，骆姑娘，那我先回了。"

他捧着肘子才走了没多远，迎面遇到了骆大都督。

"见过殿下。"

"大都督不必多礼。"

骆大都督眼睛黏在卫羌手上："殿下拿的是什么啊？"

闻着也太香了！

"骆姑娘说这道菜叫叫花肘子。"

"叫花肘子啊——"骆大都督仔细打量，就见丑陋的泥壳打开一角，露出皮皱肉糯泛着油光的红肉。

想到某种可能，骆大都督脸色一变。

不好，一只猪总共四条腿，太子分走一只肘子，就只剩下三只了！

想一想儿子，想一想侄子，再想一想总是厚着脸皮来蹭饭的开阳王……

骆大都督哪还顾得多说，匆匆辞别卫羌赶向骆笙那里。

骆笙正揭开锅盖把切成一段段的野葱撒在炖得喷香软烂的兔肉上，余光瞥见骆大都督,盖好锅盖打了招呼:"父亲怎么来了?"

骆大都督:"……"

不知道笙儿是不是故意的,怎么总问这么让人为难的话。

"来看看。"他环视一圈,视线落在卫晗身上。

"王爷也在这里啊。"

正准备吃肘子的王爷勉强把叫花肘子放下,微微颔首:"没想到大都督也过来了。"

骆大都督神情有一瞬扭曲。

这是什么屁话!

这是他闺女们歇脚的帐子,他当爹的过来有问题吗?

一个年纪轻轻尚未娶妻的王爷,是怎么好意思总往这儿凑还说出这种话的?

再扫到青年身侧平铺着的荷叶上放着的两只肘子,骆大都督险些忘了眼前人的身份和他拼了。

三只肘子,开阳王一个人吃两个?

"王爷吃肘子呢。"

卫晗把放下的肘子拿起来,淡然点头:"嗯,我今日打的猎物。"

骆大都督沉默了。

所以说,开阳王猎了一头野猪就是为了这顿叫花肘子?

人家打的猎物,那还能说什么,早知道他也打一头野猪送过来。

盛三郎捧起最后一只叫花肘子递给骆大都督:"姑父,您尝尝这肘子,味道别提多好了。"

骆大都督不由感动了。

看看,到最后还是侄子管用,外人就是外人。

一个人吃两个肘子,这种女婿要来干什么?

不行还是探探三郎的口吻吧。

骆大都督不想再看独享两只肘子的开阳王,带着侄儿孝敬的叫花肘子走了。

"秀姑,第二批肘子是不是快好了?"盛三郎啃着肉串问。

幸亏他机智,一见开阳王猎了一头野猪就联想到了进京路上表妹做的叫花肘子。

一想到叫花肘子就忍不住流口水,然后就找猎到野猪的人把猎物讨了来。

"好了,来吃吧。"

四只肘子,盛三郎分了一只,骆辰与小七各一只,剩下一只自然是红豆的。

眼看四人捧着肘子啃得香,卫晗眉头一皱,把荷叶上放着的那只肘子递到骆笙面前。

"骆姑娘也吃一点吧。"

骆辰眼神闪了闪。

217

竟然舍得分一只肘子给骆笙。

盛三郎也惊了。

这么好吃的肘子都舍得分出去,开阳王这是用了多大的毅力啊!

骆笙笑笑:"王爷吃吧,我不大饿。"

卫晗认真看她,见她不似作假,这才微微点头。

卫羌捧着叫花肘子往回走,路上遇到行礼的人无数。

看着拱手行礼的太仆寺少卿,他不用想就知道接下来是什么话。

"殿下拿的是什么啊?"

"叫花肘子,有间酒肆的大厨做的,取材野猪。"流利说完这几句,卫羌大步从王少卿身边走过。

王少卿动了动鼻子。

真香啊。

可惜他没有猎野猪的本事。

卫羌加快脚步,总算回了金帐。

"玉娘,你看我带了什么来。"他把垫着荷叶的叫花肘子放到桌几上,招呼朝花来品尝。

朝花吃了几口,便停下了筷子。

"怎么不吃了?"

朝花柔柔一笑:"肘子好吃,只是吃多了觉得有些腻。"

"你是胃口太差了。"卫羌说着,想起了那碗被吃得干干净净的酸汤面,"上次的酸汤鱼脑面倒是吃了不少。"

朝花赧然道:"有间酒肆的大厨做的酸汤鱼脑面确实很合妾的口味。"

卫羌默默记下,等用过饭略作休息,就走出金帐往骆笙那里去了。

"骆姑娘不在?"听了骆晴的话,卫羌有些意外。

打过猎,用过饭,不在帐子还能在哪儿?

骆晴恭敬回道:"三妹带着弟弟练习箭法去了。"

卫羌扬眉一笑:"骆姑娘对弟弟真是关爱。骆二姑娘知不知道骆姑娘在何处练习箭法?"

骆晴讲明了地方,卫羌转身离去。

"注意力要集中,不要紧张,对弓箭熟悉了就好了……像我这样把弓拿好……"

温和舒缓的声音顺着微风传入耳中,如秋水清泉本该抚平人的烦躁。

可卫羌却猛然停住脚,目不转睛地盯着那手挽弓箭的少女,脸色瞬间变得苍白。

箭飞了出去,准确没入靶心。

可卫羌却觉得那支箭射入的不是靶心,而是他的心。

瞬间血肉模糊，支离破碎。

支离破碎的还有眼前的虚空，他仿佛一下子被拉回了很久以前。

那一年他才七岁，第一次随双亲前往镇南王府做客。

他早已不记得那时候的镇南王妃是什么样子，只记得美丽又高贵。

镇南王妃温柔地拍了拍他的手，让他去找小郡主玩。

他在镇南王府的演武场上见到了正练习射箭的小郡主。

与他年龄相仿的小郡主神情专注，只可惜射出去的箭飘飘悠悠落在地上，与目标相差甚远。

他忍不住笑出声。

小郡主却根本没有往他这边看一眼，而是从箭囊抽出一支箭继续练习。

他看到她把箭搭上弓弦之前，用小指轻轻点了点那根弦。

她练习了多久，他就看了多久。每一次，都能见到她那个不起眼却又显出几分调皮的小动作。

终于，飞出的一支箭正中了靶心，她这才把弓箭交给身边一个红衣小丫鬟，大步走到他面前。

"你是平南王世子吗？"

他诧异地睁大了眼睛："你认识我？"

小郡主微微一笑："不认识，但我母妃说今日平南王府的贵客会来做客。看你衣着打扮和年纪，不是平南王世子还会是谁呢？"

他还记得她笃定的语气，明亮的眼睛，以及光洁额头上未曾拭去的汗珠。

看着这样的她，他第一次生出一丝局促。

这样的感觉，令他无措又羞恼。

于是他硬邦邦地问："既然猜到我是上门来的客人，那你刚刚为何没有来与我打招呼？"

仿佛这样，便能占了上风。

她没有气恼，而是抿嘴一笑，带着几分理所当然道："因为刚刚我在练箭，还没到结束的时间，不能半途而废啊。"

不是娇蛮霸道的理所当然，而是坚定坦荡的理所当然。

他突然就没了争强好胜的心思，讷讷问道："你叫什么名字呀？"

"我叫洛儿，你可以叫我清阳。"

他知道清阳是镇南王府小郡主的封号。

于是他说："那我叫你洛儿吧。我叫卫羌。"

她点了点头，喊了他的名字："卫羌，要一起练箭吗？"

卫羌，要一起练箭吗？

仿佛一瞬间，那个小女孩就长成了风华绝代的少女，成了他的未婚妻。

可是十二年前的那个夜晚，刚刚与他拜完天地的少女策马狂奔，被父王安排的人一箭射进了后心。

他看着她从马上掉下来，大红的嫁衣铺展开，痛苦而安静地死去。

即便是死，她也是那般骄傲，没有丝毫狼狈。

后来的漫长岁月里，他无数次想回到很久很久以前。

那个额头沁着汗珠的小姑娘大大方方邀请他。

卫羌，要一起练箭吗？

一滴泪顺着眼角滑落。

模糊的视线中，那道素色身影渐渐与记忆中的人重合。

"洛儿。"卫羌低低喊了一声。

"公子，您的手不能抖呀，手抖怎么可能射好呢……"小丫鬟的叽叽喳喳声响起。

卫羌眼神恢复清明，视线内哪有洛儿，只有骆姑娘。

他想要走过去，可是脚下仿佛生了根，让他动弹不得。

最终，他苍白着一张脸悄悄回了金帐。

"殿下散步回来了。"朝花微惊，快步迎了上去。

她以为听了她那番话，这个男人会去骆姑娘那里讨一碗酸汤面。

看来是她高估自己了。

朝花自嘲地勾了勾唇角走到卫羌身边，却发现他脸色苍白无比，一副失魂落魄的模样。

"殿下？"

卫羌显然没有说话的心思，直接从朝花身旁走了过去。

留下朝花心中错愕，沉默了一下又快步跟上。

"殿下，喝口茶吧。"

卫羌瞥了一眼捧着茶杯的纤纤玉手。

皓腕上是一只精美的金镯。

另一只镯子……在骆姑娘手腕上。

而这对镯子是洛儿的，倘若洛儿戴着，会是什么样呢？

洛儿，骆姑娘……

卫羌抬手，揉了揉眉心。

他可能是疯了，竟然从骆姑娘身上看到了洛儿的影子。

骆姑娘骄纵跋扈，连面首都养，而洛儿却骄傲矜贵，即便对他这个青梅竹马长大的未婚夫都一直淡然以对。

有时候，他甚至怀疑洛儿对他并没有动过心。之所以愿意嫁给他，不过是家世相当，父母之言罢了。

这种偶然闪过的念头几乎能把人逼疯。

他是平南王府的小王爷，就是想要天上的星星也有人争先恐后去摘。

可他偏偏摸不透她的心。

他想，他要是站得更高，身份更尊贵，就能彻彻底底拥有洛儿了。

或许也能让洛儿如其他女子看心上人那般，爱慕、仰视。

"殿下，您怎么了？"举着茶杯的素手颤了颤。

卫羌动了动木然的眼珠，没有去接茶杯，而是握住了戴着金镶七宝镯的那只手腕。

朝花眼神一缩，手中茶杯晃了晃。

这个男人为何如此反常？

她想了想，单手环住了他。

既然问了不答，那就静静等他主动说好了。

女子温暖的怀抱渐渐抚平了男人内心的疾风骤雨。

不知过了多久，他低声问："玉娘，你说这世上会有两个人，拥有一样的小习惯吗？"

朝花颤了颤浓密的睫毛，不解其意。

可这个人显然在等她回答。

"或许会吧……"朝花语气不大确定，"毕竟世上有那么多人，人有相似也不奇怪。"

"是么？"在她怀中的男人轻轻吐出这两个字，听不出悲喜。

朝花越发奇怪，试探问道："殿下遇到什么人了吗？"

卫羌又陷入了沉默。

朝花陪他沉默着。

半响，卫羌把朝花轻轻推开，拉她在身边坐下，问出一句在朝花听来很奇怪的话。

"玉娘，你怎么看骆姑娘？"

朝花笑笑："妾与骆姑娘没有什么接触，说不好——"

"就说你的感觉。"卫羌似是有些不耐烦，冷声打断她的话。

他整个人却是紧绷的。

想听到些什么，又怕听到。

究竟如何，竟连他自己一时都说不清了。

朝花微微一怔，而后笑了笑："妾觉得骆姑娘活得挺洒脱的，没有传闻那么……那么不堪……"

卫羌皱眉。

他想听到的不是这个。

"玉娘,你觉得骆姑娘像不像洛儿?"

朝花手中那杯茶一直没有放下,听到卫羌这话,手一抖茶水洒了他一身。

"殿下恕罪。"朝花跪了下去,低头死死盯着地面,借此掩饰眼中翻涌的怒火。

他竟然拿骆姑娘与郡主比较!

这是见她容颜已老,没办法再隔着她惦记郡主了吗?

说什么对郡主情深义重,倘若郡主去后他守身如玉,她或许还能高看他一眼。

可他偏偏一边怀念着郡主,一边娶妻纳妾安享太子尊荣。

一样都不少。

对此,朝花只想冷笑。

卫羌看着伏地的朝花,掸了掸身上水渍,淡淡道:"无妨,起来吧。"

朝花默默起身。

"玉娘,你还没回答我的问题。"

朝花抬眸与卫羌对视,柔声反问:"殿下为何觉得骆姑娘像郡主?"

卫羌看向金帐门口,低声道:"就是突然觉得有些像。"

"妾觉得一点都不像。"朝花语气坚定地反驳。

不管骆姑娘为人如何,她都不愿见到这个男人再祸害人。

"不像么?"卫羌喃喃,透着失落。

"当然不像。"朝花与之对视,一字字道,"郡主是独一无二的。"

卫羌浑身一震,唇上血色褪得一干二净。

玉娘说得对,洛儿是独一无二的。

如果不是这样,这些年他也不会这般煎熬。

"玉娘,我想歇一歇,你替我按按额头吧。"

"殿下先把衣裳换了吧。"

"不用,我现在头疼得厉害,你先帮我按按。"卫羌枕在朝花膝头,闭上了眼睛。

微凉的指尖落在男人的额头上,轻柔缓慢,动作熟稔。

朝花的内心却远没有表面这么平静。

看来这个男人刚刚确实去了骆姑娘那里。

他为何觉得骆姑娘像郡主?

是见到了什么吗?

一想到卫羌把骆姑娘与郡主比较,朝花就觉得愤怒。

郡主已经死了,这般自欺欺人不觉得可笑么?

可是想到秀月,她又有些疑惑。

那日,秀月对骆姑娘的态度很恭敬。

不是浮于表面的恭敬,而是发自心底的恭敬。哪怕秀月竭力克制,也瞒不过她的眼睛。

那是面对郡主才有的样子啊。

朝花用力咬了咬唇。

不能再胡思乱想,她被太子弄得心乱了……

翌日,朝花喝了两口粥便放下了筷子。

"怎么不多吃点儿?"看似恢复如常的卫羌关切问道。

朝花抬手替他系好披风带子,不以为意道:"妾一向吃不多,殿下不用担心。"

吃不多么?

卫羌不由得又想到了那个盛着酸汤面的青花大碗。

"若是觉得无聊,就让宫婢陪着在周围走走,等我回来。"卫羌握了握朝花的手,大步走了出去。

这一日的狩猎与第一日没有什么不同。

还是那些人骑着骏马,负着长弓,奔驰在一望无垠的草原上。

随着骏马奔腾,惊起飞鸟无数,在蔚蓝高远的长空掠过。

第一日被追逐的鹿群、兔子,以及猛兽开始四下奔逃。

不对,还是有些不同。

永安帝端坐于马上,神情古怪。

不知是不是错觉,他怎么觉得今日参与狩猎的群臣对那些在眼前晃的鹿视而不见呢?

对兔子也视而不见。

对虎豹——呃,一般人对付不了,只能视而不见。

那这些人骑着马漫无目的地乱跑是怎么回事儿?

永安帝心生疑惑,冷眼瞧着。

突然一头野猪不知从何处窜了出来,闯入人们的视线。

"野猪!"发出这声欢呼的足有七八人。

永安帝离得远,都觉得这声音震耳朵。

然后,更令他吃惊的事发生了。

只见原本骑马乱晃的一群人纷纷举弓,羽箭飞射而出。

野猪虽给人的印象粗笨不堪,实际上却是敏捷灵活的猛兽。

然而再敏捷,再凶猛,也挡不住一阵箭雨袭来。

可怜刚刚冒头的野猪瞬间被扎成了刺猬,抽搐着倒在地上,身上那密密麻麻的箭让永安帝瞧了都心惊。

这野猪……太惨了些。

"我射中的!"不知谁喊了一声,身下骏马如闪电向野猪冲去。

其他人面色一变。

不好，臭不要脸的要抢战利品！

眼见太仆寺少卿奔到了野猪那里，其他人纷纷喝道："王少卿且慢，野猪是我猎到的！"

很快众人就把王少卿与野猪围住了。

想把野猪带走？休想！

王少卿警惕地看着要抢战利品的众人："是我射出的第一箭。"

不知谁笑道："射出第一箭有什么用？王少卿，以你的身手想猎野猪很困难吧？"

王少卿气得抖了抖胡子。

这不是废话嘛，要是他能独自猎一头野猪，还冲过来干什么？

奈何官职低，没底气骂回去，只好退一步道："那我至少要分一条猪腿——"

这话登时提醒了不少人。

众人抽出腰间长刀，照着死透了的野猪一阵乱砍。

不远处看热闹的盛三郎摸了摸下巴，喃喃道："这一幕瞧着怪眼熟的……"

永安帝把这一切尽收眼底，喊了一声心腹太监："周山。"

紧随永安帝左右的周山立刻应道："奴婢在。"

"去问问到底怎么回事儿。"

这些臣子莫非疯了？

没等多久，周山返回。

"回禀皇上，据几位大人说是因为有位大厨擅长做叫花肘子，他们准备送些食材过去请大厨帮忙烹制。"

永安帝皱眉："朕怎么不知道哪位御厨擅长做这道菜？"

"这位大厨不是御厨，而是骆大都督的女儿骆姑娘带来的厨子。"

永安帝动了动眉梢。

那日沿途歇脚不见开阳王与骆驰，太子就说他们是踩着饭点去了骆姑娘那里。

又是因为骆姑娘带来的厨子？

永安帝彻底被勾起了好奇心，吩咐周山："去跟骆驰说，等用膳时送一只叫花肘子来。"

得到吩咐的周山匆匆去寻骆大都督，结果一寻觅，骆大都督正举弓追杀一只野猪呢。

"骆大都督——"

骆大都督纵马奔到周山面前："周公公有什么事？"

听周山说明来意，骆大都督呆了呆。

笙儿带来的那个大厨的名声都传到皇上耳里去了？

不好，万一皇上吃到叫花肘子，动了把大厨封为御厨的心思怎么办？

那笙儿的酒肆不就要关门了！

骆大都督神色凝重找到了骆笙。

"皇上点名要吃秀姑做的叫花肘子？"

"是啊。"骆大都督面对女儿明亮的眼睛，有些心虚。

要是皇上真的把秀姑要走，他可没办法帮笙儿抢回来。

"知道了。"

见骆笙反应平淡，骆大都督更心虚了。

笙儿该不会还没想到吧？

在提醒与不提醒之间挣扎了一下，骆大都督还是选择了沉默。

能拖就拖，拖不过去了再说。

一眼瞥见往这边走的绯衣青年，骆大都督登时气不打一处来。

一到快吃饭的时候就来了，比他这当爹的还准时，还勤快。

要不是开阳王猎了一头野猪让秀姑做叫花肘子，秀姑的名声哪会传到皇上耳里。

这危机就是开阳王造成的！

走到近前的卫晗敏锐察觉今日的骆大都督有些杀气腾腾。

他有得罪骆大都督之处么？

卫晗认真想了想。

没有。

卫晗从容走过去，客气打了声招呼："大都督今日来得挺早。"

骆大都督鼻子险些气歪了。

开阳王这意思，他这当爹的来早点儿还挺反常的？

然而心中虽气，面上却要保持微笑。

"今日是为了正事来的。"

卫晗带着几分诧异看着骆大都督。

原来在骆大都督心里，吃饭不是正事儿？

骆大都督一滞。

开阳王这眼神让人莫名有点生气。

骆大都督清了清喉咙："皇上想尝一尝叫花肘子。"

卫晗心中一动，立刻看了骆笙一眼。

少女没有任何异样，平静地把一份裹着泥壳的叫花肘子递给骆大都督："恰好做好了，父亲给皇上送去吧。"

泥壳还热着，由几层荷叶垫着。

骆大都督拿在手中，觉得烫手，一颗心七十八下。

皇上吃了后，到底会不会把人要过去啊？

骆大都督步伐沉重地走了。

骆笙没有理会一旁的青年，拿一个长柄木勺轻轻搅动着翻滚的汤水。

今日小七领着骆辰去林间采了不少菌菇，正好熬一锅猪骨菌菇汤。

一锅熬得发白的汤无须添太多调料，只等熬好时撒一把嫩绿的野葱就足够鲜美。

"你不担心么？"男人带了几分低沉的声音响起。

骆笙侧头看他："担心什么？"

眼神平静淡然，似乎对一切一无所知，抑或了然于心。

卫晗沉默了一阵，低低道："我有些担心。"

那一次平南王沉迷于吃骆姑娘做的扒锅肘子，被骆姑娘射了一箭。

现在，皇上对骆姑娘做的叫花肘子产生了兴趣——令人不敢深思。

骆笙盛了一碗汤递过去："王爷喝汤吧。"

她用不着别人担心，只要别人别坏她的事就好。

说起来，开阳王的立场有些奇怪……

骆笙入神想着，端着碗的手忘了松。

卫晗试了试接不过去，于是也端着碗看着她。

二人捧着同一个碗，场面颇有些好笑。

"你们……不嫌烫手吗？"又去弄了些鸟蛋回来的骆辰看着这情景，忍无可忍开口。

骆笙回过神，淡定把手松开，对沉着脸的少年扬唇一笑："弄到鸟蛋了？"

"弄了好多呢。"小七兴冲冲道。

骆辰睨他一眼，快步走到骆笙面前，把一个铺着厚厚草叶的小竹篮递过去。

竹篮中放着数十枚鸟蛋，鸟蛋上还挂着清亮的水珠。

"洗过了？"

"嗯。"骆辰勉强应了一声，扫一眼黑脸少年，"小七说洗干净可以拿来直接煮着吃。"

他想通了。

何必以己之短比人之长，黑小子是山野间长大的，这些比他厉害再正常不过。

他还会读书呢。

找到平衡的少年对抢姐姐的臭小子忌惮少了些。

他这么优秀，骆笙眼睛又不瞎。

骆笙见两个少年关系有所好转，欣慰地笑了。

第19章
怀疑

骆大都督捧着叫花肘子来到永安帝金帐外。
"皇上，骆大都督到了。"
永安帝微微点头。
"微臣见过皇上。"
永安帝看一眼骆大都督手中黑乎乎的东西，带了几分好奇问："骆大都督手中拿的是什么？"
"回禀皇上，这就是叫花肘子。"
永安帝瞥了周山一眼。
周山忙替永安帝问道："大都督，这叫花肘子该如何吃？"
"需要把外面的泥壳敲开。"
骆大都督接过内侍递来的榔头，敲开泥壳揭开荷衣，一股奇香立刻飘出来。
周山把叫花肘子接过，先以银针试毒，再以小刀割下一片试吃。
薄薄一片肘子肉才入口，周山眼睛就直了直。
这也太好吃了，怎么能叫叫花肘子呢！
一时忍不住，又尝了一片。
永安帝深深地看周山一眼。
周山一脸淡定忠厚。
这么大一只肘子，只吃那么一小片试毒怎么行呢。

为了皇上的安全，他必须多吃一些。要是有毒，就毒死他吧，也算是为君尽忠了。

过了一阵子，周山把切好的肘子奉到永安帝面前："请皇上品尝。"

永安帝举箸吃了一口，微微点头："味道确实极好。骆大都督，这便是令爱带来的厨子做的？"

骆大都督一颗心登时提了起来："正是。"

"赏。"

听永安帝吐出这个字，骆大都督暗暗松口气。

看来闺女的厨娘暂时保住了。

走出金帐，骆大都督狠狠吐出一口浊气。

金帐内只剩下伺候的内侍与宫婢，永安帝吃下一片肘子肉，吩咐周山："去请贵妃娘娘过来。"

周山领命去了隔壁金帐传话。

"皇上邀我去吃肘子肉？"听周山道明来意，萧贵妃表情古怪。

"娘娘请移步，皇上还等着您。"

萧贵妃带着好奇去了永安帝那里。

才进金帐，就闻到一股令人垂涎的香味。

"爱妃来了。"面对大臣总是一脸严肃的永安帝露出几分笑意，"爱妃尝一尝这道叫花肘子。"

萧贵妃净过手坐到永安帝身边，接过宫婢递过来的银筷夹了一片肘子肉吃下。

"如何？"永安帝带着几分期待问。

好一会儿，萧贵妃点了点头："好吃，不知是哪位御厨做的？"

这道菜让她想起了少时。

那时她受嫡母苛待，最惨的时候被罚跪祠堂，禁止饮食，她的丫鬟偷偷弄来一只裹着泥巴的肥鸡。

很多年过去，她一直忘不了把泥巴敲开后闻到的香味。

她的丫鬟被嫡母活生生打死了。

这么多年过去，萧贵妃想到往事，内心已经没有太多波动，但那香味一直留在了她记忆里。

眼下尝到的肘子味道虽好，可在她看来还是比不过那只肥鸡。

而能把叫花肘子做出这般味道的厨子，想来做的叫花鸡也不会差。

永安帝听了萧贵妃的话笑起来："不是御厨做的。"

"不是御厨？"萧贵妃越发惊讶。

"是骆大都督的女儿带来的厨子做的……"

听永安帝讲完，萧贵妃笑笑："原来如此。骆姑娘真是个会享受的人。"

"小姑娘会享受，也不是坏事。"永安帝淡淡道。

骆驰如何宠唯一的嫡女，他有所耳闻。

这不算什么事。

他不介意臣子让家人过得舒服肆意些。

忠心，才是最重要的。

永安帝想想空荡荡的膝下，忽然觉得软糯肥美的肘子没了滋味。

他曾有多名子女，可到如今真正是他骨血的唯有长乐公主一人。

卫羌是他亲侄儿，过继到膝下按说与亲子无异。

可终究只是按说，又怎么可能一样呢。

站在他的位置，即便是亲父子，随着太子羽翼丰满都不得不防，何况只是侄儿。

为此，臣子的忠诚对他来说才是最大的长处。

至于才能——永安帝嗤笑。

大周人才辈出，缺的从来不是有才能的人。

"皇上觉得味道好，就多吃点儿。"萧贵妃夹了一片肘子，放入永安帝碟中。

永安帝望着萧贵妃年轻明媚的面庞，含笑点头。

吃得尽兴，永安帝来了兴致："爱妃舞一曲吧，许久没欣赏过爱妃的舞姿了。"

很快丝竹声响起，萧贵妃甩动长袖，足踩金丝软毯曼舞起来。

出了金帐，萧贵妃直接回到行宫，入池子痛痛快快沐浴。

一番折腾下来，离用晚膳又不远了。

萧贵妃斜躺在美人榻上，吩咐内侍："去一趟骆姑娘那里，请她的厨子做一只叫花鸡。"

内侍领命而去。

萧贵妃在行宫的花园散步许久，总算等来这道叫花鸡。

撕下一块肥嫩的鸡肉吃下，萧贵妃闭了闭眼睛。

味道与她记忆中一样好。

卫羌去到骆笙那里时，正好与萧贵妃派去的内侍错开。

"殿下想吃酸汤鱼脑面？"骆笙瞥一眼立在卫羌身后的内侍手中提着的一尾鱼，淡淡问道。

"自从那日尝过骆姑娘的厨娘做的酸汤鱼脑面，我一直念念不忘。"

骆笙笑了笑："我还以为殿下更喜欢吃叫花肘子。"

见她漫不经心拨弄着花草，卫羌一时忘了回应。

也许是偶然撞见的那一幕让他变了心态，此刻看着她，总是不自觉从那一举一动中寻找另一个影子。

而后，就越发觉得相似。

可以前为何没觉得呢？

卫羌暗暗提醒自己不要胡思乱想，却又忍不住多瞧眼前人几眼。

骆笙随手抛掉一朵野花，笑道："是不是玉选侍喜欢吃酸汤鱼脑面？"

卫羌眸光微闪，良久才点了点头。

他本来是为了玉娘来的，可听骆姑娘这么问，却有些不愿承认。

骆笙冷眼瞧着卫羌的反应，暗暗疑惑。

是哪里出了差错么？她以为水到渠成，玉选侍喜欢吃酸汤鱼脑面这种话会由卫羌先提出来。

骆笙的沉默令卫羌不自觉想解释些什么。

"玉选侍胃口向来不好，来到北河不大适应，胃口就更差了，所以才来麻烦骆姑娘。"

骆笙微微点头："确实挺麻烦的。"

卫羌一愣，没等说什么，就见眼前少女笑了笑。

"俗话说授之以鱼不如授之以渔，既然殿下与玉选侍都喜欢吃酸汤鱼脑面，不如趁着现在方便就让我的厨娘教会玉选侍的宫婢这道菜吧。这样的话，以后哪怕回宫，殿下与玉选侍也能随时吃到。"

骆笙嘴角含笑看着卫羌："殿下觉得怎么样？"

看着眉眼盈盈的少女，卫羌不由点头："若能如此，自然再好不过。"

骆笙侧头盼咐："秀姑，随殿下去吧。"

"是。"秀月不动声色走过去。

行宫依山而建，瑰丽壮阔。

秀月规规矩矩地走在卫羌身后，一直保持着不远不近的距离。

窦仁提着鱼，暗暗点头。

这个厨娘比骆姑娘身边的丫鬟懂事多了，可见还没来得及学坏。

很快一行人穿过朱红宫墙，在一处宫院停下。

"秀姑，请随咱家来吧。"

秀月对卫羌微微屈膝，随窦仁而去。

卫羌快步走上石阶，握住朝花的手："怎么在外头呢？"

"出来透透气。"朝花笑意温柔，"妾瞧着跟在窦公公身后的人有些像骆姑娘的厨娘。"

卫羌笑了："就是那位厨娘。"

朝花眸子微微睁大，露出诧异："殿下怎么把骆姑娘的厨娘带来了？"

"本来是想请她做一份酸汤鱼脑面，可骆姑娘说愿意借厨娘来教你的宫婢这道菜。我想着如此甚好，就把人带来了。"

"原来是这样,让殿下费心了。"朝花露出感动神色,拢在袖中的手却用力握了握。

骆姑娘主动提出送秀月过来,究竟是巧合,还是有意配合?

卫羌拉着朝花的手走下石阶,在院中缓缓踱步。

天色将晚,晚霞铺满天边,给院中花木披上深深浅浅的红纱。

卫羌享受着傍晚的怡然,笑道:"费什么心,我也喜欢吃酸汤鱼脑面。"

朝花想了想,道:"那就让青儿跟着厨娘学吧。青儿细心,服侍妾向来周到。"

卫羌不以为意道:"这些你看着就是。"

朝花侧头喊了一声:"青儿。"

一直跟在她身后的青儿上前来:"请选侍吩咐。"

"去好好跟着骆姑娘的厨娘学一学。"

"奴婢遵命。"

卫羌陪着朝花走了一阵子,便道:"我先去沐浴更衣。"

白日狩猎出过汗,回来自然是要好好洗一洗。

"妾服侍殿下沐浴吧。"

"不必了,等我一起用膳就好。"卫羌婉拒了朝花的提议,大步向浴房走去。

朝花平静地看着那道身影消失在视线里,提着的心这才放松下来。

等了这么久,终于等到了与秀月单独见面的机会。

朝花不疾不徐向膳房走去。

行宫虽比不得皇宫,但该有的却不能少,比如专属东宫的膳房。

"选侍。"站在膳房外的窦仁向朝花见礼。

朝花微微点头,问道:"青儿在跟骆姑娘的厨娘学做菜么?"

"正是。"

朝花举步往内走。

"选侍,您——"窦仁见此忍不住喊了一声。

朝花淡淡道:"有些好奇,进去瞧瞧。"

"膳房油烟大,选侍还是不要进去了。"窦仁劝道。

朝花看他一眼,微微蹙眉:"我好奇想瞧一瞧,还要窦公公允许么?"

窦仁忙道:"选侍折杀奴婢了。奴婢领您进去。"

一个选侍本来不算什么,可谁让玉选侍是殿下放在心尖上的人呢。

窦仁老老实实陪着朝花进了膳房。

膳房十分宽阔,足有数间屋。

窦仁一眼没瞧见秀月,问正忙碌的一名御厨:"请来的厨娘呢?"

御厨显然有些不满,压着恼火回道:"那位厨娘说奉主人的命令来教一道菜,只能传于一人,与来学厨的宫女一起去最里间了。"

窦仁看向朝花。

朝花淡淡道:"既然如此,那窦公公就等在这里吧,我进去瞧一眼便出来。"

窦仁还能说什么,只能老老实实等着。

里面突然传来一声响,紧接着是宫女的请罪声。

"选侍恕罪,都是奴婢笨手笨脚——"

窦仁没等听完便冲了进去,因眼前情景吃了一惊。

只见青儿跪在地上,一把菜刀落在手边,手指正淌着血。

"这,这是怎么说的?"窦仁忍不住问。

青儿满面羞愧:"奴婢手笨,不小心切了手……"

切了手,自然是学不成了。

朝花叹道:"罢了,我来随厨娘学这道菜吧。"

窦仁下意识阻拦:"选侍身份尊贵,怎么能学这些呢——"

朝花看他一眼,笑道:"我学会了,可以亲手做给殿下吃。"

她似是一下子反应过来,语气越发柔和:"本该我来学,才不负殿下的一番心意。窦公公带青儿出去吧。"

膳房内,只剩下了朝花与秀月二人。

朝花望着秀月,秀月也望着朝花。

二人相隔咫尺,却又因十二年的时光造就了截然不同的经历而隔了天涯。

曾经的亲密无间,无话不谈,到现在变成了相顾无言。

还是朝花率先打破了沉默。

"秀月——"她低低唤了一句。

秀月握着菜刀的手一抖,移开视线快速切着鱼片。

"秀月,我是朝花呀。"朝花轻声说道。

秀月把薄如蝉翼的鱼片放入一旁的深盘中,声音毫无起伏:"贵人认错人了。秀月早死了,朝花……也早死了。"

现在活下来的,是丑婆婆和玉选侍。

朝花神色一震,湿了眼角,喃喃道:"是啊,秀月和朝花早就死了。"

在郡主死去的那一刻,她们就不再是朝花与秀月,只是苟延残喘的可怜虫罢了。

"那你为何会站在这里呢?"秀月抚着冰冷的刀面,指尖染上淡淡的鱼腥味。

她的语气,比神色更冷。

这一瞬间,朝花感觉到尖锐的疼痛袭来,痛得她喘不过气来。

从猜测秀月还活着的那一刻起,她就曾无数次想过,假若秀月见了她会说些什么。

但无论说些什么,也不会再喊她朝花姐姐了。

可尽管做了这样的准备,听秀月说出这些话还是痛入骨髓。

"我——"朝花张了张嘴，不知该说什么。

难道要她解释她是为了守着郡主的镯子，守着一个虚无缥缈的希望？

在秀月看来，这恐怕是她苟且偷生的借口。

多少个夜里躺在那个男人身边，她偶尔会冒出这个念头：会不会是她贪生怕死患了癔症，从来没有过郡主的交代，这不过是郡主十里红妆里寻常的一对镯子罢了。

这只镯子伴了她多年，她没有发现任何特殊之处。

她怎么有脸对秀月解释。

"我舍不得死，所以跟了太子。"朝花咬了咬舌尖，一字字道。

秀月眼帘轻颤，遮住了一闪而逝的亮光。

郡主说朝花敏感孤高，若是没有变过，反而会拧着说话。

郡主交给她来判断，可她还是太笨了啊。

秀月抬起眼帘，目不转睛望着朝花。

朝花骤然生出落荒而逃的冲动。

可她舍不得。

与秀月见面的机会是她费尽心思得来的，她怎么舍得就这么走了。

朝花紧紧抿唇，看向秀月的眼神带了几分狼狈。

秀月望着那双熟悉又陌生的眼睛，心蓦地一痛，面上却一派冷硬："那你见我做什么？贵人是打算把我弄进宫，给你做合口的饭菜么？"

朝花用力攥了攥拳，自嘲一笑："我倒是想这样。可惜你是骆姑娘的厨娘，太子选侍的面子还没这么大。"

"那总不能是叙旧吧？"秀月嘴角同样挂着嘲弄，"你我如今身份云泥之别，我觉得没有什么旧情可叙。"

说到此处她顿了顿，漠然看着对方："还是说，贵人想把我交给太子邀功？"

"我没有！"朝花脱口而出。

秀月语气淡淡："贵人还是小声一点儿。"

朝花用力掐了一下手心，克制住难以自制的情绪，轻声道："秀月，你我毕竟一同长大，姐妹一场，无论如何我都没有害你的心思。"

秀月看起来似乎有些不耐烦了，冷冷道："那就多谢贵人不杀之恩了。"

一物蓦地塞进她手心。

秀月垂眸看着手中的镯子，有些愣神。

朝花强笑道："既然你不愿与我再打交道，我也不勉强，这镯子就送给你做个念想吧——"

秀月把镯子塞了回去。

朝花一怔，随即苦笑着解释："镯子是郡主留下来的，不是我在宫中得的，你只管收下就是。就算不愿与我之间留什么念想,就当是保管好郡主的镯子吧。"

经历了太子妃夺镯一事,让她更加深刻意识到身在宫中的步步惊心。

她本以为靠着太子能守好郡主留下的东西,还是太天真了。

这世上没有比秀月更合适当托付镯子的人。

秀月对郡主忠心耿耿,如今又成了骆姑娘的厨娘,以骆姑娘的身份足以护她周全。

退一万步讲,即便秀月将来失去骆姑娘的庇护,以她名扬京城的大厨身份也不会有人太过为难。

谁会和一个能做出令人食指大动的美食的厨子过不去呢,最多是抢回府上当厨娘罢了。

镯子交给秀月,她很放心。

"我不能收。"

"秀月——"朝花咬唇,眼里带了祈求。

秀月就这么厌恶她么?

秀月看着这样的朝花心中一酸,以低不可闻的声音问道:"你舍不得死,是因为这只镯子吗?"

朝花连退数步,以不可思议的眼神看着秀月。

秀月似是早就料到她会有这种反应,反而镇定多了,拿起一根葱慢慢剥着。

"你刚刚说什么?"朝花颤声问道。

镯子的事郡主就只告诉过她,秀月为何会知道?

或许是她误会了,秀月说的与她想的不是一个意思。

"秀月,你说什么?"

秀月看着她,眼中有了温度,低低道:"难道不是答应郡主保管好这只镯子,才努力活着么?"

朝花瞳孔一缩,死死掩住口。

秀月垂眸,继续料理食材。

而朝花则陷入了久久的沉默,久到膳房里开始飘起酸香,她才找回声音。

"秀月——"

秀月以木勺轻轻搅动滚开的酸汤,仿佛没有听到这声喊。

朝花上前一步,视线投在沸腾的汤汁上,轻声问:"你是如何知道的?"

秀月握紧了木勺,一字字道:"郡主告诉我的。"

朝花猛地握住了秀月手腕,那只戴了金镶七宝镯的手抖个不停。

"你冷静一些。"秀月低低提醒道。

朝花用力咬着唇,难以控制浑身的颤抖。

一滴泪落入沸腾的锅中。

"是……郡主托梦给你吗？"

秀月轻轻挣脱朝花的手，继续用木勺搅动汤锅。

那滴泪早已与汤水融在一起，觅不到踪迹。

"不是。"秀月声音低不可闻，"郡主就是骆姑娘啊。"

郡主说，倘若朝花主动把镯子给她，那就可以视情况告诉朝花这个秘密了。

郡主就是骆姑娘啊。

每个字都如一道惊雷，在朝花心头炸开。

炸得她心神剧颤，明明每个字眼都那么简单，合在一起却听不懂了。

郡主就是骆姑娘，这是什么意思？

"秀月，你在说什么？"

沸腾的汤锅，酸味渐渐浓郁，袅袅升起的烟气氤氲了秀月的表情。

"郡主就是骆姑娘。"她低低重复一遍。

朝花下意识摇头："秀月，你在说笑话么，我怎么听不懂你的话？"

秀月握着木勺，定定看着她："你知道我从来不乱说的。"

"那……郡主就是骆姑娘是什么意思？"

秀月望一眼门口，声音低得不能再低："郡主被世外高人所救，改头换面成了骆姑娘。"

朝花只觉不可思议，低低道："秀月，你莫不是被人骗了——"

秀月淡定把鱼片下锅。

"秀月！"朝花忍不住拽住她衣袖。

秀月看她一眼，语气平淡："我虽然不聪明，但主子还是不会认错的。"

朝花心头一震，怔怔松手。

她只想着秀月单纯，怕被人哄了去，却忘了正是因为实心眼，秀月才不会轻易认主。

可是，骆姑娘怎么可能是郡主？

看一眼淡定的秀月，朝花很快下了决心：她要亲自去见骆姑娘。

"酸汤鱼脑煮好了，贵人学会了么？"

秀月的声音拉回了朝花的理智。

她轻轻压了压酸胀的眼角，赧然一笑："一下子学会，对我来说还有些困难。"

秀月把鱼脑捞出倒入早准备好的青花碗中，神色恭谨："那民妇有机会再来教贵人。"

"劳烦了。"朝花收拾好心情，深深看秀月一眼，端着放有青花碗的托盘走了出去。

一见朝花出来，窦仁立刻迎上来："选侍，刚刚殿下问起您去了哪里呢。"

朝花微微点头，并没回头再看秀月，而是步履从容往寝宫而去。

235

秀月静静立在院中，任由晚风吹散身上的油烟味。

朝花端着托盘进了里室。

卫羌换了一身雪白中衣，正斜躺在榻上看书，闻到香味看过来。

"怎么亲自端来了？"

朝花把托盘放在桌案上，笑道："想学会了以后亲手做给殿下吃。"

"是么？"卫羌走过来，看一眼色香俱全的酸汤鱼脑面，笑意加深，"这是玉娘亲手做的？"

朝花嘴角微微抽动："是骆姑娘的厨娘做的，妾还没学会。"

卫羌恍然："难怪。"

他瞧着就不像是玉娘做的。

"殿下，妾想跟着骆姑娘的厨娘好好学会这道菜，不知妥不妥当？"

卫羌不由得笑了："这有什么不妥当。这里不比京城规矩大，你想跟着骆姑娘的厨娘学做菜，恰好骆姑娘也同意，每日打发宫人去把厨娘请来就是。或者白日出帐子透气的时候过去瞧一瞧也是可以的。"

朝花眼睛一亮："真的可以过去么？"

卫羌难得见朝花流露出这般欢喜的模样，语气越发温和："你想去就去，只要多带些人跟着就行。"

"多谢殿下。"朝花一脸感动，柔顺依偎过去。

离开行宫，秀月迎着晚风默默往前走，内侍提着灯笼把前路照得清清楚楚。

抬起头，已是繁星满天。

秀月望着天空，不由出神：北河的天可真高啊，有些像是看到过的样子。

在这里，她们把朝花姐姐找回来了。

秀月越过提着灯笼停下来等她的内侍，快步往前走去。

供随行王公大臣及家眷居住的别院就在山脚下，已经沐浴更衣的骆笙歪在榻上静静看了一会儿书，随口问红豆："秀姑还没回来么？"

红豆嘴一撇："没呢，许是得了贵人们赏识，留下用膳了吧。"

秀姑这没良心的，亏姑娘还替她担心。

有本事就留在宫里好了，她一个人可以伺候好姑娘！

骆笙简直要被红豆逗笑了。

小丫鬟给人上眼药都上得如此直白。

"去看一看，秀姑要是回来了，让她来见我。"

"是。"尽管有些不平，红豆还是老老实实出去了。

骆笙又看了一阵子书，红豆领着秀月走进来。

当着红豆的面，秀月不好多说，只是屈膝给骆笙见礼。

"红豆,你去外面守着吧,莫要人扰了我们说话。"

红豆斜睨秀月一眼,扭身出去了。

哼,她才是姑娘的心腹,把门望风还得她来。

屋中一阵安静,红烛爆了个烛花。

骆笙缓缓开口:"怎么样?"

秀月激动地点头:"朝花要把镯子给婢子!"

骆笙眼中浮现笑意。

"知道了,回去早些睡吧。"

秀月微微屈膝,退了出去。

一夜无话。

翌日,依然是秋高气爽的好天气。

盛三郎很是不解:"表妹,你今日不去打猎了?"

"不去了,歇一歇。"

"可是打猎也不累啊。"盛三郎想到每次打猎瞥见的情景,越发不解。

每次开阳王骑的大白马都要纠缠表妹的枣红马,把主人都撇在一旁了。

主人又不用骑着马飞跑,累什么累啊。

"表哥带着骆辰他们去吧,等回来做罐焖鹿肉吃。"

盛三郎一听,登时顾不得叫骆笙一起去了,大嗓门招呼骆辰等人:"走了,今日打一头鹿,表妹要做罐焖鹿肉!"

罐焖鹿肉?

听到这声喊的人纷纷竖起了耳朵。

好了,今日狩猎有目标了。

参与狩猎的人策马奔向了辽阔的草原。

萧贵妃走出金帐,正遇见朝花从隔壁帐子走出来。

"给贵妃娘娘请安。"朝花屈膝行礼。

萧贵妃居高临下地看着俯身的朝花,淡淡道:"起来吧。"

朝花直起身来,垂眸立在原处等着萧贵妃先走。

萧贵妃却好似有了聊天的兴致,随口道:"本宫还是第一次见到玉选侍出来。"

朝花规规矩矩回道:"回娘娘的话,先前殿下带婢妾去过骆姑娘那里。"

"呃?"萧贵妃一双精致的黛眉微微扬起,"莫非是为了那个厨娘?"

看到朝花面上的错愕,萧贵妃微微一笑:"本宫正要去见一见骆姑娘,玉选侍陪本宫去吧。"

"是。"朝花垂首走到萧贵妃身后,压下眼中浮现的喜色。

虽有太子点头在先,但贵妃主动带她去再好不过。

她一晚上辗转反侧，几乎没合眼，今日定要去见一见骆姑娘。

可骆姑娘如果真的是郡主呢？

越是如此，越令她步步小心，半点不敢大意。

倘若骆姑娘就是郡主，她不愿给郡主带来一丝身份被人发现的风险。

"玉选侍是太子还在平南王府时就跟着太子了吧？"走在路上，萧贵妃随意问起。

"是。"

萧贵妃微微一笑："难怪玉选侍看起来与本宫年龄仿佛。"

朝花忙道："娘娘说笑了。娘娘正值青春，婢妾已是快三十的人了。"

"是么？"萧贵妃仔细打量朝花一眼，语气莫名，"玉选侍看起来只有二十出头的样子。"

她以前没有留意过。

一名太子侍妾还不够格让她留意，还是不久前太子妃的事闹出来，这位玉选侍才算进了她的视线。

留意到了，倒是让她暗叹岁月对此女的优待。

萧贵妃精心保养的指甲轻轻扫过面颊。

面颊白皙、丰润，正如玉选侍所言，她正值一个女子容颜最盛的年纪。

可是再过几年呢？

她穿过最华美的衣裳，品过最丰盛的珍馐，用过最奢侈的物件，可这些恐怕终将随着容颜老去而失去。

没有一个孩子傍身，对宫中女子来说就是最大的悲哀。

这位玉选侍，倒是与众不同。

骆笙的帐子离萧贵妃的金帐不算远，此时她正在请教骆玥如何编花环。

"三姐，你编得不对，要这么编才行……"骆玥毫不客气地嘲笑了骆笙编出的花环。

红豆冷哼一声。

四姑娘这是忘了以前不听话被姑娘拿鞭子抽的时候了？

三天不打上房揭瓦，老话一点没错。

说起来，姑娘怎么不爱耍鞭子了呢？

小丫鬟盯着主子腰间缠着的软鞭陷入了沉思。

骆玥耐心指点骆笙编花环的诀窍，骆晴含笑把挑选出来的花枝递到两个妹妹手中。

萧贵妃遥遥瞥见这般情景，不由驻足。

她记得骆大都督只有一位嫡女，就是骆姑娘。

都说骆姑娘飞扬跋扈，原来与庶出姐妹相处这般和睦么？

"娘娘——"内侍恭声请示。

萧贵妃微微颔首。

"贵妃娘娘到——"内侍喊了一声。

在附近走动的女眷听到这声喊，忙围过来见礼。

萧贵妃矜持点头："本宫只是随便走走，各位夫人不必多礼。"

众人一下子听明白了：贵妃娘娘来骆姑娘这儿蹭饭了，其他人爱干吗干吗去，别来添乱。

倒不是反应快，主要是这几日太子与开阳王动不动就过来，习惯了。

为了不惹贵妃烦，众人识趣散了。

"见过贵妃娘娘。"

"骆姑娘不必拘束，今日没有去狩猎么？"萧贵妃走了过去。

"今日想歇一歇，没想到贵妃娘娘会过来。"

萧贵妃微微一笑："本宫昨日吃到骆姑娘的厨娘做的叫花鸡，觉得很合口味，所以来跟骆姑娘道声谢。"

"娘娘折杀臣女了。"骆笙语气谦逊，神色却平静，"娘娘想吃什么命人来说一声就是，只要秀姑会做，就让她做了给娘娘送去。"

萧贵妃眸光微闪："呃，骆姑娘的厨娘叫秀姑么？"

"是，她叫秀姑。"

萧贵妃点了点头："本宫记下了。不知可否让本宫瞧一瞧能做出那般美味的厨娘？"

骆笙莞尔一笑："那是她的荣幸。红豆，去把秀姑叫来。"

不多时一名面容丑陋的妇人出现在萧贵妃面前。

萧贵妃一双明眸在秀月面上停留一瞬，心中微讶。

没想到厨娘容貌如此鄙陋，竟是毁了容的。

对方恭谨却不卑不亢的态度，倒是令她心生几分好感。

"今日还会做叫花鸡吗？"萧贵妃打量过秀月，问骆笙。

"是准备做几只。"

"本宫想看一看如何做的。"

那一年，她捧着丫鬟偷偷送来的肥鸡吃得香，顾不得想一个没有主人撑腰的小丫鬟是如何弄来的。

后来她再想问，却永远没有机会了。

那是她年少时仅有的温暖，只可惜太过短暂。

"秀姑，你现在做几只叫花鸡让娘娘瞧瞧吧。"

秀月冲萧贵妃微微屈膝："娘娘请随民妇来。"

239

生火做饭的地方离帐子有一段距离。

萧贵妃随秀月过去，一群宫人随之跟上。

转眼间，只剩朝花留在原处。

骆笙看向她。

朝花与之对视，眼底藏着审视。

她听了秀月那番话心乱如麻，胡思乱想，甚至想说服自己就这么信了。

相信吧，只要相信郡主还在，她就还能做真正的朝花，不会活得这么累了。

可真正站在骆姑娘面前，见到与郡主完全不同模样的女子，又如何能相信眼前人就是郡主呢？

"玉选侍不去看看吗？"骆笙向朝花走去。

看着走近的女子，朝花莫名有些心慌。

"去……"

"那我陪玉选侍过去吧。"

骆笙微微一笑，自然而然与朝花并肩前行。

前方便是升起的火堆，只是被萧贵妃带来的宫人们遮挡，仅露出一角。

低不可闻的声音响起："还记得杨准吗？"

杨准是秀月的未婚夫，与秀月两情相悦。

只是包括她在内的所有人都不知道，在杨准成为秀月的未婚夫之前，朝花就悄悄把他放在了心上。

宣布秀月与杨准定亲的那一日，她机缘巧合撞见朝花把系在月桂树上的彩带剪断。

朝花见被她发现，求她不要对秀月提起。

"婢子虽心悦杨准已久，只是一个人悄悄心悦罢了。如今秀月妹妹定亲了，婢子就把他放下了。"

到现在，骆笙还记得朝花说起这话时的样子。

有些狼狈，有些羞愧，更多的是平静。

她自然点了头，答应帮她保守这个秘密。

她知道，以朝花的性子从此永远不会再提起那个青年，无论有没有把他从心头放下。

那不只是朝花对秀月的情谊，更是源于一个女孩子的骄傲。

如果不是为了让朝花相信她就是清阳郡主，她本不该提起。

而朝花在骆笙问出这话后，身子一晃，急急停下来。

"选侍，您怎么了？"跟在后面的青儿快步赶上来。

朝花一手扶着裙侧，面露痛苦之色："崴脚了。"

许是太过疼痛，眼泪不自觉往下掉。

"这，这可怎么办？"想到是在外头，青儿有些慌。

"先扶选侍去我的帐子吧，你去替你们选侍请太医来。"骆笙有条不紊地安排。

青儿不由得看向朝花。

朝花蹙眉点头："去吧。"

"那您忍一忍，奴婢马上请太医来。"

骆笙扬唇吩咐："红豆，扶玉选侍进帐子里。"

红豆脆生生地应了一声，打量一眼弱不胜衣的朝花，直接把人抱了起来。

除了青儿，朝花还带了四名宫人，此刻皆目瞪口呆。

直到红豆旋风般进去再旋风般出来，四人才如梦初醒，抬脚要往帐子里走。

"站住！"红豆手一伸把人拦住，"我们姑娘不喜很多人进她的帐子，四位还是在外面等着吧。"

一名宫人忍不住道："这可不合规矩——"

"规矩？"红豆声音登时扬起，"怎么不合规矩了？这是我们姑娘歇脚的帐子，又没藏野男人，怎么就不合规矩了？"

四人听得脸都绿了。

野男人？这，这是什么话！

小丫鬟却还没完："要知道你们选侍是自己崴的脚，我们姑娘一片好心难道还错了？要是觉得不合规矩，那你们这就把你们选侍扛走好了！"

见小丫鬟声音越来越大，四人险些跪下。

"大姐儿莫恼，是我们说错话了。"

红豆翻了个白眼："这还差不多。"

喊谁大姐儿呢，烦人！

四名宫人再不敢多说一个字，彼此交换着眼神。

这凶悍跋扈的丫鬟是怎么活到现在的？

对于他们这些身份卑贱的人来说，果然不该进宫混，外头原来可以这么嚣张的。

充当门神的红豆自然是半点不担心得罪人的后果。

就这种放在宫里只能扫落叶的宫人，得罪了就得罪呗。

帐子内，骆笙轻声问："脚怎么样？"

朝花摇摇头，死死盯着她。

"骆姑娘。"

"嗯？"

"杨准是谁？"

骆笙微微一笑："杨准啊，是一个姑娘的未婚夫，也是另一个姑娘的心上人。

241

在杨淮成为别的姑娘的未婚夫之后,那个姑娘剪断了挂在月桂树上的彩带,对我说她从此把他放下啦。"

朝花掩口,眼泪簌簌而落。

杨淮是她情窦初开悄悄放在心上的人,这个秘密只有郡主知道。

退一万步,就算郡主会对人讲起,那个人也绝不会是秀月。

秀月没有认错,骆姑娘就是郡主啊!

朝花望着骆笙,泪流满面。

骆笙回望朝花,唇角含笑。

没有什么时候比刚刚得知满门覆灭时更糟糕了。她现在有弟弟,有秀月,还有朝花,会满怀信心走下去。

"郡主——"朝花嗫嚅吐出这两个字,突然想到了什么。

她用力把手腕上戴着的金镶七宝镯脱下来,塞入骆笙手中,一字字道:"郡主,婢子不负您的托付,把镯子完璧归赵。"

骆笙合拢手心,没有收镯子。

"郡主?"朝花错愕。

骆笙定定望着她,声音虽低却字字清晰:"镯子我可以收回,但我对你的托付还没有完。"

朝花颤了颤睫毛,轻声道:"请郡主吩咐。"

骆笙目光投向帐子门口,轻轻叹了口气:"前路太难了,我要你和秀月一直陪我走下去。"

朝花心头一震,咬牙点头:"婢子遵命。"

骆笙看着她,在那双闪着水波的眸子中没有看到躲闪,这才把金镶七宝镯接过来,同时把另一只金镶七宝镯递过去。

二人几乎是同时把镯子套回了手腕上。

此刻哪怕有人进来,也不会想到镯子已经悄悄换过了。

镯子本是一对,多么完美的交换。

骆笙轻轻抚摸着手腕上的镯子。

镯子上,似乎犹带着朝花的体温。

她心头一时感慨无限。

这只能令江山变色的镯子,被朝花守了十二年,终于回到了她手中。

"姑娘,太医到了。"帐子门口,响起红豆的喊声。

很快一行人走了进来,为首的是萧贵妃。

"听说玉选侍崴脚了。"

坐在矮榻上的朝花忙向萧贵妃欠身:"婢妾鲁莽,让娘娘担心了。"

"出门在外,玉选侍确实要仔细些。太医给玉选侍看看吧。"

由青儿领来的太医提着药箱走上前来,一番检查后道:"只是扭了一下,以药酒揉捏活血就好了。"

青儿随太医走至一旁,仔细听太医的交代。

萧贵妃道:"本宫已经打发人回去叫肩舆。等肩舆来了,玉选侍再回去吧。"

朝花诚惶诚恐:"多谢娘娘。"

萧贵妃看着神色惶惶的纤弱女子,眼中微有不屑。

玉选侍虽美,性子未免无趣了些,也不知如何得太子偏宠的。

据说是因为旧主?

萧贵妃这般思量着,向骆笙告辞:"该看的也看了,本宫先回了。"

"恭送贵妃娘娘。"骆笙略略屈膝,把萧贵妃送出帐外。

等骆笙返回,朝花笑道:"我手拙脚笨,昨晚跟着厨娘没有学会酸汤鱼脑面,正好今日在此,不知可否让厨娘再教教我?"

"玉选侍伤了脚,不方便过去看,就叫秀姑过来讲一讲如何调味吧。"

朝花忙道了谢,自然而然把青儿打发了出去。

大厨只教一人,青儿等人昨日便知道了。

终于帐内只剩主仆三人。

秀月拥着朝花又哭又笑,最后不停道:"你怎么就成了玉选侍,要不是郡主,我该误会你了……"

朝花嗤笑:"还不是那个人要恶心人,说什么一片冰心在玉壶。"

洛阳亲友如相问,一片冰心在玉壶。

朝花想到她封号的由来,就一阵犯恶心。

她忍了许久,如今终于能在最亲近的人面前呸上一声。

秀月也被恶心坏了,冷笑道:"那样的人只有狼心狗肺,还好意思自诩冰心?"

对郡主的冰心吗?

他怎么好意思提!

骆笙反而一派平静:"难得相聚,不必提他。"

畜生之流,不值得在这样的好时候提起来添堵,以后有收拾他的时候。

朝花与秀月齐齐点头。

"朝花,太子妃的事——"

朝花唇角弯起,在骆笙面前显出几分得意:"婢子干的!"

这样的得意带着少女的天真,令骆笙瞧了心中发酸。

她轻轻拍了拍朝花手背,叮嘱道:"一个人在宫里要小心,不要把自己置于险地。"

"郡主放心,婢子明白的。"

只是人有软肋，龙有逆鳞，镯子就是她的软肋和逆鳞。

太子妃就是抬脚踩在她脸上她都可以忍，可要夺走镯子，她会赌上这条命夺回来。

朝花望着骆笙微笑："婢子会保护好自己，陪郡主一路走下去。"

失去郡主的那十二年，镯子是她的软肋；现在和以后，郡主是她的软肋。

郡主要她陪着走下去，那她咬着牙也要走下去。

"姑娘，肩舆到了。"金帐门帘掀起，探出红豆青春俏丽的面庞。

骆笙语气柔软："扶玉选侍出去吧。"

小丫鬟欢快地应一声，快步走进来就要抱朝花。

朝花忙道："扶着我就好。"

红豆嘴一撇："您脚崴了，扶着也容易拉扯到呢，抱着多省事呀。"

也不等朝花说话，打横就把她抱了起来。

朝花哭笑不得，看向骆笙。

骆笙唇畔含笑："玉选侍就由她抱着去吧，这样确实安全省事。"

"那就多谢了。"朝花深深看了骆笙一眼，再冲秀月眨了眨眼，"我在厨艺上毫无天赋，今日依然没有记下太多，以后还要多麻烦大厨。"

秀月微微屈膝："贵人叫民妇秀姑就好。贵人喜欢学，是民妇的荣幸。"

红豆没再给二人啰唆的机会，抱着朝花噔噔噔地就出去了。

朝花看着小丫鬟那张俏丽活泼的面庞，心中轻轻叹了口气。

这孩子活得可真快活啊，就像她们那时候一样。

疏风博览群书，有过目不忘的本事，郡主曾笑着说她若参加科考，定能考个状元回来。

疏风便说："等婢子年纪大了当个教书先生吧，专门教女孩子读书习字，让更多的女孩子能眼明心亮地活着。"

绛雪于武道上天资卓绝，郡主临出阁前已经安排她掌管镇南王府一队府兵。

可是想当教书先生的疏风撞死在平南王府的朱漆廊柱上。武艺出众的绛雪杀出重围来给郡主报信后，死在郡主的喜房里。

朝花不敢再想下去。

一滴泪悄无声息滚落，滴在红豆手背上。

红豆看看她，心里飞快打着小算盘安慰道："选侍崴脚了很疼吧？都说吃什么补什么，回头让秀姑煮个猪脚给您送去吧。"

嗯，要是玉选侍很喜欢秀姑，说不定就找姑娘把秀姑讨去了，看秀姑还敢觊觎她大丫鬟的地位！

朝花听了，忍不住笑了。

秀月妹妹性子最好，没想到在小丫鬟这里成了讨嫌的。

无忧无虑，可真是好啊。

朝花坐上肩舆渐渐远去，忍不住回望一眼。

骆笙站在不远处，含笑看着她。

而红豆则脚步轻盈跑回主子身边，顺势把秀月挤到了一边去。

朝花回过头去，默默想：只望郡主以骆姑娘的身份肆意生活，身边的小丫鬟能一直保持这个样子。

红豆见骆笙还立着不动，笑嘻嘻问："姑娘，您是不是很喜欢玉选侍啊？"

骆笙睨她一眼，没接话。

红豆眨眨眼："姑娘，婢子觉得玉选侍很喜欢秀姑咧。"

骆笙这才捏捏小丫鬟婴儿肥的面颊，警告道："莫想着把秀姑送走。秀姑跟了别人，酒肆就要关门了。"

嫉妒心这么重且毫不掩饰的小丫鬟，她还真是没有过。

红豆如梦初醒，用力握住秀月的手："秀姑，你可不能抛弃姑娘攀高枝啊。再说，咱们姑娘这根枝最结实了，比别人都好。"

骆笙与秀月齐齐抽动嘴角。

"姑娘，叫花鸡应该好了。"秀月提醒道。

骆笙微一沉吟，吩咐道："拿一只装好，送到萧贵妃那里去。"

萧贵妃专门跑来看秀月做叫花鸡，最后没有吃就走了，现在叫花鸡做好了自然该送一只过去。

至于会不会吃，那就不重要了。

一声喊传来："表妹，我回来了！"

盛三郎大步流星走了过来，兴冲冲道："今日打了好几只鹿。"

"表哥这么早就回来了。"

盛三郎一愣，随后再道："打到鹿了啊。"

说好的做罐焖鹿肉呢？

看着少女淡然的神色，盛三郎重重叹口气："表妹，你是不知道今日的鹿多么难猎，那些人全都奔着鹿去了，不然我还能再早点回来。"

也不知道那些人想什么呢，活像打到了鹿就有人给做似的。

这不是自欺欺人么，昨日那些野猪砍下来的肘子大部分不都随便烤着吃了，只有少数幸运儿才被秀姑做成了叫花肘子。

"骆辰和小七呢？"

"小七带着表弟打猎呢。表妹，还做不做罐焖鹿肉啊？"

"做。"

"那我去溪边把鹿肉收拾好。"盛三郎登时眉开眼笑。

"我与表哥一起去吧,鹿肉的处理也有讲究。"

表兄妹一起到了溪边,才发现有人正认真分割着鹿皮。

"王爷怎么会在这里?"盛三郎一惊。

他还以为他是最早溜回来的。

埋头收拾鹿肉的男子抬头看过来,视线在盛三郎提着的猎物上停了一瞬,淡淡道:"不是说要做罐焖鹿肉么?"

盛三郎:"……"

开阳王这么理直气壮,是不是背着他和表妹套近乎了?

骆笙平静的声音响起:"那表哥把猎物交给王爷收拾吧,之前王爷收拾的野猪挺不错的。"

卫晗闻言,不由扬了扬唇角。

骆姑娘这是表扬他么?

"那行,就交给王爷了。"盛三郎不是个矫情的人,一听有人乐意干活,自是求之不得。

他赶紧回去守着,说不定还能分到一只叫花鸡。

眼见盛三郎利落地走了,卫晗认真问骆笙:"罐焖鹿肉要鹿身上哪个位置?"

骆笙抖了抖唇角。

堂堂一个王爷,对食材选择是越来越有经验了。

虽然腹诽,她还是回道:"选鹿腩肉。"

卫晗指了指鹿的腹部:"这里么?"

"对,这里的鹿肉煨熟后香而不柴,最适合做这道菜。"

"原来如此。"卫晗恍然,心道做罐焖鹿肉就这么一点地方的肉合适,一只鹿确实不够的。

好在盛三郎还猎了鹿来。

见骆笙踩着一块平整的石头蹲下,卫晗忙道:"我来收拾就好。"

骆笙指指放在一旁的竹篮:"我洗六月柿。"

卫晗这才发觉竹篮里放着几颗鲜红饱满的六月柿。

他不由眉头一皱。

六月柿这种酸酸甜甜的果子,他其实不常吃。

骆笙看到他的表情,笑道:"王爷是不是吃不惯六月柿?"

六月柿是前朝才从番邦传来的,食用之法至今没有在民间普及。以其入菜,并不多见。

卫晗觉得这个问题有些不好回答。

他略一沉吟,决定实话实说:"倘若是骆姑娘做的,我应该会喜欢。"

骆笙："……"

说真的，一旦关系到饮食，她觉得开阳王和平时有点不一样。

"王爷会喜欢就好。"骆笙决定不再搭理这个吃货，拿起一颗六月柿掬起溪水清洗。

卫晗没有移开目光。

久到骆笙都忍不住看过来，问道："王爷在看什么？"

在看你手上戴着的镯子。

卫晗很想这么说。

应该不是错觉，今日骆姑娘手腕上戴着的镯子不是以往那一只。

而骆笙显然发现了卫晗视线所落之处，眼睛微微眯起。

卫晗心头一凛，一本正经夸赞道："骆姑娘的镯子很好看。"

骆笙隐隐觉得有些不对劲。

这些日子她一直戴着金镶七宝镯，可开阳王特别留意到还是第一次。

别以为摆出诚心夸赞的样子，就能让她忽略这丝异常。

开阳王为何今日特别留意她的镯子？

今日……有什么不同么？

骆笙面上不动声色，心却一沉。

若说不同，便是今日她与朝花交换了镯子，神不知鬼不觉。

可是真的神不知鬼不觉吗？

骆笙看着眼前认真收拾鹿肉的男子，眸光渐渐深沉。

卫晗手上动作不停，浑身却不由自主紧绷。

这大概是源于无数次在战场上厮杀形成的敏锐直觉。

不知为什么，总有种随时被骆姑娘捡起石头砸昏，丢进溪中的不祥预感。

毕竟骆姑娘这么做过一次了。

卫晗用余光扫了扫。

还好，骆姑娘手边没有趁手的石块。

他倒不是躲不开，而是担心万一躲开后骆姑娘生气，从此不许他来吃饭了怎么办？

能一直保持目前这样良好和睦的关系是最好的。

骆笙却不准备装糊涂。

这么重要的事不确认，那她恐怕要忐忑难安。

骆笙把洗好的六月柿放回竹篮，抿唇问："王爷为何今日才觉得我的镯子很好看？"

卫晗被问得一愣。

这种金灿灿的镯子在他看来没有美丑之分，骆姑娘这样问实在难为他了。

见对方不语，骆笙眸光泛着冷意："是以前不觉得，还是没留意？"

开阳王定然察觉到了什么，不知道现在杀人灭口还来得及么？

想一想双方武力上的差距，骆笙在心底叹口气。

靠武力解决不是办法，再说也有一点不忍心，还是听一听这人怎么说吧。

卫晗忽然觉得危险提升了，心口莫名发闷。

他以为，他与骆姑娘算是真正的朋友了，怎么一言不合就有弄死他的打算呢？

这个认知，让他有些难过。

卫晗望着神色紧绷的少女，终于想明白问题出在哪里。

骆姑娘这是听出他撒谎了。

果然，他并不擅长哄人。

既如此，那还是实话实说吧。

"我觉得骆姑娘今日戴的镯子比以前戴的那只镯子花纹要好看一点。"

这句话自然不是真的赞美镯子的花纹，而是点明两只镯子的不同。

骆笙一颗心猛然坠下去，面无表情地看着近在咫尺的男人，好似看着洪水猛兽。

他竟然能看出两只镯子的不同！

镯子本是一对，刻着最常见的缠枝纹，每一处都一模一样，唯有靠近蓝宝石的一截藤纹上，其中一片叶子的叶尖朝向是反过来的。

这是这对金镶七宝镯唯一的区别，如果不专门指出来，又有谁会留意到？

这个男人难不成不做别的，每次见面就盯着她的镯子看了？

可是明明他盯着她脸看的时候比较多——

骆笙反应过来这个念头容易造成某些误会，可左思右想，确实是事实。

"王爷觉得我今日戴的镯子与以往不一样？"

男人老老实实指出："这里。"

所指之处，正是蓝宝石旁的那截藤纹，打消了骆笙最后一丝侥幸心理。

男人修长的手指轻轻点着少女皓腕上的镯子，若在旁人看来，还以为一对少年男女情不自禁亲昵。

可是镯子的主人却从没觉得眼前男人如此可怕。

那一箭是这样，这只镯子也是这样。

这个男人究竟如何知道的？

她自以为足够小心，足够谨慎，为何在他面前总是无所遁形？

究竟是这个男人有着远超常人的洞察力，还是说他有事没事就盯着她？

无论哪一种，都让她生出把这个人踹到天边去的冲动。

大意了，对这个男人一开始就该避如蛇蝎，而不该贪图他的身份带来的那点小便利。

果然贪小便宜吃大亏。

骆笙越想越懊恼,冰凉的指尖轻颤。

卫晗把她眼里的戒备瞧得一清二楚,一下子有些慌。

骆姑娘看起来要和他割袍断义,以后再也不会管他饭吃了。

心慌之下,那只轻点着镯子的大手一翻,把少女冰凉的手握入掌中。

"骆姑娘,你别担心,镯子是不是同一只对我来说没有任何区别。"

骆笙一惊,下意识抽回手。

那只大手却握得更紧了。

男子的手宽大,修长。

少女的手纤细,柔软。

宽大的手包裹着纤细的手,泾渭分明,却又异常和谐。

仿佛握着彼此是一件天经地义的事。

骆笙微眯双眸望着那个男人,满脑子只有一个念头:所以不是误会,也没有自作多情吧?

卫晗脑子里什么念头都没有了。

那只柔软冰凉的手在他掌心,让他只想长长久久握下去。

这只手能调出无上美味,也能射出凌厉一箭。

让他欣赏,让他欢喜。

他又加大一分力气,把那柔若无骨的纤纤玉手握紧。

骆笙彻底回过神来,喝道:"放开!"

卫晗也回过神来,望着盛怒的少女低低道:"你的手好凉。"

骆笙冷眼看着他。

"我的手是热的。"男人干巴巴解释。

骆笙冷笑。

脑子转得还够快的。

"我的手凉不凉,与王爷有何关系?"

见卫晗发愣,骆笙再问:"王爷的手是不是热的,又与我何干?"

这个混账想蒙混过去好歹找个过得去的理由,憋出这么两句话敷衍她,莫不是以为她真被男人皮相迷昏了头脑?

"是没有关系。"卫晗薄唇微抿,"抱歉。"

骆笙脸色发黑:"那你还不放手!"

说了这么多,他还握着她的手。

卫晗垂眸,盯着二人交握的手想了想,摇头:"可我现在不想放。"

骆笙惊呆了。

她觉得今日悄悄换掉的不是镯子，而是开阳王。

这个厚脸皮的登徒子到底是谁！

"真的不放？"骆笙气得挑眉。

男人回得理直气壮："不放。"

骆笙照着男人小腿肚踹了一脚，用力抽出手转身走了。

卫晗下意识要追，迈出一步又停下来。

追上去也不能再握骆姑娘的手了，又解释不清他刚刚是怎么了。

那……还是先把鹿肉收拾出来吧。

卫晗重新蹲下，拿起锋利匕首，余光突然瞥见了放在溪边的竹篮。

竹篮因为主人的匆匆离开而显得孤零零，里面红彤彤的六月柿挂着清亮的水珠，瞧着分外喜人。

卫晗紧了紧握着匕首的手，心乱如麻。

他可能是哪里出了问题……

他放下匕首，手鬼使神差伸向竹篮，拿起一颗六月柿茫然吃起来。

六月柿酸酸甜甜，恰如他此刻多滋多味的心情。

不远处的树后，卫羌望着清溪的方向死死攥拳。

这个距离，他虽听不到二人说了什么，却把刚才情形瞧得一清二楚。

他不在意开阳王握了骆姑娘的手，他在意的是骆姑娘之后的反应。

她让他又想起了洛儿。

那一年，他得知亲事定下的消息，激动地跑到她面前握住了她的手。

那是相识多年，他第一次生出那样的勇气。

她抬脚踹了他，抽回手转身便走。

还是有一点不同，洛儿那一脚用力多了，直接把他踹坐在地上。

遥遥看一眼吃六月柿的绯衣男子，卫羌有些恍惚。

尽管挨踹后的结果有些不同，可骆姑娘刚刚的样子，真的太像洛儿了。

洛儿射箭的样子，洛儿含怒踹他的样子，洛儿……

卫羌突然生出迫不及待见到骆笙的心情。

或许……是上天垂怜，让他遇到一个如此像洛儿的女子。

至于玉娘，他始终清楚那不是他的洛儿。

她只是他不愿斩断的与洛儿之间的联系罢了。

她是洛儿的婢女朝花。

这个名字他许久没有想起了。

朝花、疏风，还有绛雪，在他的记忆里每个名字都被鲜血覆盖。

令他不敢回忆。

现在他不怕了,他找到"洛儿"了。

卫羌不知在树后站了多久,直到那道绯色身影离开才骤然回神,察觉面上一片冰凉。

骆笙回到帐前临时搭起的锅灶旁,令盛三郎好生疑惑。

"表妹,你怎么一个人回来了?"

骆笙面上已经恢复了平静:"开阳王说他一个人收拾就够了,我就回来了。"

"啊。"盛三郎四下瞄瞄,警醒道,"你的篮子呢?"

表妹不是要去溪边洗六月柿,怎么篮子也不见了?

骆笙一滞,面不改色解释道:"开阳王说他来洗。"

被那混账一闹,她哪里还记得六月柿。

盛三郎猛然色变:"不好,六月柿万一被开阳王吃了怎么办?"

表妹说过的,罐焖鹿肉非六月柿调味不可,为此还费了好一番功夫才得了这么一篮子六月柿。

要是被开阳王吃了,那罐焖鹿肉怎么办?

盛三郎越想越慌。

骆笙淡淡道:"不会的,表哥放心。"

她与那个男人才闹成那样,难以想象作为另一个当事人,还有吃六月柿的心思。

"表妹这么相信开阳王?"

骆笙表情微冷:"不是相信,只是开阳王不大吃得惯六月柿。"

相信那个人么?

从他发现她射出那一箭而她还安安稳稳到如今,许是有一些吧。

"那就好。"盛三郎松了口气。

脚步声传来。

盛三郎以为是卫晗,忙扭头看,却见卫羌走了过来,身后跟着内侍与护卫。

"见过殿下。"

卫羌一路走来,无视了诸多见礼,目光定定落在骆笙身上。

他看着她微微屈膝,脊背笔直,丝毫没有因为向身份更尊贵者行礼而落下风。

不卑不亢,用在她身上并不合适。因为只有意识到自身的卑,才会有不卑不亢。

而对于眼前少女来说,似乎他们之间是平等的,甚至于——

卫羌神情莫测,越发觉得眼前少女像那个人。

"骆姑娘不必多礼。"卫羌开了口,声音微沉。

骆笙面无表情直起身来。

她此刻,并没有应付这个人的心情。

"殿下是听闻玉选侍受伤才赶回来的吗?"

"呃,是。"

"那真是不巧了,玉选侍离开了。殿下心挂玉选侍,我就不留您用饭了。"说到此,骆笙欠了欠身,"恭送殿下。"

直到卫羌走出十数丈,心思还是恍惚的。

他这是说了两句话,就被骆姑娘打发了?

"殿下?"见卫羌停下,窦仁唤了一声。

"回行宫!"

而在卫羌离开后,卫晗背着收拾好的鹿肉,提着竹篮回来了。

"王爷都收拾好啦,还挺快。"盛三郎笑出一口白牙,默默数起竹篮里的六月柿。

一个,两个,三个……八个。

盛三郎又默默数了一遍。

一个,两个,三个……还是八个!

不对呀,他明明记得有九个的。

盛三郎皱着眉:"六月柿好像少了一个。"

关乎到调味的大事,必须问清楚。

"我吃了一个。"卫晗一脸平静道。

盛三郎猛然睁圆了眼睛,随后看向骆笙。

表妹不是信誓旦旦说开阳王不喜欢吃六月柿?

骆笙已是无言以对。

她可真是低估了这个饭桶!

卫晗默默看着表兄妹目光交流,微微敛眉。

他只是吃了一个六月柿,他们这是怎么了?

"骆姑娘,鹿肉收拾好了,六月柿也洗好了。"

骆笙冷淡点了点头:"王爷放那里就好。"

卫晗把东西放好,乌湛湛的眸子望着她。

这一瞬间,骆笙竟瞧出几分乖巧来。

这个发现令她好气又好笑,最后在心里叹口气。

罢了,开阳王大概只对吃坚定执着,只要像上一次那样守口如瓶,那就这样吧。

不这样,似乎也不能如何,毕竟她不能真的杀人灭口。

只不过以后还是离这个洞察力惊人的变态远一些好了。

"鹿腩肉要切成什么形状?"卫晗问。

骆笙神色淡淡:"王爷不必操心这个了,秀姑会处理的。"

"不是骆姑娘做么?"卫晗微讶。

◆ 252

骆笙深深看他一眼，语气冷淡："王爷莫非忘了，秀姑才是有间酒肆的大厨。"

什么时候这人把吃她做的饭当成理所当然了？

卫晗沉默了一瞬，才道："秀姑做的也好吃。"

只是远不及骆姑娘做的好吃。

骆笙睨他一眼。

所以，秀月的手艺也在他观察之内么？

骆笙抬脚往前走去。

卫晗见此，默默跟上。

留下盛三郎一头雾水挠了挠头。

表妹和开阳王打什么哑谜呢？

不管了，只要还有人做饭就好。

盛三郎拿起一个六月柿冲秀月晃了晃："秀姑，六月柿还够不够啊？"

秀月默了默，道："再吃就真不够了。"

盛三郎悻悻地把新鲜水灵的六月柿放回竹篮，并对偷吃六月柿的某人生出一丝不满。

堂堂王爷怎么能偷吃呢？

骆笙停下来，蹙眉问："王爷跟着我做什么？"

"太子有没有来过？"

骆笙一怔。

卫晗见她反应，便明白是来过了。

"刚才在溪边的时候，太子也在。"

卫晗本来觉得没必要提起不相干的人，又担心骆姑娘知道了会生气，那还是提一下为好。

骆笙脸色沉了沉："我们的话，太子听到了？"

卫晗微微摇头："听不到，他又不是狗耳朵。"

要是能听到，他就不会视而不见了。

骆笙松口气之余，怒火难消："既然太子来了，王爷为何毫无反应？"

还死乞白赖拽着她的手？

卫晗老老实实道："我拉住骆姑娘的手后，太子才来的……"

他当叔叔的牵女孩子的手，还需要顾及侄子的想法吗？

骆笙嘴角微抖。

开阳王这意思，反正已经被看到了，那就无所谓了？

收拾好情绪，骆笙冷冷警告："王爷以后还请自重。"

他这是第二次握她的手了。

第一次还能说是喝多了,这一次只能归为登徒子的行径。

"再有下次,休怪我不客气。"

"知道了。"男人望着她,神色柔软,语气温柔。

骆笙见他如此态度,也不好再咄咄逼人,转身往回走去。

卫羌回了行宫,并没有直接去看朝花,而是进了书房往矮榻上一坐,出起神来。

他脑海中,一会儿是清阳郡主,一会儿是骆姑娘。

搅得他心烦意乱,又生出一股说不出的兴奋感。

就好似颠簸了许久的一叶孤舟终于寻觅到港湾,总算有了停靠处。

骆姑娘——卫羌再次默念这个名字。

好一会儿,他才起身离开书房,去了朝花那里。

朝花的好心情在听到"殿下来了"这句话时,戛然而止。

离狩猎结束还早,太子怎么回来了?

压下疑惑,朝花起身相迎。

"不是说受伤了么,怎么还要起来?"卫羌习惯性伸手握住朝花的手,只是才握了一下又突然松开。

朝花面上不动声色,心中却打了一个突。

这个男人的反应有些奇怪。

她不敢说对这个人有多少了解,可毕竟跟了他十二年,这种变化还是能感觉到的。

就仿佛对她的态度一下子有了改变。

朝花其实并不在意卫羌的态度如何。

镯子已经回到了郡主手中,可以说她在这座樊笼里已经没了弱点,也就不需要在意是得宠还是失宠了。

只要郡主没有危险,她怎样都无所谓。

可不在意是一回事,留意到这个人态度改变的原因是另一回事。

朝花心念急转,面上一切如常:"只是扭了一下脚,青儿替我以药酒揉捏过,已经不觉得痛了。"

"那就好。"

"殿下怎么这么早就回来了?"

卫羌笑笑:"我听内侍禀报说你伤到了脚,就回来了。"

朝花垂首:"影响了殿下打猎,是妾的不是。"

"还有那么多日子可以狩猎,少去一两次有什么打紧。"卫羌随意坐下来,示意朝花坐下。

"今日去骆姑娘那里了?"

"嗯,陪着贵妃娘娘一起去的。"

"贵妃娘娘？"卫羌不由拧眉，脱口问道，"贵妃娘娘没有难为骆姑娘吧？"

朝花诧异抬眸，看着卫羌。

她心中的惊诧比面上更甚。

什么时候开始，这个人如此关心骆姑娘了？

她还清楚记得太子第一次对她提起骆姑娘看中了她戴的镯子时，难掩的无奈与不满。

"怎么了？"见朝花不语，卫羌笑问。

朝花忙摇头："没什么，就是殿下突然这么问，令妾有些惊讶。"

"呃，就是随口问问。"

"贵妃娘娘没有为难骆姑娘，看起来关系融洽。"

"那你呢？骆姑娘对你如何？"

朝花颤了颤睫毛："殿下，妾不大懂您的意思。"

卫羌终于开始不耐，直言道："玉娘，你真的不觉得骆姑娘像洛儿么？"

朝花一颗心猛地坠了下去，面上竭力保持着镇定："妾记得这个问题殿下问过，当然不像。"

"不像么？"卫羌显然对朝花的回答有些失望。

朝花咬了咬唇："殿下究竟怎么了？"

"没什么。"卫羌摇摇头，似乎没了待下去的兴致，起身往外走去。

"殿下——"

卫羌没有回头："我出去走走，你好好歇着吧。"

第20章
拥抱

眼看那个男人消失在转角，朝花扶着门框惊疑不定。

太子已经连续两次问起骆姑娘像不像郡主了！

他是什么意思？

莫非发现了"骆姑娘"与郡主的相似之处？

想到这种可能，朝花浑身发冷。

"选侍——"青儿喊了一声。

朝花定了定神，若无其事走向矮榻。

或许没有那么严重，她不能乱了阵脚。

今日已经去过郡主那里，等明日吧，明日她去见郡主，或请秀月过来，要给郡主提个醒。

不行！

朝花又否定了这个想法。

太子既然察觉到骆姑娘像郡主，并忍不住来问她，她暂时不能与郡主她们联系太过频繁。

不然即便她再否认，也会让太子觉得骆姑娘与郡主有关联。

倘若那个男人联想到骆姑娘身边的厨娘秀姑就是郡主的婢女秀月，那就麻烦了。

不能慌。

朝花捧起一杯茶，喝了一口。

青儿忙道："选侍，茶已经冷了，奴婢换新的来。"

"不必了，冷茶提神醒脑。"

卫羌走出行宫，不知不觉又来到那顶帐子附近。

一望无垠的草原上，一顶顶帐子仿佛点缀在绿色天空中的云朵。

而吸引住他全副心神的只有那一朵。

饭菜显然快好了，诱人的香味飘出老远，引得周围的人苦着脸徘徊。

知道好吃却吃不着，太惨了。

卫羌一步步走近，走到不远处再次驻足。

那些内侍与护卫识趣停下，个个面无表情。

服侍贵人，做到不闻不问才能长久。

这个道理宫里的人都明白。

唯有心腹太监窦仁默默立在卫羌身侧，揣测着主子心思。

"窦仁。"不知站了多久，卫羌突然出声。

"奴婢在。"

"你还记得郡主么？"

卫羌声音虽轻，却令窦仁吃了一惊。

他在很小的时候就净身服侍太子了。

不，殿下那时候还是平南王世子。

王府中养有一定数量的内侍，他是其中一个。

可以说，在像他这样的人里面，他是最了解殿下的。

殿下问起郡主，当然不是问如今的平南王府小郡主，而是十二年前就逝去的清阳郡主。

"奴婢当然记得。"窦仁低声道。

尽管东宫的人隐隐约约知道殿下从没放下过清阳郡主，可谁都不会多嘴提起。

清阳郡主毕竟是逆贼之女。

实际上，殿下这么问他，也是第一次。

"看到骆姑娘了吗？"

"奴婢看到了。"窦仁望着香味飘来的方向。

正被殿下提起的少女站在厨娘旁边说着什么。

那厨娘小心揭开焖罐盖子，微微点头。

飘来的香味似乎更浓郁了。

"你觉得骆姑娘立在灶台旁的样子……像不像郡主？"

窦仁一惊，不由得多望几眼，却不敢胡乱回应这番话。

可在主子问话后不吭声显然也不行。

窦仁眼睛盯着那里，瞧着秀月把架在灶台上的焖罐以厚布垫着小心翼翼地端下来，不知怎的灵光一闪，鬼使神差道："奴婢倒是觉得那位厨娘挺像郡主身边很会做饭的那个大丫鬟。"

卫羌眼神猛然一变，沉声问道："那个丫鬟叫什么名字？"

他以前知道的，只是太久没提起，一时想不起来了。

朝花一直在他身边，疏风和绛雪都死了，所以他印象深刻，想忘都忘不掉。

而那个有着一手好厨艺的丫鬟，随着镇南王府的覆灭被遗忘在记忆深处。

窦仁微微躬身，道："奴婢记得那个丫鬟叫秀月。"

秀月？

卫羌望着那面容鄙陋的厨娘，神色骤然变了。

秀月，秀姑……

"秀"这个字再常见不过，十个女子中恐怕能有两个以此字为名。

可是当骆姑娘让他仿佛看到洛儿时，情况就不同了。

秀姑会是秀月吗？

如果是，究竟是秀月如他一般察觉了骆姑娘像洛儿而主动靠近，还是骆姑娘冥冥中与洛儿有着什么关联，从而收留了秀月？

卫羌忍不住向前一步。

他想确认那个叫秀姑的厨娘，到底是不是洛儿的丫鬟秀月。

走了一步，他又停下了，转身向行宫走去。

想确认秀姑是不是秀月，还有谁比朝花更清楚呢？

卫羌的去而复返令朝花越发惊疑。

"殿下没有在外头用膳么？"

卫羌微微一笑："回来陪你一起用。"

朝花露出感动神色。

桌上很快摆上饭菜，二人默默吃着。

吃了一半，卫羌把银箸一放，笑道："玉娘，你不是要跟着骆姑娘的厨娘学做酸汤鱼脑面吗，学会了没？"

"妾手笨，还没有学会。"

"熟能生巧，多叫厨娘来教你几次就好了。"

朝花点头："妾也是这般想的。妾会早些学会，以后做给殿下吃。"

"你有心了。"卫羌举箸夹了一块黑蘑，语气一转，"据说厨艺也是讲究天赋的，我记得洛儿身边有一个丫鬟，厨艺就十分出众。"

朝花握着筷子的手一颤，脸色渐渐白了。

"那个丫鬟叫秀月吧？"

"殿下怎么突然问起这些？"

"就是突然想起来了。"卫羌注视着朝花，语气莫名。

朝花神色难看，颤声道："抱歉，妾想到故人，有些失态。"

卫羌一直暗暗留意朝花反应，一时看不出异常。

直接问自然不成。

秀月如果还活着，就是镇南王府的漏网之鱼，朝花与之姐妹情深，定然不会承认。

好在以后朝花还会与秀姑打交道，倘若秀姑真的是秀月，二人独处时必然露出端倪。

派人悄悄盯着就是了。

二人各怀心思，一餐饭吃得索然无味。

入夜，二人并躺在榻上，如往日一般说了一会子话，室内就响起了男人清浅均匀的呼吸声。

朝花侧头看着他。

男人将要到而立之年，依然俊美不凡。

岁月令他褪去了少年的青涩，变得深沉多变。

就如今日他对她态度的微妙转变，和那些令人心惊的话。

突然，睡梦中的男人皱起了眉头。

卫羌又做梦了。

梦里，一串串鞭炮燃放，漫天的红纸与喜钱把平南城的青石路铺了一层又一层，追逐着迎亲队伍的稚子笑逐颜开。

只是这些声音他都听不到。

平南王府张灯结彩，他一身喜服穿梭于宾客中敬酒。

当敬到最后一人时，突然骚乱响起。

有人高喊："清阳郡主骑马闯出去了！"

这是他在这片喜庆里唯一听到的声音。

再然后，他就骑在马上，拼命追赶前方那个身穿大红嫁衣的女子。

他知道他必须追上她，不然那噩梦般的场景很快就会出现在他眼前。

她从马背上跌下来，华丽的嫁衣铺开，倒在血泊中。

"洛儿，洛儿你停下——"

这个梦做过太多次了，以至于虽在梦中，却清清楚楚地知道每个瞬间会发生什么。

梦里，洛儿与十二年前的那个夜晚一样，听着他在后面的呼唤始终没有回头。

哪怕她跌落下马，也没有回头看他一眼。

一，二，三……

他心知最多数三个数，洛儿就要中箭从马上跌下来了。

他越发急，喊得声嘶力竭。

一——

二——

三——

梦中的卫羌惊骇到极处，心痛地等着那一幕的发生。

那种无力与痛苦已经体会了千百次。

可就在这个瞬间，马背上那个孤勇直前的纤细身影突然有了变化。

她回过了头。

"骆姑娘——"卫羌猛然坐起身，脸色苍白，大口大口喘着气。

下一刻，他立刻看向枕边人。

枕边人依然在熟睡，只是似乎听到了动静，微微皱起眉头。

卫羌目不转睛地盯着朝花半晌，这才松了口气，靠着引枕回想着刚才的那个梦。

那个梦，他从十二年前的那一晚之后就陆陆续续开始做，到近年慢慢少了，只是偶尔情绪波动才会再次陷入噩梦里。

噩梦从来没有过变化。

他再焦急、心痛，那令人心碎的一幕还是一次次上演。

每一次噩梦都终结于洛儿从马背上跌落，惨死在他面前。

然后他就醒过来。

可是这一次居然变了。

洛儿回了头，而他看到的……是骆姑娘的脸。

怎么会是骆姑娘——

卫羌揉了揉眉心，觉得有些荒唐，又有些了然。

他这是日有所思夜有所梦了。

洛儿，骆姑娘——两张面庞在他眼前交错，最终缓缓重合。

卫羌再无睡意，轻轻下了床榻，趿了鞋子往外走去。

朝花悄悄睁开了眼睛，盯着身影消失的门口。

眼中是惊骇欲绝。

那个男人喊了骆姑娘！

他先是反复问她骆姑娘与郡主像不像，又旁敲侧击提起秀月，然后又梦到了骆姑娘……

是那个梦吧？

这些年，太子鲜少留宿在她房中，偶尔几次里，就有一回做了噩梦。

他把她紧紧拥入怀中，断断续续提到了梦中情景。

无力，又脆弱。

可她心里只有冷笑。

那个梦在她看来，就是老天对他的惩罚。

他夜夜做噩梦不得安宁才好。

可是现在，朝花忽然觉得那不再是卫羌一个人的噩梦，也是她的噩梦了。

那个男人定然是从骆姑娘身上看到了郡主的影子！

接下来，他是不是要染指骆姑娘？

他休想再祸害郡主第二次！

朝花死死咬住唇，悄无声息起身。

她甚至没有穿鞋，就这么赤足地走在冰凉的地砖上。

已是深夜，一片静悄悄。

卫羌站在堂屋门口，望向外面。

门被打开了，夜风吹进来，把雪白的衣摆吹得翻飞。

若是寻常女子见到，恐怕会以为偶遇谪仙，令人心折。

可在朝花看来，这就是个披着人皮的恶鬼。

他怎么能害了郡主第一次，还想害第二次！

"殿下，夜间风大——"窦仁弓着腰，劝卫羌回里屋歇息。

卫羌没有动，就这么立了许久，才低声开口："明日骆姑娘的厨娘来了，你安排人盯好了……"

朝花躲在帘后，不敢靠得太近，隐隐约约听到的字眼足以令她心惊肉跳。

她冷眼看着窦仁的身影消失在门口，那个男人又站了一会儿，转身往回走。

朝花轻轻往回退，一步步退回到卧室，重新躺回榻上。

她听到轻微的脚步声越来越近。

若是原本睡着，定然听不到这样的脚步声。

再然后，那个人在身边躺下来。

耳边的呼吸声慢慢变得均匀悠长。

朝花没有睡，也没有动。

这般煎熬着不知过了多久，她才悄悄睁开眼睛。

窗幔是拉着的，感知不到外面光线的变化。

朝花猜测天快要亮了。

新的一日马上要拉开序幕，而这个男人已经盯上了郡主和秀月。

就算她在有所防备之下与秀月接触时不露声色，却无法阻挡这个男人向郡主伸手。

他现在是太子，以后还会是天子，想祸害一名女子太容易了。

她该如何做才能保护郡主和秀月？

朝花眼睛只睁开一线，默默盯着睡在枕边的男人。

他睡得可真安稳。

如何不安稳呢？狼心狗肺的东西若是真会良心不安，就不会做出那些事了。

他曾为了太子之位害郡主被灭门，为了得到"骆姑娘"难道会手软？

朝花望着近在咫尺的男人，眸光一点点冷下来。

只有他死了，郡主和秀月才能真正安全！

对，他死了就好了……

朝花先是被这突然升起的杀机骇了一跳，旋即平静下来。

这样的念头，她其实想了十二年了，只是以前为了守住郡主托付的镯子不敢妄动。

而现在，镯子已经回到了郡主手里。

若说除去这个男人，这世上还有比她更方便动手的吗？

朝花轻轻抬手，把发间金簪抽下来。

卫羌没想到，再次睡下后，他又做起梦来。

还是迎亲的队伍，喜庆的王府，夜色里追逐的两个人。

只是快要到了镇南王府近前，本来对梦境中的一切了然于心的他却有一瞬的迷茫。

他不知道接下来将要看到的是洛儿中箭跌落下马，还是洛儿回头，变成骆姑娘的样子。

因为这丝不确定，所以以往在梦境中的焦灼与痛心都暂且被压了下去。

马儿跑过了路边一棵榕树，奔驰在眼前的女子突然回了头。

是骆姑娘的样子！

因为有了心理准备，这一次卫羌并没有因太过震惊而在这一刻惊醒。

再然后，他看到骆姑娘忽然举起一张弓，对着他拉满弓弦。

羽箭如流星，直奔他面门而来。

卫羌猛然睁开眼睛，瞥见眼前金光一闪，忙向一侧躲避。

钻心的疼痛袭来，金簪刺入了他肩头。

"玉娘！"卫羌彻底清醒过来，看着眼前一脸狠厉的女子，大为震惊。

朝花死死咬着唇，用力把金簪拔出，挥动着往卫羌脖颈刺去。

没有时间了，外面已经响起了脚步声！

这一刻，朝花脑海中空荡荡，没有一击失手的懊悔，也没有与一名男子搏杀的胆怯。

她只有一个念头，杀了眼前这个人！

而回过神来的卫羌却不是朝花能应付得了的了。

男女天生力气的悬殊，早已决定了这场胜负。

卫羌夺过朝花手中金簪,掷到了地上。

金簪落在冰凉如水的地砖上,发出冷硬清脆的响声。就如卫羌刚刚那声呵斥,在这寂静的黎明之前,显得格外清晰。

"殿下——"值夜的宫人立在帘外喊着。

"滚出去!"卫羌箍着朝花的手脚,喝了一声。

被惊动的宫人忙退了出去。

卫羌死死盯着朝花,表情扭曲:"说,你为何这么做!"

这个贱人竟敢刺杀他!

这么多年,他对她宠爱有加,结果就换来她的胆大包天吗?

朝花一声不吭,偏头咬在他手臂上。

疼痛不比肩头处轻。

让卫羌无比清楚地意识到,这个女人恨不得咬下他一块肉来。

"松口!"卫羌腾出一只手,用力捏着朝花下颌。

朝花被迫松开口,嘴角挂着鲜血。

疼痛加上被蒙蔽的愤怒,令卫羌彻底失去了对眼前女子的怜惜。

他的手掐在她脖颈上,越收越紧。

"你到底为何这么做!"

朝花呼吸渐渐困难,望着表情狰狞的男人,知道再不说些什么就说不出来了。

她拼力扒着那双手,断断续续道:"因为……你忘了郡主了……你自欺欺人要找替代品!咳咳咳……"

随着男人的手微松,朝花猛烈咳嗽起来。

可很快那双手就收得更紧,男人额角青筋冒起,似乎因这句话怒火升到极致。

"住口!我没有自欺欺人,你懂什么——"

朝花冷笑:"以往你对郡主一往情深,所以我愿意服侍你。可现在你对别的女子动了心思,要背叛郡主,那我只好送你去见郡主了!"

因为呼吸困难,她的脸色渐渐发紫,可望着那个男人的眼中却没有丝毫畏惧,只有鄙夷。

"你……死心吧……郡主只有一个,郡主死了,这世上再无郡主了……"

"你住口,我让你住口!"卫羌被朝花吐出的每一个字弄得发狂,手上力气猛然加大。

朝花眼前一片白光。

在白光里,她看到了少时的疏风、绛雪、秀月,还有她自己。

她们围在郡主身边,梳着双丫髻的秀月兴致勃勃问:"郡主,咱们的酒肆起个什么名字呀?"

郡主看着她们，笑着说："就叫有间酒肆吧。"

真可惜啊，她一直没有机会去有间酒肆看一看。

看一看坐落在青杏街上的有间酒肆与她梦里的有间酒肆是不是一个样子。

一定是一样的，因为有间酒肆是郡主和秀月开的啊。

郡主，您不要怪婢子。

婢子一直以来运气都不太好，明明只差一点点就能除掉那个男人，替您解决掉麻烦，可偏偏那个男人在那时睁开了眼睛……

婢子其实很累了，就纵容婢子休息吧，等见到疏风和绛雪，婢子会把您带着秀月开了有间酒肆的好消息告诉她们。

那是她们都憧憬过的有间酒肆呢。

朝花嘴角挂着微笑，扒着男人的手悄无声息垂落下来。

不知过了多久，卫羌松开手，看着双目圆睁一动不动的女子，颤了颤眼皮。

他伸手探向她鼻端，才发现这个陪了他十二年的女子早已停止了呼吸。

卫羌枯坐着，直到天际泛起鱼肚白。

天亮了。

外面有了动静。

鸟鸣虫吟，万物苏醒。

窦仁立在帘外喊："殿下，该起了。"

许久后，传来男子喑哑的声音："你一个人进来。"

窦仁挑开帘步入卧室。

卧室中弥漫着一股说不清的味道，令人不适。

随后，窦仁看到了苍白着脸坐在榻上的太子，以及静静躺着的玉选侍。

窦仁直觉哪里不对，而后眼神猛地一缩，触到了卫羌肩头处的血迹。

因为只着了雪白中衣，血迹尤为分明。

"殿下，您受伤了！"

没有理会窦仁的震惊，卫羌瞥了躺在身侧的人一眼。

窦仁这才敢仔细打量朝花。

这一看，顿时连连后退，骇得魂飞魄散。

"殿下——"

卫羌起身，趿上鞋子，语气说不清是平淡还是漠然："你处理一下吧。"

世人眼中，朝花是逆贼之女留下的丫鬟，本就不该存在，是他一意孤行留下来。

倘若传出刺杀他而被他反杀的事，那他就成了天大的笑话。

"殿下，玉选侍那个叫青儿的宫婢——"

卫羌面对门口，没有回头："你看着办。"

这点事，窦仁还是能处理好的。

"奴婢遵命。"窦仁恢复了冷静，垂着眼应道。

卫羌大步走向了浴房。

不知洗了多久，他换上一身新衣走了出来，站在殿外石阶上，才发现天上浓云翻滚。

下雨了。

一开始雨珠不大，渐渐就串成了挂在天地间的雨帘。

红豆从外面跑进屋来。

"姑娘，下雨了！"

骆笙自然听到了窗外的雨滴，闻言只是笑了笑，继续垂眸看书。

红豆凑过来，语气带着几分遗憾："姑娘，下雨了，就不能狩猎了呢。"

她还想着今日再猎一头鹿呢。

昨日吃到的罐焖鹿肉太好吃了，只可惜六月柿有些少，这道菜的分量就跟着少了。

没吃够。

骆笙把书卷放下，拍了拍小丫鬟的手背："休息一日不是正好。"

红豆悻悻点头，转瞬眼睛又亮了："姑娘，那咱们晌午吃什么呀？有一篮子六月柿呢，婢子数过了，足足有二十颗！"

骆笙一怔："哪来的这么多六月柿？"

六月柿算是稀罕物，并不好得。

红豆笑嘻嘻道："开阳王送来的。"

流露出的理所当然，令骆笙好一阵无言。

迎着小丫鬟期盼的眼神，她道："那就做秋葵烤蛋吧，这几日吃了太多油腻之物，正好吃些清淡的。"

"秋葵烤蛋？"红豆眨眨眼，"秋葵婢子知道，炒着吃或拌着吃都好，可秋葵与六月柿怎么放在一起做菜呀？"

六月柿炒鸡子，她倒是吃过的。

酸酸甜甜，也好吃。

"以六月柿为盅，放入鸡子与秋葵来做这道菜。"骆笙随口解释道。

提起做菜，她便愿意多说几句。

没有什么话题比谈论美食更安全，更令人心情愉悦。

"听着就好吃，开阳王昨日那颗六月柿真没白吃哩。"

骆笙收了嘴角笑意，语气转淡："不要随意议论亲王，去叫秀姑来吧。"

离着做饭还早呢，叫什么秀姑？

红豆腹诽着，还是老老实实去传话。

屋中恢复了安静，骆笙走到窗前，静静赏雨。

窗外雨势渐大，凉风裹挟着雨珠斜飞进来，落在面颊与手背上，令她感觉到一丝寒意。

北河的秋，要比京城的秋更冷一些。

特别是下起这么一场大雨，甚至有些初冬的意思了。

"姑娘怎么站在窗边？当心着凉。"随着红豆进来的秀月看到这一幕，快步走过来把窗子合拢。

红豆不由瞪大了眼睛。

秀姑又争宠！

本想直接摆脸子的，想一想秋葵烤蛋，小丫鬟默默忍了。

"姑娘，您的衣裳湿了呢。"红豆挤开秀月，笑盈盈道，"婢子给您重新拿一身来吧，您是想穿那件白底撒红花的褙子，还是杏白色绣如意纹的裙衫——"

"你看着就好。"

里屋很快只剩下骆笙与秀月。

秀月忍不住道："姑娘要爱惜身子，北河这里不比京城，这个时候已经很凉了。"

骆笙微微一笑："知道了，就是站在窗边赏一赏雨，只站了一小会儿。"

秀月端详着骆笙神色："姑娘是不是有心事？"

在她看来，郡主拿到了那只珍贵的镯子，还与朝花相认了，应该心情不错才是。前路是难，可是比起以前，眼下已经是最值得高兴的时候了。

骆笙摇摇头，目光投向纱窗。

"没有心事，就是来到北河后见惯了天高地阔，今日突然下起雨来，瞧着外面乌云低垂天灰蒙蒙的样子有些不适应。"

"姑娘，婢子给您挑了这一套，您瞧瞧喜不喜欢？"红豆捧着一套衣裳走进来。

上面叠着的是浅青色的衫子，下面放着的是一条白色挑线裙。

素净清丽。

红豆其实不大满意。

以前姑娘喜欢穿大红大绿，她瞧着可好看呢。

不过蔻儿提醒她了，姑娘现在喜欢穿素净的衣裳。想一想还有个争宠的秀姑，她只好委屈自己的眼光了。

骆笙微微颔首，由红豆服侍着换了衣裳。

看着出挑动人的主子，红豆突然又满意了："姑娘穿什么都好看。"

骆笙因为这场雨而莫名沉郁的心情舒展了些，笑道："去剥松子吃吧。"

"唉。"红豆欢喜应一声，提着装着松子与核桃的小竹篮去了廊庑下。

还有什么比坐着小杌子赏着雨，慢条斯理吃松子更舒心呢？

只可惜蔻儿不在，到底有些无聊。

骆笙继续看书，秀月安安静静守在屋中。

主仆二人虽不怎么说话，气氛却十分放松。

不知过了多久，骆笙放下书卷，语气带了几分疑惑："这个时候，行宫那边还没来人么？"

朝花借着学习酸汤鱼脑面的由头与秀月接触，按说今日下着雨不能去狩猎，正该派人来请秀月过去才对。

可到这个时候，还没有动静。

骆笙起身走到窗前，再次推开了窗子。

风雨立刻扑面而来，令她瞬间遍体生寒。

雨下了这么久也不见停下的意思，天越发暗沉，明明还是上午却让人觉得像是在傍晚。

不知怎么，骆笙心头涌起几分不安。

"秀姑，你看雨是不是小一些了？"

秀月站在骆笙身边，往外看了看。

雨幕接连天地，望不到边际。

那串成雨帘的雨珠似是小了些。

"好像是小了一点儿。"

"外头送来一篮子六月柿，听红豆说有二十颗，咱们就做秋葵烤蛋吧。"

"是。"

骆笙想了想，接着道："北河牛乳易得，那就再做一道糖蒸酥酪。等两道菜做好了，萧贵妃与玉选侍那里都送一些过去。"

秋葵烤蛋与糖蒸酥酪两道菜正适合女子口味。

既然朝花那边没有来人，那她就打发人过去看一看。

被动等待，从不是她的作风。

六月柿切开剖空放入秋葵与鸡子，再加油盐等物，随后把切去的盖子重新盖上，从外观看来又是一颗完整的六月柿。

再然后，就是把这些收拾好的六月柿小心放入吊炉中烘烤。

等到快要用午膳的时候，行宫那边依然没有动静，而秋葵烤蛋与糖蒸酥酪则做好了。

分好装盒，骆笙吩咐道："红豆，你把这个送去萧贵妃那里。秀姑，你送去玉选侍那里。"

萧贵妃与玉选侍对骆姑娘的厨娘做的美味感兴趣，早已不是秘密。

二人齐齐应了，提着食盒离开别院，往行宫而去。

因为这场雨取消了狩猎，永安帝窝在萧贵妃的寝宫饮酒赏歌舞。

丝竹声阵阵，身着霓裳的舞姬于殿中翩翩起舞。

永安帝嘴角带着在臣子面前没有的轻松笑意，对萧贵妃道："不及爱妃跳得好。"

"皇上谬赞了。"萧贵妃端起白玉酒壶，给永安帝杯中续上美酒。

永安帝浅尝一口，伸手揽住萧贵妃腰肢。

一名宫人走进来，禀报了红豆来送吃食的消息。

萧贵妃并不太意外的样子，吩咐道："带进来吧。"

永安帝放下酒杯，随口问道："爱妃还与骆驰的女儿打了交道？"

萧贵妃笑道："那日皇上邀妾一同品尝叫花肘子，妾吃着极好，就请骆姑娘的厨娘做了叫花鸡。"

永安帝恍然。

萧贵妃喜欢吃鸡肉，他是知道的。

不过——既然做了叫花鸡，他怎么没尝到？

"本来想给皇上送一些，不过叫花鸡送来时过了饭时，想一想皇上吃太多油腻之物不好，只得作罢。"萧贵妃略带遗憾道。

永安帝微微点头："这几日油腻之物确实吃了不少。"

新鲜的猎物自然要做成烤肉、炖肉请皇上品尝，一来二去就吃顶了。

现在想一想各种肉食，半点没了胃口。

"骆姑娘送来的不会还是叫花鸡或叫花肘子吧？"赏着歌舞，永安帝随意问道。

"妾也不知道。"想一想昨日骆笙那边主动送来的叫花鸡，萧贵妃琢磨着应当还是这道菜。

投其所好，很多时候便是如此。

这时宫人提着朱漆食盒走了进来，身后跟着红豆。

殿中曼舞的舞姬悄悄退下去。

"呈上来吧。"

另有宫人走过去把食盒接过，层层传递到永安帝与萧贵妃面前。

近身服侍永安帝的宫人把食盒打开，端出两道菜。

从食盒上层取出来的是一个白玉小碗，碗中白如凝脂，表面撒着零星的葡萄干与松子儿。

食盒底层端出来的是两个碧绿深碟，每一个碟中刚好放下一颗鲜红饱满的六月柿。

对那一碗酥酪，永安帝并不觉得稀奇，这本就是宫中常吃到的小食。

令他觉得稀奇的是六月柿。

仔细一瞧，两颗六月柿表皮起皱，像是烤过的。

萧贵妃也觉得稀奇，笑道："这是六月柿么？"

领红豆进来的内侍正准备示意她回话，红豆已是大声道："回禀娘娘，正是六月柿。"

内侍悄悄抽了抽嘴角。

这丫鬟胆子够大的。

对于骆姑娘身边的丫鬟，萧贵妃有些印象，闻言笑问："这道菜叫什么名儿？"

"回禀娘娘，这道菜叫秋葵烤蛋。"因为离得远，红豆声音更大了。

站在一旁的内侍忍不住递了个眼色。

这小丫鬟是怎么回事儿？这么大的嗓门都可以算惊扰圣驾了。

红豆看都不看内侍一眼。

姑娘交代了，行宫不比外头，不能惹事。

事儿都是人惹出来的哩，她才不会搭理这些人。

萧贵妃微微扬了扬下巴。

立刻有一名宫人过去把红豆领着走近了些。

"秋葵烤蛋与六月柿似乎搭不上关系。"萧贵妃带着几分好奇道。

红豆音量稍稍小了点儿："揭开六月柿就能看到了。"

在萧贵妃示意下，一名宫婢以干净手帕垫着把带着柿蒂的盖子揭开，露出里面的烤蛋与秋葵。

一股清香扑鼻而来，带着六月柿特有的淡淡酸甜味，立刻勾起了人腹中馋虫。

永安帝开了口："看起来不错。"

听了这话，立刻出来两名宫人试毒。

先以银针试，再以身试。

一颗六月柿没有多大，一小碗糖蒸酥酪也没有多少。可为了保证帝王安全，试毒不能吃太少。

永安帝与萧贵妃默默看着，忽然觉得心情不大好。

不知等了多久，试毒的宫人才退至一旁。

永安帝尝了一口秋葵烤蛋，不由点头："如此做法倒是稀奇。"

许是油腻之物吃多了，竟觉得普通的鸡子混了六月柿的酸甜与秋葵的清爽之后口感十分好。

一颗六月柿中只放了一个鸡子，切得薄薄的几片秋葵，不过三五口便吃完了。

吃完秋葵烤蛋的永安帝看着萧贵妃吃糖蒸酥酪。

萧贵妃品尝着酥酪的美味，忍痛问道："皇上要尝一尝么？"

在宫中到了夏秋两季，她常吃酥酪，却没吃过滋味这般好的。

骆姑娘那个厨娘确实不同凡响。

"爱妃吃吧。"永安帝淡淡道。

萧贵妃吃得高兴，吩咐宫人打赏红豆。

"回去对你们姑娘说，本宫很喜欢吃，她有心了。"

"奴婢告退。"

眼见红豆要随着内侍离去，萧贵妃突然想起什么来，问道："对了，骆姑娘只送了吃食到本宫这里么？"

红豆脆生生回道："还送了一份到玉选侍那里。"

萧贵妃微微点头，这才放她离去。

比起红豆的顺利，秀月却碰了壁。

"东西我们选侍收下了，请回吧。"

秀月有些意外："昨日选侍说要民妇来教她做菜——"

宫人冷着脸，不耐道："今日选侍身体不适，不方便见客，等选侍有精力学了，自会派人去请你。"

秀月想要再说什么，宫人已经转身进去了。

骆笙先等到了秀月回来。

"没有见到朝花？"

不知怎的，听秀月说没有见到朝花，骆笙突地生出一丝不安。

事情有些不对劲儿。

朝花怎么可能不见秀月呢？

就算真的身体不适，也不会就这么把秀月打发了。

除非是朝花察觉到什么危险，不方便见面。

或者是自身遇到什么危险，不能见面。

而无论是前者还是后者，都不是好事儿。

此次来北河狩猎，卫羌只带了朝花一名女眷，没有太子妃的威胁，也没有其他侍妾争宠，朝花能有什么麻烦呢？

骆笙思索着，眸光冷下来。

朝花身为太子侍妾，根本没有资格站到皇上面前，萧贵妃也没必要为难一名小小选侍。

真要有麻烦，那便只能是来自卫羌。

来自卫羌的麻烦，会是什么？

这些年太子对玉选侍盛宠不衰，缘由也不算是秘密——

骆笙微微收拢手心，有了一个猜测：麻烦会是因她而起吗？

"姑娘，婢子回来了。"红豆挑开帘子，快步走进来。

她的发梢衣角都打湿了，神情瞧着却很欢快。

270

"姑娘，没想到皇上也在贵妃娘娘那里，他们看起来都很喜欢吃秋葵烤蛋呢。"

"是么，那皇上与贵妃娘娘有没有说什么？"

红豆想了想道："皇上就夸赞了六月柿做法稀奇，贵妃娘娘让婢子带话说您有心了……"

骆笙仔细听着，再问道："你去时，皇上与贵妃娘娘在做什么？"

红豆虽不解骆笙为何问这么仔细，却老实回道："在赏歌舞。"

骆笙微微抿唇。

下雨天，赏歌舞，皇上与萧贵妃那里看起来一切如常。

"姑娘，秋葵烤蛋可以吃了吗？"红豆一脸迫不及待。

她瞧着那秋葵烤蛋与糖蒸酥酪就觉得好吃得不行。姑娘说了，烤出来的先送人，最后一炉等她回来吃热乎的。

"秀姑，秋葵烤蛋还剩几个？"

秀月道："给表公子送去两个，辰公子、二姑娘和四姑娘各送去两个，小七送去两个，加上送去萧贵妃与玉选侍那里的，烤出来的两炉一共十四个正好送完了，还有六个刚刚烤好。"

骆笙微一沉吟，道："再装两颗送去开阳王那里，另外拿两个装盒交给我。"

本来没想着给开阳王送，秀月没有见到朝花的面，让她改了主意。

卫羌那边若是有什么事，或许能从开阳王口中打听到只言片语。

红豆掐指一算，一共还有六个，给开阳王送两个，再有两个装盒，那，那不只剩下两个了！

这么一想，小丫鬟心肝都疼颤了。

姑娘要拿两个肯定是有正事，开阳王吃两个……是不是有点浪费了？

一见红豆表情，骆笙便明白了小丫鬟心思，笑道："快去送吧，剩下两个都留给你。"

红豆一听，这才欢欢喜喜走了。

秀月笑道："真是个单纯的孩子。"

骆笙听了有些不是滋味，叹道："跟着骆姑娘才能活得这般简单。"

而朝花与秀月一个委身豺狼，一个毁了容貌，都活得人不人，鬼不鬼。

秀月哪里听不出骆笙的意思，不由开口："郡主——"

骆笙微微一笑："好了，把秋葵烤蛋装好给我吧。"

接过食盒，骆笙往外走去。

"郡主，您去哪儿？"这话放在平时秀月本不会问，可郡主听闻她没见到朝花之后的郑重，令她心中不安。

骆笙目视前方，淡淡道："去见我的父亲，骆大都督。"

雨还在下，抄手游廊挂着雨珠串起的珠帘。院中花木朦胧，有些瞧不清原本的样子。

骆大都督正没滋没味地拨弄着盘中的炒肉片,就听下人禀报说三姑娘来了。

骆大都督忙放下筷子:"快请进来!"

不多时骆笙提着食盒走了进来。

骆大都督一瞧她手中食盒,登时激动了。

今日中午笙儿做了好吃的,他是知道的。

没办法不知道,除了他这里,别处都送了……

他正寻思着是不是哪里做得不好,惹闺女不快了,没想到笙儿居然亲自送来了。

这么一想,可把骆大都督感动坏了。

"笙儿啊,要送什么随便打发人送来就好,外头还下着雨呢。"

"雨小多了,也淋不着。"骆笙把食盒往饭桌上一放,随口问道,"父亲是不是吃完了?"

"没,刚吃!"骆大都督飞快道。

"呃。"骆笙打开食盒,在骆大都督的翘首以待中,把两碟秋葵烤蛋放到他面前。

骆大都督心情飞扬,面上矜持了一下:"笙儿,这是什么菜,瞧着像六月柿烤熟了。"

总觉得味道会怪怪的。

不过从辰儿那边传来的消息可不是这样。

据说笙儿院中的婢女把吃食送去时,辰儿和那黑小子正在一块,因为黑小子那份里有一颗六月柿格外大,两个小子打起来了……

"这道菜叫秋葵烤蛋,父亲尝尝吧。"骆笙揭开盖子,淡淡解释。

骆大都督一看六月柿打开后内里的情形,登时食指大动。

三两口把一份吃完,骆大都督忽然明白了两个小子打架的心情。

"就没了……"骆大都督一时还回不过味来,看一眼骆笙,才发现她面沉似水,神色郁郁。

"笙儿怎么了?"胃里舒服了,骆大都督更关心女儿了。

"今日女儿还打发人给贵妃娘娘和玉选侍那里送了一份。"

"那怎么不高兴呢?"

笙儿这个样子,以前倒是常见。

每一次这样,似乎都要惹祸了……

一想到女儿刚刚提到萧贵妃与玉选侍,骆大都督心里一咯噔。

如果惹祸的目标是萧贵妃或玉选侍,这可不行啊。

骆大都督当机立断转移话题:"咳咳,笙儿今日送来的秋葵烤蛋真香——"

谈点高兴的,说不定笙儿就忘了呢。

"还不是玉选侍!"骆笙扬起下巴,一脸气恼,"我好心好意给她送吃的,她居然避而不见，很不耐烦就把我的人给打发了。"

骆笙越说越气："您说她是不是瞧不起我呢？"

骆大都督干笑："没有吧。"

"以为自己是太子选侍就目中无人，这种人就是欠教训。"少女望着父亲大人，很是体贴，"女儿要是拿鞭子抽她一顿，太子不会为难您吧？"

骆大都督险些跳了起来，连刚刚吃下肚的秋葵烤蛋都不觉得香了。

"笙儿，太子选侍和咱府上的姨娘可不一样啊。"骆大都督虎目含泪，语重心长。

虽说笙儿这样竟让他生出一种诡异的亲切感，可他还是觉得女儿懂事一点好。

打打相府千金也就罢了，不能打皇上和太子的女人啊！

"太子选侍不就是姨娘么。"骆笙一脸不以为然。

那不知天高地厚的模样，让骆大都督觉得更熟悉了。

"咳咳咳。"骆大都督剧烈咳嗽起来。

骆笙伸手拍了拍他的背："父亲怎么了？"

骆大都督咳得脸通红，还不放弃开导女儿："笙儿啊，太子选侍虽然只是妾，可那是太子的妾，你若是找她的麻烦就是扫了太子脸面。别说玉选侍是太子宠妾，就算只是寻常选侍，太子也不会高兴的。"

骆笙眨眨眼，理直气壮问道："太子不高兴，又能把父亲怎么样呢？"

骆大都督一滞。

他一直知道女儿无法无天，可没想到会这么无法无天。

再这样下去，不行啊！

"笙儿啊，太子现在虽然不会对为父如何，可你想想以后呢？"

以后太子登基为帝，等着他们一家的就是秋后算账了。

骆笙皱眉："可女儿闲来翻书，发现历任锦麟卫指挥使也没有服侍过两任帝王的，一般到了新帝的时候都被杀掉了呢。"

骆大都督面色微变。

这个问题，他当然早就想过。

什么太子太保，这些都是虚的，真正实权在握还是锦麟卫指挥使的差事，而这个位子凭借的就是帝王信任。

可问题也在这里。

当新帝登基，又怎么可能信任先帝留下的左膀右臂？

处在他这个位子，唯一期望的就是皇上活得长久，最好是活得比他久。

而在这个期间，他还需要努力维持着皇上对他的绝对信任。

"这么一看，女儿就觉得得不得罪都一个样了。"

骆大都督忍无可忍，拿蒲扇般的大手揉了揉骆笙的头："笙儿，这些不是你该操心的。将来的事为父会安排好，但现在咱不能破罐子破摔啊，记着了么？"

"呃。"骆笙勉强应了一声，也没说记着还是不记着，把食盒提了起来，"父亲，我先回去了。"

等骆笙一走，骆大都督越想越不踏实。

女儿的性子他了解啊，看一个人不顺眼，那是见缝插针也要收拾一顿才解气。

不行，他得盯着玉选侍那边，以防笙儿去闹事。

骆大都督很快叫来属下，悄悄吩咐下去。

身为太子宠妾，且是太子这次秋狝唯一带来的女眷，朝花的死不可能完全遮掩过去。

卫羌还是硬着头皮来到永安帝面前，禀明此事。

"没有想到玉选侍会半夜刺杀儿子，儿子惊慌躲避之下，失手伤了她……"

永安帝听罢沉默片刻，淡淡道："回去处理好，不要引起太多议论。"

"是。"卫羌施了一礼，躬身退下。

永安帝负手走至窗前，赏了一阵子落雨，往萧贵妃处去了。

这场雨断断续续下了一日，到了夜里才停了。

第二日放晴，天高云淡，凉爽宜人。

可骆大都督收到属下传来的消息，心情就没那么美妙了。

玉选侍居然死了！

笙儿昨日才说过要找玉选侍麻烦，结果今日就听闻玉选侍死了，这要不是他派人盯着，还以为是闺女干的！

不行，要赶紧跟笙儿说一声。

想一想女儿在不知情的情况下跑到太子那边去闹事，骆大都督就觉得不能耽误了。

骆笙才刚梳洗完，红豆就跑进来传话："姑娘，大都督那边来人请您过去。"

因为惦记着朝花，骆笙一夜没睡好，好在年纪小，眼下并没有青影。

听了红豆禀报，骆笙脚步匆匆去了骆大都督那里，等到穿过月洞门放缓步履，看起来平静从容。

骆大都督一身利落骑装站在院中，看起来是要参加今日狩猎的样子。

晨曦笼罩着不大的小院，院中草木经过雨水的洗礼显得越发精神，而昨日还盛开的花却几乎全落了，成了香泥。

骆笙走上前去，微微屈膝："不知父亲一早叫女儿来，有什么事？"

骆大都督觉得这个消息对女儿来说算不上噩耗，于是也没怎么铺垫，开门见山道："笙儿，你不要生玉选侍的气了，为父听说玉选侍出事了。"

"什么事？"骆笙一颗心直直落了下去，语气却平静得骇人。

"据说是得了急症,昨天没了——"

骆笙脑中嗡了一声,从昨日起就绷紧的那根弦一下子断了。

"父亲,没了是什么意思?"她轻声问。

她的声音依然平静,一副若无其事的模样。

骆大都督没有察觉异样,叹道:"你这傻丫头还没反应过来,没了就是人不在了,所以以后不要想着找玉选侍麻烦了……"

骆笙轻轻颤了颤睫毛,语气没有起伏:"女儿是没有反应过来……"

前日朝花还好好的,就昨日没有见到,今日就告诉她人没了。

她怎么能反应过来呢?

没了……

不在了……

骆笙咬了咬唇,定定望着骆大都督:"真的是得了急症没的吗?前日玉选侍还来过的。"

骆大都督见女儿似乎被吓住了,宠溺地揉了揉她的发:"所以才是急症啊。"

"我不相信。"骆笙绷紧唇角,指甲用力掐着掌心。

"你这孩子。"骆大都督声音放低了些,"笙儿,你记着,天家的事无论有什么内情,给出的消息咱们只能相信。"

太子说侍妾得了急症没了,那就是得急症没了。就算有什么隐情,只要皇上不发话,臣子还要闹着查案不成?

就算是太子妃如此,恐怕都会不了了之,何况一个小小侍妾。

"笙儿,天家不比寻常,以后还是少往跟前凑。"

骆笙垂眸,微微点头:"我知道了。"

"那就回去准备一下吧,等会儿就要出发去狩猎了。"

"好。"骆笙微微欠身,一步一步离开了骆大都督住处。

回到才熟悉了几日的院子,骆笙靠着冰冷围墙停了下来。

下了一日的雨,墙壁冰冷潮湿,却不及她此刻的心冷。

骆笙甚至觉得还在梦里。

朝花死了。

曾经,她以为朝花早就死了,与疏风、绛雪一样死在了十二年前那场惨祸里。

可是后来才知道朝花还活着,成了卫羌的侍妾。

谨慎起见,她也考虑过朝花一颗心投向卫羌的可能。然而,即便是想到这种可能,她也庆幸朝花还活着。

人活着,就算与她不再一条心,也比不在了好。

然后,来到北河,在这无边无际的辽阔草原上,她与朝花顺利相认了。

可她没有想到，才相认便是永别。

还有什么比失而复得，再失去，更令人痛彻心扉呢？

骆笙靠着冰冷刺骨的墙壁，眼中空荡荡没有泪，只是茫然望着院中那株老树。

老树的叶子已经掉了大半，惨淡凄凉。

一道活泼身影跑过来。

"姑娘，您怎么站在这里啊？"

映入骆笙眼帘的，是红豆俏丽青春的面庞。

她动了动眼珠，表情木然。

红豆眨眨眼，小心翼翼道："姑娘，您哭了啊？"

紧跟着一道声音响起："姑娘——"

又一张熟悉的面孔闯入眼帘，骆笙眼神才渐渐恢复清明。

"秀姑。"她喊了一声。

秀月不安地靠近。

郡主的样子很不对劲。

骆笙伸出手来。

秀月毫不犹豫伸出手，握住了那只手。

入手的冰凉让她心中一沉。

而红豆眼睁睁看着二人双手交握，已是呆住了。

什么时候开始，姑娘这般亲近秀姑了？

姑娘还没有这么握过她的手呢。

本想张口挤对秀月两句，可那看不见却在周身流淌的凝重气氛让小丫鬟识趣地没吭声。

"秀姑。"骆笙又喊了一声。

"奴婢在。"

红豆眼睛猛然瞪圆了。

秀姑又不是大都督府的人，怎么好意思对姑娘自称奴婢？

这，这分明是一直打着上位的算盘！

小丫鬟满心戒备盯着秀月。

秀月眼中却只有郡主。

"你今日就在这里，不要出去。"

秀月心中越发不安，但对郡主的话，她向来无条件服从。

"记住了，等我回来。"骆笙用力握了一下秀月的手，旋即松开，喊道，"红豆。"

"婢子在！"红豆响亮应了一声。

"随我去狩猎。"

红豆得意瞥了秀月一眼，忙跑进屋中拿了一条披风来："姑娘，今日有些凉——"
却发现早已不见了骆笙踪影。
"姑娘人呢？"
秀月对红豆的话充耳未闻，木然走向小厨房。
红豆挠了挠头，快步追了出去。
今日姑娘与秀姑都有些奇怪。
歇息了一日，众人恢复了狩猎的热情，早早集合在一处。
骆笙紧握缰绳环视一圈，没有见到卫羌。
她眼底闪过冷光，几乎把下唇咬出血来。
号角声吹响，一匹匹骏马奔腾着冲向一望无垠的草原。
其中一匹枣红马冲得最快，马背上是一道纤细的黑色身影。
卫晗看着那道身影奔驰在前方，一拍身下白马，如离弦的箭追上去。
两匹骏马渐渐靠近。
卫晗觉得那匹枣红马速度有些太快了，令他不禁担心会把马背上的少女甩下来。
大白马却觉得这么全力奔跑十分称心，甚至鼓励般冲枣红马长嘶一声。
枣红马跑得更快了。
卫晗狠狠地拍了大白马一巴掌。
大白马扬蹄嘶鸣，以为得到了主人的表扬。
两匹马追逐着渐渐远离人们的视线。
前方依然是望不到边际的草原，骆笙一勒缰绳，枣红马速度渐渐慢下来。
大白马跟着减缓速度，不解地用大嘴拱了拱小伙伴的脑袋。
卫晗直觉今日骆姑娘心情不是很好，警告似的拍了拍大白马，示意它别惹事。
枣红马终于停了下来。
骆笙翻身下马，松开缰绳漫无目的地往前走。
青草地上开满了不知名的野花，织成大片大片仿佛望不到尽头的花毯，不远处是潺潺溪流与白练般的瀑布。
飞流直下的瀑布拍打着巨石，这一方小天地最大的声响便是源于此。
骆笙一步步走到瀑布那里。
飞溅的水花落在她发梢衣角，冰凉彻骨。
身边站定一个人，带着关切的声音响起："骆姑娘，你怎么了？"
骆笙凝视瀑布许久，突然侧头看他："王爷还记得答应过我一个条件吧。"
卫晗颔首："骆姑娘说过，在你需要的时候，让我在能力范围之内帮你做一件事。"
说到这里，他唇角微扬："骆姑娘不必考虑有没有超出我能力范围，提出条件就是。"

想一想昨日送来的秋葵烤蛋，男人眼神不自觉变得温柔。

他送那一篮子六月柿过去，只是作为吃了骆姑娘一颗六月柿的补偿，没想到骆姑娘用六月柿做了新菜会想着给他送来。

男人望着少女，语气温和笃定："我很乐意帮骆姑娘的忙。"

骆笙移开视线看向远方，声音轻得几乎被瀑布的声音遮掩："王爷听说了么，太子的侍妾玉选侍……昨日得急症死了。"

直到此刻，她说出这句话还恍若梦中。

她失去的太多，拥有的太少，要承认再一次失去很重要的人这个事实，对她来说太难了。

"骆姑娘需要我做什么？"卫晗看着她问。

"我想请王爷帮我找到玉选侍，无论是她的人……或是尸身。"

就从骆大都督口中听一句玉选侍得急症死了，她如何甘心。

活要见人，死要见尸。

开阳王知道她一些不能对外人道的事，又没有揭发她的打算，可以说是目前她能求助的最佳人选。

而她答应过给开阳王药引，请他做一件事是早就约定的交易。

她背负的东西太重，不想再背负别的，哪怕是人情。

卫晗看着她，只说了一个字："好。"

"那我等王爷的消息。"见他如此痛快答应下来，并没有问东问西，骆笙差到极致的心情没有变得更糟，转身走向悠闲散步的枣红马。

大白马正甩着尾巴替枣红马驱赶蚊虫。

骆笙毫不留情地打断两匹大马的相亲相爱，翻身跳上马背。

广阔的草原，马儿奔驰起来肆意随性。

卫晗策马追上来，打量骆笙神情。

少女眸光深沉，不见一丝波动，就好似一汪深潭水。

很黑，很好看。

可是比起这样一双眼睛，卫晗更乐意看到以前的样子。

以前骆姑娘的眼中也是平静的，但不是令人心悸的平静，而是如秋日的湖，宁静淡然。

"骆姑娘还要去哪里么？"

"回去等王爷的消息。"

"我会尽快给骆姑娘答案。"卫晗说完，见她没有动作，生出几分疑惑。

骆姑娘莫非还有别的事，只是不愿对他说？

正疑惑着，就听骆笙道："我迷路了，王爷能不能带路？"

那一瞬，卫晗微微扬了扬唇角，考虑到眼前人的心情，严肃点头："好。"

一红一白两匹骏马并头奔驰，渐渐看到了猎物与追逐的人。

这些赶入围场的野兽、猛兽的数目与种类都是有计划的，以此保证贵人们的安全。

骆笙眼中一只落了单的野鹿在飞奔，一名男子骑着马追逐。

她举起弓，又收起来。

逐鹿的男子射出了一箭。

一支箭从骆笙身侧飞出，迅如流星般把男子射出的那一箭击飞。

两支箭先后落在地上。

举弓的男子先是面露怒容，认出卫晗立刻转为笑脸："王爷。"

卫晗淡淡道："刚刚那只鹿怀了幼崽。"

男子恍然："王爷好眼力，是下官莽撞了。"

卫晗微微颔首，侧头对骆笙道："走吧。"

目送二人离去，男子眼中升起八卦之火。

开阳王与骆姑娘居然一起狩猎，不过两个人好像什么猎物都没打到。

也许……二人互为猎物？

男子觉得发现了什么了不得的事，望着钉在地上的箭露出了然的微笑。

也难怪开阳王都不忍心猎杀怀了幼崽的野鹿了。

骆笙骑马又跑了一阵，遇到了正漫无目的乱跑的红豆。

一见骆笙，红豆立刻催马过来："姑娘，您去哪儿了啊，让婢子一顿好找——"

看一眼跟在骆笙身边的绯衣男子，后面的话戛然而止。

原来是被开阳王拐跑了，这就不奇怪了，开阳王为了吃到姑娘做的菜什么事都能做得出来。

"那就不打扰王爷了。"骆笙侧头对卫晗撂下一句话，带着红豆策马远去。

卫晗端坐于马上，注视着那道黑色身影渐行渐远。

被目光追逐的人一直没有回头。

他轻轻一抖缰绳，往另一个方向奔驰而去。

回营帐的号角声吹响。

一日的狩猎没有结束，只是回帐子休息调整，并用午膳。

盛三郎提着几只野兔，站在帐子前茫然四顾。

怎么不见秀姑？

一眼扫到骆笙翻身下马，他忙迎了上去："表妹，你今日收获不小啊，居然打了这么多猎物。"

"今日准头好。"骆笙从盛三郎身侧走过，语气平淡。

盛三郎不觉有异，快步跟上去问道："怎么不见秀姑呢？"

279

骆笙脚步一顿，才回了盛三郎的话："今日秀姑有些不舒服，我让她在屋里歇息一日。"

"难怪呢。"盛三郎看看手中提的野兔，再看看马背上琳琅满目的猎物，觍着脸笑道，"那今日午膳——"

"表哥。"少年冷锐的声音响起，打断了盛三郎的话。

盛三郎返回骆辰那里："表弟喊我干什么？"

"我想亲自烤肉，表哥给我帮忙吧。"

盛三郎一脸诧异："表弟要自己做？"

这能吃吗？

然而看着少年认真严肃的脸，盛三郎只好点头："行，亲自动手也挺有意思的。"

"兔子皮要剥吗？"骆辰问。

盛三郎默了默，叹道："表弟在这等着，我去溪边剥兔子皮……"

对表弟烤的肉，他还是不要抱什么幻想了。

小七追上去："表公子，我也去。"

打发走二人，骆辰抬脚走到骆笙身边。

骆笙坐在尚未升起火的简陋灶台前，不知想着什么。

骆辰等了一会儿，也不见对方搭理自己，抿了抿唇问道："你……心情不好？"

骆笙看他一眼，否认："没有。"

骆辰拧了眉。

明明就是心情不好，也就是三表哥看不出来。

又沉默了一会儿，少年问："与秀姑有关？"

骆笙看他一眼。

骆辰被这一眼看得有些不快："我又不是小孩子了，别总把我当成不懂事的傻子。"

"十三岁不是孩子吗？"骆笙轻声说了一句，面上表情没有一丝波动。

"你十三岁的时候，已经往家里抢面首了。"少年一针见血。

骆笙盯着冰冷的灶台，淡淡道："你这样说，我心情更不好了。"

"所以你为什么心情不好？"

骆笙颤了颤睫毛。

听闻朝花死讯，面对骆大都督她没有哭，面对秀月她不敢哭，面对开阳王她不能哭。

可是面对这个半大少年带着别扭的关心，她却有些想哭了。

"女孩子难免有无缘无故心情不好的时候。"骆笙随口给出答案，起身往帐子里去了。

少年眉头紧皱在原处站了一会儿，抬脚去溪边寻找盛三郎。

骆笙这一等，就等到了入夜。

狩猎的人或是回了行宫，或是回了别院。

山脚山腰，点点灯火亮了起来，与天上繁星相映成趣。

这就是北河围场一年一度最热闹的时候了。

骆笙院子里却是冷清的。

她没有换衣裳，一直在西屋看书。

在草原上奔跑了一整日又没吃好，红豆却有些困了，歪靠着屏风打瞌睡。

"红豆，你先去睡吧。"

"可是姑娘——"

"去吧，听话。"

红豆应声是，揉着眼睛往东屋去了。

骆笙继续垂眸看书，实则一个字都没有看进去。

她对开阳王说找到朝花的第一时间就知会她，不知会等什么时候。

明日、后日，还是更久？

摆在案上的烛台，烛火突然晃了晃。随着烛火微微晃动，书卷上光影一掠而过。

骆笙随手放下书卷，起身走向窗口。

糊了轻纱的纱窗影影绰绰，看不真切。

她略略站了片刻，伸手推开窗。

晚风立刻吹进来，吹动她垂落的黑发与同色的衣袖、裙摆。

窗外立着一名青年。

他换了一身黑衣，几乎与夜色融为一体，衬得一张脸白皙如冷玉。

隔着窗，二人有一瞬对视，男人开了口："找到了。"

"王爷稍等。"骆笙说完这话，抬脚去了东屋。

红豆已经在外间的榻上睡着了。

"红豆。"骆笙轻轻喊了一声。

红豆颤了颤睫毛，艰难地睁开眼睛："姑娘？"

"你继续睡吧，我出去办点事儿。"

"那婢子陪您啊。"红豆脑袋沉沉，准备爬起来。

"不用，开阳王陪我去。"骆笙交代完，转身返回西屋。

红豆重新闭上眼睛，片刻后猛然坐了起来。

开阳王陪姑娘去办事儿？

小丫鬟起身下榻，趿着鞋子跑去了西屋。

西屋中空荡荡的不见人，只有翻开的书卷静静搁在床头。

红豆在屋子里打了几个转，一屁股坐下开始发呆。

281

这年头不但要提防厨娘，还要提防外头的野男人了？

想保住头号大丫鬟的地位，太难了。

至于自家姑娘夜里与男人出去——这倒无所谓，反正姑娘不吃亏。

红豆郁闷了一阵子，困意袭来，揉着眼睛继续睡觉去了。

骆笙跟着卫晗顺利离开了别院。

比起白日，夜间的草原有些令人心悸，那种无边无际又开阔的黑暗酿成了难以言说的恐惧，压在置身其中的人心头。

骆笙并没有这种感觉。

她只有想见到朝花的急切。

眼前是一片密林，夜色里枝丫横伸，远远望着好似模糊畸形的人影。

风吹来，带着寒意。

"在林子里么？"骆笙开口问。

没有波动的声音在夜色里传出，有种不是自己声音的错觉。

卫晗微微点头，眼中流露出几分担忧。

"那就带我过去吧。"

"好。"

二人并肩进了密林。

比起外面的风吹草动，林间似乎更加安静，也更加黑。

因为那场雨，林间的草地还有些湿软，踩在上面越发让人一颗心空荡荡没有着落。

骆笙一脚踩下去，身子微微一晃。

一只大手牢牢握住她的手，令她稳住身形。

"多谢。"骆笙声音空洞地道了谢，抽回手。

卫晗悄悄把手握紧，仿佛要抓住手心留下的那抹冰凉。

骆姑娘的手太冷了，冷得让他不想放开。

走到林子深处，卫晗在一棵树前停下。

借着月色，骆笙看到那处的泥土颜色明显与其他处不同。

一颗心好似被无形的大手用力攥了一下，有那么一瞬间痛得难以呼吸。

她的脸色越发苍白，表情却没有多少变化，伸手扶住那棵树问身边男子："玉选侍在这里么？"

卫晗沉默了一瞬，点头："在。"

骆笙缓缓蹲下来，伸出手去扒泥土。

那只大手伸出，按住了她的手。

骆笙默默看他。

"我来吧。"卫晗取出带来的花锄。

骆笙伸手把花锄拿过来，一言不发开始挖土。

卫晗又摸出一把花锄，加入其中。

因为才下过雨不久，又翻动过，泥土十分松软，不多时就触到一物。

骆笙动作停下，呆呆地望着那里。

那隐约露出来的，是草席。

这一刻，她险些掉下泪来。

她的朝花，委身豺狼十二载，最终是这样的结局。

草席殓尸，连一口薄棺都无。

卫羌！

她咬着唇，尝到了血腥味。

卫晗没有停下挖土，很快露出了席子裹着的尸首。

骆笙深深吸一口气，伸出手去揭开草席。

散乱的长发，骇人的面孔。

骆笙猛然缩回手，盯着那张脸有一瞬的错愕。

不是朝花！

那一刻，她心头狂喜，忍不住去看身边的男人。

他弄错了，这不是朝花！

这是朝花的贴身宫婢青儿。

或许骆大都督也弄错了，她的朝花没有死……

卫晗垂眸，拿起花锄继续挖土。

不多时，土坑加大加深，露出被压在下面的另一捆草席。

骆笙踉跄着后退一步。

另一具裹着草席的尸首呈现在面前。

骆笙死死攥着拳，盯着露出草席的那只手。

手腕上精致华美的金镯熟悉得令她心碎。

那是她的金镶七宝镯，与朝花拼尽全力守了十二年的镯子是一对。

她伸出手，颤抖着把席子揭开。

她早就不是那个有双亲遮风挡雨清贵无忧的小郡主了，再难的事也没资格逃避。

唯有面对。

熟悉的面庞映入眼帘，没有想象中的狰狞扭曲，嘴角甚至还带着笑意。

骆笙凝视着那张脸，一时忘了反应。

卫晗轻声提醒："骆姑娘，此地不宜久留。"

骆笙回了神，声音干涩："我要确认她是怎么死的。"

卫晗默默指了指尸身脖颈处。

283

骆笙顺着看过去，看到了触目惊心的青紫痕迹。

朝花是被掐死的！

骆笙眼神一缩，控制不住地流露出愤怒与痛苦。

那愤怒排山倒海而来，痛苦亦排山倒海而来，两股巨浪呼啸着毫不留情把她淹没，全然不管纤细的身躯能否承受。

一滴泪终于落下来，砸在沾满泥土的冰冷草席上。

然后是第二滴泪，第三滴泪……

骆笙怔怔地想，她好像哭了。

静谧的林间刮起一阵风，秋叶簌簌作响，飘然而落。

可林间仿佛更静了，静得让卫晗能听到眼前少女落泪的声音。

那泪似乎不是落在潮湿腐朽的泥土中，而是砸在他心上。

骆姑娘哭了。

骆姑娘看起来……很难过。

卫晗沉默着伸出手，把哭泣的少女轻轻环在怀里。

番外1 少年卫晗

"主子，外面有大热闹瞧！"石焱风风火火闯进演武场。

十二三岁模样的少年手握玄弓，皱眉看向打扰了他练习射箭的小侍卫。

"什么热闹？"他不冷不热问。

"平南王带着一家老小进京了，人们都涌上街头看新太子呢。"

大周储君之位空悬久矣，远在南边的平南王世子因为数年前揭发镇南王谋逆有功，在众多宗室子弟中拔得头筹，不久前被过继到皇上名下成了新太子。如今新太子到了京城，也难怪京城百姓一窝蜂出来看热闹。

"主子，咱们也去瞧瞧新太子长什么样吧。"石焱兴奋地撺掇着。

卫晗睨他一眼，神色冷淡："总不过两只眼睛一张嘴，没什么可瞧。"

石焱挠挠头："不能这么说啊，这是太子呢，以后您肯定少不了与他打交道。"

眉宇间还有着青涩的少年冷冷一笑："我没兴趣与新太子打交道。"

听说，镇南王是这位新太子的未来岳父，而镇南王府就是在女儿与新太子大婚那日出事的。

连同出阁的那位郡主在内，镇南王府无人生还。

踩着新婚妻子的尸体往上爬，这样的人他瞧不上。

小少年这般想着，拉弦弯弓，羽箭如流星正中靶心。

转日，永安帝传卫晗进宫。

走在前往养心殿的路上，卫晗目不斜视。

满十岁那年他从皇宫搬了出去，对这熟悉又冰冷的地方没有丝毫留恋，甚至每次进宫只感到不适。

少年抬头，看了一眼天空。

仿佛在这里看到的天都比外面压抑些。

"皇上，开阳王到了。"周山对内禀报。

一道低沉声音传来："请进来。"

卫晗大步走进去，向坐在龙榻上的男人行礼："见过皇兄。"

一贯严肃的帝王见到卫晗，露出笑意："十一弟，来朕身边。"

卫晗走了过去，任由永安帝打量。

而永安帝越打量越满意，目露欣慰："十一弟又长高了，快要赶上朕了。一个人住在王府有没有好好吃饭？"

"都很好，皇兄日理万机，不必为臣弟费心。"

永安帝笑了："十一弟真是长大了。"

这般沉稳，若不是那日听说专门为了吃肉包子跑去京郊，他还真无法把眼前的小少年当孩子对待了。

闲聊几句，永安帝道："文可安邦，武可定国。十一弟是良才美玉，在京城磋磨未免可惜，朕打算送你去北地历练，不知你可愿意？"

冷冷清清的小少年眸中骤然有了光彩，干脆道："臣弟愿意。"

永安帝拍着卫晗肩膀大笑起来。

不久后，卫晗从养心殿离开，走出宫门迎面撞见一行人。

双方相距一丈停下。

送卫晗出宫的内侍忙小声介绍对方，对面领路的内侍亦道明卫晗身份。

"三哥。"卫晗语气淡然打了招呼。

平南王端详小少年片刻，笑眯眯道："没想到十一弟长这么大了。"

卫晗略略弯唇，目光落在站在平南王身侧的青年身上。

青年剑眉星目，十分俊朗。

这就是新太子么？

卫晗闪过这个念头，收回了视线。

内侍提醒道："王爷，这是……殿下。"

过继平南王世子为太子的旨意虽然已下，却还没正式册封，但人们已经开始用"殿下"来称呼卫羌。

卫晗语气淡淡："你刚刚说过了。"

内侍一窒。

开阳王既然知道，为何见了太子如此冷淡？

卫羌暗暗皱眉。

昨日进京才体会了众星捧月的感觉，眼前小少年的冷淡令他莫名不适。

卫羌身侧与卫晗年纪仿佛的少年忍不住开口："你见到我大哥，怎么——"

"丰儿！"平南王喊了一声。

卫丰住了口，盯着卫晗的眼神满是怒火。

他大哥已经是太子了，这个与他差不多大的小子未免太不尊重兄长。

卫晗扫了卫丰一眼，问平南王："三哥，这就是我两个侄子么？"

卫羌面上尴尬一闪而逝，而后笑道："见过小王叔。"

卫丰却没有兄长的城府，直到被平南王瞪了一眼，才不情不愿向卫晗见礼。

卫晗冷淡点头，大步走了。

"父王，他怎么这样——"

"不得胡闹，开阳王再小也是长辈。"

"知道了。"卫丰悻悻应着，心里却存了不满。

之后朝中一直为准备册封储君大典忙碌着，离开阳王府不远的府邸挂上平南王府的门匾，有了新主人。

卫丰沉迷京城的繁华热闹，每日都往外跑，很快就与那些半大不小的公子哥儿混在一起，成了一名合格纨绔。

这日卫丰与两名玩伴从青杏街走过，看见一名头插草标跪在路边的少女。

同伴笑呵呵问："小王爷，是京城卖身葬父的小娘子好看，还是南边卖身葬父的小娘子好看？"

卫丰不过十三岁，对小娘子好不好看这种事压根没开窍，但在玩伴面前可不能露怯。

他大步走到少女面前，用脚尖挑着对方的下巴打量一番，撇嘴道："不好看。"

半大的少年，恶劣起来远比学会伪装的成年人伤人。

少女羞愤欲绝，却不敢反抗。

"放下你的脚。"少年清澈的声音传来。

卫丰闻声望去，就见卫晗不知何时站在不远处，正冷冷看着他。

没有父兄在场，卫丰根本不把这个比他还小了一个月的小王叔放在眼里，当即冷笑："你少多管闲事。"

卫晗走过去，面无表情道："放下。"

卫丰金鸡独立其实有些撑不住了，却死要面子："我就不放。你还真把自己当长辈了，也不想想我大哥——"

卫晗弯腰把一块碎银放在少女身边，揪住卫丰衣领往一条巷子拖去。

"你干什么，放开我！"

很快巷中传来一阵砰砰声与惨叫声。

卫晗面色平静地走出来,看了呆若木鸡的两个少年一眼,扬长而去。

两个少年如梦初醒,急忙跑进巷中,就见卫丰一张脸肿若猪头,正躺在地上无力哼哼着。

被两个玩伴拖回平南王府的卫丰大哭:"父王,您要为儿子做主啊!"

平南王妃见儿子成了猪头,心疼坏了,气道:"王爷,咱们才来京城丰儿就被开阳王打成这样,您若是一声不吭,以后谁还会把咱们王府放在眼里。"

"开阳王还是个半大孩子,我总不好上门理论。"

"那您去跟皇上说一声啊,让皇上管教他。"

平南王压下心烦进了宫,却带着坏消息回了王府:"丰儿的事不要再追究了,开阳王才进宫向皇上辞行,离京去北地了……"

卫丰得知白挨一顿揍,气个半死,咬牙切齿道:"开阳王,等你回来再算账!"

而此时,卫晗已经策马飞奔在官道上,身后跟着十数名护卫。

"主子,府中您用惯的那些东西还没收拾呢,到了北边不习惯怎么办?"石焱问。

卫晗回眸看了一眼被远远抛在后边的京城,道:"会习惯的。"

他要到北地去了,在那里才有机会长成翱翔天际的雄鹰,怎么会不习惯呢。

京城没有他留恋的物,也没有他留恋的人,他一点都不喜欢。

番外2
不识情愁

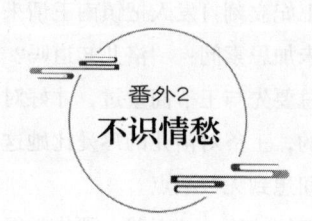

　　南阳城前不久有一件盛事：镇南王府的小郡主及笄了。
　　镇南王有二女，长女舞阳郡主数年前远嫁京城，只有小女儿清阳郡主承欢膝下。镇南王夫妇把清阳郡主看得比眼珠子还珍贵，由此可想清阳郡主及笄礼的隆重。
　　这样的热闹，到现在南阳城的人茶余饭后还忍不住提起。
　　用人们的话说：谁若是娶了清阳郡主，真是几辈子修来的福气啊。
　　这日一辆华丽马车直接进了镇南王府二门，早有管事等在那里，领着平南王妃前往花厅。
　　镇南王妃等在花厅中，心中难免疑惑。
　　前些日洛儿及笄，平南王妃才来过，怎么这么快又来做客呢？
　　等见了平南王妃，疑惑这才解开。
　　一番寒暄后，平南王妃笑道："那日郡主及笄礼上，我瞧着南阳、南乡二城再没有比郡主更出众的姑娘了。"
　　女儿被夸赞，当母亲的没有不高兴的，镇南王妃忍着得意谦虚道："王妃过誉了，那丫头整日窝在厨房，哪有个郡主的样子。"
　　"这是郡主对姐姐的孝心。"平南王妃透出来意，"一晃郡主都及笄了，不知姐姐对郡主的亲事有何打算？"
　　镇南王妃心头一动，不动声色道："我与王爷都想再留她两年，还没考虑呢。"
　　"姐姐觉得羌儿如何？"平南王妃打量着镇南王妃神色，笑道，"不瞒姐姐，我与王爷对郡主是极喜欢的。羌儿对郡主如何，姐姐这些年应该也看在眼里……"

听平南王妃这么说，镇南王妃思索起来。

男大当婚，女大当嫁。她与王爷再疼爱洛儿，也没有把洛儿留在身边一辈子的道理。

洛儿总要出阁，论出身、品貌，平南王世子与洛儿确实般配。

这般想着，镇南王妃便道："事关小女终身大事，我与王爷还要商量一番。"

"这是自然。"

平南王妃离去后，镇南王妃立刻打发人把镇南王请来，说出平南王妃来意。

镇南王先是一愣，而后未加思索问："洛儿知道吗？"

镇南王妃哭笑不得："总要先与王爷商量过，才好对洛儿提起。"

婚姻大事哪有先问孩子的，王爷对洛儿的疼爱比她这个做母亲的更甚。

镇南王想想卫羌，顷刻间想到无数缺点。

听镇南王挑剔完，镇南王妃扶额："王爷，那你觉得其他儿郎呢？"

镇南王认真一想，不由皱眉："缺点就更多了。"

根本没有人配得上他宝贝闺女嘛。

这么一想，平南王世子勉强凑合吧。

"那就问问洛儿的意思吧，洛儿不反对就行。"

镇南王妃点了头，等清阳郡主戚洛做了点心来孝敬时便提起来："洛儿，你觉得平南王世子如何？"

戚洛有些诧异："母妃为何问起他？"

镇南王妃知道女儿不是忸怩性子，直言道："平南王府有意求娶你，父王与母妃想问问你的意思。"

戚洛闻言，一时沉默。

"怎么，洛儿不满意？"镇南王妃牵起女儿的手，柔声道，"不满意也无妨，回来咱们慢慢挑，总能挑到满意的。"

戚洛抿唇笑笑，坦然道："也没有什么不满意。"

但似乎……也没有喜出望外的感觉。

大概是她与卫羌认识太久了，从没往这方面想过。

"那洛儿有特别心悦的男儿吗？"

戚洛毫不犹豫摇头："没有。"

在她看来男人还没有一道道美食可爱，心悦是什么，完全想不出。

看着不开窍的女儿，镇南王妃无奈道："傻丫头，你若是不反对，那就这么定了。"

戚洛不以为意道："父王、母妃做主就是。小厨房炉子上还炖着羊肉，女儿先回去了。"

眼见女儿云淡风轻走了，镇南王妃深深叹气。

别人家都是担心女儿乱动芳心会吃亏，到她这里该担心女儿只想跟小厨房过一辈子了。

很快两边就把亲事定了下来，平南王妃带着卫羌来做客。

镇南王妃以岳母的心态审视着未来女婿，对玉树临风的少年郎还算满意，笑道："洛儿在演武场，世子去找她玩吧。"

卫羌难掩欢喜，快步去了演武场，遥遥就见红衣少女弯弓搭箭，飒爽无双。

"洛儿。"他忍不住喊了一声。

戚洛把弓箭交给侍女绛雪，回眸望去。

卫羌已经来到近前，一把握住她的手："洛儿——"

话音未落，就被少女一脚踹倒在地。

卫羌被踹蒙了，眼见少女大步往外走，急忙追上去："洛儿，你生气了？我不是故意的，我是太高兴了……"

戚洛站定，看着小心翼翼的少年，微微蹙眉。

她刚刚的反应似乎大了些。

"洛儿，你别恼，以后我不会这样了。"少年望着她，满眼都是喜悦的光。

戚洛轻轻点头："嗯。"

少年少女并肩往前走去。

朝花凝视着二人背影，目露忧色。

"朝花姐姐，你怎么了？"抱着弓箭的绛雪问。

朝花摇摇头："没什么。"

她只是觉得，郡主还不懂什么是喜欢。万一郡主以后遇到心动的人该怎么办呢？

朝花抚了抚心口，心头涩然。

她知道心动是什么感觉。

为他欢喜为他愁，想一想那个人，甜蜜又绝望。

一年后，朝花再想到那个人，心里只剩下了绝望。

杨准与秀月妹妹定亲了，从此之后，便是想一想都不应该。

夜凉如水，她穿着单薄的衣走到月桂树下，把曾怀着憧憬悄悄系在枝上的彩带剪断。

再转头，就见戚洛立在不远处，正疑惑望来。

朝花吃了一惊，不由握紧手中彩带："郡主——"

戚洛视线落在那被剪断的彩带上，再落在朝花苍白的面庞上，微微敛眉："是因为杨准吗？"

朝花面色由白转红，急忙道："婢子虽心悦杨准已久，只是一个人悄悄心悦罢了。

如今秀月妹妹定亲了,婢子就把他放下了。"

她的郡主啊,虽还不懂什么是心动,却对其他格外敏锐。

今日是杨准与秀月定亲之日,而她跑来月桂树下剪断了系着心事的彩带,又怎么能瞒过郡主呢。

戚洛走过来,轻拍朝花手臂:"不要担心,我不会对旁人提起。"

"多谢郡主。"

"朝花,来坐。"戚洛指了指一旁石阶。

主仆二人并肩坐在石阶上,轻声说着话。

月凉如水,戚洛默默听朝花说起对杨准的怦然心动,说起那些因为相思而辗转难眠的夜晚,说起今日的放弃。

就寝时,戚洛失眠了。

原来心悦一个人,情绪会为他起伏,会忍不住想念他。

可她从来没有想念过卫羌。

这一生,大概不会懂这种感觉了吧。

戚洛觉得心头有些空,说遗憾似乎又谈不上,不知过了多久终于迷迷糊糊睡着了。